俳句の国際化と季語

——正岡子規の俳句観を基点に

桜かれん

角川書店

俳句の国際化と季語

――正岡子規の俳句観を基点に――

目次

装丁　大武尚貴
カバー・扉　イラスト
Jcrosemann/
Digital Vision Vectors/
gettyimages

序　章

第一節　問題意識と本書の構成

近年国際俳句交流協会を中心に俳句を世界の文化遺産にしようとの活動がある。[一]一般に、俳句には日本の四季に対する日本人の美意識を示す季語が必要とされる。しかし、四季のない国や地域もある。そのような国や地域において、季語を必要とする俳句を広めることができるのだろうか。季語を日本人の美意識を示すものに限定してしまえば、この疑問はなおさら増す。

本書は、こうした問題意識のもと書かれている。俳句に季語が必要だとしたり、季語は日本人の美意識を示すものだとしたりする以上、俳句を世界に広めることは、本質的・原理的に不可能なのではないか。むしろ、無季俳句を許容すべきではないか。神や愛など季語以外の感動の中心となる詞を据えても俳句と呼んでよいのではないか。また、日本人の美意識とは別な海外独自の季語を認めるとした場合、日本を含めた各国独自の季語同士の関係をどう考えるべきか、という問題を生じさせる。同じ一つの季語が、ある国では春の季語に、別の国では夏、又は秋、冬の季語となる可能性もあり、もはや他国の者には共感できなくなるどころか、むしろ違和感さえ覚える事態に陥るかもしれない。そうなった場合、季語の意味はどこにあるのか。

俳句の国際化を考えた場合、季語に関連してさまざまな疑問が湧いてくる。[二]

とはいえ、俳句にとっての季語の意義を究明するには、日本の古代から現代にわたる長い歴史における季語や季語に対する人々の考え方の変遷等の推移を、幅広く、かつ深く研究する必要があり、到底本書では対応できない。

そこで、今回は、正岡子規の季語に関する考え方を明らかにすることによって、俳句の国際化時代における季語のあり方を考察するための契機としたい。本書において正岡子規をとりあげたのは、子規が従来の俳諧から「俳句」を創始した人物であること、[三]子規没後に、愛弟子である高浜虚子と河東碧梧桐が、前者は「季語必要説」を唱え、後者は「無季句許容説」への起点となっており、両説に分かれる基点が子規にあったと考えられること、が理由である。両者の対立は高浜虚子が勝利し、以後、俳句界は季語必要説が主流となった。しかし、上記のとおり、季語必要説を貫いた場合に俳句の国際化が全うできるのかという疑問が湧くのである。この点を考察するために、まずそもそも正岡子規が俳句における季語をどのように理解していたか、を明らかにすることが肝要だと考えた。

以下、本書では、⑴季語の発生についての議論を前提として、季語の展開と増加の推移の概要を確認した上で、⑵正岡子規の遺した文稿の中から俳句や季語についての考え方を拾い出すなどして、その俳句観・季語観を浮き彫りにし、⑶子規の考え方について、特に、①いわゆる「タテの季語とヨコの季語」論、②新季語についての考え方、③無季俳句、の各観点から検討した上で、⑷子規没後の日本と海外における俳句の展開を概観し、⑸最後に、子規の俳句観・

季語観の現代的意味の一端を明らかにしたい。

第二節　本書における「季語」の定義について

以後、論を進める前提として「季語」の意味を明らかにしておきたい。『俳文学大辞典　普及版』（角川学芸出版、平成二〇年一月二五日）によれば、「季語」とは「連歌・俳諧・俳句において季を表す詩語」であり、古くは「四季の詞」「季の詞」などといい、「季語」という言葉自体を最初に用いたのは大須賀乙字（明治四一年）と言われている。[四] 正岡子規はそれ以前の明治三五年に没しており、子規自身は「季語」ではなく主に「四季の題目」という呼び方をしていた。[五] 現代のわれわれは上記辞典のとおり、俳句において四季を表す詩語として「季語」という語を用いている。本来は、正岡子規を論ずる以上、「四季の題目」という語を用いるべきではあろうが、本書のテーマは第一節記載のとおり子規の季語に対する考え方であって呼び方ではない。呼び方の違いによって論旨があいまいになることは避けたい。そこで、本書においては、原則として「季語」という語を用いることとする。

また、「季」とは美意識の上で季節を意味する概念である。[六] 季節の分け方については、正岡子規の四季についての分類に従う。四季そのものは自然界の移り変わりであって季節ごとに明確な区切りはないが、子規は、四季の区別を人為的に制限し、立春と立夏の間を春、立夏と立秋の間を夏、立秋と立冬の間を秋、立冬と立春の間を冬とした。たとえ、立冬の一日後であっても風を秋風と詠んだり、立夏の一日後であっても月を春月と詠んだりしてはならないとしている。[七]正岡子規の四季の区別の仕方は、二十四節気の考えに基づいている。本書は、子規の季語観を検討するものであることから、四季の分け方もその区別に従うこととする。二十四節気は古代中国の黄河中・下流域で考案された季節カレンダーである。一年を冬至と夏至で二等分し、それを春分と秋分で二等分して四等分し、各四等分した四半期の真ん中に、それぞれ、立春、立夏、立秋、立冬の四つを置く。中国のものがそのまま日本に定着したため、日本では二十四節気と自然の気象現象とにズレがある。[八]ちなみに、歳時記の多くは二十四節気に基づいて四季を区別している。[九]

　以上のことから、本書においては、「季語」とは、二十四節気に基づく春夏秋冬の季節の区別を前提として、「季節を表す詩語」と定めて論考をすすめる。

第一章　季語の発生について　―連歌・連句の時代―

まず、季語がいかに成立したかについて、和歌・連歌・俳諧に関する歴史的な観点からの議論を参照した上で、これらの時代に係るその他の観点にも触れて考察する。

第一節　和歌・連歌・俳諧時代の歴史的な観点

第一項　和歌の時代

潁原退蔵は、①原始時代、自然は、恐れと尊敬の対象であって風雅の対象ではなかった、②いわゆる記紀の時代も、歌謡の中に自然が詠み込まれはしたが、自然の風物を純粋に叙景したわけではなかった、③四季の風物が詠嘆の対象になり始めたのは万葉集の時代であるが、[一〇]当時は四季の風物に対する特殊な連想的感情は伴っておらず、あらゆる風物に対していわば自由であって、ある特殊の風物から直ちに特殊の境地や感情を連想したり誘発されたりすることはなかった、しかし、④平安時代初期の漢詩漢文全盛時代において、中国南北朝時代の『文選』や白居易の『白氏文集』など当時の中国の詩文から自然観賞の態度に影響を受け、自然の風物に対する特殊の感じ方を学ぶなどした後、⑤『古今和歌集』の時代になると四季が独立して部立となった、また、ある自然の風物が特定の季節に結びつけられる傾向が強くなるなどし、歌人がある自然の景物から特定の季節を連想する感情も一定化するようになったが、『万葉集』の時代よりも詠まれる景物の範囲が狭くなったことから分かるように、その傾向は未だ自然の景物の狭い部分に限られていた、⑥『拾遺和歌集』以降の時代は、自然の景物を特定の季節に結びつける傾向が更に進み、平安時代中期から末期にかけて、次第に、四季を通じて眺められるような景物であっても、その景物が最も特色を発揮し、最も愛好される時期によって、特殊な季節的連想がその景物に結びつけられるようになり、⑦鎌倉時代に至ると、自然の景物に対する特殊な連想感情の結びつきが一般化した、とする。[二一]

特に、⑦の説明に関連して、『古今和歌集』の歌人が、自然の景物に「悲し」等の感情を示す言葉を加味して一首を作っていたのに対して、『新古今和歌集』の歌人は、自然の景物のみを詠うことによってその情趣を表すようになっていること等を挙げ、平安時代の末から鎌倉時代にかけて特定の景物に特定の感情が結びつくようになり、四季の景物に対する特殊な連想が固定化してきた、と論じている。[二二]

穎原退蔵の論を確認してみたい。

まず『万葉集』から検討する。確かに、『万葉集』[二三]には、部立に春夏秋冬の四季を入れた巻第八や巻第十以外にも、四季の風物を詠嘆の対象とした歌が見られる。例えば、巻第一を見ると、額田王の一六番歌（歌番号は原則として『新編国歌大観』に基づく。以下同）、持統天皇の二八番歌、春日蔵首老の五六番歌、長皇子の八四番歌が目に入る。

額田王の一六番歌は、[一四]天智天皇から内臣中臣鎌足に春山の花と秋山の木の葉とを比較し趣が深いのはいずれかを問われた際に、額田王が和歌で応えたものである。[一五]額田王は、春は草が茂って入山できないのに比べ、秋は入山して黄葉を手にとって愛でることができるとして、秋山の木の葉の美しさに軍配を挙げた。[一六]四季が詠嘆の対象となった歌であることに間違いはない。とはいえ、この歌は、当時しばしば文雅の遊びとされた「春秋競憐」の題に基づくものであって、[一七]いわば概念的な春秋の比較が興味の対象であり、[一八]季節の景物を純粋に詠嘆した歌ではない。

持統天皇の二八番歌の訓読は「春過ぎて　夏来るらし　白たへの　衣干したり　天の香具山」[一九]である。同歌は、一般に、「神聖な香具山の風物に見られる変化によって、夏の到来を確信している」[二〇]とか「春から夏に移った瞬間に対する驚きを明晰に詠んでいる。上代では（中略）季節の推移に目をつけた歌は非常に少ない。（中略）夏到来に感動する女帝の歌は、早咲きの狂い咲きの感がある。（中略）持統御製の個性は照りまさるばかりである。（中略）衣のその清浄な白さは、明快な夏の感覚を見事に表象している。（中略）夏がおとずれきった歓喜を、すこやかに宣言した歌である」[二一]、あるいは「日本の季節感の文学は、その季節そのものの感じと、推移していく季節感とを主題にしているが（中略）そういう類型の中の第一にある歌だから（中略）価値は高い」[二二]などと解釈又は評価されている。すなわち、同歌は「干（原文は「乾」）」されている「白妙の衣」という景物を描くことによって、季節の推移への感動を純粋に詠んだものと理解されているといえよう。しかし、二八番歌は季節の推移への純粋な感動のみを詠んだ歌なのであろうか。この点、私は、一五九番歌と合わせみた上で解釈、評価すべきものと考える。一五九番歌は、夫である天武天皇が律令国家建設の道半ばにして崩御した直後に妻である大后（後の持統天皇）が作った挽歌である。[二三]この歌は、あふれんばかりの悲しみに満ちている。当然、二八番歌はその後に詠まれたものである。注目したいのは一五九番歌の最後の三句である。「荒妙乃衣乃袖者乾時文無」とある。すなわち、「荒妙」の「衣」が「乾」く時が「無」いと表現されている。夫を失った悲しみで「荒妙」で作った「衣」つまり喪服の袖が涙で濡れて乾かないことを表している。[二四]この部分と二八番歌を比較してみる。二八番歌は「白妙」の「衣」が「乾有」と表現されている。このように一五九番歌と二八番歌は対の表現になっている。「衣」を基点として、「荒妙」と「白妙」、「乾無」と「乾有」である。これら対の意味を考えるに、一五九番歌にあるように夫の天武天皇を失い毎日泣いて暮らしていた大后が、新たに意を決して夫の遺業を継ごうと前進を始めたことを表しているように思われてならない。涙で乾かなかった妙の衣を乾かすことができるようになった自分自身を詠んでいるのではないか。天武天皇の崩御後、持統天皇は、息子草壁皇子の成長を待ち称制を始めたが、その死去により、天皇位を夫から息子へとつなぐ目論見は崩れ去った。しかし、草壁皇子の子であり自らの孫である軽皇子を天皇位に就けるには、同皇子が幼なすぎたし、他に天皇位に就いてもおかしくない身分と経験を持つ皇子が複数いた。[二五]残る選択肢は、軽皇子を天皇位に就けることができるように情況を作り上げるまでの間、自らが天皇に即位する以外にはなかった。このような歴史の推移を踏まえると、持統天皇は、息子の草壁皇子が死没した後に、孫の軽皇子が即位できるようになるまでの間を自らが天皇として統治し、夫天武天皇の遺業を継ぐことを決意したものと考えられる。その決意を表したのが二八番歌なのではないか。そう考えると、二八番歌の「春過而夏来良之」（春過ぎて夏来るらし）は、単に春が過ぎ去って完全に夏が来たという季節の推移への純粋な感動ばかりを詠んだのではない。万葉人にとって夏は好まれておらず、当時夏歌はほとんどないとされる。[二六] 万葉人にとって夏は苦しい季節なのである。そうすると、夫天武天皇と共に生きた幸福な時代を「春」になぞらえ、その時代が過ぎ去ったとの自覚を「春過而」（春過ぎて）と表し、今や自らが遺業を継ぎ、立ち向かうべき困難な前途を「夏」になぞらえた。しかし、その困難さを切り拓いていかなければならないとの前向きな決意があり、これを「夏来良之」（夏来るらし）と表したものと解される。そのような意味で、二八番歌は、当時の歴史的事情を踏まえた持統の天皇としての決意も込められた歌であって、一般に解釈、評価されているような、季節の推移への純粋な感動のみが詠まれた歌ではないこととなる。

　春日蔵首老の五六番歌の訓読は、「河上の　つらつら椿[二八]　つらつらに　見れども飽かず　巨勢の春野は」[二七]である。この歌については、二つ前の五四番歌[二九]との関係で、同歌に和した歌であるとする説と、同歌の基となった歌であるとする説がある。五四番歌は眼前にはない椿の花を想像して作った歌とされるから、前説によれば五六番歌も現実にはない椿の花が咲いている様子をあたかも見ているかのように空想した歌だということとなり、後説によれば眼前に咲く椿の花を詠んだ歌だということになる。いずれの説が正しいかについては決め手がない。[三〇]

長皇子の八四番歌の訓読は「秋さらば　今も見るごと　妻恋ひに　鹿鳴かむ山そ　高野原の上」[三一]である。同歌は、長皇子が佐紀と呼ばれる地にある自らの宮殿に志貴皇子を招き春の光景を楽しんだ際の作で、秋の鹿を思い浮かべて詠んだ歌である。したがって、眼前の景物に対する純粋な感動を詠んだものではない[三二]。

このように、『万葉集』においては、目前の季節の景物に対する純粋な感動を詠んだ歌は多くはなく、潁原退蔵の指摘するように、ある特殊の風物から直ちに特殊の境地や感情を連想したり誘発されたりするまでには至っていなかったといえよう。

次に、『古今和歌集』[三三]を検討したい。

まず、詠まれた題材が何かについて、主に排列順におおよその種類を確認する。「春歌上」には、立春・霞・雪・鶯・氷・はつ花・花の香・若草・若菜摘・春雨・青柳・露・百千鳥・喚子鳥・雁帰る（行く雁）・梅の花・月夜・春の夜・花・桜花・山桜など二一種類、「春歌下」には、霞・桜花・雪・花・春の日・春風・春雨・春の色・鶯・ちる花・春の野・若菜摘・藤の花・藤波・たち花・山吹（の花）・かはず鳴くなど一七種類ほど。「夏歌」には、藤なみ・（山）郭公・五月・花橘・夏山・五月雨・夏の夜・卯花・蓮葉・月・とこ夏の花・すずしき風など、およそ一二種類。「秋歌上」には、秋立つ（秋来ぬ）・すずし・秋の初風・稲葉・秋風・天河（あまのかは）・紅葉（葉）・七夕・霧・織女・（秋の夜の）月・虫の音・露・秋の夜・雁・雁が音・桂・蟋蟀（きりぎりす）・鳴く虫・寒からし（夜を寒み）・しのぶ草・松虫の音・秋の野・

ひぐらし・初雁・いなおほせどり・秋霧・萩（秋萩の花）・鳴く鹿（鹿の鳴く音）・露霜・くもの糸・女郎花・野の花・藤袴・花すすき・大和撫子・ももくさの花（色々の花）・月草など三八種類。「秋歌下」には、草木のしをる（草木の色かはる）・紅葉（葉）・霧・雁・神な月・秋風・露・秋の夜・秋ぎり・柞（ははそ）・菊（菊の花・白菊）・初霜・（秋の）月・時雨・秋来ぬ・落つる紅葉・木の葉散る・竜田姫・秋の山・いなおほせどり・藤衣・刈れる田・ひつちの穂・鳴く鹿など二四種類ほど。「冬歌」には、神な月・草かれ・月・こほり・さむし・雪ふる・もみぢ葉・雪げの水・冬ごもり・白雪・冬草・年のくれ・ゆく年など一三種類ほどが詠歌の対象となっている。また、四季の部立ではないが、「雑歌上」には、露・天の川・花・月・雪・たづ（鶴）・滝・たなばた・春・いね・秋など一一種類ほどが、「雑歌下」にも、雁・朝霧・露・卯の花・竹の子・くれ竹・春・雪・鶉・さ月・浮草・しか・寒・なよ竹・初霜・浜千鳥・神な月・時雨・楢の葉・春霞など二〇種類ほどの自然の風物等が詠歌の題材とされている。

このように、『古今和歌集』においては、自然の風物の多くが四季のいずれかに配置されており、自然の景物が一定の季節に結びつきつつある情況が分かる。同時に、四季の部立ではない「雑歌」に配置されている自然の風物も少なくないことから、自然の景物が一定の季節に固定化するまでには至っていないことも分かる。特に、「月」については、「秋歌上」に六首（一八四番歌[三四]、一九一〜一九五番歌[三五]）が配置されてはあるものの、いずれも「秋」や「雁」など秋を示す風物等と共に詠まれている上、「秋歌」以外にも、「春歌上」に一首（四〇番歌[三六]／「梅の花」と共に）、「夏歌」にも一首（一六六番歌[三七]／「夏の夜」と共に）、「冬歌」にも一首（三三二番歌[三八]／「白雪」と共に）が、それぞれ配置されている。しかも、「雑歌上」には「月」が題材として詠まれた歌が九首（八七七〜八八五番歌[三九]）配置されている。うち「あまの河」と共に詠まれている八八二番歌を除けば、特定の季節を示す景物と共には詠まれていない。そうすると、「月」という自然の風物は、『古今和歌集』の時代には、「月」というだけでは季節感を持つことはできず、未だ「秋」の景物として固定化してはいなかったことが分かる[四〇]。

また、特定の景物と特定の感情との結びつきについて確認すると、歌の中に作者らの生な感情を示す詞をそのまま用いたものはさほど多くはない。「春歌上」から「冬歌」までに配置されている三四二首のほとんどの歌に生な感情を示す詞は用いられていない。以下参考に、生な感情を示す詞が用いられている歌から、その詞と特定の景物が結びついているものを拾い上げてみる。

まず、「春歌上」には、八番歌[四一]（「雪」と「わびし」。もっとも、この「雪」は白髪の見立てである）、「春歌下」には、八二番歌[四二]・八四番歌[四三]・八八番歌[四四]・一〇八番歌[四五]・一一四番歌[四六]（「花散る」と「しづ心なし」「をしむ」「わびし」）、九六番歌[四七]（「花」と「心あくがる」）、一二二番歌[四八]（「山吹の花の香」と「なつかし」）。「秋歌上」には、一六九番歌[四九]・一七一番歌[五〇]（「秋の初風」と「おどろく」「うらめづらし」）、一七八番歌[五一]（「たなばた」と「心つらし」）、一八五〜一八七番歌[五二]（「秋」「虫の音」「もみぢ」と「悲し」）、一九七番歌[五三]（「秋の夜」「なく虫」と「かなし」）、一九八番歌[五四]（「秋萩」「きりぎりす」と「かなし」）、二〇〇番歌[五五]（「しのぶ草」「松虫の音」と「かなし」）、二一四番歌[五六]（「秋」と「わびし」）、二一五番歌[五七]（「紅葉」「なく鹿」「秋」と「悲し」）、二一七番歌[五八]（「鳴く鹿」と「さやけし」）、二四〇番歌[五九]（「藤袴の香」と「忘られがたき」）、二四二番歌[六〇]（「花すすき」「秋」と「わびし」）、「秋歌下」には、二六四番歌[六一]（「もみぢば」と「惜し」）、二八六番歌[六二]（「秋風」「もみぢ葉」と「かなし」）、「冬歌」には、三一五番歌[六三]（「冬」「枯れ草」と「さびし」）、以上二五首である。その他の三一七首には、生な感情を示す詞は用いられていない。例えば、「ならのみかどの御うた」と詞書のある九〇番歌[六四]、

　　ふるさととなりにしならのみやこにも色はかはらず花はさきけり

のように、生な感情を示す詞は用いないで詩情を醸し出しているのがほとんどである。

そうすると、『古今和歌集』の歌人は自然の景物に感情を示す言葉を加味して一首を作っていたとの潁原退蔵の指摘とは少し異なり、『古今和歌集』の時代から既に、歌人は生な感情を示す詞を用いずに歌を詠んでいたことが窺われる。もっとも、二一七番歌のように「鳴く鹿」に対して「さやけし」、すなわち「明るく清らか」[六五]な感情を結びつけるなど、その後は廃れたとみられる結びつき方を示す歌も存在した。このことから、『古今和歌集』の時代は、自然のどの風物にどのような感情が結びつくかについて未だ多様性が秘められていた時代であったといえよう。したがって、潁原の指摘する事項が、「散る花」と「惜しむ」感情の結びつきや、「秋」と「悲しむ」感情の結びつきなどのように、特定の風物等と生な感情を示す詞とが結びつき、やがて特定の景物と特定の感情とが固定化し、最終的には特定の感情が特定の景物を示す中に含まれるようになるという過程を示していることは間違いないであろう。

続いて『新古今和歌集』[六六]を検討する。

まず、四季歌中の生な感情を示す詞を用いた歌を確認したい。「**春歌上**」には、合計九八首（歌番号一〜九八）のうち八一番歌[六七]（「春の山辺」と「あくがれ」）の一首が、「**春歌下**」合計七六首（歌番号九九〜一七四）中、一〇〇番歌[六八]（「花」と「あはれ」）、一一七番歌[六九]（「桜散る」と「憂かり」）、一二六番歌[七〇]（「花散る」と「悲し」）、一三八番歌[七一]（「桜（うつろふ）」と「つらき」）の四首。「**夏歌**」には、合計一一〇首（歌番号一七五〜二八四）のうち二四四番歌[七二]（「花橘の香」と「恋し」）と二五七番歌[七三]（「秋風」と「驚く」）の二首。「**秋歌上**」には、合計一五二首（歌番号二八五〜四三六）中、二九六番歌[七四]（「秋の初風」と「うらがなし」）、三二六番歌[七五]（「七夕」と「いとどしく」）、三四五番歌[七六]（「末枯」「刈萱」と「物をおもふ」）、三五二番歌[七七]（「荻の上葉」と「かなし」）、三五五番歌[七八]（「荻の上葉」と「悲し」）、三六一番歌[七九]（「秋の夕暮」と「さびしさ」）、三六七番歌[八〇]（「秋」と「かなし」）、三六九番歌[八一]（「ひぐらし」と「憂かり」）、三七四番歌[八二]（「月かげ」「秋風」と「さびしさ」）、三九五番歌[八三]（「月」と「さびし」）、四一七番歌[八四]（「秋の月」と「かなし」）の一一首が、「**秋歌下**」には、合計一一四首（歌番号四三七〜五五〇）のうち四四三番歌[八五]（「鹿鳴く」「秋の夕ぐれ」と「あはれ」）、四五〇番歌[八六]（「さをしか（小牡鹿）」と「さびし」）、五四九番歌[八七]（「秋」「露」と「をしみ（惜しみ）」）、五五〇番歌[八八]（「秋」と「をしむ（惜しむ）」）の四首。「**冬歌**」には、合計一五六首（歌番号五五一〜七〇六）中、五五二番歌[八九]（「神無月」「紅葉散る」と「悲し」）、五六四番歌[九〇]（「木の葉」と「かなし」）、五六五番歌[九一]

（「冬」「木の葉」と「さびし」）、六四四番歌[九二]（「浜千鳥」と「悲し」）、六五二番歌[九三]（「鴛の独寝」と「はかなし」）、六七〇番歌[九四]（「雪ふる」と「さびしさ」）、六七四番歌[九五]（「雪降る」と「さびしさ」）、六九〇番歌[九六]（「雪」と「さびし」）、六九六番歌[九七]（「年の暮」と「かなし」）の九首が認められた。

結果をまとめてみた。

「春歌上」	一首／九八首
「春歌下」	四首／七六首
「夏歌」	二首／一一〇首
「秋歌上」	一一首／一五二首
「秋歌下」	四首／一一四首
「冬歌」	九首／一五六首

すなわち、総合計七〇六首のうち三一首と、わずか約四・四％に過ぎない。『新古今和歌集』において生な感情を示す詞を用いた歌はほとんどないといっても過言ではない。特定の景物と特定の感情とが結びつき、最終的には特定の感情が特定の景物を示す中に含まれるようになったといえよう。

例えば、「花」という景物は、その言葉が本来指示する花一般をいうのではなく、「桜」を指示するようになり、しかも、「春」という特定の季節の情感を意味し、さらには、「喜び」や「はかない気持」などの感情までも言外に内包するようになった。したがって、潁原退蔵の指摘のとおり、『新古今和歌集』の歌人は、自然の景物のみを詠うことによって感情を表すようになっていたのである。

　次に、景物としての「月」について触れておく。自然界にある月は一年を通して見られ、特定の季節に特有の景物ではない。前記のとおり『古今和歌集』の時代に「月」は未だ特定の季節の景物とされてはいなかった[九八]。しかし、『新古今和歌集』の時代には「秋」の景物として固定化していたと考えられる。以下説明する。

『新古今和歌集』の四季の部立に載る「月」が詠まれている歌を数えると、合計一二八首ほどある[九九]。うち七五首が「秋歌」（上下併せて）で[一〇〇]、四季の部立の中でほぼ六割を占め、最も多い。また、「秋歌」には、「月」のみを季節の景物として詠んだ歌が七五首中一六首ある（歌番号三八三[一〇一]、三八四[一〇二]、三八七[一〇三]、三八八[一〇四]、三九二[一〇五]、三九五[一〇六]、三九七[一〇七]、三九九[一〇八]、四〇二[一〇九]、四〇五[一一〇]、四一一[一一一]、四一二[一一二]、四一四[一一三]、四一六[一一四]、四二二[一一五]、四二九[一一六]）。他方、「春歌」（上下併せて）、「夏歌」及び「冬歌」には、「月」のみが詠まれた歌はない。この現象は、『新古今和歌集』の時代は「月」という景物が単独で秋を示すようになっていたことを示すものと考えられる。

　むしろ、「秋」以外の季節においては、「月」の他に当該季節の景物が共に詠み込まれている。具体的に確認すると、「春歌」（上下併せて）には一二首（歌番号二三、二四、二六、四五、四六、四七、五五、五六、五七、五八、六二、一三〇）、「夏歌」には一五首（歌番号一八〇、一

八六、二〇〇、二〇九、二一〇、二一一、二一二、二二九、二三三、二三五、二三七、二四九、二五八、二六〇、二六七)、「冬歌」には二六首（五七〇、五八三、五九一、五九二、五九三、五九四、五九五、五九六、五九七、五九八、五九九、六〇〇、六〇一、六〇三、六〇四、六〇五、六〇六、六〇七、六〇八、六〇九、六一〇、六一一、六三九、六四〇、六四八、六七七）ある。うち「春歌」においては、「春」「若葉」「梅花」「霞」「帰雁」「散る花」といった春を示す景物が「月」と共に詠み込まれている。もっとも、「朧月」については、それ自体が春に結びつく景物で春を表すものと考えられる。さらに、「夏歌」においては、「卯の花」「木の茂」「郭公」「五月雨」「夏」「山の井（泉）」「夏衣」「夕立」といった夏を示す景物が、「冬歌」においては、「時雨」「紅葉」「木の葉」「霜」「冬」「木枯」「寒」「冬枯」「氷」「千鳥」「雪」といった冬を示す景物が「月」と共に詠み込まれていることが、それぞれ確認できる。

これは、『新古今和歌集』の時代、「月」という景物が単独で秋を示すようになっていたがゆえに、秋以外の季節を詠む際に「月」を用いるときには、その歌が当該季節の歌であって秋歌ではないことを示す必要があったからだと考えられる。ちなみに、「秋歌」（上下併せて）においても、「月」とその他の秋の景物が共に詠み込まれている歌は多く、五九首に上る。「月」と共に詠み込まれている秋の景物としては、「秋風」「秋の夜」「萩」「露」「穂波」「雁来る」「秋の田」「鹿」「衣うつ」「菊」「長月」などがある。なお、「秋歌」において「月」以外の秋の景物が「月」と共に詠み込まれていること自体は、詠歌の対象をどのように描くかなど他の事情に左右されることであるから、「月」が秋の景物として固定化していたことと矛盾するものではないものと考える。

以上、『万葉集』『古今和歌集』及び『新古今和歌集』を検討した結果、潁原退蔵の論ずるように、和歌を通じて自然の各景物に対する季節的な連想感情が一定化し、やがて固定化するものが登場してきたといえよう。

第二項　連歌・俳諧の時代

潁原退蔵は、『吾妻問答』に鎌倉時代中期の歌人阿仏尼が「連歌は發句を題とせり。さればその時節を違へずあるべき事也」[117]等と述べたとあること、『筑波問答』[118]や『菟玖波集』[119]に掲載されている当時の発句に無季の句はないことを指摘する。[120]また、発句に季語を詠み込むようになった理由に、連歌が和歌の会の余興として即興的に行われるようになった点を挙げる。すなわち、当時歌人が最も理想としていた詩境は、「折節にあった風流」であり、歌人は季節の有り様や変化をいち早く捉えて歌に詠み込むことに情熱を燃やしていたことから、それが連歌において、発句に当座の興を諷詠することが尊ばれることにつながり、その後、連歌が和歌の付属物から独立して以後も、発句には自然の風物に対する特殊な感興を詠み込むことが名残となった、とするのである。[121]こうして、和歌の即興的余興としての連歌において、その冒頭となる発句には、折節に適った風流を示すため、当座の景物が詠み込まれることとなったのである。

さらに、潁原は、連歌が和歌の余興として即興的に行われるようになったのと同様に、俳諧も連歌の余興として即興的に行われるようになったものであることから、俳諧も連歌の式目に従って興行され、必然的に発句には季語を詠み込むことになった、という。特に江戸時代初期の松永貞徳[122]は、俳諧を連歌入門の階梯と位置づけていたため、俳諧の制作においても連歌と同じ形式をとり、むしろ連歌よりも詠み込むべき季語が複雑に分類され、新語も増加するようになったなど、連歌の式目以上に厳しく発句における季語の重要さが増したとし、季語は、日本に古代から、和歌、連歌その他の文学を通じて流れてきた「自然を観賞する心」すなわち「我が國文學の傳統的精神」の結晶である、と述べる[123]。

この点、伊地知鐵男は、連歌の発句の故実として、発句は、「その場の情景なり事象なりを捉えて問いかけるもので、そこに唱和問答の第一義的な意義があり、この意味はその後も尊重され、発句には必ず季節・状景を詠みこまねばならないとされ」るようになったとする[124]。また、復本一郎も、連歌や俳諧の発句に季語を入れるようになった理由について、連歌論を挙げている[125]。

成立年代順に、主だった連歌論から発句と季語についての該当箇所を以下にまとめた。

①**二条良基**[126]（一三二〇～一三八八年）『**連理秘抄**』　二条良基は、同書において、連歌の発句について、「發句は最も大事の物也」「當座の體などを見るやうにするも一つの體也」「發句に時節の景物そむきたるは返々口惜しき事也。ことに覺悟すべし。景物のむねとあるが

よきなり」と記した上で、正月から十二月までの各景物を挙げ、「當座の體何にてもあれ苦しみあるべからず」「あるまじき事を制する也」と記している。[一二七]要するに、連歌の発句には、当座の景物すなわち季語を詠み込まなければならないとしている。

②**宗祇**[一二八]（一四二一〜一五〇二年）『**宗祇初心抄**』宗祇は、同書において、連歌の発句について、「發句などの事、當座にてさす事まゝあり、さ様の時は力及ず、發句をする事にて候、それは其處の當座の體、又天氣（の）風情など見つくろひ、安〱とすべし、さ様に候へば當座出來たる發句と聞えておもしろく候」と記している。[一二九]要するに、発句は当座の景すなわち当季の景を詠み込んで作るべきであるとしている。

③**宗牧**[一三〇]（生年未詳〜一五四五年）『**当風連歌秘事**』同書には、連歌の発句について、「発句は当意の気色の選び様《やう》、座中の体《てい》、庭前の有様、色色さまざまの景気ども侍れば、更に兼ねて難シレ叶ヒ。ただ当意即妙を本とすべきにや。乍ラレ去リ、兼ねて四季四節、山川草木の景を案じいたりて、当意の景色ばかりを仕りかふる事故実也。千句・万句の発句は、兼ねて案じおき候事、肝要なり」と記されている。ここは、「発句は、当座の状況や眺望の選び方、座中の体裁、庭前の景色、いろいろさまざまの雰囲気などがあるので、前もって作句するわけにはいかない。ただ当意即妙を基本とすべきだろう。だが、前もって四季それぞれの時節、山川草木の風景を案じ尽くしておいて、その場の状況気分ばかりを仕替えるのが、慣例《しきたり》である。千句、万句の発句は兼日から考えておくことがたいせつである」と訳されているとおり、[一三一]発句が当座の景物を詠み込むものであることが示されている。

④**紹巴**[一三二]（一五二五～一六〇二年）『**至宝抄**』　紹巴は、同書において、連歌の発句について、「發句の事、第一其時節無相違やう（に仕候こと）肝要に候、發句は百韻の初に候へば、如何にも長高《たけたか》く幽玄《ゆうげん》に打《うち》ちひらめに無きやうに（仕候）、發句は切字と申事（御入候はで叶《かな》はず候、其）切《きれ》字なく候へば平句に相聞えてあしく候、雑の發句と申事は無御座候、俳諧も同前」と記している。[一三三]ここは、「発句のこと、まず第一に、その時節と食い違わないように詠むことが肝要です。発句は百韻のはじめのものですから、いかにも格調高く、幽玄に、下品でないように詠みます。発句には切字と申すものが使われなくてはいけません。その切字というものがないと、発句・脇・第三の三句以外の普通の句のように聞こえてよくないのです。四季のほかの雑の発句というものは存在しません。俳諧についても同様です」と訳されているとおり、[一三四]連歌及び俳諧とも、発句には季語を詠み込むべきことが説かれている。また、紹巴は『連歌教訓』[一三五]においても、発句について、「其折々の景氣（趣）をうかゞひて時節を違へず沙汰すべし」と述べて、発句に季語を詠み込むべきことを説いている。

第三項　まとめ

このように、和歌を通じて自然の各景物に対する季節的な連想感情が一定化していった。そして、自然の有り様や変化を敏感に感じ取って歌に詠み込むことに重きをおくという歌人の情熱が背景となって、和歌の即興的余興として生まれた連歌においても、さらには、連歌の即興的余興として生まれた俳諧においても、まずは当座の景物を詠み込むことから始めるようになったのである。

第二節　表現形式と制度に係る議論

本節では、季語の発生について、第一節記載の歴史的な観点以外の議論を概観する。

第一項　表現形式の観点

宮坂静生は、連歌に季語が必須とされた理由について、①連歌が短詩形を重ねる形式であったこと、②連歌は複数の作者による共同制作により一編の詩を完成させるものであること、を挙げる[一三六]。

つまり、詩が短いということは、言いたいことを十分に言い尽くせる物理的なスペースが足りないという宿命を負っているから、表現の形式としては全く不十分である、しかも、複数の人間が、その不十分な表現形式の詩をそれぞれ作り合い、それらを連ねて一編の詩を皆で制作しなければならない、そうすると、不十分な表現形式の詩を連ねて「一編の詩」として完成させるためには、その詩の制作に当たる複数の者同士の間に、美的連想が共有される必要がある、その美的連想の共有物こそが季語である、という意味であろう。

　そして、宮坂静生は、美的連想を共有するためには、詠う事象に対して「連想の範囲を限定」する必要がある、とし、その限定が「季語の『本意』を定めること」であるとする。[一三七]このように季語の本意を定めることにより、季語の美的連想が制作者達に共有されるのである。こうして、季語の本意は、詠む者にとっての美的連想すなわち当該季語にまつわる伝統的な美しさを示すものとなった。したがって、連歌をよく為すためには、当該季語の本意すなわち伝統的な美しさをよく踏まえて季語を歌に詠み込まなければならない、ということになる。宮坂静生は、歌人の美的感受性を整理して季語の本意を説いたのが紹巴であった、とする。[一三八]

第二項　制度的理由の観点

　集団的創作活動に関連して、筑紫磐井は、俳句に季語を要するとする理由について、俳句のたどって来た制度にその理由が求められるとする。[一三九]すなわち、季語は「俳句という特殊な文芸の置かれた社会の制度的産物」である、というのである。

　その理由として、①季題に関して話題となったジャンルは集団的創作行為であったこと、②その集団の中に句の出来不出来の判定者が存在したこと、そして、③その判定者にギルド意識が発達し、当該集団は閉鎖社会となり、季語の本意などの深まりもそこに生じていたこと、の三つを挙げている。

まず、前述のとおり、季語には日本人の季節に対する美意識が込められ、季語の一つ一つに独特の情趣が含まれるようになり、それが本意となった。ところで、ギルドは一般的に同業者による共存共栄のための団結であり、親方・徒弟というように階層制があるとされる。したがって、筑紫の議論は、ギルドになぞらえていえば、俳諧や俳句に係る集団組織において、主宰者は構成員に対し組織内に生じる事態の解釈と方向性を定める強い影響力を持っており、構成員らは自らの判断や行動を主宰者の言動に合わせようとすることから、句の出来不出来の評価について、構成員が自ら主体的に判断するのではなく、主宰者の判断を仰ぐという現象が常態化するといった組織的現象を来し、やがてそのような組織的現象が季語の解釈に一定の傾向を生じさせ、それがやがて「本意」に結実する、という意味であろう。

俳句界は、俳諧の時代からそうであったように、ある結社や集団に所属し、その主宰者の指導を仰ぎ、その指導に従うことによって結束を維持し、同時に構成員が序列化されているのが一般的な現状であり、いわばギルド的な組織といいうる。

筑紫の議論は、第一節で確認した連歌、俳諧の作法として発句に季語を要するとされた歴史的理由や、ギルド的組織という俳句界の現実を踏まえたものとして高く評価することができる。

第三節　小括

以上のとおり、俳諧の発句に季語を詠み込まなければならないとされたのは、和歌以来の伝統である。特に連歌、そして俳諧の共同制作の場において、集団的に創作するという活動を円滑で豊かなものにするために、冒頭の発句には季語を詠み込むことを要するという作法が生み出され、かつ維持されつづけたことが重要である。日本の自然や風土を基盤とし、これに対する日本人の情趣が長い期間を通じて培われる中、季語はやがてその言葉が指すだけの意味にとどまらず、日本人共通の情趣という言外の意味を内包する「本意」を持つようになった。このような伝統が成り立つ根拠は、連歌も俳諧も、個人が単独で句を詠むのではなく、複数名で連携し共同して句を詠み合う「座」における集団的共同創作行為としての文芸であったという点に求められる。このような俳諧から発句を独立させて「俳句」を創始したのが正岡子規であった。したがって、俳句は、そのような歴史的経緯を経ているがゆえに、連歌、俳諧の歴史的推移を引き継いで、一句の中に季語を詠み込むことが求められるようになった、といえよう。

第二章　季語の展開と増加

季語はいかなるものかという点について多くの議論があり、また、何を季語とするかに関しては、俳人の間でも見解に相違があった。以下、その様相を、蕉門関係の資料を中心に見てゆく。

第一節　季語の種類について

松永貞徳の貞門俳諧の歳時記『毛吹草』[一四〇]には、「俳諧四季之詞」と「連歌四季之詞」の二つの種類の季語が載っている[一四一]。

「連歌四季之詞」は、和歌から連歌における季語であり、初春・中春・末春、初夏・中夏・末夏、初秋・中秋・暮秋、初冬・中冬・暮冬の十二に分けて分類されている。例えば、現在でも季語とされている「門松」（初春）、「蛙」（中春）、「彌生」（末春）、「更衣」（初夏）、「梅雨」（中夏）、「蟬」（末夏）、「七夕」（初秋）、「色鳥」（中秋）、「枯野」（暮秋）、「凩」（初冬）、「氷柱」（中冬）、「師走」（暮冬）等が記されている。

「俳諧四季之詞」は、俳諧における新たな季語であり、正月から極月までの一二に分けて分類されている。例えば、「書初」（正月）、「にら」（二月）、「桃の酒」（三月）、「蕗」（四月）、「蝸牛」（五月）、「甘酒」（六月）、「へちま」（七月）、「野菊」（八月）、「銀杏」（九月）、「頭巾」（十月）、「冬至」（霜月）、「年忘」（極月）等が記されている。

第二節　タテの季語とヨコの季語

季語には、いわゆるタテとヨコの種類があるとされる。タテの季語とは、前述の歳時記『毛吹草』の「連歌四季之詞」であり、ヨコの季語とは、同「俳諧四季之詞」である。以下、この点を概観する。

松尾芭蕉の門人の俳書にタテの季語とヨコの季語に関する記載がある。其角の『句兄弟』と許六の俳論書[一四二]『宇陀法師』である。

其角の『句兄弟』には、

縦《タテ》は〽花〽時鳥〽月〽雪〽柳〽桜の折にふれて、詩歌連俳ともに通用の本題也。横は、〽万歳《まんざい》〽やぶ入《いり》の春めく事より初めて、〽火燵〽餅つき〽煤払〽鬼うつ豆の数〳〵なる俳諧題をさしていふなれば、縦の題には古詩・古歌の本意をとり、連歌の式例を守りて、文章の力をかり、私の詞なく、一句の風流を専一にすべし。横の題にては、洒落にも、いかに

も我《わが》思ふ事を自由に云《いひ》とるべし

との記載[一四三]がある。

許六の『宇陀法師』[一四四]には、

題に竪横の差別有べし。近年大根引のたぐひを、菊・紅葉一列に書ならべ出する、覚束なき事也。

との記載がある。現代語訳は、「俳諧の題には縦題・横題の相違があるようです。近頃〈大根引〉という横題を、〈菊〉〈紅葉〉[一四五]の如き竪題と同列に書き列ねて、撰集に出すことは頼りないことであります」となる。

これらを踏まえて、復本一郎は、「竪題季語」と「横題季語」という概念を提唱している[一四六]。「竪題季語」は和歌以来の伝統的な季語をいい、「横題季語」は俳諧において新たに認定された季語をいうとし、季語の縦横を認識することの重要性を強調している。竪題季語には、「本意」と呼ばれる、和歌以来の美的イメージが纏綿していることから、当該季語に対する共通認識が存在し、この美的共通認識によって俳句作品は美的イメージの広がりを獲得することができる、というのである。例えば、紹巴の『至寳抄』に「連歌《（歌道）》に本意と申事候、たとひ《（たとへば）》春も大風吹、大雨降共、雨も風も物静なるやうに仕候事（本意にて御座）候」[一四七]と記されているように、春風や春雨は「物静なる」ことが本意であり、現実には暴風暴雨であったとしても「物静なる」ように詠まなければならない、とされている。

そして、このような「本意」を踏まえた和歌作品が集積されたことにより、竪題季語の美的イメージが作り上げられ、日本人の美意識が形成された、とするのである。また、復本一郎は、正岡子規が「時鳥《ほととぎす》」という季語について河東碧梧桐に語ったエピソードを紹介し、「本意」の消極的側面についても指摘している。すなわち、子規は、自分が夏に亡くなれば、夏の季語である「時鳥」を詠み込んだ追悼句が山のように届くことを嫌ったというのである。理由は、「時鳥」という季語は古来たくさん詠まれた題であり、もはやどうしようもないほど陳腐な季語であり、到底よい句は得られないという点であった。このように、和歌以来本意を踏まえて作品が積み重ねられた竪題季語は、共通の美的イメージがあるがゆえに万人に理解し得るという利点がある反面、詠み重ねられたがゆえに新規さに乏しく陳腐になりやすいという欠点も存在する。この点を、復本一郎は「本意」は「俳句にとっては、功罪相半ばする諸刃の刃」だとする。

他方、横題季語は、江戸時代の俳諧において認定された新題の季語であって、江戸時代の庶民生活に密着したものとして、竪題季語のような和歌以来の「本意」すなわち美的共通イメージは存在しなかったから、これに縛られずに句を作ることができた。松尾芭蕉や許六などが、横題季語に積極的に挑戦しており、その例として、「大根引き」や「夏座敷」の句などが挙げられている。復本一郎によれば、芭蕉は、竪題季語ばかりでなく、横題季語を取り込むことによって、自らの俳諧の「新しみ」を広げた、とされる。

この点、東聖子も、芭蕉の蕉風俳諧における季語を精査し、「縦題・横題」等の観点から研究を遂げている[一四八]。

東聖子は、「俳諧の季題のうち、詩・和歌・連歌にも通じて詠まれる題を〈縦（竪）題〉、俳諧のみに詠まれる題を〈横題〉という」とし、その論拠として、復本一郎と同様に、其角の『句兄弟』を挙げるが、同時に、其角とは異なる視点を持つ白雄も挙げる。東によれば、其角は俳諧題、すなわち横題は自由に詠めばよいとするが、白雄は俳諧題は幽玄に詠まなければ平句に陥りやすい、と対照的な主帳をしている、という[一四九]。

また、東は、芭蕉の発句について、寛文期から元禄期までの五つの期間に区分して整理し、横題の割合は一五％から二三％であることや、詠み込んだ横題は、新しい素材ではなく、蕉風以前の貞門・談林で親しまれていた横題であったことを明らかにした上で、芭蕉の独自性は、素材の新しさではなく、詩精神や形象化の新しさにあった、と分析している[一五〇]。それは、芭蕉が注力したのは、横題を発見したことだけにとどまらず、竪題については和歌以来の「本意」とは異なった視点から、従前の横題についても従前にはない視点からの、その題が本来持つ姿すなわち「本情」を発見し、これを新しく「本意」に取り入れていった点や、表現形式の新しさであり、ここに芭蕉の独自性があった、ということであろう。

さらに、東は、蝶夢編『類題発句集』における縦題と横題の状況を分析した結果、横題の特徴として、①市井や農村の生活的な語彙の増加、②年中行事や宗教的行事等の民族的語彙の増加、③動物・植物等の具体的な名称語彙の増加、④暑・暖・漸寒等の感覚語彙の出現、⑤猫の恋・帰花等の俳諧独自の詩情を持つ語彙の出現等が明らかになったとした上で、横題は、俳諧独自の本意・本情が見出された時に詩語となり、みずみずしく芳醇な季節感を漂わせ、日常語を取り込みつつ、〈詩語になりうる日常語群〉を形成している旨結論づけている。[一五一]

このほか、山本健吉は、一句の中に季語が明確に存在することが肝要であり、季語の有無は発句の存在論の問題であって、「季語がはいっていなければ、発句として十分の存在性」はないとした上で、季語は一種の「美的結晶物」として長い歴史を経て、その集積が「一つの秩序の世界」を作っている、とみている。[一五二]

そして、山本は、季語が作り出す秩序の世界について次のように言及する。①和歌の題は、和歌は優雅なものだとの美意識から選ばれたもので、ゾルレンの性格を帯びている。②俳諧の題は、和歌の題に加えて、生活に卑近な題目が拾い上げられたものであるが、選ばれた言葉である以上、俳諧的な平俗・滑稽などの情趣を漂わせており、やはり淡いながらもゾルレンの性格を帯びている。③さらに、その周辺に日本の風土における季節現象の中におびただしい数のザインとしての季語が存在している。「花」「郭公」「月」「雪」「紅葉」という五つの景物をピラミッドの頂点とし、その周囲の斜面にはゾルレンとしての和歌の題目、つづいて俳諧の季題がとりまいて美的形成物としてのフィクションの世界を構成し、さらにその外辺部にザインとしての季語全体がひしめき合っている。[一五三]

なお、ゾルレンとザインという分析方法について山本健吉は、大西克禮の『風雅論――「さび」の研究――』の一節を根拠としている。[一五四]すなわち、大西は同著の中で、「和歌の場合には（中略）和歌の『美』に適合するやうな題材が、長い傳統の間に自然に選擇された」ものであるが、

「俳諧の場合に於ける題材の整理は（中略）餘りにも廣汎にして無制限なる素材の世界が（中略）整理や分類を自然に必要とするところから起る」とし、「それはSollenの意味のものといふよりは、むしろSeinの概觀」と記している。[一五五] 山本健吉はこれを踏まえて、「歌の題は当為（ゾルレン）であり、俳諧の季題は存在（ザイン）である」との整理をしている。

このように、山本健吉によれば、季語の世界は、雪・月・花・紅葉・郭公という五つの景物を頂点としたピラミッド状に構成されていて、その頂上から裾野へと広がるにつれて、和歌以来の伝統的美意識の結晶としての「あるべき美意識」を内包する季語から、連歌の「あるべき美意識」を内包する季語、そして、俳諧的な「あるべき詩情」を伴う季語へと続き、さらに、その周囲の裾野に現実の存在としての自然の風物が季語として取り上げられることを待っている状態となっている、というのである。この説によれば、復本一郎のいう「竪題季語」と「横題季語」、及び東聖子が研究の前提とした「縦題横題」の季語は、タテの季語がピラミッドの頂点から中腹程度までに位置づけられ、ヨコの季語が中腹程度から裾野まで広がった状態が想像されるところである。

第三節　小括

以上、概観したように、季語にはタテの季語とヨコの季語がある。タテの季語は、和歌以来の美的共通イメージを本意として内包しており、本意を踏まえて句を詠むことが求められている。他方、ヨコの季語は、俳諧以来の季語であって、和歌的な美的共通イメージはないから、自由に句を詠むことができる。したがって、ヨコの季語は、本意すなわち美的共通イメージは未完成な状態にあり、タテの季語との比較では、「新題」（新しい季語）ということになる。

第三章　新題（新季語）の問題

第二章第三節記載のとおり、タテの季語との比較において、ヨコの季語は新題となる。しかし、時代が下れば季語が増え、古いヨコの季語はもはや新題ではなくなる。当初は新題であったものが、それなりの固有の詩情を持ち、それが詩的共通イメージを有するようになれば、それが本意として備わることになるからである。タテの季語は、それが持つ美的共通イメージである本意によって、その句に美的詩情を備えさせるという利点があるものの、くりかえし詠まれることによって、新味が薄れ、陳腐になるという欠点もあった。このような推移は、ヨコの季語であっても同様である。

それでは、新題（新季語）はどのようにして生まれるのであろうか。

第一節　松尾芭蕉と新題（新季語）

松尾芭蕉は、弟子の去来に対して季語の発見について語っている。すなわち、『去来抄』[一五六]の「季題の発見」の件である。ここには、魯町《ろちやう》曰く「竹植うる日は、古来より季にや」。去来曰く「覚悟せず。先師の句にて初めて見侍る。古来の季ならずとも、季にしかるべき物あらば、撰び用ゆべし。先師、『季節の一つも探り出《いだ》したらんは、後世によき賜《たまもの》』となり」。

とある。[一五七]現代語訳は、「魯町が『「竹植うる日」は、昔から季語として用いられているか』と尋ねた。私は『よくは知らない。先師の句ではじめて季語として用いられているのを見ました。昔からの季語でなくても、季語として適当なものがあったら、選んで用いてよい。先師も「新しい季語の一つでも捜し出したとしたら、後世によい贈物になろう」といわれたことがある』と答えた」である。[一五八]「先師の句」とは、松尾芭蕉の「降らずとも竹植《うう》る日は蓑と笠」（『笈日記』など所収）の句を指す。[一五九]「竹植うる日」という詞は、作句当時は季語として用いられた詞ではなかったが、[一六〇]芭蕉がこの句を作ったことによって季語に定まったのである。

このように、芭蕉は、新題を「探り出す」ことは後の世への「よき賜」と考え、現に新題を句に詠み込み、新題を探り出していたのである。

第二節　山本健吉と新題（新季語）

山本健吉は、第二章記載のとおり、季語の世界をピラミッドになぞらえ、その裾野には自然の風物が季語としてひしめいており、これが俳句に詠み込まれることによって新題（新季語）として認められるようになると説いている。この説によれば、季語は既に自然界に存在しているが未だ歳時記に載っていない状態に過ぎないから、これを俳句に詠み込めば、それははじめから有季の俳句となる。そして、その季語が後に新題（新季語）として歳時記に掲載される、ということになりそうである。確かに、この説に立てば、新題（新季語）の誕生をスムーズに説明することができる。すなわち、私達の周囲には、四季折々にさまざまな景物が、既に季語として、いわば見えない状態でひしめいて存在しているというのであるから、これを俳句に詠み込むことを通していわば見える形にすれば新題（新季語）として公認することができる。新題（新季語）はまさに「探り出すもの」となる。そして、その俳句は作句時点から有季の俳句となる。

第三節　歳時記にない景物を詠むこと

以上のとおり、松尾芭蕉も山本健吉も、新題（新季語）は「探り出すもの」として促えている。しかし、この促え方に対しては疑問を感じる点がある。

一般に、現代の句会に参加すると、歳時記に載っている季語を詠み込んでいない俳句に対しては、主宰からも俳句仲間からも無季だから俳句になっていないなどと指摘されるのが落ちである。自分が感動した景物を詠み込んだと思っていても、歳時記に現に載っている季語が詠み込まれていなければ無季俳句として却下される。

この点、俳人平井照敏は、「季題とは何か」と題する論稿の中で、ある句会で出句した「黒《くろ》飴《あめ》を噛《か》んできりりと断《ことは》りぬ」という句が、最優秀の特選を含めほとんど満票の得点を得たものの、後に歳時記に載る季語が含まれていないことを理由に大部分の人から選を取り消されたエピソードを紹介している。[一六一] もし山本健吉の説が正しいのであれば、季語の世界のピラミッドの裾野の周辺にひしめいている自然界に存在するザインとしての季語を発見して句にしたためものとして評価すべきであり、無季の俳句と評価されるいわれはないはずである。しかし、現実の句会において、そのような考えは通らない。

季節の景物を詠み込んだとしても、その景物が歳時記に載っていないかぎり無季の俳句と評価されるという現実がある。そうであれば、ある特定の時点において歳時記に載っていない景物を詠み込んだ句は、後にその景物が歳時記に載るようになったとしても、少なくとも載るまでの間は無季の俳句というべきである。

他方、かつて中村草田男は、「萬緑の中や吾子の歯生え初むる」という俳句を詠んだ。作句当時、「萬緑」は歳時記に載っていなかったが、句の出来の素晴らしさから、後に「萬緑」（万緑）が歳時記に載るようになったという有名なエピソードがある。[一六二]

これらの現実をどうみるべきであろうか。山本健吉の説に照らせば、それまで見えずに存在していた季語が「探り出された」という説明により、作句当時から有季の俳句であったということになるのであろう。しかし、現代の句会に参加する者にとって、それはまるで「後出しじゃんけん」のようなものである。現代の句会における現実を踏まえるならば、歳時記に載っていない以上は無季の俳句なのであって、中村草田男も無季の俳句を作ったということにならなければおかしい。作句当時歳時記に載っていない景物を詠んだ俳句は、その景物が後に歳時記に載ることになろうがなるまいが、作句当時は無季俳句なのであって、少なくとも新題（新季語）として歳時記に掲載されるに至るまでは無季俳句というほかないと考える。

歳時記に載っていない景物を詠んだ俳句が佳句だった場合に、後になってこれを歳時記に季語として掲載するというような実情自体が、実は、詩心ある詞を用いるならば無季俳句も許容されるということを示しているのではないだろうか。

第四節　小括

このように、新題（新季語）を俳句に詠むということは、歳時記に載っていない景物を詠むことであるから、同時に無季俳句を作ることでもある。ただし、無季俳句ではあるが、それが佳句であれば、その景物は後になって季語として歳時記に掲載されることとなり、そのとき晴れて新題（新季語）として公認される。そうすると、新題（新季語）は、「探り出すもの」というよりも、「作り出すもの」という方がふさわしいと考える。

第四章　季語の役割と新事象・新題（新季語）

近代に入ると、連句よりも発句が中心となり、いわゆる俳諧革新が起こり、季語についての考え方も大きく変化する。ここでは、新事象を中心に、正岡子規の俳句観・季語観及び作句・選句について検討する。

第一節　正岡子規の俳句観・季語観

第一項　子規の俳句に係る経過

正岡子規は、明治二四年頃に「俳句分類」[一六三]に勤しんだ。「俳句分類」は、古来の俳書を編纂したものである。[一六四]子規によれば、「俳句分類」には甲乙丙丁の区別がある。そのうち九割を占める甲号分類については、俳句を四季・雑に分類し、さらに四季の各題に分類し、さらに各題について天文・動物・植物（以上を第一類）、地理・器物・衣冠・神人・建築・飲食・肢體（以上を第二類）、人事・日時・爪牙・枝葉・気象類・倫・心意（以上を第三類）等の各項に分類したもので、連歌及び俳諧の発句、その句の作者及びその句の出典書名を記してある。[一六五]最古の俳書から始め、七年ほどをかけて、連歌時代、貞徳時代、檀林時代、芭蕉時代を経て天明時代にまで調査が及んだという。[一六六]実際、高濱虚子、河東碧梧桐及び寒川鼠骨の校訂による『分類俳句全集』第一巻〜第十二巻（アルス刊、昭和三〜四年までに各巻発行）を見ると、多くの古い発句が、四季及び新年の各季に大別され、各季それぞれが時令・天文・地理・人事・動物・植物の六つの項目に分けられた上、その下に季語ごとに細別されており、さらに、各季語の下に、前述のとおり、第一類、第二類及び第三類の各内容毎に発句が記されている。寒川鼠骨によれば、季題により分類した書は古来あるが、「内容により細別した分類法を採ったのは、有史以來子規居士の創意を以て嚆矢とする」と評価されている。[一六七]

試みに季語「時鳥」の下の分類項目をみると、「鶯」「山鳥」「松」「動物」「魚」「雨」「器物」「月と時間」「風」「雪」「地理」「飲食」「東山道名所」「鐘」「小児」等々、その分類項目数は三百を下らない。[一六八]そして、各分類項目毎に発句が配列されている。これらの各分類項目毎に適宜発句を一句ずつ掲げると、以下のとおりである。

「鶯」　鶯の青かりしより時鳥　菊さけ（心一ツ）[一六九]
「山鳥」　子規その山鳥の尾は長し　九白（春日）[一七〇]
「松」　高砂の松とや千とせ時鳥　宗祇（大發句帳）[一七一]
「動物」　蛤の焼かれて鳴くや時鳥　其角（五元）[一七二]
「魚」　目には青葉山時鳥初松魚　素堂（あらの）[一七三]

「雨」　村雨や聲の催促子規　秀重（毛吹草）一七四
「器物」　雨たれの琴も止けり鵑　乙由（麥林）一七五
「月と時間」　月もまたで今歸りこん時鳥　紹巴（大發句帳）一七六
「風」　落しくるわか松風や時鳥　白雄（句集）一七七
「雪」　曉の雹をさそふや子規　其角（續猿蓑）一七八
「地理」　郭公敷寐や淀の寶舟　千之（虚栗）一七九
「飲食」　古茶新茶宇治はいそがし時鳥　諷竹（白陀羅尼）一八〇
「東山道名所」　近江より美濃へ美濃より時鳥　布仙（綾錦）一八一
「鐘」　待つ宵の鐘は幾聲時鳥　宗因（三籟）一八二
「小兒」　負ひし子の口まねするや時鳥　松下（あらの）一八三

その他の季語についても、下位の分類項目の種類や数、また例句数の多い少ないの差はあるにしても、基本的な配列構造は同様となっている。

これら配列をみると、いずれも、各季語の下の分類項目とされた内容というのは、要するに、当該季語と何を配合したか、を示すものといえよう。つまり、正岡子規の「俳句分類」は、季語と何を配合したかに基づく分類となっている。この点、柴田奈美は、「俳句分類」に勤しむことによって、子規は、①伝統的な季題の本情を独学でつかむことができた、②当該季語とその他のものとの「取り合わせの多様性」を明確にでき、類型を抜け出した「新しい俳句」を作るヒントを得た、とする。[一八四] 子規は、「俳句分類」の作業を通じて、「古人に詠われていない季題の詠い方」を独学で研究し、自らの句の新しさを追求する素地を固めることができたのである。

ところで、正岡子規最晩年当時に飛ぶ話であるが、河東碧梧桐は、子規が最晩年になっても配合の新しさを俳句の斬新さと捉えていることに強い不満を覚えていたと回想している。[一八五] 碧梧桐は、明治三三年夏頃から「ほとゝぎす」募集句に類句が多いことを危惧していた。この点、子規も明治三二年四月二〇日発行の「ホトトギス」（第二巻第七號）に掲載の「募集句「木の芽」に就きて」と題する記事の冒頭で募集句の過半が類句等である点を指摘している。[一八六] 碧梧桐は、明治三四年三月に子規が新聞「日本」に「山吹やいくら折つても同じ枝」等の「極印つきの月並」の俳句を紹介したことに疑問を感じ、子規に詰問的な手紙を出したものの納得できる答がなかった、加えて、明治三四年四月の「ほとゝぎす」誌上において、四方太の「青麥の中にのびたる杉菜かな」という俳句等について、子規が配合が斬新である旨評価したと高浜虚子が紹介する俳話が掲載されたのを読み、

> 私は一讀して何だつまらないとさへ思つた。句は材料の配合で生きる。（中略）それを句作の一手段として考へたのは、まだ我々がヒヨツコであつた前時代のことだ。寫生も何も、理論的には考察されなかつた昔の話だ。今更になつて、其の邊への逆戻りは片腹痛いとさへ思つた。「青麥の中に伸びたる」句其のものが、實景を注視しろと言つた、初學寫生の範圍を出でない入門作程度のものだ。それを「麥と杉菜」の配合で生きてる、それが斬新

な配合であるとは、一體どういふことなのか。寫生の大道を濶歩してゐる今日の時代に、句中の材料を配合と見て、其の可否を批判する、一句の成立を機械化して見ることが果たして正しいのか。

と憤ったという。河東碧梧桐の憤りは別にして、ここから読み取ることができるのは、「俳句分類」に勤しんだ当時から最晩年に至るまで、子規は「配合」の新しさを重視しており、これが「斬新さ」の基準となっているという点である。

以上を踏まえると、正岡子規の「新しい俳句」とは、主に新しい配合の発見ともいい得る。

続いて子規は、明治二五年六月から一〇月にかけて新聞「日本」に「獺祭書屋俳話」[一八七]を連載した。特筆すべきは、明治二五年八月一〇日から同年一〇月二〇日にかけて連載された「發句作法指南の評」[一八八]と、明治二五年九月一二日から同月一七日にかけて連載された「俳諧麓の栞の評」[一八九]である。前者は時の俳諧宗匠である其角堂機一が著した「發句作法指南」について同人の不見識と不明朗を厳しく論難した記事であり、後者は撫松庵兎裘が著した「俳諧麓廼栞」[一九〇]について同人が名句として掲げた句が「月並流」で価値が低いとした点である。すなわち、子規は、「獺祭書屋俳話」をもって俳諧宗匠らの俳諧を月並俳句[一九一]と称して批判し始めた。

明治二六年一月以降は互選句会を実施した。正岡子規一派の俳句会の変遷については、内藤鳴雪の回想に詳しい[一九二]。要約すると、①当初は、数人が「或る題」について出来るだけ句を作り、互いに見せ合って批評していた、②やがて、何分間と時間を定め、その間に何句でも「題」に従って多数を作り、その多さを競う「競吟《せりぎん》」[一九三]も実施するようになった、③明治二六年正月以降、「椎の友」会の伊藤松宇らの紹介により「互選による運座」という方法を覚え、以後はこの方法により句会を行うようになった、というものである。「互選による運座」とは、幾つかの「題」を出し、その題の句を作って匿名で提出し、数題分集まったところで互選に付し、多数の点を得た者が座中の勝利者となるという句会の方法であった。従来の俳諧宗匠らによる運座[一九四]においては、宗匠のみが選をすることができたのに対し、「互選による運座」は参加者全員が選をすることができた。いわば「宗匠の特権を會員平等に分権にした」方法であった。そして、内藤鳴雪の回想によれば、子規一派の勢力が普及するとともに、「互選による運座」も世間に広がり、子規一派の俳句会を総本山のごとくみなし、その他の俳句会は末寺のごとき観を呈していた、という。

『子規全集』第一五巻（俳句會稿）八二六頁「解題」中に記載の「年次別俳句会稿と参加俳人一覧」によれば、明治二五年までは「競吟」中心であったが、明治二六年一月八日以降は伊藤松宇らが参加していること、同全集一〇五頁以降に紹介されているように、明治二六年一月八日以降の各俳句会においては、各句の上部に選者印が付されるなどしており、「互選による運座」が盛んになったことを見て取ることができる。

以上より、正岡子規一派の俳句会の特徴として、①題詠であったこと、②互選であったこと、が指摘できる。

次に新聞「日本」から子規の俳句観をみていく。明治二六年一一月から翌二七年一月にかけて、新聞「日本」に「芭蕉翁の一驚」を載せ「芭蕉雑談」を連載した。さらに、明治二七年は、四月に「俳諧一口話」を、八月には「地圖的觀念と繪畫的觀念」を載せた。

「芭蕉翁の一驚」[一九五]は、松尾芭蕉を大明神として奉り二百年忌をお祭騒ぎする俳諧宗匠らを揶揄した記事である。「芭蕉雑談」[一九六]は、俳諧宗匠らが芭蕉を神聖視し過ぎていることや、芭蕉の俳句の過半は悪句駄句であること等を、芭蕉の俳句を具体的に挙げて批評しながら論じた記事である。なお、「芭蕉雑談」において、子規は、「發句は文學なり、連俳は文學に非ず」と断定している。[一九七]

「俳諧一口話」[一九八]には、①発句に必ずしも季語を要するわけではないこと、しかし、②句の感情を強めるためには「聯感」を広くする必要があり、そのためには季語を詠み込むのが最もよいこと、③季を定めるについては、例えば植物の場合、その花の咲く頃をその植物の季と定めるべきこと等が記されている。

「地圖的觀念と繪畫的觀念」[一九九]は、与謝蕪村の「春の水山なき國を流れけり」という句の優劣評価について、正岡子規と内藤鳴雪との意見が対立したこと及びその原因について論じた記事である。この句について、内藤鳴雪は秀逸と評価したが、子規は、「山なき國」という措辞が、「地圖的觀念」を基にした無形の理屈を含んでおり、単に目前の客観的な景象を詠じた「繪畫的觀念」に基づくものではないことを理由に品位が劣るとした。子規によれば、私達が日常目撃するように詠ずること、すなわち「繪畫的觀念」に基づいて目前の有形物を詠ずることによって、句の読者に「幾多の繪畫的心象」という「聯想」を起こさせることができる、というのである。このように、正岡子規は、この論稿によって、目前の有形物を絵画的に詠ずることによる「連想」力を重視する立場を明示したといえよう。その背景について青木亮人は、「正岡子規は、『地圖的観念と繪畫的観念』[二〇〇]を掲載することによって、松尾芭蕉を権威として自らの論に説得力を持たせようとする三森幹雄を代表とする旧派の宗匠らの俳論を批判した」と指摘する。[二〇一]

　明治二八年一〇月から一二月にかけて新聞「日本」に「俳諧大要」を、明治二九年五月から九月にかけて同新聞に「俳句問答」を連載した。

「俳諧大要」[二〇二]は、正岡子規のまとまった俳論である。「俳句の標準」「俳句と他の文學」「俳句の種類」「俳句と四季」「修學第一期」「修學第二期」「修學第三期」「俳諧連歌」と章立てされており、子規の俳句観、季語観、写生論、修学の手順、古句の評価等々が詳細に記されている。「俳句と四季」の章の冒頭に「俳句には多く四季の題目を詠ず」[二〇三]とあるように、子規は、基本的に、俳句を「四季の題目を詠ずる」文学、すなわち季語を詠ずる文学である、としている。そのように考えた理由としては、前述のとおり、①「俳句分類」において古句を分類する作業が季語別であったことと、②俳句会のやり方が題詠形式であったこと（題が季語であれば必ず有季俳句が作られる）が挙げられよう。要するに、俳句の分析も実践も季語中心におこなわれたからである。

「俳句問答」[二〇四]は、同記事の冒頭にあるように、明治二九年に入り、正岡子規一派の推進する

「新しい俳句」が世間に広がるにつれ、賛否両論が多数登場したことを踏まえ、「新しい俳句」についての疑問点に回答するという体で、約五〇個の問答体を通じて子規の俳論を記したものである。以下に特筆すべき一四点を挙げる。①当時の俳諧宗匠の代表格である三森幹雄の句について「新しい俳句」の影響が及ぶ部分は褒めるも、結局こき下ろしている。[二〇五]②俳句の内容について、五七五の音調は挙げるが、季語を要するとは述べていない。[二〇六]③俳諧宗匠らは遠回しに述べることを「婉曲」として喜ぶが、「婉曲」は俳句には必要ない旨明言している。[二〇七]④四季は暦の四季による。[二〇八]⑤句作は理屈的（主観）ではなく感情的（客観）に行うよう指導している。[二〇九]⑥新派（新しい俳句）と旧派（三森幹雄ら俳諧宗匠の句）との相違について、例えば訴える対象が「感情」か「智識」か、意匠の陳腐を嫌うか好むかなど、五つを挙げている。[二一〇]⑦俳句は、感情に趣味を感ずるものであって、智識の上に事実を納得したり智識に訴えて後始めて意味が分かったりするような理屈の句であってはならない。[二一一]⑧俳諧宗匠である老鼠堂永機の句五つを取り上げて、意匠も句も軽く、二流以下の俳家に過ぎないと断じた。[二一二]⑨雑の句すなわち無季の俳句は季節を感じないため面白くなく、価値は甚だ低いが雑の句を作った場合は捨てるに及ばない。[二一三]⑩景色が見えない句は俳句にならない。[二一四]⑪従来の俳諧宗匠等は兼題や運座の題を主として句を詠むべきだとするが、「題詠の區域を廣くし自由に思想をはたらかしめん」とするため、俳句において題を主とするか否かは作者の好きなようにしてよく、梅の題に鶯を取り合わせてもよいし、月の題において大仏を主とし月を客としてもよい。[二一五]⑫名所に係る俳句を取り上げつつ、句会の席上で以前見た景色を眼に浮かべてこれを句にしてもよいし、見たことがないものについてその光景が眼中に在るかと思う程であれば句にしてもよい。[二一六]⑬俳句は光景を彷彿として眼前に在るように詠み、読者にその光景を想い起こさせるようにしなければならない。[二一七]⑭俳句は、実際に見聞きして感じたことを基に作るべきであり、普通に見馴れ聞き慣れたものを「取り合わせ」て作るべきである。[二一八]

このように、正岡子規は、季語をベースにした「俳句分類」と題詠をベースにした互選句会を踏まえ、「俳諧大要」によって基本的な考え方を確立した上、その内容を、問答形式をもって説明する「俳句問答」によって補充的に解説したのである。

その後、子規は活動の基軸を実作中心に移してゆく。その経過を追うと、明治三〇年一月から三月にかけて新聞「日本」に「明治二十九年の俳句界」を、「ほとゝぎす」に「俳諧反故籠」をそれぞれ連載し、同年四月から一一月にかけて同新聞に「俳人蕪村」を連載した。明治三一年は、一月に新聞「日本」に「明治三十年の俳句界」を、「ほとゝぎす」には三月に「『新俳句』のはじめに題す」を、一一月に「古池の句の辨」を掲載した。明治三二年は、「ホトトギス」に、一月は「明治卅一年の俳句界」と「俳句新派の傾向」を、二月は「俳句の初歩」と「募集俳句『凍』に就きて」を、三月は「募集句『手』に就きて」を、四月は「募集句『木の芽』に就きて」を、五月は「募集句『妻』に就きて」を、一〇月は「蕪村句集講義に就きて」を寄稿し、同年四月から明治三三年三月まで「随問随答」を連載。明治三三年は「ホトトギス」に、一月は「明治卅二年の俳句界」を、一〇月は「俳話（病牀問答）」を掲載した。明治三四年は、三月に「ホトトギス」に「俳話（病牀俳話）」を、四月に「太陽」第七巻第四號に「俳諧新舊派の異同」を、五月に高濱虚子編『春夏秋冬』（俳書堂、明治三四年五月二五日）に「『春夏秋冬』序」を、それぞれ寄稿。そして、明治三五年二月に「ホトトギス」に「獺祭書屋俳話帖抄上巻を出版するに就きて思ひつきたる所をいふ」を掲載した。

　以上の子規の経過を段階的に整理する。⑴明治二四年頃に「俳句分類」に勤しむことによって俳句創造の土台を築く。⑵明治二五年から明治二七年にかけて、「獺祭書屋俳話」や「芭蕉翁の一驚」「芭蕉雜談」で俳諧宗匠らを批判して当時の俳諧の現状に警鐘を鳴らすとともに、従前の宗匠中心の句会形式を互選句会に改めて俳句の実践に努め、「地圖的観念と繪畫的観念」などによって俳句創造の骨格を築いた。⑶明治二八年から明治二九年にかけて「俳諧大要」「俳句問答」などによって俳論をほぼ完成させた。⑷以後、互選句会や「ほとゝぎす」（後身の「ホトトギス」を含む）の募集句会などの実践を通じて「新俳句」と称する自らの俳句を育て上げ、与謝蕪村の研究も加味して、『新俳句』や『春夏秋冬』など正岡子規一派の俳句集を制作し世に問うた。

第二項　子規の俳句観

　正岡子規は、「俳諧大要」において、美の感情が俳句の標準であるとし、その美の感情は個々人それぞれに感ずるものであるとする。[二九] したがって、子規にとって、美の感情以外のものは俳句の標準に影響せず、どの流派の俳句かにかかわらず美か否かが俳句の善し悪しの基準となった[二二〇]。また、美の標準のひとつとして、「斬新を美とし陳腐を不美とするの一箇條」があるとし[二二一]、俳句の趣向はなるべく斬新であることを要し[二二二]、俳句について陳腐と新奇を知ることが最も必要[二二三]だとする。

そして、子規は、自分が俳句に触れ始めた頃に好んだ俳句についての「懺悔談」を語るという体で、悪い俳句の種類について例を挙げて解説している[二二四]。それは、①理屈を含む句、②譬喩の句、③擬人法を用いる句、④複雑な人情を現した句、⑤天然の美を誇張的に形容した句、⑥語句の上に巧を弄する句、等である。いずれも美の感情以外の要素に力点を置く俳句であろう。

こうして、子規は、自らが推進[二二五]しようとする「新俳句」と、江戸時代終盤から明治時代中盤にかけて隆盛を誇った、三森幹雄[二二六]など俳諧宗匠らによる「月並俳句」との違いについて、「俳句問答」において、次のように述べている。

第一　我は直接に感情に訴へんと欲し彼は往々智識に訴へんと欲す。
第二　我は意匠の陳腐なるを嫌へども、（中略）寧ろ彼は陳腐を好み新奇を嫌ふ傾向あり。
第三　我は言語の懈弛《たるみ》を嫌ひ、（中略）寧ろ彼は懈弛を好み緊密を嫌ふ傾向あり。
第四　我は音調の調和する限りに於て雅語俗語漢語洋語を嫌はず、彼れは洋語を排斥し漢語は自己が用ゐなれたる狭き範圍を出づべからずとし雅語も多くは用ゐず。
第五　我に俳諧の系統無く又流派無し、彼は俳諧の系統と流派とを有し且つ之あるが爲め

に特殊の光榮ありと自信せるが如し

このように、正岡子規は、新俳句の特徴の柱として、感情に直接訴えるものであること、意匠の新規と言語の緊密を好むものであることを挙げる。そして、さまざまな句を評する中で、「自らその光景眼中に在るかと思ふ程ならば句に作りて可なり」[二二七]「光景も彷彿として眼前に在る」[二二八]「俳句は實際見聞して感じたることを本として作るべし」[二二九]などの表現で、繰り返し、直接に感情に訴えること、感情に訴えるために智識ではなく客観的な景を描くべきこと、すなわち写生の効用をるる述べている。なお、正岡子規は、右第五について、明治三一年冬には、「芭蕉忌や芭蕉に媚びる人いやし」「芭蕉忌や吾に派もなく傳もなし」（いずれも『俳句稿』）と詠んでいる。[二三〇]

この点について加藤楸邨は、月並俳句は、「判断という知的な夾雑物が介入」し、その「介入の仕方が発想の中心」となっており、「同時燃焼の中で把握されなければならない」はずの詩が、「二段・三段に屈折した知的操作」に重きが置かれてしまい、「低俗」で「常識的なかけひき」となっているとし、これが「子規が革新を試みて攻撃した作句上の主要な標的」であり、「子規の非難した『理屈』というもの」であった、と説いている。[二三一]

以上のとおり、正岡子規にとって、俳句は個人の美的感情を表現するものであり、そのためには、対象を見聞きして湧いてくる美的感情が主題となる。そうであるならば、俳句の作者は、まず、いつ、どこで、何を見聞きしたかを句に描写する写生・写実が求められることとなる。

この「いつ」については、朝、昼、夕、夜といった時間帯もさることながら、当然に季節も含まれる。いうまでもなく、「季語」は四季を表す詞である以上、一句の中に季語が存在すれば、写生・写実の要素のうちのひとつが達成される。また、俳句における美の標準の最も重要なものが斬新性であり、俳句において新規性が追求されなければならないとすれば、目指すべき「新しい俳句」においては「新しい配合」や「新しい季語（新題）」こそが求められるべきものとなろう。

第三項　子規の季語観

俳句は、正岡子規が俳諧連歌の発句を独立させて創始したものである。子規は、『俳諧大要』において、「俳句と四季」等の項を立て、「俳句には多く四季の題目を詠ず」「四季の題目は一句中に一つづゝある者と心得て詠みこむを可とす」「写実の目的を以て天然の風光を探ること尤も俳句に適せり」と記している。[二三二]このように、子規は、俳句には「四季の題目」すなわち季語を詠みこむことが多いとする。

子規は、俳句に季語を要する理由として、「聯想」と「四季の美」を挙げている。同著には、「四季の題目を見れば即ち其時候の聯想を起こす可し」「この聯想ありて始めて十七字の天地に無限の趣味を生ず」と記されている。[二三三]また、「四季」と題する「俳諧一口話」の中で、「季といふ者は聯感を強くするなり」「十七字の句にて感情を強からしめんには聯感（餘意）を廣くせざるべからず」「聯感を廣くするには季を讀み込むを第一なりとす」と記している。[二三四]「十七字」という短い短詩型に深みを醸し出すためにこそ、連想の力を秘めた季語を要するとしているのである。さらに前記「俳句と四季」の項で、「四季の聯想を解せざる者は終に俳句を解せざる者」であって、「この聯想なき者俳句を見て淺薄なりと言ふ亦宜なり」とまで記している。つまり、俳句という一七音しかない短詩型において、深厚深遠な詩心を表現するためには、広く連想が広がる詞を必要とし、それが「四季の題目」つまり季語であるという立論である。

連想の具体例として、子規は「蝶」という季語を挙げる。[二三五]「蝶」という季語は、蝶それ自体にとどまらず、「春暖漸く催し草木僅かに萌芽を放ち菜黄麥綠の間に三々五五士女の嬉遊するが如き光景」をも連想させる、とする。そして、このように連想することが出来ないかぎり俳句の面白味を理解することはできない、というのである。この点、俳人水原秋櫻子の俳句鑑賞の仕方が参考になる。例えば、水原秋櫻子は、子規の「山吹や花散りつくす水の上」という句について、

> 流れの上に枝垂《しだ》れた山吹が、美しい花をつけた。長い枝は水にふれ、そこに生まれた渦がきりきりと舞いつつ流れてゆく。さかりになると花影を写した水は殊に明るく、気の早い水馬《みずすまし》が二つ三つ、溯《さかのぼ》ってはまたながされてゆく。春の終わりと共に、山吹の花も散ってしまった。それは岸には散らずことごとく水に浮かんで流れてしまった。だから二三日のあいだは、波にのって花片の漂ってゆくさまが見られた。しかしいまはもう真青な葉がその

流れに影を落としているだけである。

と鑑賞している。[二三六] 俳句を鑑賞するということは、ここまで連想を働かせて初めて面白味が分かるのであって、単に山吹の花がすべて散った川の状態を連想するだけでは俳句の面白味を理解できていないのである。

深厚深遠な詩心を表現するための詞として季語がふさわしいとする理由については、「四季の感情は少しく天然に目を注ぐ人の略同様に感じ居る所なり」とし、さらに、「山川草木の美を感じて而して後始めて山川草木を詠ずべし」「美を感ずること深ければ句も亦随って美なるべし」とし、したがって、「天然を研究して深き者が深思熟慮したる句を示すとも、初學の人は一向に其句の美を感ぜざるべし」「蓋し彼は天然の上に斯る美の分子あることを知らざればなり」と記している。[二三七]

このように、子規は、四季に存在する美しさこそが俳句を深く厚みのある詩とする要であるとする。この点、水原秋櫻子も、上記鑑賞に加えて、「純粋の自然美を写し描くのが、俳句の真髄」であり、「自然を精細に観察して真の美を見さだめ、周囲の不要物をとり除いて、その美のみを表現」することが肝要で、「自然美を純粋にとり出す」ことが最も大切である旨述べている。[二三八]

以上のように、子規は、俳句に季語を詠み込むことが推奨される理由として、①四季には美しさが存在すること、②そのような四季を表す言葉の連想力が季語にあること、③一七字の短詩型にそのような季語が置かれることによって、詩情が醸し出されること、を挙げている。こうして、子規は、季語は「俳句に限りたる一種の意味を有すといふも可なり」と記し[二三九]、季語に俳句特有の意義を持たせようとしているのである。

ところで、子規が折に触れて論難した俳諧宗匠三森幹雄は、「餘情」のあるように発句を作らなければならないと述べている。子規のいう「連想」と三森のいう「餘情」とはどう異なるのであろうか。

正岡子規は景を客観的に描くべきことを述べていた。他方、三森幹雄は、その著『俳學大成第二巻』「發句案方心得並作例」の章において、発句に「餘情」がなければ只言や理屈となり感情がなくなると述べている[二四〇]。三森は、余情のない只言、又は理屈の句の例として、「暖かな今日は咲けり梅の花」「風の蝶吹れて空にひらひらと」「風の蝶吹上られて行方なし」を挙げる。先二つの句は、いわば誰にでもよく分かり、誰が言っても同じで、「誰が見てもごもっともな句」で、余情がないから只言の句で、三つ目の句は風の蝶の題をただ見たまま描いただけで心が用いられていないから理屈の句だという。そして、それぞれ、「家の内はかり寒いか梅の花」「風の蝶しはらく空にひら〳〵と」「風の蝶吹あげられて何處へやら」とすれば、家の外の暖かさや、蝶が空に漂う状態や、蝶の行方を心配する気持が「餘情」として句に表れるという。こうして三森は、「十七文字の發句にて有のまゝにいふ物じやと思ふは餘りにも愚」と述べるのである。

この点について、青木亮人は、正岡子規と三森幹雄の相違は「季に対する感覚」の違いにあるという。[二四一]青木によれば、三森の「餘情」は、季節の移ろいや過去・現在・未来を言外に含めるもので、和歌以来の伝統に則っている。すなわち、三森の挙げた例句「家の内はかり寒いか梅の花」は、冬の寒さの薄らぎと春の暖かさの始まりという季節の移ろいが「家の内」という言葉によって余情として表れている、「風の蝶しはらく空にひら〳〵と」の句は、過去も現在も風に舞っている蝶がこれからも舞い続けるであろうという時間の経過に伴う蝶の未来の様子が「しはらく」という言葉によって余情として表れており、「風の蝶吹あげられて何處へやら」の句は、風に運ばれ自由にならない蝶の行方を心配する気持が「何處へやら」という言葉によって余情として表れている、ということであろう。青木によれば、古来歌人は四季の推移に感興を催してきたのであり、三森も同様に季節の重なりの間《あわい》に感慨を絡めている。確かに、第一章第一節第二項冒頭に記載のとおり、歌人は季節の有り様や変化をいち早く捉えて歌に詠み込むことを最も理想としていた。現に、同節第一項において具体的に検討した『万葉集』『古今和歌集』及び『新古今和歌集』に載る和歌の実例のほとんどは季節の有り様や変化に感慨を絡めたものであった。三森においても、さまざまな時間や空間が句の中に畳み込まれ暗示されて「餘情」となるのである。これに対して、子規は、四季を区別して固定した上で、眼前の一時の映像をピンセットでつまむように描こうとする。四季の美しさを直接感情に訴えるためには、知識や理屈を排除して、眼前の景をそのまま写し描かなければならない、とするのが子規の思考である。しかし、そのような句は、三森の思考からすれば、「餘情」はなく、まさに「只言」となる。このように、三森は移ろいや間《あわい》といった重なり合う四季を前提とし、子規は四つに明確に区別され固定された四季を前提としている。ここに、「俳句分類」にみられる分類分析思考という子規の特徴が表れているのではないだろうか。「季に対する感覚」の違いが両者の句の描き方の違いを生んでいるという青木亮人の指摘は正鵠を得ている。こうして、「季に対する感覚」の違いが句の描き方に違いを生み、片や余情を表せといい（三森幹雄）、片や眼前の景を写し描けという（正岡子規）。そして、互いに相手を、一方は眼前の景を写し描くのは「只言」だと非難し、他方は「餘情」を表すのは「智識や理屈に訴えている」、表現が「弛緩している」等と批判するのである。

　ところで、三森幹雄も眼前の景を描くことを重視している。すなわち、三森は、『俳學大成第一巻』の「發句案方心得並作例」の章において、発句は詠む対象（風姿）をよく見ることによって生じる詠む人の心に感じる情（風情）を詠むものであるとし、たとえ眼前にない物を詠むときでも、想像力を働かせて、「眼に見江心《こゝろ》にあらはれて　真にせまる」よう想像することが「第一の着目」であり、「真にせまりて見ゆるが如くなれば　風情《ふうじやう》之に従はすといふ事なし」とし、その上で「いはぬ事をふくみ」て「餘情」を表さなければならないとする。[二四二] このように三森も子規と同様に眼前の景を描くことを重視しているとすると、両者の相違はどのように理解されるべきであろうか。

　思うに、子規は眼前の景を写し描くことこそが、知識や理屈を介さずに、四季の美しさを直接感得することにつながると考える。その根拠は、季語の「連想」力である。子規によれば、季語には、季語そのものの景ばかりではなく、これに加えて、当該季語が属している季節における気候や人の生活などを連想させる力があり、この力によって四季の美を感得することができる、というのである。作者はその力を活用して句を作り、読者はその力を活用して鑑賞する。逆にいえば、季語の連想力に欠ける者は作者としても読者としても俳句をよくしない。

　他方で、三森は、季語は季語そのものしか表さないと考えているふしがある。例えば、『俳學大成　第一巻』において、発句は物に対する人の心を詠まなければならないとする。例えば、「梅」や「柳」を詠む場合、「梅は白し」「梅は畑にあり」とか「柳」のみをいうのでは「我が意」(人の心)がない、「白き味はひ」や「畑の氣色」などを表さなければ「句にも歌にも成さるなり」とする。[二四三] また、『俳學大成　第二巻』に挙げられた上記各例句の評価の仕方をみると、「梅」や「蝶」という季語自体から当該季語が属している季節における気候やら人の生活やらの何が想い起こされるのか、について全く触れるところがない。むしろ、梅しか描いていないこと、蝶しか描いていないことをもって「餘情」はなく「只言」だと結論づけ、「發句にて有のまゝにいふ物じやと思ふは餘りにも愚なる事」とするのである。[二四四] このように季語自体が持つ連想力を前提にしないのであれば、当然それに代わる何かを表さない限り、その句は自然科学の観察のように無味乾燥なものとなり、真実「只言」の句となるであろう。それゆえ、三森は「餘情」を求めるのではないか。

　対して、子規は、例えば、「蝶」という季語は、「蝶」のみを表すのではなく、「蝶」が属している「春」という季節における、気候や人の生活等もろもろの美しさを連想させる旨述べている。子規にとって、属する季節における気候や人の生活等のもろもろの美しさを連想させる力のある詞こそが季語なのである。こうした子規の立場からすれば、季語自体の連想力の範囲は広いので、三森のいう意味での「餘情」は不要となる。否、むしろ感情以外の智識や理屈が入る分だけ有害だ、ということになる。

以上検討したとおり、三森幹雄と正岡子規の相違は、互いの季に対する感覚の違いと、季語自体の連想力の範囲の捉え方の広い狭いにあるといえよう。

第二節　新事象と新題（新季語）

幕末の動乱から明治維新によって、それまでの俳諧において詠まれていなかった新しい事象が社会に誕生したことはいうまでもない。俳諧又は俳句において、明治維新前後に誕生した新事象は、どのように対処されたのであろうか。以下、その概要を見てゆく。

第一項　明治時代初期

明治初期の俳人たちが用いていた歳時記・季寄は、季吟の『山の井』『増山の井』や曲亭馬琴の『俳諧歳時記』など、江戸時代のものであり、中でも馬琴の『俳諧歳時記』は藍亭青藍が改訂増補した『俳諧歳時記栞草』が大いに世の中に流布していたという[二四五]。これらは当然、太陰暦をベースにしたものであったから、明治五年一二月三日をもって明治六年一月一日とする太陽暦への変更によって、いわば時代遅れとなった。

その後、明治七年には壺公の『てぶりのひま』、明治九年には三森幹雄門下の恒庵見左（本名は横山利平）[二四六]の『俳諧題鑑』など、新暦に合わせた句集や季寄が出た。[二四七]この『俳諧題鑑』をみると、凡例の冒頭において、「神祭仏事等太陽暦に合せ」云々と記されている。[二四八]

さらに、萩原乙彦「新題季寄俳諧手洋燈《てらんぷ》」（『新題増補　俳諧手洋燈全』、正文堂・三松堂、明治一三年六月刊）には、新題として、「東京消防人出初　一月四日」（同書七頁）、「陸軍始　一月八日」（同書六頁）、「海軍始　一月九日」（同書六頁）、「学校始　一月一八日」（同書七頁）、「紀元節（二月一一日）」（同書一〇頁）、「春季神殿祭　三月二一日」（同書一七頁）、「靖國神社祭　五月六日」（同書三〇頁）、「札幌祭　六月一五日」（同書三七頁）などが収録されている。

また、加藤楸邨によれば、明治一五年に信州で上梓された小冊子の句集には、[二四九]「開化新題」として、「硝子窓・写真・馬車・寒暖計・瓦斯灯・襟時計・新聞・葡萄酒・煉瓦・洋酒・紀元節・電信・郵便・らんぷ・国旗・蜜柑酒・麦酒・公園・洋犬・洋案・靴・村会・摺付木（マッチ）・蝙蝠傘・病院・洋服・風船・学校・銀行・製糸場・日曜・大炮・象・椅子・理髪所・シャッポ・汽車・袖時計・蒸気・起し時計・兵隊・博覧会・トンネル・説教・親睦会・招魂社・巡査・投票・ペンキぬり・生徒・人力車・撃剣場・海軍・喞筒・交易場・虫眼鏡・洋剣・君僕・千金丹・香水・天長節・教員・牛肉・大和杖・地券状・役場・官員・空気ふとん・ケットー（毛布）・弗の相場・コップ・横文字・監獄・石筆・東京・フラフ（旗）・陸軍始など」が取

り上げられていることである。[二五〇]
このように、太陽暦移行後、新事象や新題（新季語）を含めた季寄・歳時記類、句集が誕生している。

第二項　子規以前の俳諧における新事象と新題（新季語）

それでは、正岡子規が「俳句問答」などで月並俳句を攻撃する以前、俳人達は新事象及び新題（新季語）に対してどのような態度をとっていたのであろうか。

この点、勝峯晋風は、明治一五年発行の『古今圖畫　發句五百題』（東京定訓堂）について、具体例を示して新景物等の採用に自由な態度が示されていると評価している。[二五一]具体例として挙げられているのは、後に正岡子規が三森幹雄と同様に月並俳句の宗匠として攻撃した其角堂永機の句、「式の日やあられたばしる帽の上」や「耶蘇の日や網代の魚の串捌き」等である。前者は一月八日と定められた「陸軍始」を「式の日」と表し、後者は一二月二五日のクリスマスを「耶蘇の日」と表している。「陸軍始」も「クリスマス」も明治維新後に誕生した新事象又は新題（新季語）である。前者の「あられ」も後者の「網代」も古くからの冬の季語である。

このように新事象と季語が一句中に表れている点について、勝峯晋風は、

新題には傳統的約束として季節観念が乏しいので（中略）網代を句中に配合してクリスマ

スの異國的情緒を俳句の季題化する為め、意識的に二重の効果を収めんとした
と説いている。村山古郷も、同様に、明治俳諧の宗匠らが「勇敢に新題と取り組んでいる」と積極的に評価している。[二五二]

また、加藤楸邨は、明治初期の俳人らの新事象に接する態度は基本的に受動的であったとしながらも、以下のとおり、地方俳壇には新事象に対する素朴な驚きや溌剌たる受容が窺われると論じている。[二五三]

すなわち、明治一二年に出た『古今俳諧　明治五百題』[二五四]には「開化の部」があり、新事象である「瓦斯灯」を詠んだ吟風作「君が代の道に闇なき灯し哉」や、「新聞」を詠んだ唫風作「居ながらに世の中をきく火桶哉」等が挙げられている。しかし、いずれも比喩的な知的操作、又は単なる解説に過ぎない。明治初期の俳人らの新事象に対する態度は旧態依然とした月並俳句である。しかし、加藤楸邨が上記のとおり指摘する信州で上梓された小冊子の句集[二五五]（明治一五年発行）には、「君が代やこんな月夜に瓦斯明《あかり》」「香水と薫りくらべや梅の花」「硝子窓多き学校さくら哉」「蟬鳴や烟草吸ふにもマッチの火」「もう汽車は出発せしか初日の出」「名月や内はらんぷの太明り」「郵便使雪吹に向ふ峠かな」「雪の下駄預けて靴をかりにけり」等の句がある。これら俳句には、知的操作がなく、新事象に対する率直な驚きと素朴な興味とが表れている。楸邨の表現を借りるならば、「対象の性格をある程度感じとった把握」をしており、「対象と自分との間に、月並の低俗な知的操作が拒否されて」いる。その理由は、「新事象に対す

る無邪気な態度から、新事象に直接に関心が向けられ、既成の俳諧的なはからいを入れる余裕がなく、それに即して把握していったために、結果として素朴な作品がおのずから生まれた」からである。

楸邨は、このように正岡子規以前に月並俳句を脱した句が誕生していた事実から、その数年後に子規が新俳句を築き上げる素地が当時すでに存在していたのではないかとしている。

以上より、子規が「俳句問答」などで月並俳句を攻撃する以前、俳人達は、俳諧宗匠を含めて、明治維新後の新事象を目の当たりにし、詠み込み方が月並みかどうかは別として、新事象を自らの句に詠み込むことに躊躇はなかったし、新題（新季語）についても、従前からの季語と配合するなどして作句に用いていた、といえよう。

第三項　新事象と新題（新季語）についての子規の言説

正岡子規は、明治二五年に新聞「日本」に連載した「獺祭書屋俳話」の中で「新題目」と題して、以下のとおり、新事象等について論じている。[二五六]

明治維新の如く著しく變遷したることは古より其例少なく（中略）今日の人事器物は前日の人事器物と全く同じからず。（中略）人車馬車滊車王侯庶人を乗せて地上を横行す。是等の奇観は到る處にありて枚擧に遑あらす。此新題目此新観念を以て吟詠せんか

との問いを立て、その答えとして、

そは一應道理ある説なれども（中略）俳句には敢て之を拒まずといへども亦之を好むものにあらず。（中略）大凡天下の事物は天然にても人事にても雅と俗との區別あり。（中略）而して文明世界に現出する無數の人事又は所謂文明の利器なる者に至りては多くは俗の又俗陋の又陋なるものにして文學者は終に之を以て如何とも爲し能はさるなり。

とする。そして、具体例に「蒸氣機關」を挙げ、これを見た際、人の心象は、

混亂せる鐵器の一大塊を想起すると共に我頭腦に一種眩暈的の感あるを覺ゆるのみ。

と記す。このように、子規は、明治二五年当時、新事象を否定はしないものの、積極的に句に詠み込もうとは考えていなかったようである。

　しかし、明治二八年になると、子規は、新聞「日本」に連載する「俳諧大要」において、新事象等を積極的に肯定するようになる。まず、「俳句と四季」と題する記事（明治二八年一〇月二七日、新聞「日本」掲載）の一節[二五七]で、

古來季寄に無き者も略季候の一定せる者は季に用ゐ得可し

として、季節感が一定している景物については、新題（新季語）としてよいと記した上で、

　紀元節神武天皇祭等時日一定せる者は論を竢たず氷店を夏とし焼芋を冬とするも可なり

と、具体的に、「紀元節」「神武天皇祭」「氷店」「焼芋」を、季節感が一定している新題（新季語）として挙げている。また、子規は、「俳諧大要」[二五八]の「修學第三期」と題する記事（明治二八年一二月二三日、新聞「日本」掲載）の一節でも、

　古句以外に新材料を探討せざるべからず

と、新事象を探究することを推奨した上で、

　新材料を得べき歴史地理書等之を讀むべし若し能ふべくんば滿天下を周遊して新材料を造化より直接に取り來れ

とか、

　歴史は材料を與ふべし地理書は材料を與ふべし其他雜書皆多少の好材料を與へざるは無し

として、新事象を入手する方法について具体的に触れている。このように、子規は、明治二八年には、俳句に新事象を積極的に詠み込むことを推奨するようになっていた。

以上、新事象及び新題（新季語）についての子規の言説をみると、新事象や新題（新季語）

について、明治二五年頃から強く意識するようになり、当初はこれを俳句に取り込むことに消極的であったが、明治二八年頃にはこれを俳句に積極的に取り込もうとしている様子が窺われる。

それでは、実際の作句や選句の場で、新事象や新題（新季語）について、子規は具体的にどのように対処していたのであろうか。節を改めて検討する。

第三節　子規の作句と選句にみる新事象と新題（新季語）

第一項　検討の前提

正岡子規の実際の作句数を確認しておく。子規は、明治一八年から自作の俳句を編年体で分類清書し始め、これを『寒山落木』と名付けた。[二五九] また、明治三〇年以降の子規の俳句は『俳句稿』及び「俳句稿以後」としてまとめられている。[二六〇] その他、明治一八年以降の大学等での受講ノートに記されたメモや紀行文等の中にも句が存在する。[二六一]

子規の作句数を、『寒山落木』、『俳句稿』及び「俳句稿以後」の抹消句を含めて記す。

明治一八年：二二句（うち抹消句一五句）／明治一九年：一四句（うち抹消句一三句）／明治二〇年：四八句（うち抹消句二五句）／明治二一年：四八句（うち抹消句一七句）／明治二

二年：八一句（うち抹消句四九句）／明治二三年：九二句（うち抹消句三九句）／明治二四年：四四一句（うち抹消句二一〇句）／明治二五年：二五三三句（うち抹消句八六八句）／明治二六年：四六三四句（うち抹消句一六三六句）[二六二]／明治二七年：二三六六句（うち抹消句四〇一句）／明治二八年：二八四三句（うち抹消句七句）／明治二九年：三〇〇一句（うち抹消句七句）[二六三]／明治三〇年：一四八三句（うち抹消句一七句）／明治三一年：一四四三句（うち抹消句三四句）／明治三二年：九一六句（うち抹消句一三句）／明治三三年：六五一句（うち抹消句一〇句）／明治三四年：五二九句（うち抹消句五句）／明治三五年（没年）：四一八句（うち抹消句六句）[二六四]

これらの俳句の中に、新事象、又は新題（新季語）として、どのようなものが詠み込まれているであろうか。以下、『子規全集』第一巻から第三巻に掲載されている俳句を中心に、順次、年代を追いながら、子規が新事象を詠み込もうとした句を渉猟する。ポイントは新事象を詠み込もうとしたか否かであるから、結果的に抹消した句も含めた。

また、明治二四年以降は作句数が激増するので、本書本文においては、一句に詠み込まれた新事象を主に記すこととする。表記に当たっては、当該新事象を「　」で括った上、当該俳句中に他に季語が配合されている場合は同季語を（　）に記す。例えば、「●」（二句：◎・■）、とあれば、新事象●を詠み込んだ句が二つあることを指し、各俳句中に配合された季語は、それぞれ、◎と■であることを示すものとする。こうすることによって、当該新事象が一句中に単独の季語、すなわち新題（新季語）として用いられているか、他の季語と配合されて用いられているか、が分かる。

本書巻末に明治一八年から没年の明治三五年までの子規が新事象を詠み込んだ俳句等を年次毎の一覧表にまとめたものを添付した。

以下順次検討する。

第二項　子規の作句における新事象

ここにいう新事象は、主に明治維新前後以降に世に現れた事物等を指す。また、新事象の中から新題（新季語）へと、いわば昇格したものも含む。なお、新題（新季語）自体について、別途項を改めて検討する。以下、年代順に概観する。

明治一八年は、「寒山落木」[二六五]（抹消句を含む）[二六六]の中に新事象を詠み込んだ俳句は見当たらない。もっとも、拾遺句には、連歌の発句ではあるが、新事象を詠み込んだものが一句ある。すなわち、正岡子規は、神戸から横浜までの船中で、秋山真之及び梅木脩吉と作った連歌の発句において、「黒雲を起してゆくや蒸氣船」と詠んでいる。[二六七]「蒸氣船」は新事象である。これが季語であれば新題（新季語）であり、季語でないならば新事象を詠んだ無季句と思われる。主立った歳時記を調査した結果、「蒸氣船」は季語ではないようである。したがって、子規は、連歌の発句において無季句を作ったことになる。なお、同年の無季俳句と目される俳句はこれ以外に見当たらない。

本節第一項記載のとおり明治一八年の作句数は二一句であるが、「寒山落木」に未収録の右句を加えるならば合計二三句となる。したがって、明治一八年に新事象を詠み込んだ句の割合は、二三句中一句、すなわち約四・三%であった。

明治一九年から明治二一年には、「寒山落木」に詠んだ俳句[二六八]（抹消句を含む[二六九]）の中に、新事象が詠み込まれたものは見当たらない。「寒山落木」に収録されていない俳句（拾遺句[二七〇]）の中にも新事象が詠み込まれた俳句は見当たらない。

なお、無季俳句と目されるものが明治二〇年に一句[二七一]ある。また、いずれも後に抹消されたものではあるが、「寒山落木」の明治一九年と二〇年にも無季俳句と目される句が各一句ある[二七二]。さらに、「寒山落木」に収録されていない拾遺句の中にも無季俳句と目されるものが、明治二〇年に二句[二七三]、二一年に一五句作られている[二七四]。

明治二二年も、「寒山落木」[二七五]（抹消句を含む[二七六]）の中に新事象が詠み込まれた俳句は見当たらない。もっとも、「寒山落木」に収録されていない俳句（拾遺句[二七七]）の中には新事象の詠み込まれた俳句がある。すなわち、同年四月六日に「アメリカの波打ちよする岩ほ哉」[二七八]が、一一月二三日には「アメリカも共にしぐれん海の音」（季語は「時雨」）が詠まれている[二七九]。「アメリカ」は新事象である。もしこれが季語であれば新題（新季語）を詠み込んだ俳句であり、そうでないならば、前者は新事象を詠んだ無季俳句であろう。この点、「アメリカ」を季語とする歳時記は見当たらない。したがって、前者は無季俳句でもある。また、新事象として「君か代」（岡見）[二八〇]を詠んだ俳句もある。他に拾遺句の中に新事象を読み込んだ俳句は見当たらない。なお、他に無季俳句と目される俳句が未収録句（拾遺句）の中に一二句ある。[二八一]

明治二二年の作句数は、第一項記載のとおり、「寒山落木」に八一句[二八二]（抹消句四九句を含む）である。このほか、収録されなかった俳句（拾遺句）が八二句あるから、同年の作句総数は一六三句[二八三]で、新事象を詠み込んだ句の割合は、一六三句中三句、すなわち約一・八%だった。

明治二三年は、「寒山落木」[二八四]の中に新事象を詠み込んだ俳句は見当たらない。また、同年の抹消句の中にも新事象を詠み込んだ俳句は見当たらない。[二八五]ただし、収録されなかった俳句（拾遺句）の中に、新事象として、「寫眞」（他に季語の配合無し）[二八六]と「軍艦」（他に季語の配合無し）[二八七]が詠まれているから、この年に新事象を詠み込んだ俳句は合計二句となる。いずれも無季俳句である。なお、他にも無季俳句と目される俳句が三一句ある。[二八八]

明治二三年の作句数は、第一項記載のとおり、「寒山落木」に九二句（抹消句三九句を含む）である。このほか、収録されなかった俳句（拾遺句）が二一九句あるから、同年の作句総数は三一一句であり、[二八九]新事象を詠み込んだ句の割合は、三一一句中二句、わずか約〇・六%だった。

明治二四年には、「寒山落木」[二九〇]の中に詠み込まれた新事象として、「君が代」（二句：苗代[二九一]・落水[二九二]）、「ラムネ」（時鳥[二九三]）、「氣車」（稲の花[二九四]）の四句がある。同年の抹消句の中に新事象を詠み込んだ俳句は見当たらない。ただし、収録されなかった俳句（拾遺句）の中に、「電信」（こてふ（胡蝶[二九五]））と「アメリカ／ろしあ」（春霞[二九六]）など新事象の詠み込まれた俳句が二句ある。したがって、新事象を詠み込んだ俳句は合計六句となる。なお、無季俳句と目される俳句が、「寒山落木」の中に六句（抹消句を含む[二九七]）、未収録句（拾遺句）の中にも一九句[二九八]ある。

明治二四年の作句数は、第一項記載のとおり、「寒山落木」に四四一句（抹消句二一〇句を含む）である。このほか、収録されなかった俳句（拾遺句）が一三六句あるから、同年の作句総数は五七七句[二九九]。したがって、明治二四年に新事象を詠み込んだ句の割合は、五七七句中六句、約一％である。

明治二五年には、「寒山落木」の中に詠み込まれた新事象として、「車」（遣羽子[三〇〇]）、「寫眞」（涅槃像[三〇一]）、「電信機」（燕[三〇二]）、「瓦斯燈」（柳[三〇三]）、「洋本」（櫻[三〇四]）、「石炭／車」（櫻[三〇五]）、「博覧會」（花の雲[三〇六]）、「紀元節」（梅[三〇七]）、「油繪」（五月[三〇八]）、「君が代」（三句：夏氷[三〇九]・案山子[三一〇]・大つごもり[三一一]）、「瀛車」（七句：うち二句は時鳥[三一二]。他は、けしの花[三一三]・花野[三一四]・鹿[三一五]・凩[三一六]・冬木立[三一七]）、「らんぷ（ランプ）」[三一八]（三句：灯取虫[三一九]・秋風[三二〇]・煤拂[三二一]）、「麥わら帽子」（落は[三二二]）、「窓かけ」（花いばら[三二三]）、「煉瓦」（凌霄[三二四]）、「天長節」（菊[三二五]）、「洋服」（踊り[三二六]）、「電話」（秋のくれ[三二七]）、「電氣燈」（稲妻[三二八]）、「ビール」（薔薇の花[三二九]）、「鐵橋」（天の川[三三〇]）、「凌雲閣」（天の川[三三一]）、「動物園」（秋の蝶[三三二]）、「軍艦」（渡り鳥[三三三]）、「牛煮る」（松茸）[三三四]、「新聞」（初しくれ）[三三五]、「時計」（師走）[三三六]、「鐵道（馬車）」（行く年）[三三七]、「くりすます」（臘八）[三三八]、「すとうぶ」（煤拂）[三三九]、「煉瓦」（雪）[三四〇]、「燒芋」（千鳥）[三四一]、「學校」（冬枯）[三四二]がある。以上四三句となる。

また、後に抹消したが、新事象として、「兵卒（又は「兵隊」）」（けふの春）[三四三]、「東京」（春）[三四四]、「名刺」（御慶）[三四五]、「鐵道（馬車）」（二句：日永・冬木立）[三四六][三四七]、「セントヘレナ」（陽炎）[三四八]、「氣車」（三句：朧月・鶯・早乙女）[三四九][三五〇][三五一]、「がらす障子」（猫の戀）[三五二]、「鐵炮」（つくし）[三五三]、「小蒸氣（蒸氣船）」（花の波）[三五四]、「劍賣て」（扇／すゞみ[三五五]。前書「兵營を出たる人に」。兵営は新事象）、「海水浴」（夏やせ）[三五六]、「赤門／角帽」（雲の峰）[三五七]、「蓄音器」（ほとゝきす）[三五八]、「洋服」（蚤）[三五九]、「洋人」（茂り）[三六〇]、「博物館」（木下闇）[三六一]、「こんぱす」（後の月）[三六二]、「すてつき（ステッキ）」（薄）[三六三]、「新暦」（芭蕉祭）[三六四]、「君か代」（大三十日）[三六五]、「時計」（歳のくれ）[三六六]、「帽子」（掛乞／寒さ）[三六七]、「馬車／銀坐」（師走）[三六八]、「新聞」（冬こもり）[三六九]、「兩院」（吹雪）[三七〇]が詠み込まれている。以上二八句となる。したがって、「寒山落木」（抹消句を含む）中に新事象が詠み込まれた俳句は合計七一句[三七一]である。

さらに、未収録句（拾遺句）の中にも、「汽車」（うぐひす）[三七二]、「東京」（秋のくれ）[三七三]、「乘合／馬車」（殘暑）[三七四]、「帽子」（二句：秋の風・凩）[三七五][三七六]、「太陽暦《ヒノコヨミ》」（時雨）[三七七]、「牛鍋」（根深）[三七八]、「車夫」（寒さ）[三七九]、「洋服」（寒さ）[三八〇]、「セントヘレナ」（春の風）[三八一]、「馬車」（二句：郭公・雪）[三八二][三八三]、「がらす窓」（木枯）[三八四]など新事象の詠み込まれた俳句が一三句ある。

したがって、明治二五年に新事象を詠み込んだ俳句は合計八四句となる。なお、無季俳句と目される俳句が、「寒山落木」の抹消句中に一句あり[三八五]、未収録句（拾遺句）の中にも九句ある[三八六]。

明治二五年の作句数は、第一項記載のとおり、「寒山落木」の中に二五三三句（抹消句八六八句を含む）であった。このほか、収録されなかった俳句が五三六句あるから、同年の作句総数は三〇六九句で[三八七]、新事象を詠み込んだ句の割合は、三〇六九句中八四句、約二・七％だった。ちなみに、本章第二節第三項記載のとおり正岡子規は俳句に「汽車」を詠み込むことに難を示す言説を公表していたが、作句した中で「汽車」を詠み込んだ句は合計一一句と新事象の句の中で最も多い。しかも、配合された季語も多彩である。難を感じながらも挑戦しようとしたのか、それとも、作句してみた上で詠み込むには難しいと判断したがゆえの言説だったのであろうか。

明治二六年には、「寒山落木」の中に詠み込まれた新事象として、「常備軍」（春）[三八八]、「君が代」（三句：初暦[三八九]・苗代[三九〇]・時鳥[三九一]）、「象」（鍬始）[三九二]、「紀元節」（他に季語の配合なし）[三九三]、「大砲」（二句：陽炎[三九四]・舞雲雀[三九五]）、「瀛車」（五句：鶯[三九六]・田草取[三九七]・青嵐[三九八]・時鳥[三九九]・紅葉[四〇〇]）、「新聞」（鶯）[四〇一]、「車道」（柳）[四〇二]、「電氣燈（電燈）」（三句：櫻[四〇三]・若葉[四〇四]・冬枯[四〇五]）、「鐵橋」（卯月）[四〇六]、「とんねる」（二句：夏[四〇七]・清水[四〇八]）、「馬車」（二句：あつさ（暑さ）[四〇九]・名月[四一〇]）、「營所」（暑さ）[四一一]、「油画」（あつさ）[四一二]、「蒸気船」（暑さ）[四一三]、「石灰」（あつさ）[四一四]、「兵卒」（日さかり）[四一五]、「公園」（涼み）[四一六]、「あめりか」（涼み）[四一七]、「寒暖計」（時鳥）[四一八]、「らんぷ」（三句：ほとゝきす[四一九]・蚊[四二〇]・梅[四二一]）、「電信」（二句：蟬[四二二]・稲の花[四二三]）、「車力」（蠅）[四二四]、「學士」（孑孑）[四二五]、「寫生」（夏木立）[四二六]、「兵隊」（木下闇）[四二七]、「東京」（胡瓜）[四二八]、「學校」（殘暑）[四二九]、「車」（夕月）[四三〇]、「文學士」（蕣（朝顔））[四三一]、「人力」（秋田）[四三二]、「洋服」（寒さ）[四三三]、「巡査」（冬枯）[四三四]

がある。以上、四七句となる。

また、後に抹消した俳句であるが、「萬國の地圖」（春）[四三五]、「君が代」（五句：春が二句[四三六]・雛祭[四三七]・稲の波[四三八]・年暮れぬ）[四三九]、「燒芋」（二月）[四四〇]、「ふらんす」（桑つみ）[四四一]、「電（氣）燈」（三句：櫻が二句[四四二]・名月[四四三]）、「汽車（氣車・瀛車）」（五句：菜の花[四四四]・あつき夜[四四五]・雁[四四六]・薄[四四七]・凩[四四八]）、「車屋」（二句：あつさ[四四九]・清水[四五〇]）、「洋犬」（あつさ）[四五一]、「新聞」（熱さ（暑さ））[四五二]、「牛鍋」（熱さ（暑さ））[四五三]、「電話」（暑さ）[四五四]、「革包《かばん》」（眞桑瓜）[四五五]、「天氣豫報」（菊）[四五六]、「大砲」（寒き）[四五七]、「煉瓦」（二句：いずれも冬枯）[四五八]が新事象として詠み込まれている。以上、二七句となる。したがって、「寒山落木」（抹消句も含む）に新事象が詠み込まれた俳句は合計七四句である。

さらに、未収録句（拾遺句）の中にも、「新聞」（冬籠）[四五九]、「やき芋」（夏氷）[四六〇]、「蒸氣船」（行く年）[四六一]など新事象の詠み込まれた俳句が三句ある。

合わせると、明治二六年に新事象を詠み込んだ俳句は合計七七句。なお、無季俳句と目される俳句が、「寒山落木」（抹消句も含む）に八句ある[四六二]。未収録句（拾遺句）の中に無季俳句は見当たらない[四六三]。

明治二六年の作句数は、第一項記載のとおり、「寒山落木」の中に四六三四句（抹消句一六三六句を含む）であった[四六四]。このほか、収録されなかった俳句が一七八句あるから、同年の作句総数は四八一二句で、新事象を詠み込んだ句の割合は、四八一二句中七七句、約一・六％になる。なお、「汽車」の句は合計一〇句と前年につづいて新事象の句として最も多い。配合された季語も多彩である。前年に「汽車」を詠み込むことに難を示しながらも、やめずに二年連続で多彩な季語と配合しながら多くを作句しているということは、正岡子規が難しいと感じる事象について積極的に挑戦しようと努力していたことを窺わせる。

明治二七年には、「寒山落木《四六五》」の中に詠み込まれた新事象として、「君が代」（三句：弓はじめ《四六六》・遣羽子《四六七》・薺《四六八》）、「大砲」（六句：二月《四六九》・月《四七〇》・下萌《四七一》・夏野が二句《四七二》・秋《四七三》）、「電信」（四句：凧《四七四》・雲の峰《四七五》・木下闇《四七六》・燕《四七七》）、「滊車」（八句：畑打《四七八》・若葉《四七九》・夏木立《四八〇》・霧《四八一》・女郎花《四八二》・凩《四八三》・枯野《四八四》・冬山《四八五》）、「郵便車」（春風《四八六》）、「日の旗」（六句：春の風《四八七》・秋高く《四八八》・秋の山《四八九》・新酒《四九〇》・菊《四九一》・冬枯《四九二》）、「兵船」（朧月《四九三》）、「日曜土曜」（二句：梅《四九四》・菊《四九五》）、「砲臺」（海苔麁朶《四九六》）、「陸軍省」（菫《四九七》）、「滊船」（明易し《四九八》）、「乘合」（袷《四九九》）、「議事堂」（青簾《五〇〇》）、「象」（三句：夏やせ（前書「動物園」）《五〇一》・肌寒《五〇二》・秋蠅《五〇三》）、「凌雲閣」（二句：雲の峰《五〇四》・稲の穂《五〇五》）、「鐵砲」（夏野《五〇六》）、「鐵道」（夏野《五〇七》）、「車」（夏山《五〇八》）、「車道」（夏柳《五〇九》）、「らんぷ」（青梅《五一〇》）、「警報／村役場」（朝寒《五一一》）、「號外」（秋の夕《五一二》）、「野營」（二句：天の川《五一三》・白露《五一四》）、「電燈」（野分《五一五》）、「人力」（末枯《五一六》）、「赤錬瓦」（稲の穂《五一七》）、「幼稚園」（十月の櫻《五一八》）、「郵便箱」（寒さ《五一九》）、「黑船」（寒げ《五二〇》）、「がらす」（凩《五二一》）、「兵營」（霜《五二二》）、「學校」（冬野《五二三》）、「士官」（冬木立《五二四》）がある。以上、六〇句となる。

また、後に抹消した俳句であるが、「新聞」（けさの春《五二五》）、「日の丸」（初東風《五二六》）、「日曜」（初暦《五二七》）、「黑船」（春風《五二八》）、「軍艦」（三句：春の風《五二九》・霜月《五三〇》・千鳥《五三一》）、「車」（二句：霞《五三二》・陽炎《五三三》）、「牛の肉」（春雨《五三四》）、「燒芋」（二句：梅《五三五》・熊《五三六》）、「がらす」（五月雨《五三七》）、「騎兵／一大隊」（夕立《五三八》）、「學校」（百日紅《五三九》）、「滊車（汽車）」（三句：芥子の花《五四〇》・花芒《五四一》・鷄頭《五四二》）、「彈丸」（凄し《五四三》）、「敵艦」（稲妻《五四四》）、

「どつく（ドック）／軍船」（初汐[五四五]）、「動物園」（蜩[五四六]）、「號外」（菊[五四七]）、「電燈」（寒さ[五四八]）、「君が代」（柊[五四九]）、「ぶりき屋根」（霜[五五〇]）、「靴」（初雪[五五一]）が新事象として詠み込まれている。以上、二七句となる。したがって、「寒山落木」（抹消句を含む）中に新事象が詠み込まれた俳句は合計八七句。

さらに、未収録句（拾遺句）の中にも、「君が代」（けさの春[五五二]）、「馬車」（時鳥[五五三]）、「滊車」（三句：早稲[五五四]・閑古鳥[五五五]・羽抜鳥[五五六]）、「天長節」（他に季語の配合なし[五五七]）、「巡査」（時鳥[五五八]）、「議員」（葉櫻[五五九]）、「議案」（時鳥[五六〇]）、「滊車道」（二句：若葉[五六一]・時鳥[五六二]）、「鐵道」（四句：時鳥[五六三]・夏木立が二句[五六四]・五月蠅[五六五]）、「鐵軌」（夏木立[五六六]）、「學校」（青田[五六七]）、「憲兵」（暑さ[五六八]）、「砲臺」（卯月[五六九]）、「官」（雨蛙／枝蛙[五七〇]）、「車」（行く春[五七一]）、「鐵」（溫か[五七二]）、「議院」（夏草[五七三]）、「官邸」（芍藥[五七四]）など新事象の詠み込まれた俳句が二四句ある。

したがって、明治二七年に新事象を詠み込んだ俳句は合計一一一句となる。なお、無季俳句と目される俳句が、「寒山落木」（抹消句も含む）に一句あり[五七五]、未収録句（拾遺句）にも一句[五七六]ある。

明治二七年の作句数は、第一項記載のとおり、「寒山落木」の中に二三六六句（抹消句四〇一句を含む）であった[五七七]。このほか、収録されなかった俳句が二七九句あるから、同年の作句総数は二六四五句で、新事象を詠み込んだ句の割合は、二六四五句中一一一句で、約四・一％になる。なお、「汽車」の句は合計一四句と、新事象の句としては三年連続で最も多かった。配合された季語も同様に多彩であった。ここまでくると、「汽車」を詠み込むことにもはや難を感じていないように窺われる。詠み込むことが難しいと感じた新事象についても果敢に挑戦し続けた成果であろう。

明治二八年には、「寒山落木」[五七八]の中に詠み込まれた新事象として、「車」（五句：元朝[五七九]・梅[五八〇]・梅の花[五八一]・時鳥[五八二]・葬[五八三]）、「電氣燈」（春夜[五八四]）、「瀛車」（一五句：日永[五八五]・若葉[五八六]・秋の暮[五八七]・行く秋[五八八]・螽[五八九]・穂芒[五九〇]・野菊[五九一]・稲の花[五九二]・稲莚[五九三]・しぐれ[五九四]・時雨[五九五]・枯野[五九六]・冬田［二句］[五九七]・冬木[五九八]）、「蒸氣船」（三句：霞（前書「蒸瀛船の画に」）[五九九]・秋晴[六〇〇]・秋[六〇一]）、「砲臺」（霞む[六〇二]）、「君が代」（三句：接木[六〇三]・菊（前書「小児唱歌の圖」）[六〇四]・落穂[六〇五]）、「臺場」（蒲公英[六〇六]）、「洋服」（暑[六〇七]）、「軍艦」（二句：涼み[六〇八]・初嵐[六〇九]）、「鐵橋」（雲の峰[六一〇]）、「病院」（二句：夏山[六一一]・稲の香[六一二]）、「寒暖計」（蟬[六一三]）、「兵士」（芍藥[六一四]）、「馬車」（晝顔[六一五]）、「寫眞」（聖靈[六一六]）、「電信」（二句：野分[六一七]・小春[六一八]）、「兵船」（霧[六一九]）、「練兵場」（草の花[六二〇]）、「鐵砲」（野菊[六二一]）、「天長節」（菊[六二二]）、「黑船」（小春[六二三]）、「艦隊」（師走[六二四]）、「造船場」（寒月[六二五]）、「きやべつ菜」（霜[六二六]）、「まつち（マッチ）」（枯柳[六二七]）がある[六二八]。同年の抹消句中に新事象が詠み込まれたものは見当たらず[六二九]、同年中に「寒山落木」の中に新事象を詠み込んだ俳句は合計五〇句となる。また、未収録句（拾遺句）の中にも、「電氣燈」（霙[六三〇]）、「瀛車」（十三夜[六三一]）など新事象の詠み込まれた俳句が二句ある。

したがって、明治二八年に新事象を詠み込んだ俳句は合計五二句[六三二]となる。なお、無季俳句と目される俳句が、「寒山落木」（抹消句も含む）に一句あり、未収録句（拾遺句）には見当たらない[六三三]。

明治二八年の作句数は、第一項記載のとおり、「寒山落木」の中に二八四三句（抹消句七句を含む）であった。このほか、収録されなかった俳句が五一句あるから、同年の作句総数は二八九四句[六三四]。よって、新事象を詠み込んだ句の割合は、二八九四句中五二句で、約一・七％になる。なお、「汽車」の句は合計一六句に上る。配合された季語も相変わらず多彩であり、明治二五年当時には難を示していた「汽車」の句を、今や得意に変えたといっても過言ではない。本章第二節第三項記載のとおり、明治二八年に至るや、正岡子規は俳句に新事象を積極的に詠み込むことを推奨するようになったが、その背景には、難を感じていた「汽車」の俳句を作ることに積極的に挑戦し続けるという努力があったことを指摘できる。

明治二九年には、「寒山落木」[六三五]の中に詠み込まれた新事象として、「馬車」（元日）[六三六]、「らんぷ」（四句：春の風[六三七]・蟬[六三八]・秋の夜[六三九]・霜やけ）[六四〇]、「赤紙」（春の風）[六四一]、「電氣燈」（春雨）[六四二]、「瀛車」（一二句：鶯[六四三]・燕[六四四]・短夜[六四五]・更衣[六四六]・團扇[六四七]・鮎／鮓[六四八]・蟬[六四九]・若葉[六五〇]・夜長[六五一]・雁／月夜[六五二]・冬籠[六五三]・枯野）[六五四]、「大砲」（二句：梅の花[六五五]・きり〳〵す）[六五六]、「大隊」（花見）[六五七]、「交番」（花）[六五八]、「象」（柳）[六五九]、「帽」（涼しさ）[六六〇]、「病院」（涼し）[六六一]、「夏蕨」（他の季語との配合無し）[六六二]、「ふらんす」（夏痩）[六六三]、「夏帽」（九句：いずれも他の季語との配合無し。「蜑」は、海女を指すのであれば晩春の季語だが、ここは夏の俳句であるから、漁労者を指す一般用語と捉える）[六六四]、「藁帽」（裸）[六六五]、「電信」（夏野）[六六六]、「國道」（夏野）[六六七]、「兵」（二句：若葉[六六八]・棕櫚花）[六六九]、「官林」（夏木立）[六七〇]、「君が代」（二句：苔の花[六七一]・冬の筍）[六七二]、「車」（三句：苔の花[六七三]・夕顔[六七四]・柹）[六七五]、「ベースボール」（草茂）[六七六]、「夏葱」（他の季語との配合無し）[六七七]、

「村會」（八句：夜寒[六七八]・秋の祭[六七九]・案山子[六八〇]・月[六八一]・百舌[六八二]・柿[六八三]・鶏頭花[六八四]・稲[六八五]）、「時計」（夜長[六八六]）、「天文臺」（秋高し[六八七]）、「凌雲閣」（秋の空[六八八]）、「爵位」（月[六八九]）、「演習」（鵙[六九〇]）、「村會議員」（芙蓉[六九一]）、「鉛筆」（梨[六九二]）、「學校」（薄[六九三]）、「靴」（凍[六九四]）、「寄宿舎」（蒲團[六九五]）、「クリスマス」（他の季語との配合無し[六九六]）がある。同年の抹消句中に新事象が詠み込まれたものは見当たらないから[六九七]、同年中に新事象が詠み込まれた句数は合計六九句である。また、未収録句（拾遺句）の中にも、「車」（寒し[六九八]）、「電話」（行く春[六九九]）、「東京」（夕立[七〇〇]）、「君が代」（苔の花[七〇一]）、「英人／露人」（踊[七〇二]）、「帽子」（他の季語との配合無し[七〇三]。ただし、前後に「角力」の句）、「新聞」（二句：葬[七〇四]・紅葉[七〇五]）など新事象が詠み込まれた俳句が八句ある。

　したがって、明治二九年に新事象を詠み込んだ俳句は合計七七句。なお、無季俳句と目される俳句が、「寒山落木」（抹消句も含む）に三句[七〇六]あり、未収録句（拾遺句）の中にも二句[七〇七]ある。明治二九年の作句数は、第一項記載のとおり、「寒山落木」の中に三〇〇一句（抹消句七句を含む）であった。このほか、収録されなかった俳句が二四九句あるから、同年の作句総数は三二五〇句[七〇八]で、新事象を詠み込んだ俳句の割合は、三二五〇句中七七句、すなわち約二・三％だった。

　明治三〇年には、「俳句稿」の中に詠み込まれた新事象として、「書生」（二句：年玉[七〇九]・蝶[七一〇]）、「パノラマ／玉乘」（日永[七一一]）、「象」（春風[七一二]）、「凌雲閣」（二句：春風[七一三]・秋晴[七一四]）、「車」（三句：かすみ[七一五]・春雨[七一六]・熱（暑）さ[七一七]）、「運動會」（春の山[七一八]）、「寫生」（蝶[七一九]）、「巡査」（三句：梅[七二〇]・裸／青田[七二一]・

夜寒《七二二》)、「寫眞」(二句:櫻・水仙《七二三》)、「大砲《七二四》」(二句:木の芽《七二五》・秋の暮《七二六》)、「競漕」(花盛《七二七》)、「公園」(櫻《七二八》)、「滊車」(六句:櫻《七二九》・夏野《七三〇》・時鳥《七三一》・蕎麥《七三二》・松蕈《七三三》・冴ゆる《七三四》)、「電氣燈」(落花《七三五》)、「内閣」(晝寐《七三六》)、「牛乳」(二句:夏痩《七三七》・朝皃《七三八》)、「從軍」(土用干《七三九》)、「ラムネ」(心太《七四〇》)、「馬車」(水打《七四一》)、「水撒車」(葉柳《七四二》)、「香水」(汗拭《七四三》)、「日曜」(浴衣《七四四》)、「夏休み/書生」(他に季語の配合無し《七四五》)、「人力車」(夏野《七四六》)、「円」(二句:鶯《七四七》・萩《七四八》。「円」は金銭の単位)、「看護婦」(蠅《七四九》)、「時計」(夜長《七五〇》)、「天長節」(他の季語の配合無し《七五一》。ただし、他に、畑打《七五二》・小豆飯《七五三》・菊《七五四》と配合の句あり。合計四句)、「國旗」(二句:秋の雨《七五五》・稲莚《七五六》)、「ラムプ」(馬追《七五七》)、「ニコライの鐘」(秋の蟬《七五八》)、「平民」(寒さ《七五九》)、「フランス」(冬薔薇《七六〇》)、「法律」(火鉢《七六一》)、「ケットー(毛布)」(三句:火鉢《七六二》。他に季語の配合無しのもの《七六三・七六四》)、「帽子」(衿巻《七六五》)、「リスリン」(ひゞ(胼)《七六六》)、「冬帽」(四句:いずれも他に季語の配合の無いものが三句《七六七》・同一句《七六八》)、「煖爐」(二句:いずれも他に季語の配合無し《七六九》)、「ストーヴ/靴」(他に季語の配合無し《七七〇》)、「外套」(二句:いずれも他に季語の配合無し《七七一》)、「燒いも」(三句:いずれも他に季語の配合無し《七七二》)、「クリスマス」(二句:いずれも他の季語との配合無し《七七三》)、「入營」(他の季語との配合無し。無季俳句か《七七四》)、「二重まはし」(他の季語との配合無し《七七五》)、「役所」(夕時雨《七七六》)、「郵便箱」(冬枯《七七七》)がある。以上、七六句となる。

また、後に抹消した俳句であるが、「鐵砲」(露《七七八》)、「毛布」(他に季語の配合無し《七七九》)、「外套/ズボン」(他に季語の配合無し《七八〇》)、「滊車」(手袋《七八一》)、「帽」(他に季語の配合無し《七八二》)、「二重まはし」(二句:他に季語の配合無し《七八三》)が新事象として詠み込まれている。以上、七句。「俳句稿」(抹消句を含む)中に新事象が詠み込まれた俳句は、合計八三句となる。

さらに、未収録句（拾遺句）には、「新聞」（冬籠[七八四]）、「君か代」（のどか[七八五]）など新事象の詠み込まれた俳句が二句ある。

したがって、明治三〇年に新事象を詠み込んだ俳句は合計八五句となる。なお、無季俳句と目される俳句が「俳句稿」（抹消句も含む）に三句[七八六]あり、未収録句（拾遺句）の中には見当たらない[七八七]。

明治三〇年の作句数は、第一項記載のとおり、「俳句稿」の中に一四八三句（抹消句一七句を含む）であった。このほか、収録されなかった俳句が五九句あるから、同年の作句総数は一五四二句[七八八]で、新事象を詠み込んだ句の割合は、一五四二句中八五句、約五・五％だった。

明治三一年には、「俳句稿」の中に詠み込まれた新事象として、「ランプ」（三句：福引[七八九]・馬追[七九〇]・蟲[七九一]）、「テーブル」（三句：蓬萊[七九二]・福壽草（里昂《リヨン》も新事象）[七九三]・草の花[七九四]）、「新聞」（三句：初日[七九五]・朝顔[七九六]・山茶花[七九七]）、「時計」（遅き日[七九八]）、「象」（長閑[七九九]）、「雑報書き」（永き日[八〇〇]）、「兵」（霞[八〇一]）、「配達」（二句：春雨[八〇二]・明易き[八〇三]）、「傳令使」（燕[八〇四]）、「廣告」（蜂[八〇五]（前書「新聞」、上五は「葡萄酒」）その他「菊人形[八〇六]」・「蚤[八〇七]」と配合。合計三句）、「舎營」（柳[八〇八]）、「女生徒」（二句：絲櫻[八〇九]・花菫[八一〇]）、「虎」（花暮[八一一]）、「瀛車」（一五句：梨の花[八一二]・短夜[八一三]・新茶[八一四]・秋[八一五]・夜寒［二句］[八一六・八一七]・秋雨[八一八]・月[八一九]・月夜[八二〇]・柿[八二一]・茸狩[八二二]・稲の香[八二三]・稲の花[八二四]・花芒[八二五]・炭[八二六]）、「兵燹（へいせん＝兵による火）」（山櫻[八二七]）、「馬車／ホテル」（二句：櫻[八二八]・草いきれ[八二九]）、「ハネムーン」（花[八三〇]）、「ボート」（花[八三一]）、「雑報子報ず」（櫻[八三二]）、「ローンテニス」（蒲公英[八三三]）、「砲臺」（蒲公英[八三四]）、「結婚」（菫[八三五]）、「フランス」（菫[八三六]）、「車夫」（二句：

汗《八三七》・晝寐《八三八》)、「號外」(晝寐《八三九》)、「試驗」(三句:晝寐《八四〇》・蚊《八四一》・西瓜《八四二》)、「夏服」(他の季語との配合無し《八四三》)、「洋書」(虫干《八四四》)、「夏休み」(他に季語の配合無し《八四五》)、「石炭」(夕涼《八四六》)、「博士」(蝙蝠《八四七》)、「人力」(蟬時雨《八四八》)、「政黨」(蚊《八四九》)、「行軍」(青梅《八五〇》)、「馬車」(二句:花樗《八五一》・夏木立《八五二》)、「時計屋」(夏桃《八五三》)、「車」(葉柳《八五四》)、「裁判」(二句:夏草《八五五》・歳暮る丶《八五六》)、「訴訟」(瓜/茄子《八五七》)、「公事」(豆の花《八五八》)、「砲車」(麥畑《八五九》)、「學校」(麥の風《八六〇》)、「ベースボール」(夏草《八六一》)、「調練」(寒《八六二》)、「鵞ペン/インキ」(秋の薔薇《八六三》)、「警察」(二句:花火舟《八六四》・行く年《八六五》。前書「新聞」)、「蒸氣船」(初汐《八六六》)、「兵士」(蜻蜓《八六七》)、「番兵」(蜻蜓《八六八》)、「演習」(二句:赤蜻蛉《八六九》・稻の花《八七〇》)、「君か代」(稻の花《八七一》)、「電信」(稻の花《八七二》)、「大砲」(雞頭《八七三》)、「カンテラ」(菊《八七四》)、「天長節」(四句:菊の蕾《八七五》・菊賣《八七六》・菊酒《八七七》・菊の市《八七八》)、「銀燭」(菊合《八七九》)、「内閣」(絲瓜《八八〇》)、「國旗」(冬《八八一》)、「クリスマス」(他の季語との配合無し《八八二》)、「ガラス障子」(冬籠《八八三》)、「早稻田派」(忘年會《八八四》)、「軍馬」(雪《八八五》)、「瓦斯燈」(雪《八八六》)、「村役場」(大根引く《八八七》)がある。以上、九九句。

また、後に抹消した俳句であるが、「寫眞」(水仙《八八八》)が一句詠まれている。なお、抹消句の中に「テーブル」を詠んだ句が二句(配合季語「蓬萊《八八九》」「福壽草《八九〇》」)ある。しかし、これらは上記「俳句稿」中の「テーブル」の句(配合季語「蓬萊」「福壽草」)と同一なので、数に含めない。

さらに、未収録句(拾遺句)の中にも、「車」(刺桐花(デイゴの花)《八九一》)など新事象を詠み込んだ一句がある。

したがって、明治三一年に新事象を詠み込んだ俳句は合計一〇一句となる。なお、無季俳句と目される俳句が、「俳句稿」(抹消句も含む)には見当たらないが、未収録句(拾遺句)の中に一句[八九二]ある。

明治三一年の作句数は、第一項記載のとおり、「俳句稿」の中に一四四三句（抹消句三四句を含む）。このほか、収録されなかった俳句が二五句あるから、同年の作句総数は一四六八句[八九三]で、新事象を詠み込んだ句の割合は、一四六八句中一〇一句、約六・八％だった。

明治三二年には、「俳句稿」の中に詠み込まれた新事象として、「銀座・新聞」（初鴉）[八九四]、「馬車」（飾り）[八九五]、「油畫」（春）[八九六]、「瀛車」（四句：汐干[八九七]・初雷[八九八]・避暑[八九九]・花芒[九〇〇]）、「車」（二句：春の月[九〇一]・觀月會[九〇二]）、「集治監」（鳥歸る）[九〇三]、「ラムプ」（二句：花[九〇四]・柿[九〇五]）、「遠足」（花の雨）[九〇六]、「寫眞」（二句：花[九〇七]・蕪村忌[九〇八]）、「書生」（二句：避暑[九〇九]・酉の市[九一〇]）、「會社」（夏羽織）[九一一]、「夏帽」（二句：一句[九一二]は他に季語の配合無し。もう一句は季語「桔梗」配合）、「人力」（二句：牡丹[九一三]・野菊[九一四]）、「帝國黨」（瓜茄子）[九一五]、「學校」（二句：瓜畑[九一六]・冬籠[九一七]）、「自轉車」（夏草）[九一八]、「軍艦」（秋日和）[九一九]、「電氣燈」（夜寒）[九二〇]、「交番」（夜寒）[九二一]、「車引」（夜寒）[九二二]、「天長節」（四句：一句は他に季語の配合無し[九二三]。他は小豆飯[九二四]・菊園[九二五]・菊細工[九二六]）、「天氣豫報」（月の雨）[九二七]、「カンテラ」（鰯）[九二八]、「警報」（鰯引）[九二九]、「騎兵」（柿）[九三〇]、「停車場」（柿）[九三一]、「寫生」（秋海棠）[九三二]、「大砲」（花蕎麥）[九三三]、「伯爵」（菊）[九三四]、「バナゝ」（初冬）[九三五]、「ガラス窓」（四句：寒[九三六]・冬あたたか[九三七]・冬籠［二句］[九三八・九三九]）、「銀座」（梅）[九四〇]、「冬帽」（他に季語の配合無し）[九四一]、「牛喰」（冬籠）[九四二]、「クリスマス」（他に季語の配合無し）[九四三]、「車夫」（冬の月）[九四四]、「ガラス」（冬の日）[九四五]がある。以上、五三句となる。

また、後に抹消した俳句であるが、「女生徒」（花見）[九四六]、「大砲」（木芽）[九四七]、「瓦斯燈」（稲妻）[九四八]、

「汽車」（尾花[九四九]）が新事象として四句詠まれている。したがって、「俳句稿」（抹消句を含む）中に新事象が詠み込まれた俳句は合計五七句である。

さらに、未収録句（拾遺句）の中にも、「アイスクリム」（二句：一句は他の季語の配合無し[九五〇]。一句は「簟」[九五一]）、「ナイフ」（柿[九五二]）、「議案」（歳の暮[九五三]）など新事象の詠み込まれた俳句が四句ある。

したがって、明治三二年に新事象を詠み込んだ俳句は合計六一句。なお、無季俳句と目される俳句は、「俳句稿」（抹消句も含む）にも未収録句（拾遺句）の中にも見当たらない[九五四]。

明治三二年の作句数は、第一項記載のとおり、「俳句稿」の中に九一六句（抹消句一三句を含む）で、このほか、収録されなかった俳句が三二句あるので作句総数は九四八句になる[九五五]。以上より、同年に新事象を詠み込んだ句の割合は、九四八句中六一句、約六・四％だったことになる。

明治三三年には、「俳句稿」の中に詠み込まれた新事象として、「煖爐」（四句：福壽草・冬[九五六]暖か[九五七]・納豆汁[九五八]・冬牡丹[九五九]）、「ガラス」（三句：福壽草[九六〇]・胡蝶[九六一]・山吹[九六二]）、「窓掛」（福壽草[九六三]）、「寒暖計」（二句：春寒／水仙花[九六四]・冬牡丹[九六五]）、「寫生」（三句：春[九六六]・麥蒔[九六七]・冬牡丹[九六八]）、「紀元節」（梅[九六九]）、「軍艦」（海苔麁朶[九七〇]）、「鐵橋」（春の水[九七一]）、「小學校」（菜の花[九七二]）、「視學」（菜の花[九七三]）、「日の旗」（明け易き[九七四]）、「夏服／チョッキ」（他に季語の配合無し[九七五]）、「馬車」（二句：夏野[九七六]・薔薇[九七七]）、「夜學」（二句：蚊[九七八]・こほろき[九七九]）、「ハンケチ」（いちご[九八〇]）、「ピアノ」（薔薇[九八一]）、「公園」（二句：いずれも花[九八二]・藻[九八三]）、「靴」（夜長[九八四]）、「舎營」（冬[九八五]）、「汽車」（梨[九八六]）、「豚汁」（蜜柑[九八七]）、「車」（二句：雞頭[九八八]・冬野[九八九]）、

「雑兵」（冬）[九九〇]、「やき芋／毛布」（他に季語の配合無し）[九九一]、「毛布」（三句：いずれも他に季語の配合無し）[九九二・九九三・九九四]、「ガラス戸／暖爐」（冬搆）[九九五]、「明治」（春星忌）[九九六]、「毛布／象」（他に季語の配合無し）[九九七]、「いもを焼く」（困）[九九八]、「書生」（葱汁）[九九九]がある。以上、四四句となる。

後に抹消した俳句中に新事象が詠み込まれたものは見当たらないから[一〇〇〇]、「俳句稿」（抹消句を含む）中に新事象が詠み込まれた俳句は合計四四句である。

さらに、未収録句（拾遺句）の中に、「ガラス」（ホト、ギス／月）[一〇〇一]、「車」（菜の花）[一〇〇二]など新事象の読み込まれた俳句が二句ある。

したがって、明治三三年に新事象を詠み込んだ俳句は合計四六句となる。なお、無季俳句と目される俳句は「俳句稿」（抹消句も含む）にも未収録句（拾遺句）[一〇〇三]にも見当たらない。

明治三三年の作句数は、第一項記載のとおり、「俳句稿」の中に六五一句（抹消句一〇句を含む）で、このほか、収録されなかった俳句が四〇句あるから、作句総数は六九一句になる。よって、同年に新事象を詠み込んだ句の割合は、六九一句中四六句すなわち約六・六%になる。

明治三四年には、新事象として、「パン賣」（日永）[一〇〇四]、「寫生」（春一日）[一〇〇五]、「暖爐」（二句：他に季語の配合無し）[一〇〇六・一〇〇七]、「行軍」（雪解）[一〇〇八]、「車力」（春の雪）[一〇〇九]、「騎馬の士官」（春の雪）[一〇一〇]、「蒸汽船」（解氷）[一〇一一]、「ラムプ」（遠蛙）[一〇一二]、「自轉車」（燕）[一〇一三]、「郵便」（燕）[一〇一四]、「瀛車」（二句：木の芽・をし）[一〇一五・一〇一六]、「公園」（椿）[一〇一七]、「ガラスの窓」（山吹）[一〇一八]、「夜學」（蝙蝠）[一〇一九]、「車」（若葉）[一〇二〇]、「學校」（枝豆）[一〇二一]、「書生」（藥喰）[一〇二二]、「新聞」（納豆賣）[一〇二三]、「鐵道」（餅搗）[一〇二四]、「ストーヴ」（福壽草）[一〇二五]、「暖爐／玻璃窓（ガラス窓）」

（他に季語の配合無し）[一〇二六]があり、以上、二三句となる。また、後に抹消した俳句であるが、新事象として、「ガラス」（牡丹）[一〇二七]を詠み込んだものが一句ある。したがって、新事象を詠み込んだ俳句は合計二四句である。なお、無季俳句と目される俳句は見当たらない。

明治三四年の作句数は、第一項記載のとおり、五二九句（抹消句五句を含む）。このほか、書誌等に掲載されなかった俳句はなく、同年の作句総数は五二九句となり[一〇二八]、新事象を詠み込んだ句の割合は、五二九句中二四句、すなわち約四・五%だった。

明治三五年は正岡子規の没年である。新事象として、「毛布」（小春）[一〇二九]、「煖爐／ガラス窓」（雪）[一〇三〇]、「煖爐」（二句：ふく壽草[一〇三一]・梅）[一〇三二]、「時計」（二句：春日[一〇三三]・花見）[一〇三四]、「賞牌」（春の日）[一〇三五]、「明治」（櫻）[一〇三六]、「運動會」（花）[一〇三七]、「ボール」（蒲公英）[一〇三八]、「汽車」（芹薺）[一〇三九]、「學校」（蓬摘）[一〇四〇]、「風板」（他に季語の配合無し。中七に「花」。通常、「花」は春の季語「桜」を指すがこの句の場合、「鉢植」の花とあり、「夏　人事」の表題の下に掲載されていることから、一般用語としての「花」と捉える）[一〇四一]。「夏帽」（夜店）[一〇四二]、「ラムネ」（他に季語の配合無し）[一〇四三]、「煉瓦」（茂り）[一〇四四]、「寫生」（二句：南瓜／茄子[一〇四五]・朝皃）[一〇四六]、「バナナ」（他に季語の配合無し）[一〇四七]が俳句に詠み込まれた。以上、一九句となる。

また、後に抹消された俳句であるが、新事象として、「夏休ミ」（夜店）[一〇四八]、「夏帽」（夜店）[一〇四九]が新事象として詠み込まれており、新事象を詠み込んだ俳句は合計二一句である。無季俳句と目される俳句は見当たらない。

明治三五年の作句総数は、第一項記載のとおり、四一八句（抹消句六句を含む）[一〇五〇]、したがって、同年の新事象を詠み込んだ句の割合は、四一八句中二一句、すなわち約五％だったことになる。

以上を概括すると、正岡子規が明治一八年から明治三五年までの一八年間に作句した合計二万三六四七[一〇五一]のうち、新事象が詠み込まれた句数は合計七五一句であり、その割合は約三・一％となる。

新事象の種類の数は二〇〇に上る。最も多かった新事象は、九七句に詠み込まれた「汽車」である。次に多かった新事象は「車」で三〇句ある。以下、「君が代」（二八句）、「ランプ（カンテラ）」（二〇句）、「ガラス」（一九句）、「馬車」（一九句）、「天長節」（一八句）、「新聞」（一五句）、「大砲」（一五句）、「電気灯」（一四句）、「学校」（一三句）、「暖炉」（一三句）、「夏帽」（一三句）、「電信」（一一句）、「毛布（ケットー）」（一〇句）、「焼芋」（一〇句）が、一〇句以上ずつ新事象として俳句に詠み込まれた。

上記二〇〇に上る新事象のうち、俳句の新季語にいわば昇格したのは、正岡子規以前のものも含めて、「天長節」「紀元節」「夏帽」「麦藁帽子」「夏休み」「海水浴」「遠足」「夏服」「ラムネ」「アイスクリーム」「夏葱」「夏蕨」「ビール」「キャベツ」「運動会」「競漕（ボート）」「暖炉」「毛布（ケットー）」「クリスマス」「ストーブ」「焼芋」「試験（後に「大試験」等として）」「香水」「冬帽」「外套」「二重まはし」「バナナ」「夜学」「ハンケチ」である。「汽車」や「ランプ（カンテラ）」「ガラス（窓）」などのように、詠み込まれた句数が多いからといって、必ずしも新季語に昇格しているわけではない。

ところで、正岡子規は、本章第二節第三項記載のとおり、明治二五年当時、新事象に対して消極的な弁を述べていた。しかし、明治二八年には新事象や新題（新季語）を探してでも取り入れるべきである旨の積極的な弁を述べるようになった。そして、実際の作句において新事象をも詠み込んでいた。しかも、新事象を句に詠み込むことに消極的な姿勢をとる根拠として挙げていたはずの「蒸気機関」、すなわち「汽車」が、正岡子規の詠み込んだ新事象としては数が最も多かったのである。

新事象を句に詠み込んだ句数を年次ごとに集計し、その推移をまとめてみる。

明治一八年から明治二四年までは、数句程度で殆どないと同様な状態が続く。しかし、明治二五年以降急増した。特に明治二九年以降の三年間は、新事象を詠み込む俳句の数が増加し続け、以後も新事象を詠み込む俳句数の割合が一定を保った。子規は新事象を積極的に俳句に取り込んだといえよう。

新事象が詠み込まれた俳句の数と全体に占める割合を以下に具体的に示す。明治二五年が八四句（約二・七％）、明治二六年は七七句（約一・六％）、明治二七年は一一一句（約四・一％）、明治二八年は五二句（約一・七％）、明治二九年は七七句（約二・三％）、明治三〇年は八五句（約五・五％）、明治三一年が一〇一句（約六・八％）、明治三二年に六一句（約六・四％）、明治三三年に四六句（約六・六％）、明治三四年に二四句（約四・五％）、明治三五年は二一句（約五％）となっている。正岡子規が新事象に対して消極的な姿勢を示す論稿を認めた明治二五年が分岐点となり、それ以降に新事象を詠み込む句数が急増し、さらに、明治二八年に「俳諧大要」で新事象を推奨して以降増加し続けた、といってよいのではないか。これは、前述のとおり、正岡子規が難しい新事象であっても積極的に俳句に詠み込む努力をし続けたことの表れであろう。

以上、正岡子規の作句における新事象の推移を検討した。新事象を俳句に詠み込むことについて、子規は自負心を持っていたようである。明治三〇年一月二九日付け新聞「日本」に掲載した「明治二十九年の俳句界」という記事において、子規は、河東碧梧桐と高浜虚子の成長を賞賛する中で、

　新事物を詠ずるは二人（筆者註　河東碧梧桐と高浜虚子を指す）の創始する所に非ず

とか、

　新事物を詠ぜんと試みたるは鳴雪も吾も碧虚二人に先だてり

云々と記している[一〇五二]。

新事象を句に詠み込む際の特徴として指摘できることは、多くの場合、新事象をいきなり季語として一句に詠み込むのではなく、新事象と他の季語を配合して一句を作成していた、という点である。この点は、本章第二節第二項記載のとおり、正岡子規以前において、俳人達が新

題（新季語）として既に認知されていたはずの新事象であっても、これを一句に詠み込む場合、他の季語と配合するという方法を採っていたことが思い出される。さらに遡れば、第一章記載のとおり、古代から『新古今和歌集』へ至る推移において、一年を通じての自然の風物である月が、他の景物と共に詠み込まれることを通じて、やがて「月」という独立した秋の景物として固定化していった過程とも重なる。これらを踏まえると、新事象と他の季語の配合により作句するという手法は、新事象が単なる新事象から新題（新季語）へといわば昇格するパターンのひとつと考えられる。

第三項　子規の作句における新題（新季語）

本節第二項記載のとおり、正岡子規は、実際の句作において、新事象を他の季語と配合して詠み込むことを基本としていた。明治二八年までは、明治二三年の二句（「写真」「軍艦」）のほか、明治二六年に「紀元節」を他の季語と配合せずに作った俳句、

人の世になりても久し紀元節 一〇五三

と、明治二七年に「天長節」を他の季語と配合せずに作った俳句（ただし、拾遺句）、

海晴れて天長節の日和かな 一〇五四

の二句があるのみで、その余《一〇五五》は、「紀元節」「天長節」を含め、当時既に新題（新季語）となっていたはずの「クリスマス」でさえ、他の季語と配合して作句されていた。
しかし、明治二九年以降は、以下のとおり、「夏蕨」「夏帽」「夏葱」「クリスマス」「夏休み」「毛布（ケットー）」「ストーブ」「外套」「焼芋」「二重まはし」「冬帽」「夏服」「アイスクリーム」「暖炉」「風板」「ラムネ」「バナナ」など、新事象のみを季語として詠み込んだ句が増加する。以下、概観する。

まず、明治二九年夏に「夏帽」を詠み込んだ俳句がある。

①　夏帽をかぶつて來たり探訪者
②　夏帽や吹き飛ばされて濠に落つ
③　夏帽の人見送るや蜑が子等
④　夏帽の白きをかぶり八字髯
⑤　夏帽の對なるをかぶり二三人
⑥　夏帽の古きを以て漢法醫
⑦　夏帽も取りあへぬ辭誼の車上哉
⑧　夏帽子人歸省すべきでたち哉
⑨　麁末にして新しきをぞ夏帽子

[一〇五六]の九句である。ちなみに、これらに続いて「藁帽子」（裸）[一〇五七]の句、

潮あびる裸の上の藁帽子

がある。これは、「裸」という別の季語と配合された句であるが、「藁帽子」は後に「夏帽」という季語の傍題の一つとされている[一〇五八]。そういう意味では、「夏帽」という新題（新俳句）を詠み込んだ俳句が一〇句作成されたことになる。

　そして、正岡子規は、上記「夏帽」の九句のうち、①②⑦⑧の四句を、自身唯一の自選句集として出版された『獺祭書屋俳句帖抄　上巻』（明治三五年四月発行）に収録している[一〇五九]。なお、⑧の句には「歸省」という言葉がある。「帰省」は現代では夏の季語とされているので、この句は、季語「帰省」に「夏帽子」を配合したものではないか、とも思われるところである。しかし、「帰省」[一〇六一]が季語となった時期は後のことであり[一〇六〇]、⑧の作句時点では未だ季語ではなかったものと思われる。

　このように、明治二九年は、「夏帽」が新題（新季語）として用いられた俳句が多く作られた。この点、子規の弟子である河東碧梧桐の回想が参考になる。碧梧桐は、当時の回想の中で、「夏帽、外套、焼芋など明治の景物を新題に加へる運動[一〇六二]」という表現をしたり、「新題目を捕へる事に競争して居た[一〇六三]」と述べたりしている。さらに、『獺祭書屋俳句帖抄　上巻』に関する批評の中でも、

自分も頻りに新意匠々々とのみ心を労したが、其夏「夏帽十句」を見せられたので豁然として爰に大悟徹底した。其時の愉快さは殆ど言詞の盡くす所ではなかつた。當時予が「夏帽だけでもう面白い」と言つた詞を捕へて、鳴雪翁が頻にからかはれた

（「ホトトギス」第五巻第九號、明治三五年六月三〇日[一〇六四]）

と述べるなど、「夏帽」の句を見たときの感動を語っている。また、句評の中でも、

夏帽の句四句あるが、これは夏帽十句中の先づ半數である。（中略）子規君自身も夏帽十句が如何に得意の作であつたか（中略）この夏帽によつて新趣味を吹き込れた（中略）我等の俳句はこの夏帽から一轉化、格段な進歩をして居る

（「ホトトギス」第五巻第一二號、明治三五年一〇月一〇日[一〇六五]）

と述べ、「夏帽」を新題（新季語）として俳句に詠み込んだことが、いかに画期的な出来事であったかを語っている。

また、「夏帽」のほかに「クリスマス」を詠み込んだ俳句も生まれた。明治二九年冬の作、

⑩ 八人の子供むつましクリスマス[一〇六六]

である。「クリスマス」は、イエス・キリストの降誕を記念する祭で耶蘇祭ともいい、明治一〇年代には既に新題（新季語）として認められている。そして、本章第二節第二項に記載のとおり、実際、其角堂永機によって、「耶蘇の日や網代の魚の串捌き」が詠まれている。もっとも、当時、其角堂永機は「網代」という季語と「耶蘇の日」という新題（新季語）を配合して一句を詠んでいた。他方、⑩の子規の「八人の」の句の季語は「クリスマス」という新題（新季語）ひとつのみである。すなわち、子規は、他の季語との配合なしに「クリスマス」という新題（新季語）を詠み込んで一句をなしているのである。これは、おそらく、明治二九年当時「クリスマス」が社会一般に浸透しており、他の季語と配合することにより季節感を連想させる必要性に乏しかったからだと推察される。

さらに、「夏蕨」、「夏葱」を詠み込んだ俳句も作られた。

⑪　鳥鳴いて谷静かなり夏蕨　一〇六七

⑫　夏葱に雞裂くや山の宿　一〇六八

である。この点、河東碧梧桐は、正岡子規一派が当時「新題目を捕へる事に競争して」一〇六九おり、その中のひとつが「夏葱」や「夏蕨」であったなどと懐古している。なお、拾遺句の中に「軍配上る時羽織飛び帽子ふる」という俳句がある。「帽子」は新事象であるが、新題（新季語）と見るべきかどうか疑問である。もし新題（新季語）ということであれば、新事象が他の季語と配合されずに新題（新季語）として読み込まれた十三番目の俳句ということになる。しかし、「帽子」そのものには季節性はなく、新題（新季語）とは認め難い。この句は、「軍配」という言葉から「相撲」という季語を詠み込んだ俳句とみるか、明確な季語は存在しないとみて無季俳句と目すべきものと考えられる。

以上、明治二九年に、新事象が他の季語と配合されずに新題（新季語）として詠み込まれた俳句は合計一二句となる。本章第三節第二項記載のとおり、同年中に新事象が詠み込まれた句数は合計七七句であるから、新事象の句のうち約一五・五％が新題（新季語）のみの句だったことになる。明治二八年まで他の季語と配合されずに新事象が詠み込まれた俳句はほとんどなかったことを考えると、明治二九年は新題（新季語）のみの句が非常に積極的に作られた画期的な年であった。

明治三〇年は、以下のとおり、新事象を他の季語と配合せずに一句をなしているものが飛躍的に増えている。

① 夏休みの書生になじむ船の飯（一〇七〇）
② 唱歌聞ゆ天長節の朝日哉（一〇七一）
③ ケツトーの赤きを被り本願寺（一〇七二）
④ 毛布被りたるがまじりし寄席の歸り哉（一〇七三）

⑤ 四角なる冬帽に今や歸省かな 一〇七四
⑥ 冬帽の我土耳其といふを愛す
⑦ 冬帽の十年にして猶屬吏なり
⑧ 消燈の鐘鳴り渡る煖爐かな
⑨ つき〴〵しからぬもの日本の家に暖爐
⑩ ストーヴに濡れたる靴の裏をあぶる
⑪ 外套の剝げて遼東より歸る
⑫ 外套を着かねつ客のかゝへ去る
⑬ 喰い盡して更に燒いもの皮をかぢる
⑭ 燒いもと知るく風呂敷に烟立つ
⑮ 燒いもの水氣多きを場末かな 一〇七五
⑯ 子供がちにクリスマスの人集ひけり 一〇七六
⑰ クリスマスに小き會堂のあはれなる 一〇七七
⑱ 入營を親父見送る朝まだき 一〇七八
⑲ 振返る二重まはしや人違ひ 一〇七九
⑳ 地震て冬帽動く柱かな

以上、二〇句である。①は「夏休み」が新題（新季語）、②は、「天長節」が新題（新季語）

である。③④は「ケットー」又は「毛布」が、⑤⑥⑦は「冬帽」が、⑧⑨は「暖炉」が、⑩は「ストーブ」が、⑪⑫は「外套」が、⑬⑭⑮は「焼いも」が、⑯⑰は「クリスマス」が新題（新季語）である。しかし⑱の「入營」は新事象ではあるが新題（新季語）であろうか。他に配合された季語がないので、「入營」が新題（新季語）でないとすれば、無季俳句ということになる。⑲は「二重まはし」が、⑳は「冬帽」が新題（新季語）である。いずれの句も、他の季語との配合なしに、それぞれ新題（新俳句）を詠み込んで一句をなしている。

　その他、後に抹消されたものの、「毛布」[一〇八〇]「外套」[一〇八一]を新題（新季語）として詠み込んだ俳句が各一句、「二重まはし」を新題（新季語）として詠み込んだ俳句が二句ある。[一〇八二]

㉑　書生冨めり毛布美に盆など飾る
㉒　外套の新しきズボンの穴を掩ひたる
㉓　二重まはしを買ひ得ずして其俗を笑ふ
㉔　紳士らしき掏摸らしき二重まはし哉

である。なお、「徽章なき帽は出營の人ならし」という俳句[一〇八三]は、「出營」が新事象ではあるものの、新題（新季語）とは言い難いことから、無季俳句と目される。

　このように、明治三〇年は、新事象が他の季語と配合されずに新題（新季語）として詠み込まれた俳句が合計二四句であった。本章第三節第二項記載のとおり、同年中に新事象が詠み込まれた句数は合計八五句であるから、新事象の句のうち約二八・二％が新題（新季語）のみの句であった。明治三〇年は明治二九年にも増して新題（新季語）のみの句が積極的に作られた特筆すべき年となった。

明治三一年は、他の季語と配合せずに新事象を詠み込んだ俳句の数は格段に減った。新題（新季語）の「夏服」「夏休み」「クリスマス」を、それぞれ他の季語と配合せずに詠み込んだ三句のみであった。

① 夏服は若殿ぶりの馬上哉 一〇八四
② 夏休み來るべく君を待まうけ 一〇八五
③ 會堂に國旗立てたりクリスマス 一〇八六

である。本章第三節第二項に記載のとおり、明治三一年に新事象が詠み込まれた俳句の数は一〇一句であるから、新事象の句のうち新題（新季語）のみの句は僅か二・九％にとどまる。一〇一句という数は明治一八年から明治三五年までの一八年間で最多である。それにもかかわらず、新題（新季語）のみが詠み込まれた句の数は無きに等しい。

明治三二年は、他の季語と配合せずに新事象を詠み込んだ俳句は四句であった。「夏帽」「天長節」「冬帽」「クリスマス」が新題（新季語）として詠み込まれている。

①アンペラの夏帽古き醫師哉 一〇八七
②人も來ぬ天長節の病哉 一〇八八
③買ふて來た冬帽の氣に入らぬ也 一〇八九
④贈り物の數を盡してクリスマス 一〇九〇

である。また、拾遺句ではあるが、「アイスクリーム」が他の季語と配合されずに詠まれている。

⑤一匕のアイスクリムや蘇る 一〇九一

である。本章第三節第二項記載のとおり、明治三三年に新事象が詠み込まれた俳句の数は六一句であるから、新事象の句のうち他の季語と配合されない新題（新季語）のみの俳句の数は約八・一％となる。前年よりは増加したとはいえ、新題（新季語）のみの俳句を作る勢いは明らかになくなっている。

もっとも、新題（新季語）である「夏帽」と「天長節」について、他の季語と配合して詠み込まれてはいる。

⑥　夏帽に桔梗さしたる生徒哉　一〇九二
⑦　粥にする天長節の小豆飯　一〇九三
⑧　菊園に天長節の國旗哉　一〇九四
⑨　雨になる天長節や菊細工　一〇九五

と、拾遺句ではあるが、

⑩　持ち來るアイスクリムや簟　一〇九六

の合計五句である。⑥は新題（新季語）の「夏帽」に季語「桔梗」が、⑦は新題（新季語）の「天長節」に季語「小豆飯」が、⑧は新題（新季語）の「天長節」に季語「菊園」が（なお、「國旗」は新事象である）、⑨は新題（新季語）の「天長節」に季語「菊細工」が、⑩は新題（新季語）のアイスクリームと季語「簟」がそれぞれ配合されている。これら五句を加えると、新題（新季語）を詠み込んだ俳句は、合計一〇句となる。

　このように、他の季語と配合された新題（新季語）の句を含めた場合、新題（新季語）の俳句の数は、新事象が詠み込まれた俳句中の約一六・三％を占め、明治二九年のレベルにほぼ匹敵するところまで戻ることが分かる。

　明治三三年には、「夏服」「焼芋」「毛布」を新題（新季語）として詠み込んだ俳句が六句作られている。いずれも他の季語と配合せずに詠まれている。

① 夏服に白きチョッキの好みあり 一〇九七
② やき芋の皮をふるひし毛布哉 一〇九八
③ 毛布著て机の下の鼾哉 一〇九九
④ 眞中に碁盤すゑたる毛布かな 一一〇〇
⑤ 十年の苦學毛の無き毛布哉 一一〇一
⑥ 毛布著た四五人連や象を見る 一一〇二

である。①は「夏服」のみが季語として詠み込まれ、②はいずれも新題（新季語）の「焼芋」と「毛布」が、いわゆる「季重なり」となっている。③④⑤はいずれも新題（新季語）の「毛布」のみが季語として用いられており、⑥は新事象の「象」と配合されている。

本章第三節第二項記載のとおり、明治三三年に新事象が詠み込まれた俳句の数は四六句であるから、新事象の句のうち他の季語と配合されない新題（新季語）のみの俳句の数は約一三%となる。やはり、新題（新季語）のみの俳句を作ろうとする勢いは依然乏しい。

もっとも、新題（新季語）を他の季語と配合して詠み込んだ俳句は一〇句ある。

⑦ 病室の煖爐の側や福壽草 一一〇三

⑧梅に遊ぶ奏任官や紀元節（一二〇四）

⑨蚊を叩く音も更けたる夜學哉（一二〇五）

⑩ハンケチの赤く染みたるいちご哉（一二〇六）

⑪こほろきや夜學の灯消して後（一二〇七）

⑫ガラス戸や暖爐や庵の冬搆（一二〇八）

⑬煖爐据ゑて冬暖き日なりけり（一二〇九）

⑭我庵の煖爐開きや納豆汁（一二一〇）

⑮凩や燈爐にいもを焼く夜半（一二一一）

⑯火を焚かぬ煖爐の側や冬牡丹（一二一二）

⑦は新題（新季語）の「暖炉」に季語「福寿草」が、⑧は新題（新季語）の「紀元節」に季語「梅」が、⑨は新題（新季語）の「夜学」に季語「蚊」が、⑩は新題（新季語）の「ハンケチ」に季語「いちご」が、⑪は新題（新季語）の「夜学」に季語「蟋蟀（こおろぎ）」が、⑫も新題（新季語）の「暖炉」に季語「冬構」が（なお、「ガラス戸」は新事象である）、⑬も新題（新季語）の「暖炉」に季語「冬暖か」が、⑭も新題（新季語）の「暖炉」に季語「納豆汁」が、⑮は新題（新季語）の「焼芋」に季語「凩」が、⑯は新題（新季語）の「暖炉」に季語「冬牡丹」が、それぞれ配合されている。これら一〇句を加えると、新題（新季語）を詠み込んだ俳句は、合計一六句となる。

このように、他の季語と配合された新題（新季語）の句を含めた場合、新題（新季語）の俳句の数は、新事象が詠み込まれた俳句中の約三四・七％を占め、明治二九年はおろか明治三〇年のレベルさえ超えていることが分かる。

明治三四年には、「暖炉」を新題（新季語）として詠み込んだ俳句が、いずれも他の季語と配合せずに詠まれている。すなわち、

① 暖爐取りて六疊の間の廣さかな[二一三]
② 病床の位置を變へたる暖爐かな[二一四]
③ 暖爐焚くや玻璃窓外の風の松[二一五]

の三句である。なお、③の「玻璃窓」は新事象「ガラス窓」に同じ。本章第三節第二項記載のとおり、明治三四年に新事象が詠み込まれた俳句の数は抹消句一句を含めて二四句であるから、新題（新季語）のみを詠み込んだ俳句は約一二・五％となる。もっとも、他の季語と配合されて詠み込まれた新題（新季語）の俳句は二句ある。

④ 蝙蝠や貧乏町の夜學校[二一六]
⑤ ストーヴにほとりして置く福壽草[二一七]

④は新題（新季語）の「夜学」に季語「蝙蝠」が、⑤は新題（新季語）の「ストーブ」に季語「福寿草」が、それぞれ配合されている。これら二句を加えると、新題（新季語）を詠み込んだ俳句は、合計五句となる。

このように、他の季語と配合された新題（新季語）の句を含めた場合、新題（新季語）の俳句の数は、新事象が詠み込まれた俳句中の約二〇・八％を占め明治二九年のレベルを超えるところまで戻ることが分かる。

明治三五年には、「毛布」「暖炉」「運動会」「風板」「夏帽」「ラムネ」「バナナ」「夏休み」を新題（新季語）として詠み込んだ俳句が作られている。まず、他の季語と配合せずに詠んだ俳句としては、

① 風板引け鉢植の花散る程に[二一八]
② ラムネ屋も此頃出來て別荘地[二一九]
③ 相別れてバナナ、熟する事三度[二二〇]

の三句である。①は「風板」が新題（新季語）と考えられる。この俳句の前書に子規は、「此頃の暑さにも堪へ兼て風を起す機械を欲しと言へば、碧梧桐の自ら作りて我が寐床の上に吊り

呉れたる、假に之を名づけて風板といふ。夏の季にもやなるべき」と記している。つまり、「風板」を夏の季語として詠み込んだのである。②は「ラムネ（屋）」が新題（新季語）、③は「バナナ」が新題（新季語）である。本章第三節第二項記載のとおり、明治三五年に新事象が詠み込まれた俳句の数は抹消句二句を含めて二一句であるから、新題（新季語）のみを詠み込んだ俳句は約一四・二%となり、割合としては明治二九年のレベルとほぼ同様になる。

また、他の季語と配合して詠んだ俳句としては、

④　毛布著て毛布買ひ居る小春かな　一二二
⑤　煖爐タクヤ雪粉々トシテガラス窓　一二三
⑥　煖爐たく部屋暖にふく壽草　一二三
⑦　火を焚かぬ煖爐の下や梅の鉢　一二四
⑧　花の中に運動會の圍ひかな　一二五
⑨　夜店ナル安夏帽ヤ買ヒガテヌ　一二六

がある。④は新題（新季語）の「毛布」に季語「小春」が、⑤は新題（新季語）の「暖炉」に季語「雪」が（「ガラス窓」は新事象）、⑥は新題（新季語）の「暖炉」に季語「福寿草」が、⑦は新題（新季語）の「暖炉」に季語「梅」が、⑧は新題（新季語）の「運動会」に季語「花」が、⑨は新題（新季語）の「夏帽」に季語「夜店」が、それぞれ配合されている。また、

その他に、抹消句となったものの、「夏休み」と「夏帽」を新題（新季語）として詠み込んだ二つの俳句がある。

⑩ 夏休ミ夜店ニ土産ト、ノヘテ 一一二七

⑪ 夏帽ヲ欺カレケリ夜店物 一一二八

このように、他の季語と配合された新題（新季語）の句を含めた場合、新題（新季語）の俳句の数は一一句となり、新事象が詠み込まれた俳句中の実に約五二・三%を占める。これが正岡子規の没した明治三五年の新題（新季語）が詠み込まれた俳句の情況である。

以上、明治二九年から明治三五年までの間において新事象が季語として詠み込まれた俳句を概観した。その結果、正岡子規は、明治二九年と明治三〇年は新題（新季語）のみの俳句を積極的に詠んでいたが、明治三二年以降は新題（新季語）のみを詠み込んだ俳句ばかりではなく、新題（新季語）に他の季語を配合させる俳句も積極的に詠んでいたことが明らかとなった。もっとも、子規が新題（新季語）の俳句を詠んだからといって、前述の「風板」や「入営」などのように、必ずしも一般に季語として定着したとはかぎらない。

第四項　子規の選句にみる新事象と新題（新季語）

正岡子規の俳句選集における新事象や新題（新季語）の俳句への詠み込み方はどのようなものであったのだろうか。以下、『俳句　二葉集　春の部』『承露盤』『新俳句』『春夏秋冬　春之部』を検討する。

『俳句　二葉集　春の部』[一二九]

同句集は正岡子規の主宰した新聞「小日本」で募集した俳句から選ばれた子規最初の俳句選集であり、同新聞の付録として、明治二七年五月三〇日に刊行された。子規自身を含め収載作者一〇〇人、句数は四三五句である。子規を中心とした日本派俳句の最初の総合句集である。[一三〇]なお、夏の部以降は編纂されていない。[一三一]

管見によると、新題（新季語）を詠み込んだ俳句は見当たらない。新事象を詠み込んだ俳句は、六句ある（約一・三％）。具体的には、「練兵」[一三二]（乙鳥・廉齋。配合季語は「乙鳥」・作者は「廉齋」。以下同様に略記）、「交番」[一三三]（柳・非風）、「鐵橋」[一三四]（柳・飄亭）、「煉瓦」[一三五]（柳・飄亭）、「寫眞」[一三六]（花・烟霞郎）、「交番」[一三七]（櫻・飄亭）である。

子規が明治二七年に新事象を詠み込んだ句数の割合が約四・一％（本節第二項）であるのに比べるとだいぶ少ない。理由は何であろうか。そもそも投句中に新事象や新題（新季語）を詠み込んだ俳句が少なかったためか、投句数はそれなりの数があったものの子規がそれらをほとんど選ばなかったためかは不明である。おそらく投句中に新事象や新題（新季語）を詠み込む俳句が多かったのだとすれば、比例して子規の選にも相当数が入っていたものと推測される。したがって、明治二七年当時、一般においては、新事象や新題（新季語）を詠み込むことに、それほど積極的ではなかったものと考えられる。

『承露盤』[一二三八]

同句集は『二葉集』に引き続き、明治二八年から明治三三年までの六年間に募集した俳句等のうち、正岡子規が他者の佳句を採用して四季類別に書き留めておいたものである。俳人数は二八二名、掲載句は七九四八句である。[一二三九]

明治二八年は、数えると合計八〇八句ある。うち新事象を詠み込んだ俳句が三句であった。具体的には、「乗合」[一二四〇]（時鳥・紅緑）、「汽車」[一二四一]（明易き・紅緑）、「汽車」[一二四二]（薄・愚哉）である。新題（新季語）を詠み込んだ俳句は見当たらない。

新事象が詠み込まれた俳句の全体に占める割合は約〇・三%と少ない。この点、子規が同年に新事象を詠み込んだ俳句数の割合は約一・七%である（本節第二項）。

明治二九年は、数えると総句数は四四一二句ある。新事象を詠み込んだ俳句は六八句で、全体に占める割合は約一・五%と増加している。

具体的には、「象」《一一四三》（春の風・墨水）、「廣告」《一一四四》（櫻・墨水）、「新暦」《一一四五》（桃・破笠）、「赤毛布」《一一四六》（春風・戯道）、「あめりか」《一一四七》（かすみ・其村）、「軍樂」《一一四八》（春の雨・牛伴）、「ビール」《一一四九》（桃・紅緑）、「汽車」《一一五〇》（霞・肋骨）、「瓦斯燈」《一一五一》（柳・愚哉）、「交番所」《一一五二》（柳芽・東雲）、「鐵道」《一一五三》（桃の花・其村）、「黒船」《一一五四》（日永・露石）、「寫眞」《一一五五》（春の山・碧梧桐）、「サンフランシスコ」《一一五六》（うらゝか・愚哉）、「通運」《一一五七》（袷・肋骨）、「汽車」《一一五八》（夏野・其村）、「汽車」《一一五九》（牡丹・雪腸）、「汽車」《一一六〇》（五月雨・愚哉）、「人力」《一一六一》（五月雨・其村）、「石炭」《一一六二》（葵・碧梧桐）、「演習・鐵砲」《一一六三》（夏野・望雲）、「巡査」《一一六四》（衣更・其村）、「停車場」《一一六五》（青田・虚子）、「夏帽」《一一六六》（蓮見・碧梧桐）、「新聞」《一一六七》（短夜・肋骨）、「汽車」《一一六八》（涼し・志友）、「測候所」《一一六九》（青田・蒼苔）、「電線」《一一七〇》（乙鳥・蒼苔）、「汽車」《一一七一》（青田・三鼠）、「砲臺」《一一七二》（雲のみね・叟柳）、「汽車」《一一七三》（青田・飄雨）、「練兵場」《一一七四》（月涼し・三鼠）、「カンテラ」《一一七五》（夕顔・愚哉）、「會堂」《一一七六》（若葉・蒼苔）、「藁帽子（停車場）」《一一七七》（配合季語無し・虚子）、「小學校」《一一七八》（椶梠の花・碧梧桐）、「村の會議」《一一七九》（五月雨・碧梧桐）、「晩餐式」《一一八〇》（薔薇の花・肋骨）、「靴」《一一八一》（牡丹・蒼苔）、「汽車」《一一八二》（芒・東雲）、「學校」《一一八三》（稲の花・其村）、「理髪店」《一一八四》（朝顔・桂堂）、「學校」《一一八五》（芭蕉・肋骨）、「人力」《一一八六》（萩の花・碧梧桐）、「麥藁の帽」《一一八七》（案山子・紅緑）、「一新講」《一一八八》（柿・墨水）、「學校」《一一八九》（曼珠沙華・虚子）、「學校」《一一九〇》（稲刈・秋竹）、「汽船」《一一九一》（初汐・肋骨）、「カンテラ」《一一九二》（菊・其村）、「學校」《一一九三》（月夜・猿人）、「汽車」《一一九四》（螳螂・鳴雪）、「砲車」《一一九五》（朝霧・肋骨）、「演習」《一一九六》（蕎麥の花・肋骨）、「軍艦」《一一九七》（鰡・把栗）、「村會」《一一九八》（重陽・露月）、「カンテラ」《一一九九》（夜寒・虚子）、「カンテラ」《一二〇〇》（星月夜・碧梧桐）、「カンテラ」《一二〇一》（煇・紅緑）、「演習」《一二〇二》（枯野・月我）、「午砲」《一二〇三》（凩・鳴雪）、「巡査」《一二〇四》（雪・其村）、「汽車」《一二〇五》（冬田・碧梧桐）、「人力」《一二〇六》（霰・三鼠）、「鐵道」《一二〇七》（雪掃・天歩）である。

他に、筆者が本書の基である卒業論文提出後に確認したものとして、「黒船」（雲の峯・碧梧桐・九一（最後の数字は『子規全集』第一六巻九一頁を示す。以下、『承露盤』からの引用につき同様に略記することあり））、「役場」（蝙蝠・蒼苔・九一）、「洋服」（富士詣・金甌・九九）の三句がある。

これらのうち新題（新季語）は、紅緑の「ビール」、碧梧桐の「夏帽」、虚子と紅緑の「藁帽子」である。「汽車」を詠み込んだ俳句が一〇句も作られている点は注目に値する。

新事象が詠み込まれた俳句の全体に占める割合は約一・五％と増加してはいるが、子規の約二・三％（本節第二項）ほどではない。ちなみに、愛櫻子の「淋しさを二人語りて歩みけり」という無季俳句も選ばれている。[二〇八]

明治三〇年は、数えると総句数は一六七九句ある。新事象を詠み込んだ俳句は四七句で、全体に占める割合は約二・七％と増えている。

具体的には、「士官」[二〇九]（遺羽子・桂堂）、「新聞」[二一〇]（春雨・碧玲瓏）、「人力車」[二一一]（藤・蒼苔）、「教員／生徒」[二一二]（花見・左衛門）、「車」[二一三]（日の永き・四方太）、「汽車」[二一四]（朧・墨水）、「馬車」[二一五]（菜の花・碧梧桐）、「競漕」[二一六]（春の水・墨水）、「踏切」[二一七]（椿・碧梧桐）、「電氣燈」[二一八]（櫻・愚哉）、「自轉車」[二一九]（花・三川）、「ホテル」[二二〇]（櫻・春風庵）、「小石川區」[二二一]（幟・繞石）、「汽車」[二二二]（汗・樂天）、「海水浴」[二二三]（他に季語の配合無し・樂天）、「練兵場」[二二四]（夏草・繞石）、「時計臺」[二二五]（短夜・左衛門）、

「馬車」[一二二六]（麥の秋・漱石）、「兵士」[一二二七]（芒・肋骨）、「汽笛」[一二二八]（朝霧・肋骨）、「演習」[一二二九]（案山子・碧玲瓏）、「電信」[一二三〇]（蕎麥の花・樂天）、「車」[一二三一]（柳・把栗）、「電柱」[一二三二]（草の實・春風庵）、「煉瓦」[一二三三]（末枯・碧梧桐）、「遠足」[一二三四]（鹿・碧梧桐）、「練兵場」[一二三五]（蜻蛉・左衛門）、「汽車」[一二三六]（虫の聲・左衛門）、「車」[一二三七]（霰・碧梧桐）、「電燈」[一二三八]（冴ゆ・牛伴）、「人力車」[一二三九]（枯柳・志友）、「學校」[一二四〇]（雪達磨・左衛門）、「電線」[一二四一]（枯野・天歩）、「焼芋」[一二四二]（他に季語の配合無し・碧梧桐）、「毛布」[一二四三]（他に季語の配合無し・碧梧桐）、「焼芋」[一二四四]（他に季語の配合無し・三川）、「毛布・車夫」[一二四五]（他に季語の配合無し・三川）、「やきいも」[一二四六]（他に季語の配合無し・繞石）、「焼芋」[一二四七]（他に季語の配合無し・四方太）、「やきいも」[一二四八]（他に季語の配合無し・愚哉）、「學校」[一二四九]（寒し・繞石）、「電信」[一二五〇]（草枯・虚子）、「學校」[一二五一]（氷・碧梧桐）である。

他に、「靴」（雪・左衛門・一九九）、「下宿」（霜柱・碧梧桐・一九九）、「馬車」（火燵・金風・二〇一）、「博士」（鷹・香墨・二〇五）の四句がある。

これらのうち、新題（新季語）は、樂天の「海水浴」と、碧梧桐や三川等の「焼芋」「毛布」である。なお、「競漕」も現代では新題（新季語）とされるが、上記墨水の句のように、他に季語「春の水」と配合されるなど、明治三〇年当時、「競漕」は未だ季語に昇格していなかったものと思われる。

明治三〇年中に新事象が詠み込まれた俳句の全体に占める割合は約二・七％と増加してはいるが、子規の約五・五％（本節第二項）には及ばない。

明治三一年は、数えると総句数は七一七句ある。新事象を詠み込んだ俳句は五八句で、全体に占める割合は約八%と急増している。

具体的には、「毛布・車」《一二五二》（輪飾・香墨）、「裁判所」《一二五三》（飾り松・秋水）、「公使館」《一二五四》（元日・牛里）、「電線」《一二五五》（凧・香墨）、「小學校」《一二五六》（桃の花・樂天）、「小學校」《一二五七》（菜の花・紅綠）、「控訴院」《一二五八》（柳・樂天）、「裁判所」《一二五九》（行春・秋水）、「裁判所」《一二六〇》（櫻・東洋）、「訴訟」《一二六一》（春の山・東洋）、「ガラス窓」《一二六二》（柳・三川）、「ハンケチ」《一二六三》（蜆・春風庵）、「法廷」《一二六四》（水打・墨水）、「勝公事」《一二六五》（祭・秋水）、「遊說・車」《一二六六》（麥・紅綠）、「煉瓦」《一二六七》（麥・紅綠）、「砲」《一二六八》（夏雲・奇峰）、「ペンキ」《一二六九》（青葉若葉・半仙）、「ペンキ」《一二七〇》（若葉・三川）、「リボン」《一二七一》（涼し・繞石）、「テーブル」《一二七二》（牡丹・香墨）、「公園」《一二七三》（氷屋・紅綠）、「先生」《一二七四》（芒・碧梧桐）、「公事」《一二七五》（稲の花・肋骨）、「バナナ」《一二七六》（月・白濱）、「レール」《一二七七》（稲の香・白濱）、「ハンケチ」《一二七八》（蜜柑・春風庵）、「停車場」《一二七九》（紅葉・奇峰）、「汽車」《一二八〇》（露・墨水）、「汽車」《一二八一》（紅葉山・恕堂）、「汽車」《一二八二》（秋の蠅・五城）、「汽車」《一二八三》（芋堀《ママ》・秋竹）、「汽車」《一二八四》（肌寒・秋竹）、「汽車／人力車」《一二八五》（花野・秋竹）、「公園」《一二八六》（萩の花・肋骨）、「貨車」《一二八七》（露・肋骨）、「汽車・小學生」《一二八八》（稲の花・肋骨）、「汽車」《一二八九》（夜寒・紅綠）、「毛布」《一二九〇》（寒・紅綠）、「演習・假兵」《一二九一》（冬木立・秋竹）、「辯護士／被告」《一二九二》（火鉢・樂天）、「大砲」《一二九三》（枯野・白濱）、「停車場」《一二九四》（冬枯・香墨）、「ステーション」《一二九五》（霜柱・五城）、「ポスト」《一二九六》（枯柳・五城）、「インキ壺」《一二九七》（冬籠・奇峰）、「ガラス窓」《一二九八》（北風・三川）、「豆ランプ」《一二九九》（煮凍・五城）、「シャッポ」《一三〇〇》（麥蒔・香墨）である。

他に、「アーチ」（元日・肋骨・二〇六）、「公園」（春風・碧梧桐・二〇八）、「東京」（畑打・露月・二〇九）、「ベンチ」（摘草・太古・二一三）、「車」（麥の風・碧梧桐・二一四）、「役場」

（雁・紅綠・二一九）、「夜學」（炭・秋竹）、「病室」（寒・香墨・一二一一）、「測量標」（冬枯・香墨・一二二三）の九句がある。

いずれも他の季語を配合して詠み込まれている。うち、「毛布」、「バナナ」、「ハンケチ」は新題（新季語）である。なお、「汽車」を詠み込んだ俳句は八句作られている。

明治三一年中に新事象が詠み込まれた俳句の全体に占める割合は約八％と急増し、子規のそれと同率（本節第二項）となった。

明治三二年は、数えると総句数は二〇九句ある。新事象を詠み込んだ俳句は一三句で、全体に占める割合は約六・二％である。

具体的には、「合乗」[一三〇一]（初卯參・鳴雪）、「展覽會」[一三〇二]（花の山・肋骨）、「川蒸汽」[一三〇三]（春雨・把栗）、「馬車」[一三〇四]（柿の花・五城）、「乘合馬車」[一三〇五]（瓜茄子・五城）、「馬車」[一三〇六]（鮓・樂天）、「夏帽」[一三〇七]（他に季語の配合無し・三川）、「夏帽」[一三〇八]（他に季語の配合無し・漁村）、「鐵橋」[一三〇九]（花火・月我）、「黑船」[一三一〇]（寒月・鳴雪）、「大學」[一三一一]（榾火・鳴雪）である。

他に、「麥藁帽」（菅笠・奇峰・一二二八）、「毛糸」（頭巾・牛伴・一二三〇）の二句がある。

これらのうち、新題（新季語）は、三川と漁村の「夏帽」である。本節第三項記載のとおり、「夏帽」は明治二九年に子規によって、新題（新季語）とされている。明治三二年に三川と漁村が「夏帽」を俳句に詠み込んだのは、「夏帽」が新題（新季語）として一般化してゆく過程を示しているといえよう。

明治三二年中に新事象が詠み込まれた俳句の全体に占める割合は約六・二%とやや減少し、子規の約六・四%（本節第二項）と比べると少ない。

明治三三年は、数えると総句数は一一二三句ある。新事象を詠み込んだ俳句は三句で、全体に占める割合は約二・四%と減少している。具体的には、「廣告」[一三二二]（櫻・三允）、「人力車」[一三二三]（白雨・肋骨）、「新聞」[一三二四]（火鉢・一五坊）である。他の季語を配合せずに詠み込まれた新事象はなく、新題（新俳句）が詠み込まれた句は見当たらない。

明治三三年中の新事象が詠み込まれた俳句の全体に占める割合は約二・四%と半減し、子規の約六・六%（本節第二項）に遠く及ばない。

このように、『承露盤』において、明治二八年から明治三三年までの間、新事象の詠み込まれた俳句は、当初少なかったものの年々増加し、明治三一年には子規が新事象を詠み込んだ俳句数の割合に並ぶほどとなり、その後減少に転じた。もともとの投句に新事象や新題（新季語）を詠み込んだものが少なかったためか、子規がそれらを佳句として選ばなかったためかは不明である。しかし、新事象の詠み込まれた俳句の数や割合が少ない年があるとはいえ、新事象や新題（新季語）の詠み込まれた俳句を、子規が毎年必ず選んでいたことは確かである。

『新俳句』

同書は、『俳句　二葉集　春の部』に続く正岡子規を中心とする日本派の選句集である。明治三一年三月に発行され、収録俳人は五九八名、総句数は子規の五〇九句を含めて合計四八五八句であり、子規の厳密な選抜と校閲を経たものとされている[一三一五]。

子規は、獺祭書屋主人として、序文「『新俳句』のはじめに題す」において、

題を分ち句を収め、萃を抜き秀を鍾《あつ》め、直ちに題して『新俳句』といふ。之を世に公にせんとす。（中略）余は此新面目を備へたる俳書の刊行を喜ぶ（中略）余の所謂明治の俳句は彼俗宗匠輩、月並者流の製作を含まず。（中略）若し夫れ所謂明治の俳句が如何に其特色を現し來るかを知らんと欲せば試みに『新俳句』を讀め。

と述べて[一三一六]、自身が従前月並俳句を排撃しつつ自らの信ずる俳句を構築してきた成果を誇っている。

内容を見ると、目次中に新題（新季語）が掲げられている。「夏雜之部」の「夏帽、麥藁帽子」[一三一七]、「冬雜之部」の「クリスマス」「煖爐」「冬帽」「外套」「二重まはし」「吾妻コート」「毛布」「燒芋」である[一三一八]。

収録句は、「夏帽」については、本節第三項記載の明治二九年作の九句のうち②③⑤⑦⑧の五句と、同九句の直後の「藁帽子」の句との合計六句である[一三一九]。なお、「夏葱」と「夏蕨」の句

は掲げられていないようである。「クリスマス」については、本節第三項記載の明治三〇年の二句⑯⑰と、碧玲瓏の「讃美歌の洋々としてクリスマス」の合計三句、「煖爐」については、本節第三項記載の明治三〇年の一句⑧と、虚子の「ストーヴに居殘りの雇官吏かな」の二句である。[一三二〇]「冬帽」については、本節第三項記載の明治三〇年の三句中の二句⑤⑦と、[一三二一]虚子の「冬帽を深く被りし男かな」及び、愚哉の「冬帽の古きを冠る易者かな」の合計四句である。「毛布（ケットー）」については、本節第三項記載の明治三〇年の二句③④（但し、④は中七が修正されている）と、虚子の「毛布の青きは更に鄙びたる」、碧梧桐の「綱ゆるき毛布包みの荷物かな」、愚哉の「ケットーの安きを買はんとす柳原」及び、三川の「四辻や毛布に車夫の夜明けたる」の合計六句である。[一三二二]「焼芋」については、本節第三項記載の明治三〇年の二句⑭⑮と、虚子の「十錢の焼いもは餘り多かりし」、繞石の「焼いもに天下を談ず書生かな」、愚哉の「焼いもを買ひに隣の下女も來し」の合計五句である。[一三二三]その他、「外套」は愚哉の「檜につるす外套古し柳原」が、「二重まはし」は本節第三項記載の明治三〇年の子規自身の一句⑲が、「吾妻コート」は碧玲瓏の「下町や吾妻コートの妾らし」が、それぞれ掲載されている。[一三二四]

このように、『新俳句』は、明治三一年当時の正岡子規一派の俳句の集大成であり、子規自身及びその一派の者らが作句を重ねることによって新題（新季語）複数個を確立して一般に広めた点にも大きな意義があったといえよう。

『春夏秋冬』

同書は、明治三〇年以後の新聞「日本」「ホトトギス」の選句をもとにして四季四冊にまとめられた、日本派の第一句集とされる。作者は約三五八人、総句数は正岡子規の四七八句を含めて合計三五六八句である。[一三二五]発行は、「春之部」が明治三四年五月二五日で、「夏之部」以降は、それぞれ、明治三五年五月、同年九月及び翌年一月である。子規が直接自らの手でまとめたのは「春之部」のみであるが、[一三二六]他の三部も子規に吟味が加えられているとのことである。[一三二七]

子規は、序文において、

新俳句刊行後新俳句を開いて見る毎に一年は一年より多くの幼稚と平凡と陳腐とを感ずるに至り（中略）新に俳句集を編むの必要起る。（中略）新趣味を加へたるのみならず言ひ廻しに自在を得て複雑なる事物を能く料理するに至り、（中略）これ迄捨てゝ取らざりし人事を好んで材料と爲す（中略）春夏秋冬は最近三四年の俳句界を代表したる俳句集

と述べている。[一三二八]これが記されたのが明治三四年であるから、同句集はまさに生前の正岡子規及びその一派の俳句の集大成といえよう。

目次[一三二九]を見ると、「春之部」と「秋之部」には、秋の「天長節」を除き、新題（新季語）は見当たらない。他方、「夏之部」には「夏帽」が、「冬之部」には「クリスマス」「毛布」「ストーヴ」「焼芋」が挙げられている。『新俳句』にあった、「冬帽子」「外套」「二重まはし」「吾妻コート」はない。収録句数は、「藁帽子」を詠み込んだ一句を含め「夏帽」が三句、[一三三〇]「クリスマ

ス」が三句、[一三一]「毛布」が二句、[一三二]「ストーヴ」が三句[一三三]（収録句はいずれも「暖爐」の詞を用いた句）、「焼芋」が二句、[一三四]である。

『春夏秋冬』を見ると、子規及びその一派が、従前の俳句活動を向上させ、新題（新季語）についても作句を重ねて、より一層一般化させていることが分かる。

このように、正岡子規及びその一派は、新しい俳句を目指して作句を重ねる中で、新事象にも挑戦しながら、これを詠み込む俳句を安定させ、その過程において、新題（新季語）を開拓し一般に広めていった、といえよう。

第四節　小括

以上、正岡子規の俳句に係る経過を踏まえ、その俳句観・季語観を確認した上で、明治時代初期以降の宗匠を含む俳人達の新事象及び新題（新季語）に対する姿勢、子規の作句活動及び選句活動における新事象や新題（新季語）の取扱い方を検討してきた。

まず、正岡子規以前の俳人達が、明治維新前後に誕生した新しい事象を発句に積極的に詠み込もうとしていたことが分かった。それは子規も同様であった。この点、第四章第二節第二項記載の加藤楸邨の指摘は正鵠を得ている。すなわち、子規以前、俳人達の中に、いわゆる月並俳句的な知識を抜きにして、純粋に新事象に対峙して発句を作ろうとした人々がいた。それは、幕末の動乱から明治維新以降に登場した多彩な新事象を目の当たりにした新鮮な驚きを人々が覚えたからであり、このようにして人々が新事象を積極的に発句に詠み込もうとし続けたことが、やがて子規の新俳句が世に支持され広がる素地となった、という指摘である。子規登場前後の経過に照らし、まさにそのとおりであったと考えられる。

また、子規は、新事象を俳句に詠み込むことについて、明治二五年当時は消極的な姿勢であったものの、その姿勢を保つのではなく、難に感じる新事象を積極的に数多く俳句に詠み込み続けるなどして、明治二八年には新事象を詠み込む俳句を作ることを積極的に推奨するまでになった。

正岡子規は、新事象に他の季語を配合するという手法などをもちいて積極的に俳句を作り、「新しい俳句」の発展に賛同する仲間達とともに新事象を詠み込む俳句を作り重ねた。そして、明治二九年以降は、仲間同士で競争しつつ、他の季語を配合せずに新事象を俳句に詠み込み、意識的に新題（新季語）を作り出すようになった。その結果として、「夏帽」「毛布」「焼芋」「冬帽」「暖炉」など、現代に至るまで一般に通じる季語を作り出したのである。このように、新事象に他の季語を配合するという手法で作句を重ね、やがて新事象を他の季語と配合させないで新題（新季語）として独立して詠み込むという経過は、第一章第一節に記載した歌人の景物の詠み方の経緯、当初は感情を示す言葉と景物をセットで和歌に詠み込んでいたものが、後に景物を詠むことのみによって感情を表すようになっていったという経緯に通ずるものがある。すなわち、新事象と他の季語との配合を繰り返すことによって、その新事象が、どの季語の持つ本意・本情と合うかを探ることができる。そして、合う季語との配合の繰り返しにより、その季語の本意・本情がその新事象と結びつく傾向が生まれ、やがて季語と配合せずとも、その新事象自体が詩情を持つようになり、晴れて新題（新季語）として世に認められるようになる、という経過である。その経過は歌人の景物の詠み方の経緯と同様である。

もっとも、子規は、明治三一年には、せっかく作り出した新題（新季語）のみを詠み込む俳句を積極的には作らなくなり、翌三二年以降は、新題（新季語）を再び他の季語と配合する俳句を手がけるようになっていった。新題（新季語）のみの俳句を増やし続けようとしなかったことは、子規が重視する「新しい俳句」を作るという観点からは後戻りしたかにみえる。なぜならば、新題（新季語）を増産し、新題（新季語）のみを詠み込む俳句を多作することは、とりもなおさず「新しい俳句」を作ることそのものだからである。実際、本章第三節に記載のとおり、河東碧梧桐の回想によれば、正岡子規一派は「明治の景物を新題に加へる運動」をし、「新題目を捕へる事に競争して居た」ほどであった。

しかし、子規は、新題（新季語）を意識的・積極的に作ることのみをもって「新しい俳句」を作ろうとしていたわけではなかった、と考えるべきである。というのも、本章第一節第一項記載のとおり、子規が俳句に開眼したのは、明治二四年頃に勤しんだ「俳句分類」の作業によってであったからである。「俳句分類」作業を通じて、子規は、季語と何を配合するかを重視するようになり、配合の斬新さを基準として俳句の新しさを判断するようになっていった。碧梧桐の回想によれば、子規は晩年に至ってさえ、「句は材料の配合で生きる」と考え、配合が斬新かどうかを重視していたことが認められる。

そうすると、子規にとって、「新しい俳句」という目的を実現するための手段は二つあったことになる。すなわち、①新題（新季語）を意識的・積極的に作り出すこと、②斬新な配合の句を作ること、の二つである。いずれの手段であっても、「新しい俳句」は実現できる。とはいえ、一般的に考えて、①の手段を成功させるについては、多くの人々に季語として認めてもらわなければならないという高いハードルがある。これに対して、②の手段は、従来にない配合を幅広く試せばよいのであるから、②の手段の方が労力は小さくて済み、目的を実現する上では効率がよい。

こう考えると、「新しい俳句」を実現するための四つのアプローチが想定できる。まず、(1)旧来ある季語や事象を、旧来にはなかった形で配合するアプローチである。次に、(2)新事象を詠み込むアプローチである。新事象を詠み込めば直ちに新しい配合となる。また、(3)新題（新季語）を意識的に作り出すアプローチである。新題（新季語）を詠み込めば直ちに新しい俳句となる。そして、(4)新題（新季語）を他の季語や新事象と配合するアプローチであり、これも直ちに新しい配合を作ることになる。これら四つのアプローチは、いずれも「新しい俳句」を作ることに直結している。

しかし、これらアプローチにはそれぞれ隘路がある。(1)のアプローチは、旧来の季語や事象の配合がどのようなものであったかをよく把握していなければならない。(2)のアプローチは、種々雑多な事象の中から俳句に詠み込むにふさわしいものを取捨選択する力量を要するであろう。また、⑶のアプローチは多くの人々に新季語として認めてもらわなければならないという高いハードルがある。そして、⑷のアプローチは、⑶のアプローチを乗り越えて初めて達成し得るものであろう。

この点、正岡子規は、俳句分類により旧来の季語や事象の配合を幅広く把握していたし、およそ俳句に詠み込めないと考えていた「汽車」という新事象を俳句に繰り返し詠み込むことによってものにしたことから分かるように、取捨選択の力量には相当のものが認められる。また、子規は仲間同士で競争し合いながら新題（新季語）を積極的に作っていた。このように、子規はアプローチ⑴⑵⑶の隘路をいずれも乗り越えたのである。そうすると、子規にとって、アプローチ⑷に取りかかることは容易なことであった。

とはいえ、アプローチ⑶をさらに積極的に推進することも選択肢としてあり得たはずである。しかし、子規は、アプローチの重点を⑶から⑷に切り換えた。前述したように明治三一年には、新題（新季語）のみを詠み込む俳句を積極的には作らなくなり、三二年以降は、新題（新季語）を再び他の季語と配合する俳句を手がけるようになっていった。その理由は定かではないが、病に苦しみ余命を意識していたからではないかと想像する。アプローチ⑷は、⑶のハードルの高さに比して従前自らがアプローチ⑴ないし⑶で培った財産を有効に活用でき、効率がよいことは明らかである。

正岡子規の作句活動・選句活動は、「新しい俳句」を実現するために一貫していた。子規が、自ら作り出した新題（新季語）について、これを単独で用いて俳句を作るのではなく、他の季語や新事象と配合して俳句を作るようになっていったことは、「新しい俳句」を実現するという目的としては、後戻りではなく、むしろ目的実現のために必要かつ効率的で合理的な活動だったと評価でき、余命を意識した子規の選択として、そのアプローチは十分に納得できる。

このように、子規の作句活動・選句活動の経過には、「新しい俳句」を実現する上での多大な工夫と努力が表れているといえよう。

なお、子規の作句を検討して目についたことであるが、新事象を詠み込むかどうかに関わりなく、子規の俳句には、現代では「季重なり」として句会で厳しく指摘され修正させられるような、およそ許容されない俳句がおびただしく存在する。子規自身は「季重なり」について全く問題にしていなかった。『随問随答』において、「ホトトギス」の読者から「實景を詠まんとすれば春夏混雑の句」ができてしまうがそれでも差し支えないのかと問われ、

　少しも差支なし。（中略）實景を詠むが第一なり。

と答えている。[一三三五]「季重なり」が否定的に考えられるようになったのは子規没後のことで、子規生前は問題にならなかったようである。「季重なり」について本書で検討する余裕はないが、子規の「季重なり」の俳句の多さは、配合の新しさを重視し追求したことに強く影響されていたように思われる。今後さらに研究を深めたい。

第五章　無季俳句についての議論

これまで季語の発生の歴史や変遷について見てきたが、無季の句については、どのように考えられてきたのであろうか。あらためて、江戸時代からの状況を見てみよう。

第一節　松尾芭蕉と無季俳句

俳諧の発句を無季の句とすることについて、松尾芭蕉は『去来抄』[一三三六]において、

先師の曰く「発句も四季のみならず、恋・旅・名所・離別等、無季の句ありたきものなり。されど、いかなる故ありて四季のみとは定め置かれけん。その事を知らざれば、暫《しばら》く黙止《もだし》侍る」となり。

と述べたことが紹介されている。現代語訳は、「先師のいわれるには『発句も和歌と同様、四季だけでなく、恋・旅・名所・離別などには無季の句があってよいものだ。しかし、どういうわけで昔から四季だけと決められたままきたのであろうか、その事情を知らないから、しばら

く黙っているのだ』ということであった」[一三三七]である。
また、『三冊子』[一三三八]には、次のようにある[一三三九]。

朝よさを誰松島ぞ片心《かたごころ》

この句は季なし。師の詞にも「名所のみ雑《ざふ》の句にもありたし。季をとり合はせ、歌枕《うたまくら》を用ゆる、十七文字にはいささか志《こころざし》述べがたし」といへることも侍るなり。さの心にてこの句もありけるか。なほ『杖突坂《つゑつきざか》』の句あり。

現代語訳は、「『朝よさを誰松島ぞ片心』この句には季語がない。芭蕉先生の言葉に『名所の句には、無季の句があってもよいであろう。季語を取合せることを考えながら、名所を詠《よ》む、ということになると、素材過多ということになってしまい、十七文字では、詠まんとするところを十分には詠み切れない』というのがある。この句も、そのような俳句観に基づいて作られたので、季語がないのであろう。なお、〈歩行《かち》ならば杖突坂《つゑつきざか》を落馬哉《かな》〉[一三四〇]という無季の句もある」[一三四一]とある。

このように、松尾芭蕉は俳諧の発句に季語を要しない場合を許容していたようにみえる。ところが、芭蕉は、発句に「無季の句ありたきものなり」としながらも、発句を「無季の句」とするよう積極的な推進はしなかった。

それは俳諧の発句を無季の句とすることを許容していなかったからであろうか。芭蕉が俳諧の発句を無季の句とすることを積極的に推進しなかったのはなぜか。その理由として、次の三点が考えられる。①芭蕉自身、俳諧の発句が「四季」を置くものとされた理由を知らなかった。知らなければ、感想以上の言葉を述べようがなかったであろう。また、暉峻康隆[一三四二]は、②芭蕉の時代、俳諧の主な活動は歌仙の興行であって、歌仙においては発句以外に雑の句（無季の句）を詠むことが可能であり、発句においてことさらに無季の句を詠まなければならない必要性に乏しかった、という点を挙げている。実際、東聖子の分析によれば、芭蕉が最初から最後まで同座するなどした合計五一の連句について、発句や平句を含めた総句数のうち、四季句の数と雑の句（無季の句）の数とを比較すると、春が三八六句で一七％、夏が一二六句で五％、秋が五〇九句で二二％、冬が一五六句で七％であるのに対して、雑の句は一一三九句で四九％に上るという[一三四三]。つまり、俳諧においては、自らが詠むべき句の順番の位置が四季句を詠まなければならないような位置でない限りは、無季の句を詠むことができた。無季の句を詠みたければ、それを詠むことのできる機会があったのである。さらに、暉峻康隆[一三四四]は、③「軽み」の俳風のはしりとなった祈念すべき作品である『ひさご』の中に芭蕉の参加しなかった歌仙があり、この歌仙は発句が無季であったが、その出来は芳しいものではなかったという点も挙げている。しかし、この点は、作品の出来不出来の問題に過ぎない。無季の発句の作品が失敗したことで無季の発句の作品を積極的に開拓しようという気持にならなかったであろうことは理解できるが、それは内心の問題であって俳諧の発句がいかにあるべきかという原理的な次元の問題ではない。

したがって、③は俳諧の発句に無季の句を許容するかしないかの理由とはならない。
よって、松尾芭蕉は俳諧の発句に無季の句を許容していなかったわけではない、といい得る。

これに対して、山本健吉は、芭蕉の遺語は無季俳句を認める根拠とはならないという。すなわち、山本は、「俳句にとって季が如何に必要であったかという認識」に立つ。また、要旨「季題論において解明すべき対象は、何万句という作品の集積の上に顕現されている歴史の智恵であって、季題によってどのような作品が作られてきたか」こそが真の考察の対象となるべきであるとの前提を置く。そして、松尾芭蕉が詠んだ九つの無季句を挙げて検討し、「季語が裏に籠もって」いる句、「季語に似た働きを」する重い言葉が入っている句、名所の句のいずれかであると評価する。その上で、山本は、「名所の雑の句は偶然的に作っているに過ぎない」とし、「佳句もない」とする。そして、要旨「芭蕉が作った無季の句に佳句がないこと」、「芭蕉が無季俳句の開拓に力を入れなかったことは、彼が季語を入れない俳句において、短詩型として凝縮度が足りなくなることを、経験の上から得た智恵として感じていたことを意味する」と説く。さらに、山本は、芭蕉が「名所のみ、雑の句にもありたし」と述べた点について、歌枕は和歌の時代から威力あるものと公認され、選ばれた地名であり、歌枕自体が歌の情趣を形作るエキスであって、その歌枕によって醸し出される雰囲気は歌全体にかぶるものと見做されてきたという歴史を踏まえ、松尾芭蕉の「歌枕に対するほとんど信仰的と言ってもよい伝統的感情が、[一三四五]歌枕の句には季語を必要としないという感想を、特に浮かばせた」に過ぎない、と断定している。

確かに、歴史的に詠まれてきた数多の俳諧の発句や俳句に季語が存在しているという現実が重要でないはずはなく、俳句全体における無季俳句の割合の小ささに照らせば、無季俳句を許容しようとする意味に疑問が呈されることも理解できないわけではない。

しかし、そもそも、松尾芭蕉の無季の句に佳句がないことと、芭蕉が俳諧の発句に無季句を許容していることとは次元が異なる。無季の句に佳句がないことは無季俳句を許容しない理由とはならない。

また、芭蕉が俳諧の発句を無季句とするための開拓に力を入れなかったことは事実といえよう。しかし、この点については暉峻康隆が挙げる前述の②の理由が当てはまる。すなわち、芭蕉の時代は、俳諧の主な活動である歌仙において、発句以外に雑の句を詠むことが可能であった。近現代の俳句が一句のみであるのとは異なり、俳諧においては、一作品の中で無季の平句を作ることができるのであるから、発句において無季の句を詠まなければ他に詠む機会がないというわけではなかったのである。したがって、俳諧の発句を無季の句とするための開拓を積極的に行おうとのモチベーションが芭蕉に湧かなくても不思議ではないし、実際、芭蕉は積極的に開拓しなかったに過ぎない。よって、この点についても、芭蕉が俳諧の発句を無季句とすることを許容していなかった理由とはならない。

むしろ、山本健吉が述べるように、芭蕉が歌枕と季語を同じ句に詠み込み難いと感じた理由として、歌枕自体が歌の情趣を形作るエキスであって、その歌枕によって醸し出される雰囲気が歌全体にかぶるものとなるために、これと同様の働きをする季語と歌枕とが一句に存在すれば句の焦点が二つとなって煩わしい、という点が挙げられるのであれば、それは、まさに季語以外の詩語を俳句の中に認めることにほかならず、無季俳句許容の根拠を示しているのではなかろうか。歌枕のみを詠み込んで俳句が成立するということは、その俳句に四季を指す詞が存在しなくてもよいということを認めていることになろう。また、松尾芭蕉が詠んだ九つの無季句を検討した結果、「季語が裏に籠もって」いる句、「季語に似た働きを」する重い言葉が入っている句等であると評価したのであれば、そのこと自体が句中に季語が存在しないことを認めていることになろう。

そうすると、松尾芭蕉が俳諧の発句に無季の句を推進しなかった理由は、俳句の本質に照らして無季句が許されないからではない、ということになる。芭蕉が俳諧の発句に「無季の句ありたきものなり」と述べた点は否定されない。むしろ、俳諧・俳句の神様ともされる芭蕉が無季の発句を「ありたきもの」と述べている点こそ注目されるべきである。そして、芭蕉が無季の発句として想定したのが、「恋・旅・名所・離別等」であった点は重要と思われる。なぜならば、四季の詞ではない、「恋・旅・名所・離別等」を発句の中心に据えて詠みたいとしているからである。ここに「等」とは、「恋・旅・名所・離別」に続いて用いられていることから、これらに類する「人間生活における普遍的な価値を指す詞」を指すものと考えるべきである。すなわち、芭蕉は、季語以外に人間生活における普遍的な価値あるものを詩語として発句を作ることを希求していたといえよう。このような松尾芭蕉の考え方は、現代において無季俳句を許容することに直結する。

第二節　正岡子規と無季俳句

正岡子規は、第四章第一節第三項記載のとおり、四季の美への連想力を有する詞として季語を重要視していた。しかし、必ずしも俳句に季語が必須だとしているわけではない。むしろ、子規は、「四季」と題する「俳諧一口話」の中で、「季を讀み込まねば發句にならずとそれを規則のやうに覺えたる宗匠も多かり」とした上で、「固《もと》よりさる事のあらん筈も無ければ雜（季の無き者）の句を詠むとも苦しからね」と記し、無季俳句を許容することを明言している。[一三四六]『俳諧大要』においても、「四季の題目無きものを雜と言ふ」[一三四七]として無季の俳句が存在することを前提に置いた上で、「（四季の題目は）あながちに無くてはならぬとには非ず」[一三四八]と記し、「（雜の句は）雄壯高大なる者に至りては必ずしも四季の變化を待たず」として、富士山を詠じた雜の句の例まで紹介している。[一三四九]さらに、『隨問隨答』においても、明治三二年六月、「ホトトギス」の読者からの問に対して、「雜の句即無季の句を作るは勝手次第なり。俳句に之を禁じたるにあらず」と明言している。[一三五〇]

実際、子規は、第四章第一節第一項記載のとおり、「新俳句」を打ち立てる基礎固めとして「俳句分類」に勤しむ中で、無季俳句を含めて「俳句分類」をしている。分類項目の中には、四季ばかりではなく「雜」の部がある。[一三五一]そこには、芭蕉の「あさよさを誰まつしまぞ片心」

「歩行ならば杖突阪を落馬哉」といった無季句の他にも、「歌書よりも軍書に悲し芳野山　支考（俳諧古今抄）[1352]」「星落て底に咲たりも上川　風水（三山雅集）[1353]」「文と夢と鏡を戀の三道具　秋之坊（俳諧古今抄）」「死や生や七つになりし石佛　鬼貫（七車）[1354]」「一年はよくも經にける命哉　成美（手ならひ）[1355]」等々、無季句が百数十句掲げられている。無季俳句を許容する姿勢は選句の実際においても同様である。子規は、明治三一年八月一〇日発行「ホトトギス」（第二巻第一一號）掲載の「隨問隨答」において、「虎の皮の褌に居る虱かな」という高浜虚子の俳句について、何の季に属するかと読者に問われ、「雑ならんか」と述べ、無季俳句である旨回答している。[1356]

このように、子規は、雑の句、つまり季語のない句も、俳句に含めて考えていたといえよう。反面、季語が詠み込まれた句であっても、「普く世人に知られざる」季語については、「季の感甚だ薄きを常とす」「故に此題を咏ずる者は甚だ苦吟しはた古來之を詠じたる句も無味淡泊を免れず」とし、その理由として「是れ時候の聯想なきが爲めなり」と記し、連想力不足を挙げている。[1357]さらに、次の項で、松尾芭蕉の有名句「古池や蛙飛びこむ水の音」についてさえ、「殆んど春季の感無し」「夏季の感をも起さず」とし、「此句は只是れ雑の句と同一」との評価を下している。[1358]

つまり、子規は、無季の俳句を否定していない。むしろ「雄壮高大」な句であれば、無季の俳句も許容されるとまで言い、逆に、句の中に季語があるからといって、季節の連想が生じなければ無季の俳句と同じであるとしている。季語は季節の美しさを連想させるからこそ俳句に詠み込まれる意味があるとし、深厚深遠な詩心を表現できる詞が詠み込まれてあるならば無季の俳句であってもよいと説いている、と理解できる。この点、松尾芭蕉の考え方に通じるものがある。

正岡子規の自作の俳句等を確認すると、第四章第三節第二項記載のとおり、明治一八年には連歌の発句において無季句を作っている。無季俳句については、抹消句及び拾遺句を含め、明治一九年が一句、二〇年が四句、二一年が一五句、二二年が一三句、二三年が三三句、「俳句分類」を始めた頃である二四年が二五句、『獺祭書屋俳話』で宗匠俳句を月並みであると批判した頃である二五年に一〇句、互選句会を始めた二六年が八句、二七年が二句、『俳諧大要』や『俳句問答』を連載した二八年と二九年がそれぞれ一句と五句、実作に基軸を移した明治三〇年以降は、三〇年に三句、三一年に一句あるほか、三二年から没年の三五年まで無季俳句は作られていない。全体をみると、正岡子規は総合計一二二句の無季俳句を作った。その大半は、俳句論を確立した『俳諧大要』以前に作句したものであり、以後は僅か一〇句しかない。子規が無季俳句を積極的に推進しなかったことは明白である。とはいえ、子規は、自らが無季俳句を作らなくなった明治三二年以降も、上述のとおり、『随問随答』において、「ホトトギス」の読者からの問に対して、「雑の句即無季の句を作るは勝手次第なり。俳句に之を禁じたるにあらず」と明言したり、自ら無季俳句であると認識し評価しながらも高浜虚子の俳句を選んだりもしている。

以上より、正岡子規は、季語を重視しつつも、これに拘泥せず、無季俳句を許容しているといえよう。

第三節　無季俳句「論」について

無季俳句とは文字通り季語のない俳句をいう。また、これに加えて、季感を有しない俳句も含み、さらに、季語・季感を問わず詩感（ポエジー）を第一義とする俳句をも指す、とされている[一三五九]。

そして、近代俳句史は、①明治末期から大正初期にかけての「新傾向俳句運動」、②昭和初期の「新興俳句運動」、③昭和二四年頃以降の「前衛俳句運動」という三つの俳句革新運動において、無季俳句が対立の焦点となったことがある[一三六〇]。これらのうち、新傾向俳句運動と新興俳句運動において、無季俳句の許容性がそれぞれどのように論じられていたか、素描したい。

新傾向俳句運動について、俳人大野林火は、『近代俳句の鑑賞と批評』[一三六一]において、三期に分けて説明している。すなわち、正岡子規没後、子規門の双璧として知られた河東碧梧桐と高浜虚子は、明治三六年九月以降、「ホトトギス」誌上において、碧梧桐の「温泉百句」を巡り、俳句観の違いを背景に論争となり、大正時代に至り、碧梧桐は自然主義思想の影響を受けつつ伝統破壊へと進み、虚子は伝統を尊重するとして守旧派を任じた。碧梧桐らによる俳句革新運動を「新傾向俳句運動」というが、林火によれば、同運動は、明治四一年の大須賀乙字の論文

「俳句界の新傾向」に始まり、大正二、三年の自由律俳句の出現を以て終わりとなる。

林火によれば、第一期は、河東碧梧桐が明治四二年に刊行した『日本俳句鈔』第一集に象徴される。大須賀乙字の論文「俳句界の新傾向」においては、子規の写生による作句は季語の連想の力によって予備知識を要せずに詩の美しさを解釈することができることから、季語は一種の象徴であり、写生は俳句の初歩的時代の作句法であるとした上で、碧梧桐の句は、特性を誇示し、余情・余韻に富み、複雑・精緻へと進み得る作句法である旨記され、碧梧桐の俳句は、季題について、伝習的な季題観念を排し、作者の直接の体験に基づいた季題象徴を指していると称され、これを「新傾向」とした、とある。そして、林火は、碧梧桐が、この論文を受けて、『日本俳句鈔』第一集において、連想の具体的描写や個性の発揮等を重視し、季語の問題から徐々に遠ざかり、人間の個性発揮という方面に向かっていった点に注目すべきとする。第二期は、大正二年に刊行された『日本俳句鈔』第二集に象徴される。碧梧桐は、主観的傾向への志向を強くし、文壇の主流となった自然主義思想の影響を受け、自我の目覚め、現実生活、社会生活へと接近し、実感の表白を強調し、やがて、無中心、すなわち、中心点を捨て、自然の現象そのままの物に接近するという態度を重視するようになった、という。いわゆる「無中心主義」である。林火は、ここに季語の比重が軽くなっている点に注目すべきであると述べる。第三期は、自由律俳句の誕生と季語廃止が特徴とされる。この時期、碧梧桐の新傾向俳句は一時全国を風靡し、中塚一碧楼や荻原井泉水らを生み、やがて彼らによって定型破壊・季語無用や季語廃止へと進み、新傾向俳句運動は分裂した。そして、俳壇から遠ざかっていた高浜虚子が大正二年に俳壇に戻り、一七字定型や季題などの伝統を墨守すると宣言し、ホトトギス俳壇において新人俳人が輩出したことによって、碧梧桐の新傾向俳句は勢いを失った。

俳人原子公平は、河東碧梧桐が、「従来の季題趣味や直叙的な写生法から脱却して、季題の自然化、暗示的な手法、直感的にくる実感を重んずる新しい俳句性を追究し」た、と評価している[一三六二]。

また、原子によれば[一三六三]、新興俳句運動は、昭和六年に水原秋櫻子が、当時全盛時代を築いていた高浜虚子の花鳥諷詠的客観写生にあきたらず、「芸術上の真」を求めてホトトギスから離脱したことに端を発しているという。新興俳句運動は、近代社会の進展とともにある俳句を求める「俳句の近代化」を目標とし、素材の拡大と連作による表現の拡充を試みた。そして、連作における季語のあり方として、第二句以下には必ずしも季語を要しないとしだいに考えるようにもなり、日野草城や吉岡禅寺洞らは、連作における無季容認から単一俳句の無季容認へと進み、水原秋櫻子や山口誓子らと激しく対立した。新興俳句運動は、有季派、無季容認派、超季派[一三六四]、自由律派などに分かれたが、昭和一五、六年頃、当局の弾圧で壊滅したとされる。

ところで、宇多喜代子は、論稿「ただ今の無季俳句」[一三六五]において、新傾向俳句や新興俳句など季語について生じた歴史上の論争と現代を比較してみると、現在は全体的なレベルで無季俳句は問題とされてはおらず、無季俳句と対立するものは、かつて二項対立的であった有季俳句ではもはやなくなっているという。その理由として、若い世代の実生活が季節そのものと能動的な付き合いをする必要性がなくなっていて、季節自体が虚構的となり、季語の持つ伝統的な内実が失われつつあるという点を挙げ、虚構化された季語で作られた俳句は、たとえ季語が入っていても無季俳句なのではないか、という問題提起をしている。

第四節　小括

以上、松尾芭蕉と正岡子規の無季句又は無季俳句についての考え方を確認し、子規没後の無季俳句の許容性にまつわる論争を概観した。総じて言えることは、俳句にとって、季語が重要な詩語であるという点は明らかである。これを踏まえた上で、無季俳句が許容される余地があるかどうかに絞って考えれば、俳聖の松尾芭蕉にとっても、俳句創始者の正岡子規にとっても、重要なことは、句中に普遍的な価値ある詩語が存在するということであった。その最たるものが季語であるから、俳諧の発句においても俳句においても季語が重視されるのは当然である。しかし、季語以外の詞であっても、それが普遍的な価値ある詩語であるならば、これを詠み込んで無季俳句を作っても俳句として許容される、ということになる。

この点は、逆説的な言い方になるが、山本健吉の新題（新季語）と無季俳句に対する考え方に裏付けられているといえよう。第三章第三節記載の山本の季語についての説を踏まえれば、歳時記に掲載されていない景物を詠み込んだ俳句でも、それが佳句であれば、自然界にひしめいていた季語が探り出されたとして当初から有季俳句であったと説明することになる。しかし、現に歳時記に載っていない景物である以上それを季語と呼ぶのは実際の句会の現状に照らし不合理である。後に歳時記に載り、新題（新季語）として公認されるようになったとしても、掲載されるまでは無季俳句というほかない。新題（新季語）を俳句に詠み込むことは、歳時記に載っていない景物を詠むことである。本章第一節に記載したように、山本は無季俳句を許容しようとしないが、季語以外の歌枕や「季語に似た働きをする」重い言葉などの詩語が詠み込まれている俳句については、それらが季語に匹敵する詩情を有するとの考えから、俳句として肯定している。つまり、そのことは、季語以外の詞であっても、それが詩語であれば俳句として認められるということを意味するのであって、山本は無季俳句を事実上許容していることになろう。

第六章　日本と海外における現代の季語について

第一節　日本の場合

第一項　子規没後大正期までの季語観

正岡子規の早世により跡を継いだ高浜虚子は、俳句には季語を要すると明言し、無季俳句を認めなかった。八田木枯によれば、虚子は、昭和一六年四月四日上野公園吟行の時の自らの作「公園の茶屋の主の無愛想」という無季俳句について、どの詞が季題かと問われ、「玉藻」同年六月号において、「無季でした。削除すべきもの」として取り消しているほどである、[一三六六]とのことである。

虚子の進んだ方向は、季語を重視する子規の俳句観の一面を引き継ぎ発展させたものと評価できよう。

もっとも、虚子は、植民地時代の台湾において、日本本土で用いられる季語の季節と台湾で用いられる季語の季節とのズレを容認せず、季節感が異なるとしても、季語は日本本土を中心として考えなければならないとの態度であったという。[一三六七]例えば、日本では秋に咲く鳳仙花が台湾では初夏に咲くからといって、鳳仙花を夏の季語とすることは許容されない。また、虚子は、台湾ではあまり季節に関わらない「スコール」「熱帯魚」等をいわゆる「熱帯季語」としてすべて「七月」の季語とした。虚子にとって季語は日本固有の季節感を表す詞なのであって、日本以外には存在しないものであり、仮に日本以外で俳句を詠むとしても、詠み込むべき季語と季節は、日本を基準としなければならないことになる。現に、虚子は、著書『俳句への道』において、「全世界の全人類も（中略）日本の俳句で養われた自然に親しむ感情、酷寒酷暑のうちにもなお楽しい天地を見出すという練習を経て、自然の現象に心を留め、花鳥風月に詩を見出すに到らんことを希望する」と述べている[一三六八]。要するに、日本人以外の者に日本の季語と季節についての「練習」を求めているのである。

しかし、虚子のこの態度は、俳句を国際化する上では足枷となろう。外国人にとって、美意識の基について、日本の季語と季節を基準としなければならず、これらを「練習」して身につけることが俳句作成上の必要条件とされるならば、俳句へのハードルが著しく高くなることは必定だからである。そして、このような態度は、第四章第一節第二項に記載した、「美の標準が各個人に存在すること、俳句は個人の美の感情を表現するものであること」との正岡子規の言とも矛盾する。また、日本人にとっても、海外で俳句を詠む場合に日本の季語と季節を基準にしなければならないのであれば隘路に逢着する。例えば、冬のハワイ旅行で炎天の海を詠む場合、「炎天」ではない冬の季語を配するか、冬であるにもかかわらず夏の俳句を作らざるを得ないこととなるなど、作句時点における作者の感情に反するような俳句を作らざるを得ない事態に陥ることになる。

もっともこの点は、重要な示唆に富む。なぜならば、逆に虚子の前述の態度を否定し、作者は作句地点における作句時点の感情にそぐう季語を詠み込めばよいとすると、俳句に季語を詠み込むべき根拠を揺るがしかねないおそれが生ずるからである。すなわち、ある季語Xが日本では春に属し、別の国では夏に属し、さらに別の国では秋に属し、また別の国では冬に属することもあり得よう。仮に季語Xを詠み込んで作られた俳句を想定するとして、各国の人々がそれぞれ自身の季節感に基づいて句作したとすれば、春の句ともなり、夏の句ともなり、秋の句ともなり、また、冬の句ともなる。俳句は俳句自体と読者のみで鑑賞されるから、当該俳句を読んだとき、読者の季節感に応じて読まれることとなる。たとえ作者が春の俳句として作ったとしても、読者によっては秋の俳句と鑑賞されることもありうる。さらに、季語Yが、ある国では季語でないとすると、その国で詠まれたXとYを含む俳句は、他国では許されない「季重なり」となることもあり得る。このような事態を嫌うならば、虚子がそうしたように、世界中の誰もが日本の季語と季節に合わせた季語の用い方をして俳句を作るべきということになる。こう考えると、日本人以外の者に日本の季語と季節についての「練習」を求める虚子の態度は、俳句のあり方として一貫していると言えよう。

他方、河東碧梧桐は、第五章第三節記載のとおり、連想の具体的描写や個性の発揮等を重視し、季語の問題から徐々に遠ざかり、人間の個性発揮に向かってゆき、さらに、主観的傾向への志向を強めて、自我の目覚めや現実生活、社会生活へと接近し、実感の表白を強調し、やがて無中心主義へと進んだ。碧梧桐にとって季語の比重は軽くなっていったのである。そして、これに影響を受けて、無季俳句へと進む者が現れた。

碧梧桐の進んだ方向も、新規性を重んじ無季俳句をも許容する正岡子規の俳句観の一面を引き継ぎ、発展させたものと評価できよう。

第二項　虚子以降の季語観

俳句の指導者らは、実際に、季語についてどのように考え、どのように子弟らに指導しようとしてきたのであろうか。以下、検討する。

高浜虚子の季語観

高浜虚子は、雑誌「ホトトギス」大正二年五月号以下において「六ケ月間俳句講義」の中で、「俳句には必ず季のもの（筆者註　季語を指す）を詠みこみます」と記している[一三六九]。その理由として、俳句が時候に最も重きをおいた文学であり、時候の変化につれて生じる現象を諷う文学であって、季題（筆者註　季語を指す。以下同）を詠ずる文学であることが挙げられている[一三七〇]。

また、大正三年一一月に刊行された『俳句の作りよう』[一三七一]においても、「私は、十七字、季題という拘束を喜んで俳句の天地におるものであります」[一三七二]と述べ、同書付録の俳諧談では、「俳句のおもな条件は、俳句の中には必ず季というものを詠み込まなければならぬという規則がある。この季というものは春夏秋冬四季の景物を必ず俳句の中に一つはいれなければならぬという規則」であると記している。[一三七三] その理由については、「なぜ俳句に季を入れるか（中略）字数が十七字であるということが一つの原因をなしている（中略）字数が少ないため複雑なことは言えない。（中略）しかしながらできうるだけ多くの連想というようなものを人に与えるということができればそれに越したことはない。（中略）誰にでもたやすく連想の起こり得るものは何かといえば、四季の感じ、春夏秋冬―四季の感じというものはこれほど人に普通なものはないのであるから、その必要上からしてぜひ四季の景物を詠みこむようになる。（中略）仮にも人間と生まれた以上は、（中略）共通な感じというものが起こるからして、（中略）わずか十七字の俳句がその簡単な文字で力強く人の頭脳を刺激しようというのには、この景物を詠みこむという必要が非常に重大な事件として約束されている」と説く。[一三七四]

さらに、昭和二六年九月、虚子は、『俳句讀本』[一三七五]において、序文に「日本がもつと〳〵偉い國になつて西洋人が擧つて日本の文藝を研究するといふ時代が來たならば、日本に花鳥諷詠詩たる俳句といふものがあるといふことを知つて非常な驚きをなすであらう。春夏秋冬の移り變りによつて起る諸々の現象を（中略）詠ひ來つた數百年來の俳句というものに（中略）驚嘆するであらう。我が花鳥諷詠詩は日本の國土と共に今後愈〻光輝を増すものと思ふ」と記した上で、「俳句論」において、「俳句は文學でありますから、（中略）感情を詠ふものである（中略）併し乍ら春夏秋冬の季題と申しまして春夏秋冬の種々の現象を詠ずるもの（中略）感情を詠ふにしましても、春夏秋冬の現象を通して詠ふ、卽ち季題を外にして感情許りをむき出しに詠ふことは出來無い。必ず季題といふものが其感情に伴つてくる、斯くいふ特別の約束の許に在ります」と記している。[一三七六]

その上で、晩年の虚子は、次女の星野立子が主宰（当時）する「玉藻」に連載した俳話においても、西洋人等との比較の中で、「日本では（中略）人は天然に親しみながら生活することが出来る。春夏秋冬四時の変化を身近く感じ、これを享楽する心もちになる事が、この自然を愛好し自然を諷詠する俳句という文学を発達せしめた所以であろう」（「玉藻」、昭和二七年六月号）[一三七七]、「我ら日本人が祖先からこの天然の種々の現象に心をとめ、四時の遷《うつ》り変りに情を動かし、この大自然と共に豊富な生活をしてゆくことは天恵といわねばならない（中略）俳句という自然詩が生まれ来ったということは何よりの幸福（中略）天然の風光が明媚で、また、四時の巡環が順序よく行われる、その天恵を享受しているこの日本にあっては、祖先伝来の特殊の文芸である花鳥諷詠詩が存在して居るということを忘れてはいけません。（中略）その土地に育って来たものはその土地に育つべき運命を持っている（中略）我が日本の文芸もまた日本に生まれるべき運命を持って生まれて来た文芸であり（中略）俳句というものは季というものをおろそかにすることは出来ない性質の文芸である」（「玉藻」、昭和二七年七月号）[一三七八]、「俳句は季題が生命である。（中略）季題に束縛される必要はないではないか、という議論は、詩論としては正しい。が、俳句論としては成り立たない。季題というものを除いては俳句はあり得ない。それは俳句ではないただの詩となる」（「玉藻」昭和二七年二月号）[一三七九]等と述べている。

以上概観したように、現代俳句の礎を築いた高浜虚子は、俳句には日本固有の季節感すなわち日本人の美意識を示す季題が必要不可欠である、との立場に立っていた。[一三八〇]

昭和以降の主な俳人の季語観

水原秋櫻子は、昭和八年に出された『俳句の本質』[一三八一]において、「我が国は（中略）四時美しい自然を見ることができ、それに影響される生活も楽しいわけです。（中略）この自然と生活とを詠む詩がすなわち俳句なのです」[一三八二]「俳句の中には必ずある季節の自然か生物か人生かをあらわす詞を入れねばならないという約束があります。これを『季語』というのであります」[一三八三]と述べた上で、その理由として、「古来の約束」に加えて、「俳句は（中略）できるだけ短く短くと心懸けるのです。けれどもそれがただ短い詞の羅列に終わったならば、一句の意味がわからなくなります。そこで短いながら暗示を含む言葉を使うのです。そうしてその暗示が大きく深ければ、この短い詩は、非常に長い文字を使った叙述と同じことを、印象深く言えることになる」[一三八四]「俳句は、その表現に象徴的の方法をとり、文字の上では景色や生活を描き、作者の感情を暗示する詩であります。それ故に季語使用ということは、俳句の象徴的表現と本質的に寸分の隙なく一致する」[一三八五]という点を挙げている。また、秋櫻子は、昭和三五年刊行の『俳句のつくり方』[一三八六]において、「俳句は必ず四季に関する内容を持っていなければいけません。このために俳句の連想が大きく深くなり、僅か十七音でありながら、数百字の文章と拮抗し得るほどのことを現わし得るのです」[一三八七]と記すほかに、「季の感じを取扱っていながら、季語をわすれている俳句が時々あります。（中略）それではやはり折角の感じがあいまいになり、読者は正確な景を眼前に描き得ず、思うさまに連想の面白さを味わうことが出来ません。（中略）季語というものは、必ず無くてはならない[一三八八]」とも記している。

　中村草田男は、昭和三四年に初版本が出された『増補　俳句入門[一三八九]』において、「俳句においては一句の中に、〈季題というものを必ず一つは詠みこまなければならない〉」「全体が五音・七音・五音に区切れていて、十七音形式で表現してあっても、もしその中に季題というものが全然含まれていなかったとしたら、それは、たとえ、いかように美しい感じをともなっていて、深い意味を内蔵していても、俳句と認めることはできず、俳句として通用させることはできないのです[一三九〇]」と述べている。そして、その理由として、季題が内容における「美」と「実感」とを読者に受け取らせることができるからだ、とする。すなわち、「美」については、「日本人には、昔から、季節の変化に伴う現象とその感銘に敏感であり、山川草木のおもむきを深く愛する素質が、いつの間にか育っている[一三九一]」「われわれ日本人は、すべて季節美と自然美とに対して深い感動をおこす一種の詩人的な素質を生得している（中略）季題を一つだけ持ち込めば、（中略）ハッキリと季節的『美』感が自然に含まれる[一三九二]」と説かれ、「実感」については、「俳句は短い形式ですから、万事をながながと理知的に説明することはできません。（中略）象徴的な方法によって、一切を処理しなければならない（中略）その処理は、結局は、ひとえに『季題』のはたらきによってのみ果たされるようになっています[一三九三]」「部分をあげて全体を連想させるというのは、俳句の固有性です。対象となった事物の姿さえ、全体、全貌をそのままに説明し叙述することができないくらいですから、その対象に接しておこる作者の感情、心理、思想を、同時に相伴って俳句の短形式中に表現することが、いかに困難であるかは、皆さんにも容易に推測がつくことでしょう。これらの要素はほとんどすべて象徴的方法によって活かす以外に方法がないといい切ってもよいのです。つまり季題をとおすことによっての象徴的方法です。（中略）日本は亜熱帯に位置していて、四季の変化が顕著であり、四季それぞれの自然現象や植物動物の豊かさに充たされています。その結果日本人は、それらのものを（それらのものとは、換言すれば、直ちに季語であるわけです）親愛しつづけており、それらのものに対して、極度に敏感になっています。（中略）日本人にとっては、季題は、共通の符牒のようなものであって、それに接すれば誰でもいろいろな連想を鮮やかに豊かに心の中に繰り展べずにはいられないのです。従って、われわれひとりひとり異なった者の心の中の、感情、心理、思想などの要素も、その季題の中へ、封じ込み結晶させておきさえすれば、われわれに共通な季題のよびおこす連想の波に乗って、われわれの個別的な感情、心理、思想さえも、あらわに説明し叙述しないまでも、容易に他人に感得させることができる」[一三九四]と説かれている。

　鷲谷七菜子は、昭和五四年刊行の『現代俳句入門』[一三九五]において、「俳句では（中略）一句に一つは必ず季語を入れることになっています」[一三九六]と述べ、その理由として、「日本の風土が四季という季節の変化にめぐまれているせいで、私たちの祖先は四季という秩序のなかで千変万化の相をもってひらめく自然の生命に眼をみはり、おどろきと親しみと、おそれと不思議さのこころでそれをうけとめてきた（中略）そうした日本人のこころは、（中略）日本の文化の大きな特徴といえる（中略）俳句はもっとも短い形の詩であるために、作者のこころの声は直接なまの言葉でひびかせることはできず、ものの把握のなかでひびかせるより方法はないのですが、それを一句のなかにいかに定着させるかという場合、季語は、大切な役目を果たしている（中略）季語が作者のこころの声を定着させる役目を果たすとき、季語は詩語とな」ること[一三九七]、を挙げている。

また、後藤比奈夫は、同年刊行の『俳句初学作法』[一三九八]において、五七五音の定型とともに季語を詠み込むことが俳句の規制である[一三九九]とした上で、季語は「日本の季節感をあらわす」[一四〇〇]言葉である旨説いている。

藤田湘子は、昭和六〇年刊の『実作俳句入門』を旧版とする『新実作俳句入門』[一四〇一]において、「俳句に季題、季語というものがあり、五・七・五の中にそれを詠みこむ約束があることは、俳句作者はもちろんのこと、俳句をつくらぬ人でも知っている人は多いでしょう」[一四〇二]と記し、俳句は有季定型詩であることを当然の前提として筆を進めている。

また、平成五年刊行の『俳句作法入門』[一四〇三]において、「私は、『季語が一句の成否を決める』と信じているから、『なぜ、もっと季語で苦労しないのか』不思議でならないのだが、みんな季語よりほかの部分で、いわくありげにものをいおうと腐心している。本末転倒である」[一四〇四]と述べ、俳句に季語が必須であることが前提とされている。

鷹羽狩行は、昭和六二年から平成二一年までの間に各地で行った講演をとりまとめた『俳句の秘法』[一四〇五]の中で、「俳句の永字八法は、季語と定型のしらべ。この基礎は、どこまで追究しても終わることのない豊かなもの」[一四〇六]であるとし、その理由として、「季語の背負う季感は無限大。―そのおかげで句に取り上げた人事や自然の個々の断片が、最大かつ深奥の内容をもつ」[一四〇七]ことを挙げている。

山崎ひさをは、平成二年刊行の『やさしい俳句』[一四〇八]において、師岸風三樓から徹底して教え込まれたこととして、「俳句は自然諷詠の文学なんです。四季の移り変わりのうちに、この国の自然を愛し（中略）自然の事象に托して作者の感慨を詠い、思いを述べる。それが俳句です」等々を挙げている。[一四〇九]なお、山崎ひさをは、正月を南半球各地で詠む場合、当然暑い正月となることを例に挙げ、そのような場合、季語の有すべき約束性と連想性が失われるとも述べている。[一四一〇]すなわち、季語は日本独自の美意識に根ざすものであることが前提と考えている。

石寒太は、平成一六年に刊行された単行本に加筆・修正した『俳句はじめの一歩』[一四一一]において、「日本人は、移りかわる季節のめぐりを大切にしながら毎日を生活してきました。その日本の風土と生活の知恵が、季語ということばに結晶されたのです。季節の移りかわり、その美しさ、倫理感など、さまざまな感情が短いことばの中にこめられて、はじめて玉のような季語が生みだされたのです。（中略）季語は、日本人の生活百科から生まれたことばです。だから季語は、俳諧にとって命といえるほど大切なものなのです。（中略）季語は、俳句の中心の役割を果たす、重要なことばです。（中略）季語は、（中略）われわれの民族が、長いあいだの歴史の中で生みそだててきた、共通の財産です」[一四一二]と記し、俳諧の時代から連綿と続く日本人の美意識を表した詞が季語である旨説いている。

岸本尚毅は、平成一七年刊行の『岸本尚毅の俳句一問一答』[一四一三]において、中村草田男の俳句「梅雨の夜の金の折鶴父に呉れよ」について、主題は「子を愛おしむ父親の思い」であるが、「梅雨」という人間の暮らしをウェットにする自然現象を詠み込むことによって、「父に呉れよ」と述べただけでは表現し切れない、「安らかさとも切なさともつかない感情が表現され」、「梅雨」という季題がこの句の情感を規定するとした上で、「季題によって、一句の感情は、深く豊かに複雑になります。これは私たちが四季の影響の下に暮らしていることとも関係します。このことは日本人の宿命といってもよい」[一四一四]と説いており、季語が日本人特有の美意識に基づく詞であることを前提としている。

井上弘美は、平成二五年刊行の『俳句上達9つのコツ』[一四一五]において、「俳句と出合うということとは、季語と出合うということです。季語を通して日本語と日本の文化を再発見することができるのです」[一四一六]「季語は単なる季節を表す言葉ではなく、背景に文化をもっています。（中略）その繊細な感性と言語感覚は文化が生みだしたものです。（中略）季語を尊重することは文化を尊重することでもあるのです」[一四一七]と述べ、季語が日本の文化に根ざす詞であるとしている。

星野高士は、平成三〇年刊行の『俳句真髄』[一四一八]において、「季語はただの言葉であり、俳句のなかにあてはめただけのもの。言葉は子どものように成長するものなので、いろいろな人が使って、よい句を作って、やっと季題となる」[一四一九]との前提の上で、「俳句は、季語を詠うのではなく季題を詠う。まず季題を見つめて何が生まれてくるのか。そして季題と自分との心の通じ合いが生まれて初めて、作品への第一歩を踏み出すのである。だから、内容を先に考えて、後から季題をつけてはいけない」[一四二〇]と説く。星野高士は、季語のうち詩語に昇格した詞を季題とし、俳句はその季題を詠むものであるとしている。俳句に季語がなければならないことが当然視されている。

　以上の俳句に季語を必須とする論に対して、金子兜太は、平成九年刊行の『金子兜太の俳句入門』[一四二一]に加筆・修正した文庫版において、「季語にこだわらない」との表題の下、「俳句の先生の大半が、『有季定型』と考えています。四季それぞれの季節感を表す季語が『約束』以上の必要条件で、五・七・五字の『定型形式』も同様この二つのうち、どっちがなくても、それは俳句ではない、というのです。そして有季定型は、俳句の伝統なり、といいます。（中略）五・七・五字を必要条件とすることには賛成ですが、季語を（中略）必要不可欠と決めてしまうことには反対なのです。（中略）自由であるはずです。昔から『無季の句』というのがあります」[一四二二]と記し、季語は俳句に不可欠なものではないとしている。

　また、夏井いつきは、平成二八年刊行の『夏井いつきの超カンタン！俳句塾』[一四二三]において、季語を見ると誰もがその季節の記憶がよみがえり連想が広がり多くの情景が立ち上がるなど、季語には「魔法の力」[一四二四]があるとしながらも、他方で、脳科学者茂木健一郎との対談において、「俳句にも、有季定型を重んじる伝統俳句ばかりでなく、型や季語などに縛られない自由律俳句や前衛俳句などいろいろあるのですが、有名な作品というのは、伝統も前衛もなく、何かあるんです。詩の核といったらいいのか、エネルギーのようなものが。自分は伝統派の立場だから前衛派の句は読みません、というのではもったいない。俳句の楽しさは幅広いのだから、私は端から端まで俳句のよさを全部読み解ける自分でありたいと強く願っています」と発言するなど、俳句に季語が不可欠なものではないとしている。

第三項　まとめ

以上、正岡子規没後の俳句界の動きを確認し、また、大正時代から昭和、平成時代において主な俳句指導者の季語観と指導内容の実態を調査した。その結果、現代の日本においては、①俳句には季語が必要であり、②季語は日本人の美意識を表した詞である、とする考え方や指導が支配的であることが明らかになった。

第二節　海外の場合

わが国の国際俳句交流協会は、季刊誌「ＨＩ」を発行しており、毎号、日本を含め世界各国から投稿される俳句を掲載している。掲載句の多くに季語はあるが、中には無季のものも少なくない[一四二五]。それでは、海外おける俳句はどのような状況であろうか。手許にある英語圏、ドイツ、及びブラジルにおける俳句受容の概要と季語の位置付けに関する論稿を通覧してみる。

第一項　アメリカ・イギリス

佐藤和夫は、「アメリカの小学校読本に現われた俳句」[一四二六]において、アメリカの小学校の国語教科書に数多くの日本の俳句が採用され、小学生の言語教育、情操教育に俳句が利用されている情況を説明している。同論稿には、アメリカでは、一九六〇年代以降、小学校教育において、俳句がＨＡＩＫＵとして紹介されるようになったこと、ＨＡＩＫＵは、各行が五・七・五音節の三行で構成される、韻を踏まない詩であると教えられていること等が記されている。しかし、佐藤が紹介する一〇種類に及ぶ教科書のＨＡＩＫＵの紹介の中に、アメリカにおいて「季語」が教えられているとの説明は見当たらない。むしろ、佐藤は、論稿「アメリカ人の季節感覚」[一四二七]において、「アメリカ人は日本人のように、統一した季節感をもつことが不可能である」と述べている。その理由として、「アメリカは広大な国」であることを挙げ、佐藤がアメリカで俳句を作る詩人らに講演した際に、冬の季語「白鳥」について、どの季節を連想するかと尋ねたところ、大半の詩人から夏季との回答があったというエピソードを紹介している。そして、同論稿には、アメリカ・ハイク協会が、日本の俳句の原文や翻訳を数多く読み季語を熟知する委員により構成される委員会の議論を経て作成されたＨＡＩＫＵの定義には、季語は入っていないと書かれている。

星野恒彦は、論稿「英語ハイク論考」[一四二八]において、アメリカを中心とする英語ハイクについての現状を著している。同論稿においても、①世界で最も権威あるとされるアメリカ・ハイク協会は、ハイクを、鋭く知覚された瞬間の真髄を記録する詩で、通常五・七・五音節の計一七音節、三行で書かれると定義し、日本の俳句ほど季語に関わらないと紹介している。むしろ、②英語ハイクにおいては、五・七・五音節よりも短い音節数で作句されている場合が多いこと、③一九八〇年に実施された信頼できるハイク詩人に対する調査によれば、北米ハイクの六〇%余が季節に関わる言葉が使われていること、④英語ハイクでは、松尾芭蕉が「道のべの木槿は馬に喰はれけり」を例として仏頂和尚に述べた「俳諧は只今日の事目前の事にて候」という件を踏まえ、作句に当たっては、新鮮で明確なイメージを使い、あるがままの瞬間を表現する「ハイク的瞬間」と、鋭く見て深く感じて高められた知覚の瞬間を記録する「ハイク精神」とを指針としていること等が紹介されている。

また、星野は、論稿「イギリスの風土と季語」[一四二九]において、イギリスにも四季はあるが、その循環は非常に不安定で曖昧であり、「イギリス人の詩観においては、自然や気象をうたうことはよく行われていて、理解されるが、季節の味わいをうたうということは分かりにくい事がら」で「巡りくる季節のありようをデリケートに感じとり、口に出してともに味わう習慣はない」と記している。そして、イギリスのハイク詩人達との句会で、ヘイスティングズの丘の古城で詠んだ俳句の下五に「春灯」を配したところ、彼らは戸惑い、季節によって燈火に違いがあるのかという疑問を呈したというエピソードを紹介しつつ、「何千年を閲してつちかわれてきた文化や伝統の違いとしかいいようのない問題」とまとめている。

これら論稿から、日本の俳句と英語ハイクとは、季語の要否を含めて、大きな違いがあることが分かる。

第二項　ドイツ

加藤慶二は、論稿「ドイツ語圏における俳句受容―おもに西ドイツを中心として―」[一四三〇]において、ドイツで俳句がどのように受け入れられたかについて著している。同論稿には、ドイツにおいて、二〇世紀初頭から中国の短詩型と誤解されるなどしながらも日本の短詩型が知られるようになり、やがて高等中学の国語教科書に俳句が紹介されたり、ハイク・コンクールが催されたりするようになったりしたこと、しかし、高浜虚子が、「ハイカイ」詩を発表するなど活動していた詩人らに対して、季題詩としての俳句を説いたにもかかわらず、ハイクは、季題詩としては定着せず、ほぼ五・七・五の一七音節の短詩型として広がりをみせ、ハイク集の多くは「三行十七音節の観念的で『無季』の詩」となっていること、ドイツ人の俳句理解としては、ドイツには「『季語』という『詩的用語』」はほとんど存在せず、むしろドイツでは「『愛』という言葉が重要な役割を持つ」とか、ドイツ人が俳句を理解するためには「感情を呼びおこすことができるような概念名称についての広汎な訓練」を要すると説かれていること等が記されている。

また、渡辺勝は、『比較俳句論—日本とドイツ—』[一四三一]において、ドイツにおける俳句受容の姿を紹介している。渡辺によれば、ドイツにおいて、俳句創作はかなり盛んになっていて、一九八八年にはドイツ俳句協会が設立され、その季刊誌には作品と論稿が精力的に発表されており[一四三二]、ドイツの俳人ザビーネ・ゾンマーカンプは『ドイツ歳時記』の編集執筆を試みているという[一四三三]。同歳時記には、ドイツ人の美意識と感性とによって選び取られる季節の言葉が載っており、既刊の「春」と「夏」に収められる季節の言葉を具体的に紹介している。例えば、春の部には、「春光」「燕」「かっこう」「たんぽぽ」、夏の部には「夏野」「アイスクリーム」「夏休み」といった日本人にも馴染み深い季語が掲載されていると同時に、春の部には「復活祭の卵」「ヴァルプルギスの夜」「五月柱」「マーモット」「はりねずみ」など、夏の部には「ヤコブのじゃがいも」「夏思」「針ねずみの子」などの「季節の言葉」が掲載されているという[一四三四]。これらは日本人には一般的に季節感も情緒も湧かない言葉であるが、ドイツ人の季節感と感性に合った季節の言葉なのであろう。

渡辺によれば、ドイツは森や湖が多く、世界文学の中でとりわけ自然に親しい文学を生み出してきている[一四三五]。すなわち、一般にヨーロッパの叙情詩では、信仰とか死、恋愛とか友情、戦争とか平和がテーマであって、自然そのものを純粋に詠ったものは少ないが、ドイツ文学は、ヨーロッパ文学の中では、自然に親しい文学であると評価されている[一四三六]。現に渡辺自身、ドイツの自然の四季がいずれも真に美しく、日本の景色と比べて遜色があるようには見えず、ドイツ人の自然に寄せる情感が決して乏しいわけではなく、ドイツ文学は自然感情の豊かな文学である

と実感しているほどである。[一四三七]

しかし、そのドイツ文学においても、自然だけを詠うことは珍しいという。[一四三八]自然に親しいドイツにおいても、自然の現象を純粋に現象として見ることだけに満足しないで、〈私〉を出したがり、見る対象に〈私〉を託そうとせず、俳句の中に人生論的な述懐、道徳的な教訓、社会的な批判、宗教的な英知などを披瀝しようとしたり、人間や人生の比喩や寓意など人間に引きつけた人生的な解といった隠れた意味を求めたりする傾向があるという。[一四三九]すなわち、ドイツの俳人達は、思弁的・意志的に世界を把握しようとして、現象の背後に意味を求めようとする。[一四四〇]ここに、短詩といえばエピグラムやアフォリズムというヨーロッパの詩的伝統や、ヨーロッパ人の思弁性、あるいは俳句に禅的な神秘を求めようとする俳句観が窺われるとする。[一四四一]

このような俳句観の下では、すべての形象は超感覚的なものを表す手段になりさがることとなる。[一四四二]そして、このような俳句観が季語に対する態度に反映している。渡辺によれば、ドイツ俳句協会が推薦する俳句作成のきまりは、①形式（五・七・五音節）、②自然詩、③季節概念、④現在の経験（一回限りのシチュエーション）、⑤内容的に感じとれる休止、の五つであり、季題ないし季語を指す言葉は使われていない。ドイツには自然詩という概念はあっても季題ないし季語という概念は無い。[一四四三]自然に親しいはずのドイツ文学に日本の季語に相当する概念が存在しない理由について、渡辺は日本の俳句が共同体の中で詩作するという座の文学から発生しているのに対し、ドイツの詩の伝統には座という観念に欠けていることを挙げている。[一四四四]第一章記載のとおり、日本においては、複数名が連携し共同して句を詠み合う「座」における集団的共同創作行為としての文芸活動を通じて季語はやがてその言葉が指すだけの意味にとどまらず、日本人共通の情趣という言外の意味を内包する「本意」を持つようになった。渡辺の議論は正鵠を得ているといえよう。

第三項　ブラジル

ブラジルのサンパウロ居住の俳人増田秀一は、昭和六一年、論稿「ブラジルのハイカイ」[一四四五]において、ブラジルにおいて俳句がハイカイとして流布した概要を著している。同論稿には、俳句が二〇世紀初頭にブラジルに紹介され、三行又は四行の「抒情諷詠詩」として知られるようになったこと、俳句の特質について、簡潔・直覚・感動等であるとする論や、極端に短い詩型であるとする論、詩的内容が季語によって表されなければならないとする論などが存在すること、人数は少ないがハイカイはブラジル全域に広がっていることなどが記されている。

また、増田は、平成六年、論稿「ブラジルにおけるハイカイの近況」[一四四六]において、一九八〇年以降のブラジルにおけるハイカイの情況を著している。同論稿には、ブラジルでは、ハイカイが一九八九年の「奥の細道三百年」記念以降ブームの様相を呈し、ハイカイの集会、研究と実作、出版等が旺盛になり、従前は単に「短い詩型」であったハイカイが「季語を読む」ものへと質的に転化し始め、季寄せの刊行も間近となっていること等が記されている。

そして、増田秀一は、平成八年、論稿「ブラジルにおけるハイカイの季語」[一四四七]において、ブラジルのハイカイに季語が詠み込まれるようになった経緯を著している。同論稿によれば、一九九一年に出版された小型句集"*AS QUATRO ESTAÇÕES*"（『四季』）は、巻末に掲載句一一三句の季題表が添付されているなど、「有季ハイカイの句集」として意義がある、という。俳句に季語を要するとの考えは、ハイカイ詩人の大多数にとって「初耳」であり、旧来のハイカイを見直す契機を与えた、とされている。一九九四年に出版されたハイカイの入門書には、季語の重要性、作用、そして、季語がなければ「単なるセンチメンタルな短詩に止まる」ことが例句を示して詳しく解説されている、という。これらを踏まえ、増田秀一は、ブラジル人は「ブラジルの自然を詠むハイカイを作っているのだ」という自覚のもとにハイカイを作っており、日本の長い伝統を持った文化所産ともいうべき日本の季語を他国に押しつけてはならない、と主張する。

第四項　まとめ

以上、論稿が手に入った英語圏、ドイツ及びブラジルにおける俳句の受容の概要と季語の位置付けを通覧した。英語圏とドイツでは季語の重みはほとんど無く、ブラジルでは近年季語の重みが増してきたといえよう。とはいえ、ブラジルにおける季語も、高浜虚子をはじめ現代俳句の指導者のほとんどの者が主張ないし認識しているような、日本人の季節感や美意識を示すものではなく、ブラジルにおける季節感を示すものとして発展しつつある。いずれにしても、本章第一節第三項記載のような日本人の季節感や美意識を示すという意味での季語に重きは置かれていない。総じていえば、それぞれの国や地域において、それぞれの文化や伝統を背景として、五・七・五音の短詩が「ハイク」と称して詠まれ、かつ鑑賞されていると考えられる。

ところで、国際俳句交流協会初代会長であった内田園生によれば、平成元年に同協会が設立されたとき、国際俳句には、ほぼ百年という、正岡子規以来の日本の近代俳句にほぼ匹敵する長さの歴史があり、「いまさら日本の俳人が本家面して日本の俳句のルールを一方的に押しつけるのはよくない」として、要するに俳句を愛好する者を歓迎することとしたのだ、という。[一四四八]

現に同協会の季刊誌「ＨＩ」には有季俳句も無季俳句も投稿され、その中には高い評価を得ている無季俳句がある。同誌に掲載された無季俳句と目されるものを幾つか挙げておく。いずれの作品も原文は英語である。

№１４９（二〇二〇年一一月発行）　＊②③は「特選」を獲得している。

①　イギリス／ワトソン・ロジャー氏「鳩の群れ　集まっている　夕暮れ」（同誌7頁）

②　ルーマニア／マリナ・ベリーニ氏「廃園に　扉の開いた　鳥かご錆びる」（36頁）

③　ブルガリア／リュドゥミラ・フリストヴァ氏「ノアの洪水の雨　鳩のパン　ふたたび練り粉へと」（37頁）

№１５３（二〇二一年一一月発行）　＊三句いずれも「入選」を果たしている。

④　イギリス／ガーディナー・ティム氏「キッシングゲートを　留まらずに　荒野の風」

（同誌5頁）

⑤ インド／モナ・ベディ氏「星の夜　ひとつ選んで　話し相手に」（31頁）

⑥ ルーマニア／パウル・ヨルダケ氏「母の古いティーポット　まだ香る　幼年時代」（31頁）

No.154（二〇二二年二月発行）　＊⑦は同号第一位、⑧は第三位を獲得している。

⑦ 内モンゴル／O・オルナー氏「脳裡の詩以外すべてが古いこの部屋」（同誌30頁）

⑧ アメリカ／シーハン・ウィリアム・セイユウ氏「寄り添って　唇を奪う　電話の合間」（31頁）

No.155（二〇二二年五月発行）

⑨ 内モンゴル／P・ツォグトナラン氏「高峻も包み　渺茫たる　広野」（同誌10頁）

これらハイクは、身近な自然への愛しみ（①④）、ものの栄枯盛衰（②）、宗教的インスピレーション（③）、大自然と自らの交流（⑤）、過去への郷愁（⑥）、文化・文明への畏敬（⑦）、恋人同士のふれあい（⑧）、自然への畏敬（⑨）等、読む者をして共感を抱かせる内容が詠まれており、季語がなくとも、詩心ある立派な俳句として高い評価を得ている。

このように、国際俳句の世界の現状において、季語は必ずしもなくてはならぬ詞とはされておらず、無季俳句が許容されているのである。もちろん、それが詩として認められるためには作者と読者が共通に理解し得る詩情を表す詩心ある詞や表現があるはずである。国際俳句の現状は、俳句において、詩心ある詞が、季語である場合もあるし、季語ではない場合もあることを物語っている。

第七章　子規の俳句観・季語観と俳句の国際化

第一節　季語を要する歴史的理由

第一章で確認したように、俳諧の発句に季語を詠み込まなければならないとされた理由は連歌以来の伝統であった。その伝統が成り立つ根拠は、連歌も俳諧も、個人が単独で句を詠むのではなく、複数名で連携し合って句を詠み合い、一つの作品を共同制作する「座」の文芸である、という点に求められた。

これに対し、正岡子規は俳諧の発句を独立させた。俳句では句会は必須なものではない。人は句会に拘束されず自らの感動をそれぞれ俳句に詠めばよい。句会という「座」で一つの作品を共同制作するわけではない。また、子規は、第四章第一節第二項記載のとおり、「俳諧大要」において、俳句の標準は美の感情にあること、美の感情は各個人に存在するものであること、したがって、俳句は個人の美の感情を表現するものであることを説いている。[一四四九]

このように、俳諧（共同制作）と俳句（単独制作）の作品の作り方の違いと、子規の俳句観に照らせば、俳諧の発句に季語を詠み込まなければならないとされた歴史的な理由は、俳句においては季語を要する理由にはならない。

第二節　多角的に季語を捉えて

第一項　新題(新季語)の観点

第四章第一節第二項で論じたとおり、正岡子規は、陳腐を嫌い、斬新、新規を推奨した。新事象や新題（新季語）について、積極的な言説に及んだ。実際、子規及びその一派は、互選句会や俳句募集などを通じて、多くの新事象を俳句に詠み込み、その中から新題（新季語）を作り出した。それは、「新しい俳句」を実現する上で、新題（新季語）を作り出すことが、最も直截で、有用だったからである。

このように、正岡子規は新題（新季語）に対して積極的であった。

第二項　タテの季語とヨコの季語の観点

正岡子規は、季語について、タテとかヨコの区別を述べてはいないようである。子規が、重視していたのは、既述のとおり、季語の連想力によって、個人の感情に基づいて、自然の美が描かれた俳句であるかどうかという点（第四章第一節第三項）や、句の内容と表現方法に斬新さや新規さがあり、陳腐に堕してはいないかという点（第四章第一節第二項）である。

したがって、重要なのは、タテの季語であろうとヨコの季語であろうと、当該俳句が季語の連想力によって自然の美を描けているかどうかであり、タテの季語が有する和歌以来の伝統的な本意を踏まえたかどうかは、さほど重視されていないと考えられる。

この点、正岡子規の「古池の句の辯」という論稿[一四五〇]が参考になる。同論稿には、松尾芭蕉の「古池や蛙飛びこむ水の音」の一句について、和歌、連歌、俳諧の歴史が詳細に解説された上で、①和歌が衰微した理由は「花はかく詠むもの月はかく詠むもの、千鳥の名所は何処々々に限り、某の語は某の処のみに用ゐらるるなど」規則ずくめになって発達する余裕がなくなったこと、②連歌も和歌同様に陥ったが、詩形が小さいことから一層その度を深め、陳腐と平凡との堆積する言葉の塊に堕したこと、③俳諧の当初も、新しさは従前用いなかった俗語漢語を用いたということ程度にとどまり、むしろ連歌よりも遥かに品格の低いものとなったこと、が挙げられている。そして、芭蕉の「古池や」の句は、単に一句の表面に表れているだけの意味に過ぎず、他に意味はないこと、その句自体の価値は低いものの、日常平凡な自然をそのまま俳句にすることができるということを示したものとして俳諧史の上で画期的な句であったこと、が論じられている。この論稿を踏まえると、和歌以来の伝統的な本意を踏まえた俳句かどうかを子規が重視していたとは考え難い。

さらに、この点については、子規が配合を重視していたことからも同様のことがいえるのではないかと考えられる。すなわち、第四章第一節第一項記載のとおり、子規は「俳句分類」に勤しむことによって、新しい配合による「新しい俳句」に開眼し、「配合」の新しさに斬新性、新規性を見出そうとしている。そうであれば、まず、①季語と何かを取り合わせた配合の俳句を作る場合、旧来ある組合せを詠むならば、その句は斬新でも新規でもなく陳腐だという評価になるであろうことはもちろんである。また、②配合ではなく、季語そのものを詠む場合も、和歌以来の伝統的なイメージを踏まえて詠むならば、そのイメージが連想を広げる素になりはしても、同時に、連想の範囲がそのイメージに強い影響を受け、連想の範囲に限界が生じ、いわば予定調和的な俳句にとどまらざるを得なくなり、斬新さや新規さは出て来ないことになろう。したがって、陳腐を避けて斬新、新規な俳句を詠むためには、③季語と何かを取り合わせた配合の俳句を作る場合、旧来にはない新しい取り合わせを詠むべきことになろうし、④配合ではなく、季語そのものを詠む場合も、和歌以来の伝統的なイメージを踏まえることに力点を置くのではなく、詠む対象となる当該季語そのものをよく観察し、人為ではコントロールできない自然のあるがままの目前の状態の中から発見した斬新さや新規さを写し描くことによって、連想の範囲の限界を超越すべきことになろう。この点、松尾芭蕉が、新しい横題を見付けることを希求しつつも、従前の竪題と古い横題について、対象となる季語をよく観察することによって新しい本意本情を発見しようと積極的に努めていたことが想い起こされる。このように、配合を重視するということは、必然的に、新しい配合を発見したり、従前の季語に新しい本意本情を発見したりすることとなり、斬新で新規な俳句を実現することにつながる。和歌以来の伝統的な本意本情に適っているか違えていないだろうかと気にすることにはつながらない。こう考えると、配合を重視していたことは、正岡子規が和歌以来の伝統的な本意本情を踏まえた俳句かどうかを重視していなかったことの根拠になる。

第三項　無季俳句の観点

第四章第一節第二項・第三項記載のとおり、正岡子規は、個人の感情を基準として美を詠むのが俳句であると考えていた。そして、自然の美を最もよく連想させるのが季語であると捉えており、季語を重視していることは間違いない。しかし、無季俳句を排除しているわけではなく、むしろ、季語がなくとも美を詠み込むことができればよいとの立場であった。現に子規自身も、第五章第二節記載のとおり、少なからず無季俳句を作っていた。

また、本節第一項記載のとおり新題（新季語）に対して積極的であったという点は、無季俳句を許容することにつながる。その詞が未だ歳時記に登載されない間その俳句には季語がない状態だからである。新題（新季語）、すなわち歳時記に載っていない詞を用いて俳句を作るということは、同時に無季俳句を作ることでもある。そう考えれば、無季俳句を作り、それが後に佳句として人口に膾炙した場合、その句に含まれる詩語が、四季を表す詞であれば「新しい季語」として歳時記に載り、以後その俳句は有季俳句となり、他方、その詩語が四季を表す詞でなければ無季俳句のままとなる、というだけのことに過ぎない。

和歌以来の伝統の本意本情に固執するのならば話は別であるが、子規のように俳句に斬新性、新規性を求めて積極的に「新しい俳句」を作ろうとするのであれば、無季俳句を選択肢から外すべき理由はない。

第三節　小括

以上を踏まえると、正岡子規の俳句観・季語観は、季語を重視するものではあるが、これに拘泥するものではない。いわば自由度が高い俳句観・季語観であった、と評価すべきである。子規は、俳句は個人の感情を基準として美を詠う短詩であるという俳句観と、自然の美へと導く連想力のある詞が季語であるという季語観を有していた。加えて、斬新で新規な「新しい俳句」を求めていた。そのような前提で検討を行った場合、原理的には、季語でなくとも、美へと導く連想力のある詞を用いて、個人の感情を基準として、「美を詠うこと」ができればよい、ということになる。これが本書において確認しようとした「正岡子規の季語に対する考え方」である。

終　章

以上、季語の歴史、季語の種類と新題の展開、無季俳句、そして海外俳句等を踏まえ、正岡子規の俳句観・季語観及び俳句の実践について検討してきた。総じていえば、俳句創始者である正岡子規の俳句観・季語観に照らすと、俳句を国際化するに当たり、必ずしも日本人の美意識を表すという意味での季語を必須とする必要はなく、むしろ、俳句を作る個人の美意識に基づいて「美を詠うこと」ができればよく、四季のない国や地域であっても、それぞれ俳句を作る人々の美意識に基づいて美を連想させる詞が用いられればよい、ということになりそうである。

第六章第二節記載のとおり、世界に広まっているＨＡＩＫＵ、又はＨＡＩＫＡＩという名称の短詩は、無季であったり、その国や地域独自の「季語」を詠み込んだりしているのが現状である。また、ＨＡＩＫＵ、ＨＡＩＫＡＩは、世界に広まってから既に百年以上が経過している。今さらＨＡＩＫＵやＨＡＩＫＡＩに対して、日本人の美意識を示す季語を求めることは、困難であるし妥当でもない。

今後は、正岡子規の自由度の高い俳句観・季語観に立ち返り、無季俳句も許容し、ＨＡＩＫＵ、ＨＡＩＫＡＩも真の意味での俳句だと認める方が穏当であろう。もちろん、国際的に無季俳句を許容するのであれば、日本国内においても、日本人の美意識を示す季語を重視するのは当然だとしても、その俳句の詩語が、季語以外の、例えば神や愛に関する詞であったとしても、美を連想させる詞が用いられているかどうかを基準とし、無季俳句を許容することも標準として認める方がよい。そして、俳句を国際化するのであれば、俳句を作品として評価するに当たっては、日本の俳句と外国の俳句を同一の基準で判断すべきであって、日本人の俳句では無季俳句は許容しないが外国人の俳句ではこれを許容する、というようなダブルスタンダード（二重の基準）は慎む方がよいと思われる。

さらに、俳句の国際化を目指すということは、私達日本人が、日本の俳句を外国人に理解してもらうために工夫と努力を要するにとどまらない。否、それに優るとも劣らず、私達日本人が外国人の作る俳句を理解するために十分な工夫と努力を要するということでもある。それは礼儀として当然であるばかりではない。俳句を国際化するということは、人類が俳句を共有するということにほかならず、相互理解が必要不可欠だからである。例えば、先述の『ドイツ歳時記』に載る季語「復活祭の卵」は、日本人にとって一般に季節感も情緒も湧かない言葉であるが、その意味とその言葉の伝統などをよく理解し、この言葉が詠み込まれた俳句を読んだときにドイツ人の連想や感性を思いやる必要があるということである。これは、私達が普段、馴染みのない季語に出合った際に歳時記を調べて理解しようとするのと同じことであり、やろうと思えばできることである。俳句を国際化するためには、高浜虚子が外国人に日本の季語と季節についての練習を求めたように、私達日本人も外国人の感性と詩心の基となるものについての練習が求められるのである。この点、正岡子規が、『俳諧大要』において、「美を感ずること」の深さについて、「初學の人」は、「美の分子」の存在を知らないがゆえに、それを「研究して深き者」の「深思熟慮」して作った俳句を見ても、「一向にその句の美」を感じないものだと記していたことを思い出す。美の分子を感ずることができるようになるためには研究を要する、というのである。そうであれば、私達は、外国人も日本人も、互いの感性と詩心と、それらが生まれる基となるものについて相互に「研究」し「練習」すべきであろう。それこそが俳句の国際化なのである。そうなると、もはや季語に拘泥している場合ではなくなる。外国人の俳句を学ぶということは、無季の俳句であっても受け入れてゆかなければならないからである。しかし、そうすることによって、私達は、季語以外の詩心ある詞に気づき、これを自らの作句や鑑賞に用いることができるようになるであろう。こうして、俳句を国際化することは、外国人に俳句を通じて自然を大切にする姿勢や態度を伝えるほかに、日本人も季語以外の詩心ある詞を学び、そして身につけることとなり、日本人の俳句の幅を広げ深めることになってゆくものと期待される。

結局、真の意味での「俳句の国際化」とは、日本の俳句を世界に普及させるというよりも、逆に日本人の俳句についての理解を世界のスタンダードに合わせてゆくということではないか。過去、外国人は日本の俳句を一生懸命学んできたのである。俳句の国際化を目指すのであれば、私達日本人も外国人の俳句を学ぶ必要があろう。もちろん日本人として日本人の伝統的美意識を示す季語を重視するのは当然である。第六章第一節第二項で確認したとおり、大正、昭和、平成における俳句指導者のほとんどが唱導してきたように、季語は伝統的に日本人の詩心の粋であり、日本と日本人の宝である。それは令和の現在でも変わりはない。季語を用いて俳句を詠むことが十二分に尊重されなければならないことは言うまでもない。とはいえ、季語に拘泥し、季語以外の美を示す詞を詩語とする無季の俳句について、季語がないとの一点で排斥するのでは、せっかく俳句を国際化して季語以外の美を示す詞を用いた俳句を体験し身につけることのできる機会を失ってしまい、けして好ましいことではない。詩心ある詞が用いられた五七五の短詩について、その詞が季節を表すものではないとして俳句として認めないというのでは、俳句の本家として心が狭すぎよう。季語に拘泥するという意味で日本でしか通用しない俳句だからこそ世界の文化遺産とするべきだ、というのではブラックジョークとなろう。

季語を重視し尊重すると同時に、これに拘泥はせず、「有季俳句もよし、無季俳句もよし」というような、俳句の創始者である正岡子規の自由な俳句観・季語観を踏まえた開かれたかたちで俳句の国際化に臨むことが求められる。

注釈

【序章】

一　国際俳句交流協会『HI　HAIKU　INTERNATIONAL　2020　No.146』（令和二年二月二九日）表紙及び四〇頁、『HI　HAIKU　INTERNATIONAL　2022　No.154』（令和四年二月二八日）表紙及び表紙裏。「俳句ユネスコ無形文化遺産登録推進協議会」の設立を受け、国際俳句交流協会は「俳句ユネスコ登録推進運動」の輪を広げるよう支援を呼びかけている。俳人協会も同運動を推進しており、二〇二一年（令和三年）八月五日付け『俳句文学館』第七面（代表者能村研三）で協会員に対し、「俳句ユネスコ無形文化遺産登録推進協議会」への賛同と負担金年間千円での会員登録を求めている。

二　本書において「俳句の国際化」という場合、問題提起の内容から明らかなとおり、日本人による海外詠を指すのではなく、海外における外国人の俳句を指す。

三　正岡子規「芭蕉雑談」、正岡子規著・正岡忠三郎編集代表『子規全集』第四巻　俳論俳話一（講談社、昭和五〇年一一月一八日）二五八頁には、「發句は文學なり、連俳は文學に非ず、（中略）文學の分子のみを論ぜんには發句を以て足れりとなす」と記されている。坪内稔典は「この断定から俳句の時代が始まった」とする（「近代俳句小史」、齋藤愼爾・坪内稔典・夏石番矢・復本一郎編『現代俳句ハンドブック』二二〇頁、雄山閣出版、平成七年八月二〇日）。

四　加藤楸邨・大谷篤蔵・井本農一監修、尾形仂・草間時彦・島津忠夫・大岡信・森川昭編『俳文学大辞典　普及版』（角川学芸出版、平成二〇年一月二五日）。もっとも、筑紫磐井「『季題』『季語』の発生について」（村田脩編『俳句文学館紀要　第七号　一九九二』五～一二頁、俳人協会、平成四年九月一日）によれば、乙字は、仲の良い荻原井泉水との間の言語論についての議論の中で、ドイツ言語学を学んだ井泉水からの大きな影響により「季語」という言葉を用いるようになったとされており、「季語」という言葉が井泉水の発案だったことが示唆されている。

五　正岡子規「俳諧大要」（正岡子規著・正岡忠三郎編集代表『子規全集』第四巻三四六頁、講談社、昭和五〇年一一月一八日）等。

六　前掲『俳文学大辞典　普及版』

七　前掲「俳諧大要」、前掲『子規全集』第四巻三四七頁。なお、同第五巻二八二頁にも同趣旨の記載がある。

八　稲畑汀子・大岡信・鷹羽狩行監修『現代俳句大事典　普及版』（三省堂、二〇〇八年九月一〇日）

九　高濱虚子『新歳時記　増訂版』（三省堂、一九五一年一〇月三〇日）、大野林火監修、俳句文学館編『ハンディ版　入門歳時記』（角川学芸出版、一九八四年四月二〇日）、稲畑汀子編『ホトトギス新歳時記　第三版』（三省堂、二〇一〇年六月一日）、山本健吉編『最新俳句歳時記　春』（文藝春秋、昭和四六年三月一〇日）、角川書店編『図説　俳句大歳時記　春』（角川書店、昭和四八年四月三〇日）、水原秋櫻子・加藤楸邨・山本健吉監修『講談社版　カラー図説　日本大歳時記　春』（講談社、一九八二年二月一〇日）、角川学芸出版編『角川俳句大歳時記　春』（角川学芸出版、二〇〇六年一二月三一日）、松田ひろむ編『ザ・俳句十万人歳時記　春』（第三書館、

二〇〇八年四月二五日)、飯田龍太・稲畑汀子・金子兜太・沢木欣一監修『カラー版　新日本大歳時記　愛蔵版』(講談社、二〇〇八年一〇月二四日)、角川書店編『合本俳句歳時記　第五版』(角川書店、二〇一九年三月二八日)、茨木和生・宇多喜代子・片山由美子・高野ムツオ・長谷川櫂・堀切実編集『新版　角川俳句大歳時記　春』(KADOKAWA、二〇二二年二月二八日)凡例、同『新版　角川俳句大歳時記　夏』(KADOKAWA、二〇二二年五月三一日)凡例等。なお、現代俳句協会においては、現行の太陽暦に基づく月次割によって季節を区分しており、例えば、立春は冬の季語とされている(現代俳句協会編『現代俳句歳時記　春』「序にかえて」、学習研究社、二〇〇四年五月二六日)。

【第一章】

一〇　万葉集の巻第八及び巻第十の部立は春夏秋冬の四季が入っている(「万葉集(西本願寺本)」『新編　国歌大観　第二巻　私撰集編　歌集』六三頁、七八頁、角川書店、昭和五九年三月一五日)。しかし、各季いずれも、「雑歌」「相聞」と結びつけられていて、四季が独立したものとして立てられてはいない。

一一　潁原退蔵「俳諧の季についての史的考察」(『俳諧史の研究』一～二一頁、星野書店、昭和八年五月二〇日)

一二　前掲潁原『俳諧史の研究』一九～二一頁

一三　前掲「万葉集(西本願寺本)」(『新編　国歌大観　第二巻　私撰集編　歌集』)

一四　原文は「冬木成　春去来者　不喧有之　鳥毛来鳴奴　不開有之　花毛佐家礼杼　山乎茂　入而毛不取　草深　執手母不見　秋山乃　木葉乎見而者　黄葉乎婆　取而曽思努布　青乎者　置而曽

難久　曽許之恨之　秋山吾者」（前掲「万葉集（西本願寺本）」『新編　国歌大観　第二巻　私撰集編　歌集』八頁）。訓読は「冬ごもり　春さり来《く》れば　鳴かざりし　鳥も来《き》鳴きぬ　咲かざりし　花も咲けれど　山をしみ　入《い》りても取らず　草深《くさぶか》み　取りても見ず　秋山の　木《こ》の葉を見ては　黄葉《もみち》をば　取りてそしのふ　青きをば　置きてそ嘆く　そこし恨《うら》めし　秋山そ我《あれ》は」（小島憲之・木下正俊・東野治之校注・訳『新編　日本古典文学全集6　萬葉集①』（小学館、一九九四年五月二〇日）三四頁。

一五　鈴木日出男『古代和歌の世界』（筑摩書房（ちくま新書）、一九九九年三月二〇日）九頁によれば、天智天皇と鎌足との間では、廷臣たちが漢詩をもってどう応えるかが問われていた際に、額田王が漢詩ではなく和歌をもって応えたものと推認されている。

一六　前掲小島他『新編　日本古典文学全集6　萬葉集①』三三〜三四頁

一七　前掲小島他『新編　日本古典文学全集6　萬葉集①』三三頁頭注四

一八　前掲鈴木『古代和歌の世界』同頁によれば、一六番歌は、「海彼的な文物を愛好し詩文を重んじた」天智天皇の朝廷において、「春秋争いの漢詩制作の、いわば余興として詠まれた」歌と推測される。

一九　前掲小島他『新編　日本古典文学全集6　萬葉集①』四二頁。原文は「春過而　夏来良之　白妙能　衣乾有　天之香来山」（前掲「万葉集（西本願寺本）」『新編　国歌大観　第二巻　私撰集編　歌集』八頁）

二〇　青木生子・井手至・伊藤博・清水克彦・橋本四郎校注『新潮日本古典集成　萬葉集一』（新潮社、平成二七年四月二五日）六〇頁頭注28

二一　伊藤博『萬葉集釋注一』（集英社（集英社文庫ヘリテージシリーズ）、二〇〇五年九月二一日）

一二一〜一二二頁

二二　折口信夫・池田弥三郎『国文学』（慶應義塾大学出版会、一九七七年三月三一日）一三二頁

二三　原文は「八隅知之　我大王之　暮去者　召賜良之　明来者　問賜良志　神岳乃　山之黄葉乎　今日毛鴨　問給麻思　明日毛鴨　召賜万旨　其山乎　振放見乍　暮去者　綾哀　明来者　裏佐備晩　荒妙乃　衣之袖者　乾時文無」（前掲「万葉集（西本願寺本）」『新編　国歌大観　第二巻私撰集編　歌集』一五頁）。訓読は「やすみしし　我《わ》が大君《おほきみ》の　夕《ゆふ》されば　見《め》したまふらし　明《あ》け来《く》れば　問《と》ひたまふらし　神丘《かみをか》の　山の黄葉《もみち》を　今日《けふ》もかも　問ひたまはまし　明日《あす》もかも見《め》したまはまし　その山を　振《ふ》り放《さ》け見つつ　夕《ゆふ》されば　あやに哀《かな》しみ　明《あ》け来《く》れば　うらさび暮らし　荒たへの　衣《ころも》の袖《そで》は　乾《ふ》る時もなし」（前掲小島他『新編　日本古典文学全集6　萬葉集①』一一四頁）。

二四　前掲小島他『新編　日本古典文学全集6　萬葉集①』一一四頁

二五　前掲小島他『新編　日本古典文学全集6　萬葉集①』四一頁頭注27の一には、生前の天武天皇が、皇后（後の持統天皇）と共に、草壁皇子・大津皇子・高市皇子・忍壁皇子・川島皇子・志貴皇子らに対し、互いに助け合い、逆らうことがないよう誓約させたとある。草壁皇子以外の皇子らが天皇位を争い得る可能性が危惧されていたことが窺われる。なお、草壁皇子の死去後は、高市皇子が太政大臣となって持統天皇を支えた。高市皇子を皇太子とする説があるが（前掲折口他『国文学』一三七頁）、同皇子が皇太子並みに遇せられていたことはあったにしても、太政大臣は官僚のトップであって天皇の臣下に過ぎず、皇太子ではない。また、高市皇子は母の出自の低さゆえに天皇位に就く可能性は殆どなかった。したがって、持統天皇は高市皇子を天皇位に就ける意思はなかったものと考えられる。

二六　前掲伊藤『萬葉集釋注二』一二一〜一二三頁

二七　前掲小島他『新編　日本古典文学全集6　萬葉集①』五七頁。原文は「河上乃　列列椿　都良都良尓　雖見安可受　巨勢能春野者」（前掲「万葉集（西本願寺本）」『新編　国歌大観　第二巻　私撰集編　歌集』一〇頁）。

二八　原文は「巨勢山乃　列列椿　都良都良尓　見乍思奈　許湍乃春野乎」（前掲「万葉集（西本願寺本）」『新編国歌大観　第二巻　私撰集編　歌集』一〇頁）。訓読は「巨勢山の　つらつら椿　つらつらに　見つつ偲《しの》はな　巨勢の春野を」（前掲小島他『新編　日本古典文学全集6　萬葉集①』五七頁）。

二九　前掲青木他『新潮日本古典集成　萬葉集一』七四頁頭注56、前掲伊藤『万葉集釋注一』一六九頁

三〇　前掲小島他『新編　日本古典文学全集6　萬葉集①』五七頁頭注56は、五六番歌が五四番歌と類歌なので並記したとしつつ、両歌の先後関係は不明とする。また、前掲伊藤『萬葉集釋注一』一六九頁も「結局、実相は雲の中に隠れている」とする。

三一　前掲小島他『新編　日本古典文学全集6　萬葉集①』六九〜七〇頁。原文は「秋去者　今毛見如　妻恋尓　鹿将鳴山曽　高野原之宇倍」（前掲「万葉集（西本願寺本）」『新編　国歌大観　第二巻　私撰集編　歌集』一一頁）。

三二　前掲小島他『新編　日本古典文学全集6　萬葉集①』七〇頁口語訳及び頭注84。前掲青木他『新潮日本古典集成　萬葉集一』八五頁、前掲伊藤『萬葉集釋注一』二一〇〜二一五頁。

三三　「古今和歌集（伊達家旧蔵本）」『新編　国歌大観　第一巻　勅撰集編　歌集』九〜三三頁、佐伯梅友校注『古今和歌集』（岩波書店（岩波文庫）、一九八一年一月一六日）二三〜九四頁。

三四　「このまよりもりくる月の影見れば心づくしの秋はきにけり（題しらず・よみ人しらず）」（前掲『古今和歌集』『新編　国歌大観　第一巻　勅撰集編　歌集』一四頁）。なお、歌を引用する場合、歌の末尾に詞書や作者を丸括弧内に記す（以下同）。

三五　「白雲にはねうちかはしとぶかりのかずさへ見ゆる秋のよの月」（一九一番歌・題しらず・よみ人しらず）、「さ夜なかと夜はふけぬらしかりがねのきこゆるそらに月わたる見ゆ」（一九二番歌）、「月見ればちぢに物こそかなしけれわが身ひとつの秋にはあらねど」（一九三番歌・これさだのみこの家の歌合によめる・大江千里）、「久方の月の桂も秋は猶もみぢすればやてりまさるらむ」（一九四番歌・ただみね）、「秋の夜の月のひかりしあかければくらぶの山もこえぬべらなり」（一九五番歌・月をよめる・在原元方）（以上、前掲「古今和歌集」『新編　国歌大観　第一巻　勅撰集編　歌集』一四頁）。

三六　「月夜にはそれとも見えず梅花かをたづねてぞしるべかりける」（みつね）（前掲「古今和歌集」『新編　国歌大観　第一巻　勅撰集編　歌集』一一頁）

三七　「夏の夜はまだよひながらあけぬるを雲のいづこに月やどるらむ」（月のおもしろかりける夜、あかつきがたによめる・深養父）（前掲「古今和歌集」『新編　国歌大観　第一巻　勅撰集編　歌集』一三頁）

三八　「あさぼらけありあけの月と見るまでによしののさとにふれるしらゆき」（坂上これのり）（前掲「古今和歌集」『新編　国歌大観　第一巻　勅撰集編　歌集』一七頁）

三九　「おそくいづる月にもあるかな葦引の山のあなたもをしむべらなり」（八七七番歌・題しらず・よみ人しらず）、「わが心なぐさめかねつさらしなやをばすて山にてる月を見て」（八七八番歌）、「おほかたは月をもめでじこれぞこのつもれば人のおいとなるもの」（八七九番歌・なりひらの朝臣）、「かつ見れどうとくもあるかな月影のいたらぬさともあらじと思へば」（八八〇番歌・月おもしろしとて凡河内躬恒がまうできたりけるによめる・きのつらゆき）、「ふたつなき物と思ひしをみなそこに山のはならでいづる月かげ」（八八一番歌・池に月の見えけるをよめる）、「あまの河雲のみをにてはやければひかりとどめず月ぞながるる」（八八二番歌・題しらず・よみ人しらず）、「あかずして月のかくるる山本はあなたおもてぞこひしかりける」（八八三番歌）、「あかなくにまだきも月のかくるるか山のはにげていれずもあらなむ」（八八四番歌・詞書省略・なりひらの朝臣）、「おほぞらをてりゆく月しきよければ雲かくせどもひかりけなくに」（八八五番歌・詞書省略・あま敬信）（以上、前掲「古今和歌集」『新編　国歌大観　第一巻　勅撰集編　歌集』二七頁）。

四〇　前掲潁原『俳諧史の研究』一四頁

四一　「春の日のひかりにあたる我なれどかしらの雪となるぞわびしき」（八番歌・詞書省略・文屋やすひで）（前掲「古今和歌集」『新編　国歌大観　第一巻　勅撰集編　歌集』一〇頁）

四二　「ことならばさかずやはあらぬさくら花見る我さへにしづ心なし」（八二番歌・さくらの花のちりけるをよみける・つらゆき）（前掲「古今和歌集」『新編　国歌大観　第一巻　勅撰集編　歌集』一二頁）

四三　「久方のひかりのどけき春の日にしづ心なく花のちるらむ」（八四番歌・桜の花のちるをよめる・きのとものり）（前掲「古今和歌集」『新編　国歌大観　第一巻　勅撰集編　歌集』一二頁）

四四　「春雨のふるは涙かさくら花ちるをゝしまぬ人しなければ」（八八番歌・題しらず・一本大伴くろぬし）（前掲「古今和歌集」『新編　国歌大観　第一巻　勅撰集編　歌集』一二頁）

四五　「花のちることやわびしき春霞たつたの山のうぐひすのこゑ」（一〇八番歌・詞書省略・藤原の

ちかげ）（前掲「古今和歌集」『新編　国歌大観　第一巻　勅撰集編　歌集』一二頁）
四六「をしと思ふ心はいとによられなむちる花ごとにぬきてとどめむ」（一一四番歌・詞書省略・そせい）（前掲「古今和歌集」『新編　国歌大観　第一巻　勅撰集編　歌集』一二頁）
四七「いつまでか野辺に心のあくがれむ花しちらずは千世もへぬべし」（九六番歌・はるのうたとてよめる）（前掲「古今和歌集」『新編　国歌大観　第一巻　勅撰集編　歌集』一二頁）
四八「春雨ににほへる色もあかなくにかさへなつかし山吹の花」（一二二番歌）（前掲「古今和歌集」『新編　国歌大観　第一巻　勅撰集編　歌集』一二頁）
四九「あききぬとめにはさやかに見えねども風のおとにぞおどろかれぬる」（一六九番歌・秋立つ日よめる・藤原敏行朝臣）（前掲「古今和歌集」『新編　国歌大観　第一巻　勅撰集編　歌集』一三頁）
五〇「わがせこが衣のすそを吹返しうらめづらしき秋のはつ風」（一七一番歌・題しらず・よみ人しらず）（前掲「古今和歌集」『新編　国歌大観　第一巻　勅撰集編　歌集』一三頁）
五一「契りけむ心ぞつらきたなばたの年にひとたびあふはあふかは」（一七八番歌・おなじ御時きさいの宮の歌合のうた・藤原おきかぜ）（前掲「古今和歌集」『新編　国歌大観　第一巻　勅撰集編　歌集』一四頁）
五二「おほかたの秋くるからにわが身こそかなしき物と思ひしりぬれ」（一八五番歌）、「わがためにくる秋にしもあらなくにむしのねきけばまづぞかなしき」（一八六番歌）、「物ごとに秋ぞかなしきもみぢつつうつろひゆくをかぎりと思へば」（一八七番歌）（以上、前掲「古今和歌集」『新編　国歌大観　第一巻　勅撰集編　歌集』一四頁）。
五三「秋の夜のあくるもしらずなくむしはわがごと物やかなしかるらむ」（一九七番歌・これさだの

みこの家の歌合のうた・としゆきの朝臣）（前掲「古今和歌集」『新編　国歌大観　第一巻　勅撰集編　歌集』一四頁）

五四　「あき萩も色づきぬればきりぎりすわがねぬごとやよるはかなしき」（一九八番歌・題しらず・よみ人しらず）（前掲「古今和歌集」『新編　国歌大観　第一巻　勅撰集編　歌集』一四頁）

五五　「君しのぶ草にやつるるふるさとは松虫のねぞかなしかりける」（二〇〇番歌）（前掲「古今和歌集」『新編　国歌大観　第一巻　勅撰集編　歌集』一四頁）

五六　「山里は秋こそことにわびしけれしかのなくねにめをさましつつ」（二一四番歌・これさだのみこの家の歌合のうた・ただみね）（前掲「古今和歌集」『新編　国歌大観　第一巻　勅撰集編　歌集』一四頁）

五七　「おく山に紅葉ふみわけなく鹿のこゑきく時ぞ秋は悲しき」（二一五番歌・よみ人しらず）（前掲「古今和歌集」『新編　国歌大観　第一巻　勅撰集編　歌集』一四頁）

五八　「秋はぎをしがらみふせてなくしかのめには見えずておとのさやけさ」（二一七番歌）（前掲「古今和歌集」『新編　国歌大観　第一巻　勅撰集編　歌集』一四頁）

五九　「やどりせし人のかたみかふぢばかまわすられがたきかににほひつつ」（二四〇番歌・ふぢばかまをよみて人につかはしける・つらゆき）（前掲「古今和歌集」『新編　国歌大観　第一巻　勅撰集編　歌集』一五頁）

六〇　「今よりはうゑてだに見じ花すすきほにいづる秋はわびしかりけり」（二四二番歌・題しらず・平貞文）（前掲「古今和歌集」『新編　国歌大観　第一巻　勅撰集編　歌集』一五頁）

六一　「ちらねどもかねてぞをしきもみぢばは今は限の色と見つれば」（二六四番歌・寛平御時きさいの宮の歌合のうた・よみ人しらず）（前掲「古今和歌集」『新編　国歌大観　第一巻　勅撰集編

歌集』一五頁）

六二　「秋風にあへずちりぬるもみぢばのゆくへさだめぬ我ぞかなしき」（二八六番歌）（前掲「古今和歌集」『新編　国歌大観　第一巻　勅撰集編　歌集』一六頁）

六三　「山里は冬ぞさびしさまさりける人めも草もかれぬと思へば」（三一五番歌・冬の歌とてよめる・源宗于朝臣）（前掲「古今和歌集」『新編　国歌大観　第一巻　勅撰集編　歌集』一六頁）

六四　前掲「古今和歌集」『新編　国歌大観　第一巻　勅撰集編　歌集』一二頁

六五　片桐洋一『古今和歌集全評釈（上）』（講談社（講談社学術文庫）、二〇一九年二月七日）八四四頁

六六　「新古今和歌集（谷山茂氏蔵本）」前掲『新編　国歌大観　第一巻　勅撰集編　歌集』二一六～二五八頁

六七　「我がこころ春の山辺にあくがれてながながし日をけふもくらしつ」（八一番歌・亭子院歌合歌・紀貫之）（前掲「新古今和歌集」『新編　国歌大観　第一巻　勅撰集編　歌集』二一八頁）

六八　「いくとせの春に心をつくしきぬあはれと思へみよしのの花」（一〇〇番歌・千五百番歌合に、春歌・皇太后宮大夫俊成）（前掲「新古今和歌集」『新編　国歌大観　第一巻　勅撰集編　歌集』二一八頁）

六九　「さくら散るはるの山辺はうかりけり世をのがれにとこしかひもなく」（一一七番歌・題しらず・恵慶法師）（前掲「新古今和歌集」『新編　国歌大観　第一巻　勅撰集編　歌集』二一九頁）

七〇　「ながむとて花にもいたくなれぬれば散るわかれこそかなしかりけれ」（一二六番歌・題しらず・西行法師）（前掲「新古今和歌集」『新編　国歌大観　第一巻　勅撰集編　歌集』二一九頁）

七一　「つらきかなうつろふまでに八重桜とへともいはですぐる心は」（一三八番歌・返し・惟明親

王）（前掲「新古今和歌集」『新編　国歌大観　第一巻　勅撰集編　歌集』二一九頁）
七二　「ほととぎす花たちばなのかをとめて鳴くはむかしの人や恋しき」（二四四番歌）（前掲「新古今和歌集」『新編　国歌大観　第一巻　勅撰集編　歌集』二二一頁）
七三　「まどちかきいささむら竹風ふけば秋におどろく夏の夜の夢」（二五七番歌・春宮大夫公継）（前掲「新古今和歌集」『新編　国歌大観　第一巻　勅撰集編　歌集』二二一頁）
七四　「みづぐきのをかのくずはもいろづきてけさうらがなし秋のはつ風」（二九六番歌・顕昭法師）（前掲「新古今和歌集」『新編　国歌大観　第一巻　勅撰集編　歌集』二二二頁）
七五　「いとどしくおもひけぬべし七夕のわかれの袖における白つゆ」（三二六番歌・大中臣能宣朝臣）（前掲「新古今和歌集」『新編　国歌大観　第一巻　勅撰集編　歌集』二二三頁）
七六　「うらがるる浅茅がはらのかるかやのみだれて物をおもふころかな」（三四五番歌・坂上是則）（前掲「新古今和歌集」『新編　国歌大観　第一巻　勅撰集編　歌集』二二三頁）
七七　「身にとまる思ひををぎのうはばにてこの比かなし夕暮のそら」（三五二番歌・題しらず・前大僧正慈円）（前掲「新古今和歌集」『新編　国歌大観　第一巻　勅撰集編　歌集』二二三頁）
七八　「あきかぜのややはださむくふくなへに荻の上ばのおとぞかなしき」（三五五番歌・堀川院に百首歌たてまつりける時・藤原基俊）（前掲「新古今和歌集」『新編　国歌大観　第一巻　勅撰集編　歌集』二二三頁）
七九　「さびしさはその色としもなかりけり槙立つ山の秋の夕ぐれ」（三六一番歌・題しらず・寂蓮法師）（前掲「新古今和歌集」『新編　国歌大観　第一巻　勅撰集編　歌集』二二三頁）
八〇　「おぼつかな秋はいかなるゆゑのあればすずろに物のかなしかるらん」（三六七番歌・西行法師）（前掲「新古今和歌集」『新編　国歌大観　第一巻　勅撰集編　歌集』二二三頁）

八一　「ひぐらしのなく夕ぐれぞうかりけるいつもつきせぬ思ひなれども」（三六九番歌・題知らず・藤原長能）（前掲「新古今和歌集」『新編　国歌大観　第一巻　勅撰集編　歌集』二二三頁）

八二　「ふかくさのさとの月かげさびしさもすみこしままの野べの秋風」（三七四番歌・千五百番歌合に・右衛門督通具）（前掲「新古今和歌集」『新編　国歌大観　第一巻　勅撰集編　歌集』二二四頁）

八三　「ふかからぬ外山のいほのねざめだにさぞな木のまの月はさびしき」（三九五番歌・八月十五夜和歌所歌合に、深山月といふ事を）（前掲「新古今和歌集」『新編　国歌大観　第一巻　勅撰集編歌集』二二四頁）

八四　「ふくるまでながむればこそかなしけれおもひもいれじ秋のよの月」（四一七番歌）（前掲「新古今和歌集」『新編　国歌大観　第一巻　勅撰集編　歌集』二二四頁）

八五　「我ならぬ人もあはれやまさるらむ鹿なく山の秋の夕ぐれ」（四四三番歌・晩聞鹿といふことをよみ侍りし・土御門内大臣）（前掲「新古今和歌集」『新編　国歌大観　第一巻　勅撰集編　歌集』二二五頁）

八六　「ひとりねやいとどさびしきさをしかの朝ふす小野の葛のうら風」（四五〇番歌・郁芳門院のせんざいあはせによみ侍りける・藤原顕綱）（前掲「新古今和歌集」『新編　国歌大観　第一巻　勅撰集編　歌集』二二五頁）

八七　「身にかへていざさは秋ををしみみむさらでももろき露の命を」（五四九番歌・五十首歌よませ侍りけるに・守覚法親王）（前掲「新古今和歌集」『新編　国歌大観　第一巻　勅撰集編　歌集』二二七頁）

八八　「なべてよのをしさにそへてをしむかな秋より後の秋のかぎりを」（五五〇番歌・潤九月尽の心

を・前太政大臣）（前掲「新古今和歌集」『新編　国歌大観　第一巻　勅撰集編　歌集』二二七頁）

八九　「かみな月風に紅葉のちる時はそこはかとなく物ぞかなしき」（五五二番歌・天暦御時、神無月といふことをかみにおきて、歌つかうまつりけるに・藤原高光）（前掲「新古今和歌集」『新編　国歌大観　第一巻　勅撰集編　歌集』二二七頁）

九〇　「山ざとの風すさまじき夕暮にこのはみだれて物ぞかなしき」（五六四番歌・藤原秀能）（前掲「新古今和歌集」『新編　国歌大観　第一巻　勅撰集編　歌集』二二七頁）

九一　「冬のきて山もあらはに木のはふり残るまつさへ峰にさびしき」（五六五番歌・祝部成茂）（前掲「新古今和歌集」『新編　国歌大観　第一巻　勅撰集編　歌集』二二七頁）

九二　「しら浪に羽うちかはし浜千鳥かなしき物はよるの一こゑ」（六四四番歌・だいしらず・重之）（前掲「新古今和歌集」『新編　国歌大観　第一巻　勅撰集編　歌集』二二九頁）

九三　「はかなしやさてもいくよか行く水にかずかきわぶるをしのひとりね」（六五二番歌・五十首歌たてまつりし時・雅経）（前掲「新古今和歌集」『新編　国歌大観　第一巻　勅撰集編　歌集』二二九頁）

九四　「さびしさをいかにせよとてをかべなるならのはしだり雪のふるらん」（六七〇番歌・野亭雪をよみ侍りける・藤原国房）（前掲「新古今和歌集」『新編　国歌大観　第一巻　勅撰集編　歌集』二二九頁）

九五　「ふるゆきにたくもの煙かきたえてさびしくもあるかしほがまのうら」（六七四番歌・家に百首歌よませ侍りけるに・入道前関白太政大臣）（前掲「新古今和歌集」『新編　国歌大観　第一巻　勅撰集編　歌集』二二九頁）

九六　「日数ふる雪げにまさるすみ竈の煙もさびしおほはらの里」（六九〇番歌・百首歌たてまつりしに・式子内親王）（「新古今和歌集第六」、久保田淳・川村晃生編『合本八代集』四七一頁、三弥井書店、平成一一年三月二五日）。なお、前掲「新古今和歌集」『新編　国歌大観　第一巻　勅撰集編　歌集』二三〇頁六九〇番歌の第四句は「煙もさむし」である。また、久保田淳訳注『新古今和歌集　上』（KADOKAWA、平成一九年三月二五日）三〇五頁注釈690番に「『さむし』は諸本『さびし』」と記されている。

九七　「おもひやれ八十のとしのくれなればいかばかりかは物はかなしき」（六九六番歌・百首歌たてまつりし時・小侍従）（前掲「新古今和歌集」『新編　国歌大観　第一巻　勅撰集編　歌集』二三〇頁）

九八　九〇五年頃成立の『古今和歌集』と一二〇五年頃成立の『新古今和歌集』との間に、編者未詳の『古今和歌六帖』と藤原公任撰の『和漢朗詠集』がある（久保田淳編『日本文学史』六六〜六八頁、おうふう、一九九七年五月二五日）（林達也編著『国文学入門―日本文学の流れ―』一一三頁、放送大学教育振興会、二〇〇八年三月二〇日）。これらは『万葉集』から『後撰和歌集』の頃までの和歌等を集めた類題和歌集又は秀歌撰集である。これらを見ると、いずれも「秋」の部の中に「十五夜」という題があるが、九八〇年頃成立とされる『古今和歌六帖』には「秋」とは別の部立の中に「月」（「はるの月」、「夏の月」、「秋の月」、「冬の月」等と分かれている）の題が配置されているのに対して、一〇一二年頃成立とされる『和漢朗詠集』では「秋」の部の中の「十五夜」の題の次に「月」の題が配置されていることが確認できる（前掲『新編　国歌大観　第二巻　私撰集編　歌集』中の「古今和歌六帖」に係る題目録（同書一九三頁）及び「倭漢朗詠集巻上」の題（同書二五八頁）及び作品の排列（同書二六一頁）を参照）。

九九　「新古今和歌集（谷山茂氏蔵本）」、前掲『新編　国歌大観　第一巻　勅撰集編　歌集』二一六～二五八頁

一〇〇　「秋歌上」には歌番号三七四～三七六、三七九～四三六までの合計六一首、「秋歌下」には歌番号四三八、四七九、四八〇、四八五～四八九、五〇三、五〇四、五〇七、五一七、五二〇、五二一の合計一四首ある。

一〇一　「しきしまやたかまど山の雲まより光さしそふゆみはりの月」（三八三番歌・雲間微月といふ事を・堀河院御歌）（前掲「新古今和歌集」『新編　国歌大観　第一巻　勅撰集編　歌集』二二四頁）

一〇二　「人よりも心のかぎりながめつる月はたれともわかじものゆゑ」（三八四番歌・題しらず・堀河右大臣）（前掲「新古今和歌集」『新編　国歌大観　第一巻　勅撰集編　歌集』二二四頁）

一〇三　「こよひたれすずふく風を身にしめて吉野のたけに月をみるらん」（三八七番歌・従三位頼政）（前掲「新古今和歌集」『新編　国歌大観　第一巻　勅撰集編　歌集』二二四頁）。「すず」は篠竹のこと（前掲久保田『新古今和歌集　上』一八九頁注釈387番）。

一〇四　「月見ればおもひぞあへぬ山たかみいづれのとしの雪にか有るらん」（三八八番歌・法性寺入道前関白太政大臣家に、月歌あまたよみ侍りけるに・大宰大弐重家）（前掲「新古今和歌集」『新編　国歌大観　第一巻　勅撰集編　歌集』二二四頁）。ここに「雪」は、前掲久保田『新古今和歌集上』一八九頁注釈388番によれば、月の光の素晴らしさを表すための比喩であって、景物としての「雪」ではない。

一〇五　「ながめつつおもふもさびし久方の月の都のあけがたの空」（三九二番歌・家隆朝臣）（前掲「新古今和歌集」『新編　国歌大観　第一巻　勅撰集編　歌集』二二四頁）

一〇六　「ふかからぬ外山のいほのねざめだにさぞな木のまの月はさびしき」（三九五番歌・八月十五夜和歌所歌合に、深山月といふ事を）（前掲「新古今和歌集」『新編　国歌大観　第一巻　勅撰集編　歌集』二二四頁）。なお、作者は三九三番歌と同じ藤原良経。
一〇七　「ながむればちぢに物おもふ月に又我が身ひとつのみねの松かぜ」（三九七番歌・鴨長明）（前掲「新古今和歌集」『新編　国歌大観　第一巻　勅撰集編　歌集』二二四頁）
一〇八　「こころあるをじまの海人のたもとかな月やどれとはぬれぬものから」（三九九番歌・八月十五夜和歌所歌合に、海辺秋月といふことを・宮内卿）（前掲「新古今和歌集」『新編　国歌大観　第一巻　勅撰集編　歌集』二二四頁）
一〇九　「こととはむ野島がさきのあま衣浪と月とにいかがしをるる」（四〇二番歌・題しらず・七条院大納言）（前掲「新古今和歌集」『新編　国歌大観　第一巻　勅撰集編　歌集』二二四頁）
一一〇　「いづくにか今夜の月のくもるべき小倉の山も名をやかふらん」（四〇五番歌・大江千里）（前掲「新古今和歌集」『新編　国歌大観　第一巻　勅撰集編　歌集』二二四頁）
一一一　「月かげのすみわたるかなあまのはら雲ふき払ふよはの嵐に」（四一一番歌・永承四年内裏歌合に・大納言経信）（前掲「新古今和歌集」『新編　国歌大観　第一巻　勅撰集編　歌集』二二四頁）
一一二　「たつた山よはにあらしのまつ吹けば雲にはうとき峰の月かげ」（四一二番歌・題しらず・左衛門督通光）（前掲「新古今和歌集」『新編　国歌大観　第一巻　勅撰集編　歌集』二二四頁）
一一三　「山のはに雲のよこぎるよひのまは出でても月ぞ猶またれける」（四一四番歌・題しらず・道因法師）（前掲「新古今和歌集」『新編　国歌大観　第一巻　勅撰集編　歌集』二二四頁）
一一四　「よひのまにさてもねぬべき月ならば山のはちかき物はおもはじ」（四一六番歌・式子内親王）

（前掲「新古今和歌集」『新編　国歌大観　第一巻　勅撰集編　歌集』二二四頁）

一一五　「ゆくすゑは空もひとつの武蔵野に草の原よりいづる月かげ」（四二二番歌・五十首歌たてまつりし時・野径月・摂政太政大臣）（前掲「新古今和歌集」『新編　国歌大観　第一巻　勅撰集編　歌集』二二四頁）

一一六　「あくがれてねぬよのちりのつもるまで月にはらはぬ床のさむしろ」（四二九番歌・題しらず）（前掲「新古今和歌集」『新編　国歌大観　第一巻　勅撰集編　歌集』二二五頁）。なお、作者は四二八番歌と同じ皇太后宮大夫俊成女。

一一七　宗祇「吾妻問答」、木藤才藏・井本農一校注『日本古典文學大系66　連歌論集　俳論集』（岩波書店、一九六一年二月六日）二一八頁には、阿仏尼の発言として、「歌は題を發句とし、連歌は發句を題目とせり。然れば、其の時節よく違へずあるべき事なり」とある。なお、同書二五頁「解説」によれば、『吾妻問答』は宗祇（一四二一年～一五〇二年）が、下向中の関東で土地の好士に語った連歌に関する芸術論をまとめたものである。

一一八　二条良基「筑波問答」（前掲『日本古典文學大系66　連歌論集　俳論集』）の「解説」一七頁以下によれば、『筑波問答』は、二条良基（一三二〇年～一三八八年）が、連歌の正しいあり方を後代に伝え、連歌の道を宣揚するために書かれたものである。

一一九　一三五八年頃、二条良基が編集した南北朝期連歌の准勅撰集二十巻である（犬養廉・井上宗雄・大久保正・小野寛・田中裕・橋本不美男・藤平春男編『和歌大辞典』、明治書院、昭和六一年三月二〇日）。小川剛生『二条良基』（吉川弘文館（人物叢書）、令和二年二月一〇日）一一一～一一七頁によれば、『菟玖波集』は、二条良基が上代から当代を対象に優れた付句を四季・恋・雑などに分類排列した撰集で、二一四九句（作者約四五〇名）を収める。良基としては、連歌史を俯瞰し、過去の多様な作品を集成し、連歌の理想のスタイルを示した、とされる。
一二〇　前掲頴原『俳諧史の研究』二三頁
一二一　前掲頴原『俳諧史の研究』二一～二六頁
一二二　前掲『俳文学大辞典　普及版』によれば、松永貞徳（一五七一年～一六五三年）は、和歌作者・歌学者・俳諧師で貞門俳諧の始祖。紹巴に連歌を習い、元和元年（一六一五年）の大坂夏の陣の後、俳諧の式目の骨子を示したり、俳諧興行を開いたりして俳諧の機運を高めた。松江重頼編、俳諧撰集『犬子集』の刊行によって貞徳流の俳諧は全国に広まった。貞徳は、博学な歌学を背景に俳諧を歌道に位置づけ、俳言（俗語）の有無で俳諧を連歌と区別した、とされる。
一二三　前掲頴原『俳諧史の研究』二七～三二頁
一二四　伊地知鐵男『連歌の世界』（吉川弘文館、昭和四二年八月一日）六八頁
一二五　復本一郎『俳句実践講義』（岩波書店、二〇〇三年四月一八日）一四五頁
一二六　二条良基は関白左大臣道平の子息で、北朝五代の天皇に仕え、関白、左大臣、太政大臣、摂政などを歴任し、和歌や連歌の指導的立場にもあった（奥田勲・表章・堀切実・復本一郎校注・訳『新編　日本古典文学全集88　連歌論集　能楽論集　俳論集』一二頁解説、小学館、二〇〇一年九月二〇日）。
一二七　二条良基「連理秘抄」（前掲『日本古典文學大系66　連歌論集　俳論集』五二～五四頁）
一二八　宗祇は、連歌作者で、連歌を心敬等に学び、東常縁から古今伝授を中心とした歌学を受け、第二次連歌黄金時代（第一次の中心は二条良基）を形成した（前掲『新編　日本古典文学全集88　連歌論集　能楽論集　俳論集』七六頁解説）。
一二九　宗祇「宗祇初心抄」（伊地知鉄男編『連歌論集　下』四四頁、岩波書店（岩波文庫）、一九五六

年四月二六日）
一三〇　宗牧は、室町期の連歌師（宗匠）で、宗碩等に学び、宗祇の作風と理論を継承し、宗碩没後の連歌界の第一人者となった（前掲『和歌大辞典』）。
一三一　宗牧著、伊地知鐵男校注・訳「当風連歌秘事」（伊地知鐵男・表章・栗山理一校注・訳『日本古典文学全集51　連歌論集　能楽論集　俳論集』、小学館、昭和四八年七月三一日）一七七頁
一三二　紹巴は、室町期の連歌師で、三条西公条等に学び、連歌界の第一人者として活躍し、政治の世界にも接触し、豊臣秀次の事件で失脚した。本能寺の変直前に明智光秀と連歌を詠んだことでも有名である（前掲『和歌大辞典』）。
一三三　紹巴「至寶抄」（前掲伊地知鉄男編『連歌論集　下』二三七頁）
一三四　紹巴「至宝抄」（奥田勲校注・訳『日本の文学　古典編37　歌論　連歌論　連歌』、ほるぷ出版、昭和六二年七月一日）二一七頁
一三五　紹巴「連歌教訓」、前掲伊地知鉄男編『連歌論集　下』二七九頁
一三六　宮坂静生「季語の歴史―どう考えられてきたか」（『季語の誕生』一三頁、岩波書店（岩波新書）、二〇〇九年一〇月二〇日）
一三七　前掲宮坂『季語の誕生』同頁
一三八　前掲宮坂『季語の誕生』一四～一七頁
一三九　筑紫磐井「伝統的季題論の探求―昭和十年代季題研究の体系化と吟味―」（村田脩編『俳句文学館紀要　第八号　一九九四』二二頁、俳人協会、平成六年八月一日）

【第二章】

一四〇　前掲『俳文学大辞典　普及版』によれば、『毛吹草』は俳諧師松江重頼の編纂による俳諧撰集・辞書である。正保二年（一六四五年）頃の出版で、何度も版を重ね、新たに俳諧を学ぶ者の格好の入門書であった。

一四一　松江維舟重頼著・新村出校閲・竹内若校訂『毛吹草』（岩波書店（岩波文庫）、昭和一八年一二月一〇日）

一四二　宮本三郎・今栄蔵校注『古典俳文学大系7　蕉門俳諧集　二』（集英社、昭和四六年一月一〇日）四三頁の今栄蔵の冒頭解説によれば、『句兄弟』は元禄七年（一六九四年）に刊行された。

一四三　前掲『古典俳文学大系7　蕉門俳諧集　二』五三頁

一四四　南信一『総釈許六の俳論』（風間書房、昭和五四年八月一五日）五三九頁「解題」によれば、『宇陀法師』は李由・許六の共撰で元禄一五年（一七〇二年）春の刊である。俳書を撰する際の諸注意、切字、発句の仕方、蕉風俳諧の作法などが説かれている。

一四五　前掲南『総釈許六の俳論』五六三〜五六四頁

一四六　前掲復本『俳句実践講義』一五〇頁以下

一四七　前掲「至寶抄」、前掲『連歌論集　下』二三三頁

一四八　東聖子『蕉風俳諧における〈季語・季題〉の研究』（明治書院、平成一五年二月一〇日）

一四九　前掲東『蕉風俳諧における〈季語・季題〉の研究』八三頁

一五〇　前掲東『蕉風俳諧における〈季語・季題〉の研究』八四〜八七頁

一五一　前掲東『蕉風俳諧における〈季語・季題〉の研究』三八八頁

一五二　山本健吉「季の詞――この秩序の世界」（山本健吉編『最新俳句歳時記　新年』二二四〜二二五

頁、文藝春秋、昭和四七年一月五日）
一五三　前掲山本編『最新俳句歳時記　新年』二三二〜二三三頁。なお、同歳時記二四一頁には季語の世界が同心円状に図示されている。
一五四　前掲山本編『最新俳句歳時記　新年』一七四頁
一五五　大西克禮『風雅論―「さび」の研究―』（岩波書店、昭和一五年五月四日）一二四頁

【第三章】

一五六　去来「去来抄」、前掲『新編　日本古典文学全集88　連歌論集　能楽論集　俳論集』四二六頁解説によれば、『去来抄』は、松尾芭蕉の高弟の向井去来（一六五一年〜一七〇四年）の著した最も代表的な蕉風俳論書である。その内容は、去来が面談や文通などによって、師の松尾芭蕉から教えを受けた俳論や句評が中心となっている。『去来抄』は『三冊子』と並び、松尾芭蕉生前の語録をかなり正確に伝えており、理論と実作の両面から蕉風俳論の本質を解明する鍵を与えてくれるものとして、信頼の置ける第一等の資料と評価されている。
一五七　前掲『新編　日本古典文学全集88　連歌論集　能楽論集　俳論集』五一〇〜五一二頁
一五八　前掲『新編　日本古典文学全集88　連歌論集　能楽論集　俳論集』五一一頁の下段現代語訳番号一九
一五九　前掲『新編　日本古典文学全集88　連歌論集　能楽論集　俳論集』五一一頁の上段頭注番号一〇
一六〇　小澤武二編纂『笈日記』（春陽堂、大正一五年一二月三日）六八頁には「降ずとも竹植る日は蓑と笠」とあり、左注に「是は五月の節をいへるにや、いと珍し」とある。

一六一　平井照敏「季題とは何か」（飴山実・清崎敏郎・原裕・平井照敏・福田甲子雄・山下一海・鷲谷七菜子『季題入門』二二頁、有斐閣（有斐閣新書）、一九七八年八月一〇日）

一六二　福田甲子雄「万緑」解説（角川文化振興財団編・別巻編集委員代表金子兜太、山本健吉監修『角川版　ふるさと大歳時記　別巻　世界大歳時記』（角川学芸出版、平成七年四月七日）一三〇頁、山本健吉『定本現代俳句』（角川選書）、角川書店、平成一〇年四月三〇日）三二八頁、山本健吉『基本季語五〇〇選』（講談社（講談社学術文庫）、一九八九年三月一〇日）二三〇頁、伊藤敬子「万緑」解説、飯田龍太・稲畑汀子・金子兜太・沢木欣一監修『カラー版　新日本大歳時記（愛蔵版）』（講談社、二〇〇八年一〇月二四日）五〇三頁。なお、前掲『毛吹草』「俳諧四季之詞」（五五～六七頁）、「連歌四季之詞」（六九～七七頁）、曲亭馬琴編・藍亭青藍補・堀切実校注『増補　俳諧歳時記栞草（上）』（岩波書店（岩波文庫）、二〇〇〇年八月一七日）「夏の部」（二六五～五三〇頁）を通覧しても「万緑」は載っていない。ちなみに、高濱虚子『新歳時記　増訂版』（三省堂、一九五一年一〇月三〇日）には「万緑」は季題として排列されていない（同書八一三頁）が、稲畑汀子『改訂版　ホトトギス新歳時記』（三省堂、一九九六年一一月一日）には「茂《しげり》」と「緑蔭《りょくいん》」の間に排列されている（同書三八二頁）。

【第四章】

一六三　「俳句分類」と題する記事（前掲『子規全集』第四巻七六九～七七〇頁）。この記事は明治三〇年一二月三〇日に「ほとゝぎす」第一二號に掲載された。俳句分類を始めて七年である旨の記載があるので、正岡子規が俳句分類を始めた時期はおおよそ明治二四年頃とした。なお、正岡子規は、明治三二年一二月一〇日発行の「ホトトギス」に掲載した「俳諧三佳書序」という記事において、「俳句分類」を始めた当時の目論みについて述べているが、時期については「十年程前の事」としている（前掲『子規全集』第五巻三八〇頁）。

一六四　「俳句分類」の契機について、加藤国安は、漢籍において作品の類題分けという方法は、六朝時代から普通に行われており、漢学の出である正岡子規にとって初歩的な知識であったこと、現に正岡子規は明治一六年時点で中国や日本の漢詩の中から「歳晩」という一季題について合計二三名の詩人の漢詩六〇首を書写して「歳晩類集」を作成していたことなどを指摘している（加藤国安『漢詩人子規—俳句開眼の土壌』八七〜九四頁、研文出版、二〇〇六年一〇月一〇日）。また、柴田奈美は、明治二二年末頃、親友の夏目漱石から「思想の涵養」をするよう忠告されたことを契機とする論争（いわゆる「アイデア」と「レトリック」論争）を経て正岡子規は俳句分類作業に本気で取り組んだ旨指摘している（柴田奈美『正岡子規と俳句分類』一二〜一四頁、思文閣出版、二〇〇一年一二月二〇日）。

一六五　正岡子規編著『分類俳句全集』第一巻（アルス、昭和三年三月二五日）の冒頭には、正岡子規自筆筆字の「分類俳句全集」原稿の写しが挟み込まれており、これには、たとえば、「今朝の春（木）」の項の下に「草も木もめでたさうなりけさの春　貞徳（類題発句集）」や「目に薫る青きもの皆けさの春　卜早（百家類題）」等と、句、作者名及び出典が記されている。

一六六　前掲「俳句分類」（前掲『子規全集』第四巻七六九頁）

一六七　前掲『分類俳句全集』第一巻一頁の凡例。もっとも、柴田奈美によれば、江戸時代に四季別にした上で、さらに内容により細分する句集（『俳諧　今人五百題』『俳諧百家類題集　上』など）が既に存在していたという（前掲柴田『正岡子規と俳句分類』一六頁）。とはいえ、柴田も認めるように、これら句集の分類項目は少ない。他方、正岡子規の「俳句分類」の分類項目数は膨大というほかなく、正に「有史以来」の創意と認めてよいと思われる。
一六八　前掲『分類俳句全集』第五巻（夏の部（中））七六〜一九一頁
一六九　前掲『分類俳句全集』第五巻（夏の部（中））七七頁。なお、前掲『俳文学大辞典　普及版』を踏まえると、「心一ツ」は、作州乏志堂貞義編の俳諧撰集『心ひとつ』（宝永三年（一七〇六年）、京都井筒屋刊）を指す。
一七〇　前掲『分類俳句全集』第五巻（夏の部（中））七七頁。なお、前掲『俳文学大辞典　普及版』を踏まえると、「春日」は、荷兮編の俳諧撰集『春の日』（貞享三年（一六八六年）、京都寺田重徳刊）を指す。
一七一　前掲『分類俳句全集』第五巻（夏の部（中））八〇頁。なお、前掲『俳文学大辞典　普及版』を踏まえると、「連哥大發句帳」は、編者未詳の連歌発句撰集で、書名は通称である。宗祇、宗長、紹巴、宗牧ら連歌師の句集の発句を収めたもので、慶長一九年（一六一四年）頃までには成立したとされる。発句撰集として大規模であり、連歌・俳諧の発句撰集の規範となった。
一七二　前掲『分類俳句全集』第五巻（夏の部（中））八六頁。なお、前掲『俳文学大辞典　普及版』を踏まえると、「五元」は、其角著・旨原編の俳諧句集『五元集』（延享四年（一七四七年）、東都竹川藤兵衛、京都中川茂兵衛刊）を指す。
一七三　前掲『分類俳句全集』第五巻（夏の部（中））八九頁。なお、前掲『俳文学大辞典　普及版』を踏まえると、「あらの」は、荷兮編の俳諧撰集『あら野』（元禄二年（一六八九年）、京都井筒屋庄兵衛刊）で、『俳諧七部集』の第三集を指す。
一七四　前掲『分類俳句全集』第五巻（夏の部（中））九〇頁。なお、前掲『俳文学大辞典　普及版』を踏まえると、「毛吹草」は、重頼編の俳諧撰集・辞書『毛吹草』（正保二年（一六四五年頃）、京都助左衛門刊）で、俳諧辞書と撰集を兼ねているという。何度も版を重ねており、俳諧を学ぶ人にとって格好な入門書であった。

一七五　前掲『分類俳句全集』第五巻（夏の部（中））九一頁。なお、前掲『俳文学大辞典　普及版』を踏まえると、「麥林」は、麦浪編の俳諧句集『麥林集』（元文四年（一七三九年）以降延享五年（一七四八年）以前の編、京都橘屋治兵衛、江戸辻村五兵衛刊）で、麦林の遺句一二〇〇余を息子の麦浪が整理し、校訂を加えたものを指す。

一七六　前掲『分類俳句全集』第五巻（夏の部（中））九二頁

一七七　前掲『分類俳句全集』第五巻（夏の部（中））一〇五頁。なお、前掲『俳文学大辞典　普及版』を踏まえると、「句集」は、白雄著・碩布編の俳諧句集『しら雄く集』（寛政五年（一七九三年）、江戸西村源六刊）を指す。白雄の三回忌を記念し、門人の碩布が白雄の発句を四季類題別に編集・刊行したもの。

一七八　前掲『分類俳句全集』第五巻（夏の部（中））一〇七頁。なお、前掲『俳文学大辞典　普及版』を踏まえると、「続猿蓑」は、沾圃ほか編・芭蕉撰、支考補撰の俳諧撰集『続猿蓑』（元禄一一年（一六九八年）、京都井筒屋庄兵衛刊）を指す。上巻は連句篇、下巻は発句篇となっている。後世に『俳諧七部集』の第七集に数えられる。

一七九　前掲『分類俳句全集』第五巻（夏の部（中））一一五頁。なお、前掲『俳文学大辞典　普及版』を踏まえると、「虚栗」は、其角編の俳諧撰集『みなしぐり』（天和三年（一六八三年）、江戸西村半兵衛ほか刊）を指す。発句や歌仙などが、四季別に収められている。

一八〇　前掲『分類俳句全集』第五巻（夏の部（中））一二〇頁。なお、前掲『俳文学大辞典　普及版』を踏まえると、「白陀羅尼」は、支考編の俳諧撰集『白陀羅尼』（元禄一七年（一七〇四年）、京都井筒屋庄兵衛刊）を指す。

一八一　前掲『分類俳句全集』第五巻（夏の部（中））一三一頁。なお、前掲『俳文学大辞典　普及版』を踏まえると、「綾錦」は、沾涼編の俳諧系譜『綾錦』（享保一七年（一七三二年）、江戸西村源六、京都西村市郎右衛門刊）を指す。宗鑑・守武・貞徳らから当代に至るまでの宗匠の系譜と発句が収録されている。

一八二　前掲『分類俳句全集』第五巻（夏の部（中））一三六頁。なお、「三籟」は、西山家三代（宗因、宗春、昌察）の連歌発句帳二千九百有余を集めた西山昌林編の発句集『三籟集』（享保一九年（一七三四年））を指す（野間光辰「『三籟集』について」『連歌俳諧研究』一九五三巻六号二四～三三頁、一九五三年）。

一八三　前掲『分類俳句全集』第五巻（夏の部（中））一四八頁

一八四　前掲柴田『正岡子規と俳句分類』二三頁

一八五　河東碧梧桐「二十一　月並論」『子規の回想』（沖積舎、平成四年一一月三〇日）四一〇～四一九頁。なお、同書は昭和一九年六月昭南書房版の新装覆刻である。

一八六　正岡子規「募集句「木の芽」に就きて」（前掲『子規全集』第五巻二三〇頁）

一八七　前掲『子規全集』第四巻一五五～三四一頁。同書一五六頁の編注によれば、「獺祭書屋俳話」は明治二五年六月から一〇月まで新聞「日本」に連載された後、明治二六年五月二一日に単行本が刊行され、その後さらに増補されて明治二八年九月五日に『増補再版獺祭書屋俳話』として刊行された。なお、同全集に掲載されている「獺祭書屋俳話」の記事の順番は新聞「日本」に掲載された順番とは異なっているため、掲載順は同書三一六～三一八頁記載の初出表を照らし合わせて確認する必要がある。

一八八　前掲『子規全集』第四巻二〇九～二二〇頁。ただし、同書二一七頁末行以下は後の加筆であって新聞「日本」には掲載されていなかった（同書三一七頁初出表）。

一八九　前掲『子規全集』第四巻二〇三～二〇九頁

一九〇　池永厚『俳諧麓廼栞　全』（同楽堂、明治二五年七月一六日）。なお、池永厚は撫松庵兎裘である。

一九一　「月並」という言いまわしについて、河東碧梧桐は、「私達の仲間で、私達の信ずる詩の領域以外にある遊戯三昧の俳句及び詩を理解しない職業的俳人を『月並の俳句』『月並の俳人』として暗に軽蔑して来た、たゞ私達仲間だけの言語省略、文字省略の習慣が、『月次』の意味の『月並』を其の原語から全く別な『下劣』『卑俗』『遊戯』『鼻持のならないもの』『勘定づくのもの』など、幾多の複雑な意味を象徴する言葉として享けとるやうにしてしまつた」と回想している（前掲河東碧梧桐『子規の回想』一六〇頁）。

一九二　内藤鳴雪「吾々の俳句會の變遷」（前掲『子規全集』第一五巻（俳句會稿）八一四～八一九頁）。同記事は大正二年六月二〇日「ホトトギス」第一六巻第八號に掲載された談話である（同書八一九頁）。なお、正岡子規自身も「ホトトギス」の読者からの問に対して同様の回答をしている（正岡子規「隨問隨答」、前掲『子規全集』第五巻二五五頁）。

一九三　河東碧梧桐の回想によれば、一回の句会において約一〇題を、一題につき一〇～二〇句ずつ出来るだけ速く作っていたとのことである（前掲河東碧梧桐『子規の回想』一二四～一二五頁）。

一九四　江戸時代の句会は、①チラシなどにより題詠による投句を募集する、②俳諧宗匠が投句中から入選作品を選ぶ、③俳諧宗匠が運座（句会）において入選作品を披講（開巻）する、④入選者には景品が授与される、⑤後日、高得点を得た句と作者名を記した句会報的なもの（返草）が投句者に配られる、という流れで実施されており、投句数は数千句にも上ったという（尾形仂「月並俳諧の実態」（『俳句と俳諧』一五八～二三〇頁、角川書店、昭和五六年一二月二〇日）。

一九五　前掲『子規全集』第四巻六二～六三頁

一九六　前掲『子規全集』第四巻二二四～二七一頁

一九七　前掲『子規全集』第四巻二五八頁

一九八　前掲『子規全集』第四巻七二～九九頁

一九九　前掲『子規全集』第四巻一一七～一二二頁

二〇〇　三森幹雄（文政一二年（一八二九年）～明治四三年（一九一〇年））は、明治六年に明治政府の俳諧教導職に補され、明倫講社を結び、明治一三年に『俳諧明倫雑誌』を創刊し、明治一七年に教導職が廃止された後は、神道芭蕉派として蕉風明倫協会を興すなどして、旧派俳諧の中心的存在であった（前掲『俳文学大辞典　普及版』、松井利彦『近代俳論史』三〇頁（桜楓社、昭和四八年六月一五日））。主要編著書に『俳諧　新選明治六百題』、『俳諧自在法』、『俳諧名誉談』、『俳諧矯風雑誌』等がある（市川一男『近代俳句のあけぼの　第二部』二八七頁、三元社、中央公論事業出版製作、昭和五〇年四月二〇日）。

二〇一　青木亮人「三森幹雄と正岡子規の『眼』—明治俳諧における『写生』の位相—」（『日本近代文学』第78集三六～五一頁、日本近代文学会、二〇〇八年）。青木亮人は、三森幹雄の俳論書『俳諧自在法』三之巻（庚寅新誌社、明治二五年九月五日）所収の「画句図句之論」において、句の読者が時間と知識を動員して句に脱落している景色を認識できるような「画句」こそが、読者をして素直に教訓や道徳を余韻として感じとることができる優れた句であるとされているとし、正岡子規は、このような三森幹雄ら俳諧宗匠の旧派の「眼」、すなわち俳句に教訓や道徳を考慮に入れる「眼」を批判するために「繪畫的觀念」の論を展開したとする。
二〇二　前掲『子規全集』第四巻三四二〜四一四頁
二〇三　前掲『子規全集』第四巻三四六頁
二〇四　前掲『子規全集』第四巻四三九〜四六九頁。同全集四三九頁の編注によれば、「俳句問答」は明治二九年五月から九月まで新聞「日本」に一五回掲載され、うち一一回分が単行本『俳句問答上之巻』（俳書堂・金尾文淵堂書店、明治三四年一二月一五日）に収録された。
二〇五　前掲『子規全集』第四巻四四三頁
二〇六　前掲『子規全集』第四巻四四四頁
二〇七　前掲『子規全集』第四巻四四五頁
二〇八　前掲『子規全集』第四巻四四六頁
二〇九　前掲『子規全集』第四巻四四七頁
二一〇　前掲『子規全集』第四巻四四九〜四五一頁。三森幹雄は、例えば、松尾芭蕉の「春たちてまだ九日の野山かな」という句について、「天理の怠り」がないことと「人の油断」とを掛け合わせて、「天理を尊み人を憐みたる発句」と説明するなど、教訓性を踏まえて句の解釈をしていたという（前掲松井利彦『近代俳論史』三四〜三六頁）。
二一一　前掲『子規全集』第四巻四五二〜四五四頁
二一二　前掲『子規全集』第四巻四五五頁
二一三　前掲『子規全集』第四巻四五六頁。なお、「俳諧大要」を参照するよう注意書がある。
二一四　前掲『子規全集』第四巻四五七頁
二一五　前掲『子規全集』第四巻四五九頁

二一六　前掲『子規全集』第四巻四六〇頁
二一七　前掲『子規全集』第四巻四六三～四六四頁
二一八　前掲『子規全集』第四巻四六七頁
二一九　正岡子規「第一　俳句の標準」・「第二　俳句と他の文學」、「俳諧大要」（前掲『子規全集』第四巻三四二～三四四頁）
二二〇　正岡子規「俳諧大要　第六　修學第一期」（前掲『子規全集』第四巻三八二頁）
二二一　前掲「俳諧大要　第六　修學第二期」（前掲『子規全集』第四巻三七四頁）
二二二　前掲「俳諧大要　第六　修學第二期」（前掲『子規全集』第四巻三八二頁）
二二三　正岡子規「俳諧大要　第七　修學第三期」（前掲『子規全集』第四巻四〇五頁）
二二四　正岡子規「俳句の初歩」（前掲『子規全集』第五巻一七五～一八六頁）。同頁によれば、「俳句の初歩」は、明治三二年二月一〇日「ホトトギス」第二巻第五號に掲載された。
二二五　関根林吉『三森幹雄評伝―三十余年幹雄研究の結晶』（遠沢繁、平成一四年七月二七日）六三～六七頁には、三森幹雄が、松尾芭蕉の句について、教訓三か条にも通ずるなどとして儒教的で倫理的な解釈をしていたことが紹介されている。なお、「教訓三か条」とは、明治五年に教部省が臣民教化政策として公布したもので、敬神愛国、天理人道および天皇を尊重しその命を遵守すべき旨の三か条である（同書五二頁）。
二二六　正岡子規「俳句問答」（前掲『子規全集』第四巻四四九～四五一頁）。なお同書四五四頁によれば、同言説は明治二九年七月一七日の新聞「日本」に掲載された。
二二七　前掲「俳句問答」（前掲『子規全集』第四巻四六〇頁）
二二八　前掲「俳句問答」（前掲『子規全集』第四巻四六四頁）

二二九　前掲「俳句問答」（前掲『子規全集』第四巻四六七頁）
二三〇　正岡子規「俳句稿」（前掲『子規全集』第三巻二二六頁及び二二七頁）
二三一　加藤楸邨「明治俳句史　上　明治初年から子規の革新まで—主として発想構造を中心に—」（『俳句講座7　現代俳句史』五〜六頁、明治書院、昭和三四年二月二五日）
二三二　正岡子規「俳諧大要」（前掲『子規全集』第四巻三四六〜三五〇、三九一頁）
二三三　前掲「俳諧大要」（前掲『子規全集』第四巻三四八頁）
二三四　正岡子規「俳諧一口話　四季」（前掲『子規全集』第四巻七二頁）
二三五　正岡子規「俳諧大要」（前掲『子規全集』第四巻三四八頁）
二三六　水原秋櫻子『近代の秀句　新修三代俳句鑑賞』（朝日新聞出版（朝日選書）、一九八六年一一月二〇日）一六頁
二三七　正岡子規「俳諧大要」（前掲『子規全集』第四巻三八八頁）
二三八　前掲『近代の秀句　新修三代俳句鑑賞』一六〜一七頁
二三九　前掲「俳諧大要」（前掲『子規全集』第四巻三四八頁）
二四〇　三森幹雄編『俳學大成　第二巻』（古池唫社、明治三〇年一月六日）一七〜二二頁
二四一　青木亮人「明治俳諧の『余情』と『只言』—三森幹雄と正岡子規の応酬から—」（『日本近代文学』第75集一六〜三一頁、日本近代文学会、二〇〇六年）
二四二　三森幹雄『俳學大成　第一巻』（古池唫社、明治二九年一一月四日）三六〜三八頁
二四三　前掲『俳學大成　第一巻』三七頁
二四四　前掲『俳學大成　第二巻』一八〜二〇頁
二四五　村山古郷『明治俳壇史』（角川書店、昭和五七年五月三〇日）三四頁

二四六　前掲『明治俳壇史』三四頁によれば、横山利平は、菊守園見外の門下で、春秋庵幹雄（三森幹雄）の明倫講社に加わり、明治八年には教導職に補せられた。
二四七　前掲『明治俳壇史』同頁
二四八　横山利平著・三森幹雄校訂『新編　俳諧題鑑　全』（出版人三森幹雄・伊藤有終、明治九年二月一四日版権免許）「凡例」
二四九　前掲加藤「明治俳句史　上　明治初年から子規の革新まで―主として発想構造を中心に―」（『俳句講座7　現代俳句史』一五頁）によれば、同冊子は、『国文』に紹介翻刻された『俳諧開化集』（見返しに『開化新題　くちほどき集』）であり、発行人は五味吉次郎、編集は主に小澤孝太郎、出版は明治一五年一二月、とのことである。
二五〇　前掲加藤「明治俳句史　上　明治初年から子規の革新まで―主として発想構造を中心に―」（『俳句講座7　現代俳句史』一六頁）
二五一　勝峯晋風『子規以前の明治俳諧』（橙文堂、昭和一〇年九月五日）三〇六～三〇九頁。なお、『古今圖畫　發句五百題』は、正岡子規が月並俳句の宗匠として攻撃した雪中庵梅年が其角堂永機に相談して編纂されたものとのことである。
二五二　前掲『明治俳壇史』四七頁
二五三　前掲加藤「明治俳句史　上　明治初年から子規の革新まで―主として発想構造を中心に―」（『俳句講座7　現代俳句史』二一～二三頁）
二五四　前掲『明治俳壇史』三六頁によれば、明治一二年、旭斎の上梓である。
二五五　前掲加藤「明治俳句史　上　明治初年から子規の革新まで―主として発想構造を中心に―」（『俳句講座7　現代俳句史』一五頁）によれば、同冊子は、『国文』に紹介翻刻された『俳諧開化集』（見返しに『開化新題　くちほどき集』）であり、発行人は五味吉次郎、編集は主に小澤孝太郎、出版は明治一五年一二月、とのことである。

二五六　正岡子規「新題目」、「獺祭書屋俳話」（前掲『子規全集』第四巻一六六〜一六七頁）

二五七　正岡子規「俳句と四季」、「俳諧大要」（前掲『子規全集』第四巻三四七頁）

二五八　正岡子規「修學第三期」、「俳諧大要」（前掲『子規全集』第四巻四〇五〜四〇六頁）

二五九　正岡子規「寒山落木」（前掲『子規全集』第一巻・第二巻）

二六〇　正岡子規「俳句稿」等（前掲『子規全集』第三巻）

二六一　正岡子規「ノート」（前掲『子規全集』第二一巻五四三〜七〇一頁）。「寒山落木」「俳句稿」及び「〔俳句稿以後〕」に収録されていない俳句は、前掲『子規全集』第三巻四八一頁以降に「拾遺　寒山落木 俳句稿 未收錄句 自明治十八年至明治三十三年」としてまとめられている（同書七一七頁以降の和田茂樹「解題」参照）。

二六二　和田茂樹「解題」（前掲『子規全集』第一巻五八五頁）。正岡子規も、『獺祭書屋俳句帖抄　上巻』（俳書堂　文淵堂、明治三五年四月一五日）、序文の「獺祭書屋俳句帖抄上巻を出版するに就きて思ひつきたる所をいふ」（明治三五年一月三〇日筆記）において、「明治二十六年は最も多く俳句を作つた年で其數は四千以上にもなつた」と話している（前掲『子規全集』第三巻五八六頁）。

二六三　和田茂樹「解題」（前掲『子規全集』第二巻六五七頁）

二六四　和田茂樹「解題」（前掲『子規全集』第三巻七三二頁）。同頁「子規俳句総句数」表の「俳句数」と「抹消句数」を合計した数を作句数として掲げた。なお、同書七二八頁及び七三二頁によれば、その他に、初案とみられる素稿等の類として二〇八四句があり、これは「拾遺句」として取り扱われている。

二六五　前掲『子規全集』第一巻七頁
二六六　「寒山落木　抹消句　明治十八年」（前掲『子規全集』第一巻四一五頁）
二六七　正岡子規「ノート1」（前掲『子規全集』第二一巻五四七頁）。「拾遺　寒山落木　俳句稿　未収録句　自明治十八年至明治三十三年」の明治一八年の項（前掲『子規全集』第三巻四八三頁）。
二六八　前掲『子規全集』第一巻八～一四頁
二六九　「寒山落木　抹消句」の明治一九年～二一年までの項（前掲『子規全集』第一巻四一五～四一八頁）
二七〇　「拾遺　寒山落木　俳句稿　未収録句　自明治十八年至明治三十三年」の明治二〇年及び二一年の項（前掲『子規全集』第三巻四八三～四八九頁）。なお、拾遺句のうち、明治二一年の作に「麥わらも千年の松のまもり哉（冬は木の葉を護りけり）」という俳句がある（前掲『子規全集』第三巻四八五頁）。一見、上五の「麥わら」は新事象（しかも新題（新季語））のようにも見える。しかし、「松のまもり」、「冬」、「木の葉」と共に詠まれており、夏帽としての「麥わら」ではないことは明らかであって、新事象ではなく、まして新題（新季語）でもない。
二七一　「ぬれ足で雀のあるく廊下かな」（前掲『子規全集』第一巻一〇頁）
二七二　明治一九年は「西行の忘れおきしか笠一ッ」（前掲「寒山落木　抹消句」、前掲『子規全集』第一巻四一六頁）、及び明治二〇年は「起きふしにさはる乳房の重み哉」（同書四一七頁）。
二七三　「拾遺　寒山落木　俳句稿　未収録句　自明治十八年至明治三十三年」の明治二〇年の項に、「仇波の打てはかへす島邊哉」と「海底は照さぬものか朝日影」がある（前掲『子規全集』第三巻四八三頁）。
二七四　「拾遺　寒山落木　俳句稿　未収録句　自明治十八年至明治三十三年」の明治二一年の項に、

①「世の塵を水に流すや（して）向島」、②「浅草の塔に（や）向ふもかくされす」、③「こきやめて舟から友の呼にけり」、④「塵はなし（なくて）心も水もすみた河（哉）」、⑤「ありあまる風を分けたし町の家」、⑥「船歌や梦に聞つゝ（けり）闇の中」、⑦「つぐ酒のこほれぬ程や舟のゆれ」、⑧「浅草の鐘の配りし（より出たる）夜風哉」、⑨「黒かねの橋や（の）目にたつ白帆かな」、⑩「冨士といふ名に仰き見つつくり山」、⑪「言はすして聞くも佛の悟りかな」、⑫「長命になれや病の出養生」、⑬「親の顔見る日や駒のいさみかな（いさむ駒のこゑ）」、⑭「浮世とは川一すしのさかい（あなた）哉」、⑮「土地の名に思ひ出したり人（けり友）の顔」がある（前掲『子規全集』第三巻四八四〜四八八頁）。これらのうち⑭以外は抹消されている。なお、最終的には抹消されているにもかかわらず、無季俳句が作られたことを取り上げるのは、正岡子規が季語を俳句に必須だと考えていたか否かを考察する上で有用と考えられるからである（もし必須と考えていたならば、そもそも無季俳句を作ろうとはしなかったはずであり、無季俳句を作ること自体が俳句に季語を必須だとまでは考えていなかったことを示しているとの理解である）。

二七五　「寒山落木」の明治二二年の項（前掲『子規全集』第一巻一五〜一八頁）

二七六　「寒山落木　抹消句」の明治二二年の項（前掲『子規全集』第一巻四一八〜四二〇頁）

二七七　「拾遺　寒山落木　俳句稿　未収録句　自明治十八年至明治三十三年」（前掲『子規全集』第三巻四八九〜四九二頁）

二七八　正岡子規「ノート11」（前掲『子規全集』第二一巻六〇二頁）。「拾遺　寒山落木　俳句稿　未収録句　自明治十八年至明治三十三年」（前掲『子規全集』第三巻四九〇頁）。なお、「水戸紀行」（前掲『子規全集』第一三巻四〇三頁）において、同句は下五が「霞かな」となっており、これは無季俳句ではない。

二七九　「拾遺　寒山落木　俳句稿　未收録句　自明治十八年至明治三十三年」（前掲『子規全集』第三巻四九一頁）。「水戸紀行裏四日大盡（草稿）」（前掲『子規全集』第一三巻四二五頁）。

二八〇　「拾遺　寒山落木　俳句稿　未收録句　自明治十八年至明治三十三年」（前掲『子規全集』第三巻四九二頁）。「岡見」は大晦日の晩に蓑を逆さまに着て丘に上って自分の家を眺めて翌年の吉凶が見えるという俗信で、冬の季語である（角川学芸出版編『角川季寄せ』平成三〇年三月一五日第四版）。

二八一　「拾遺　寒山落木　俳句稿　未收録句　自明治十八年至明治三十三年」の明治二三年の項（前掲『子規全集』第三巻四八九～四九二頁）に、①「犬の子がねいるものかや子守歌」（同書四八九頁）、②「筑波泣く顔や昨日の笑ひ良」、③「くたひれをおさめてしまう枕哉」、④「あした行く旅路の梦や草枕」、⑤「山と水扨は自然の文もあり」、⑥「雲よりも一段上やつくは山」、⑦「大岩を躍りこえたり波のあし」、⑧「波怒り風鳴き人はほゝ笑良」、⑨「岩ほう（つ）波も泣いたり怒たり」（以上、同書四八九～四九〇頁）、⑩「泣くよりもあはれ捨て子の笑良」、⑪「町内は皆忌服のある娘」、⑫「松の木の影にあつまる子鯉かな」がある（以上、同書四九二頁）。

二八二　「拾遺　寒山落木　俳句稿　未收録句　自明治十八年至明治三十三年」の明治二一年の項（前掲『子規全集』第三巻四八九～四九二頁）

二八三　和田茂樹「解題」中の「[表B]子規俳句総句数」（前掲『子規全集』第三巻七三二頁）

二八四　「寒山落木」の明治二三年の項（前掲『子規全集』第一巻一九～二二頁）

二八五　「寒山落木　抹消句」の明治二三年の項（前掲『子規全集』第一巻四二〇～四二一頁）

二八六　「拾遺　寒山落木　俳句稿　未收録句　自明治十八年至明治三十三年」の明治二三年の項（前掲『子規全集』第三巻四九五頁）

二八七　「拾遺　寒山落木　俳句稿　未收錄句　自明治十八年至明治三十三年」の明治二三年の項（前掲『子規全集』第三巻五〇〇頁）

二八八　「拾遺　寒山落木　俳句稿　未收錄句　自明治十八年至明治三十三年」の明治二三年の項（前掲『子規全集』第三巻四九三～五〇一頁）に、①「西行の顔も見えけり富士の山」、②「温泉上りに三津の肴のなます哉」、③「日の本の俳諧見せふふしの山」（以上同書四九四頁）、④「紫のゆかり尋ねん筆の海」（「紫のゆかり」は源氏物語のこと）、⑤「古郷を立ちいでたるも一むかし」、⑥「十錢の銀を銅貨に兩がへて」、⑦「寫眞をば眼鏡の箱に入れ見れば」、⑧「足利の兵が新田に降參し」（以上同書四九五頁）、⑨「水の音聞てたのもし崖九間」、⑩「見あげたる山見下すや九折」（以上同書四九六頁）、⑪「銀世界すんでそろ〳〵泥世界」（ただし、前書に「雪」とある）、⑫「あつもりは腰に三本さしており」、⑬「あつもりはうたれて須磨のそばとなり」、⑭「いつそ皆子供にやれやふしの山」、⑮「破茶碗やきつぎしたる聟養子」、⑯「白鼠わるゝや祕藏の萬古やき」、⑰「八人のまどゐをかいだ一人かな」（以上同書四九七頁）、⑱「衣川二十年後のためなみだ」、⑲「梦と見た梦も梦なり梦の中」、⑳「大澁をきどつて千代が發句よみ」（以上同書四九八頁）、㉑「辻占や女許りの格子さき」、㉒「大釜で民のあぶらがにえあがり」、㉓「大釜の中で白波わきあがり」、㉔「餘の山は皆うつぶきつふじの山」（以上同書四九九頁）、㉕「あゝ三つのいけすに魚の躍りけり」、㉖「ふるさとに心の花をかざりけり」、㉗「安珍の軍艦一ツわたし船」、㉘「渡し船佛も衆生もわたしけり」、㉙「龍宮も女さわぎで波がたち」、㉚「山奥をいつれは虎も猫となり」（以上同書五〇〇頁）、㉛「まゝ焚かぬ内の曲突灯が消えて」（同書五〇一頁）がある。

二八九　和田茂樹「解題」中の「［表B］子規俳句総句数」（前掲『子規全集』第三巻七三二頁）

二九〇　前掲「寒山落木」（前掲『子規全集』第一巻二三～四三頁）

二九一　前掲「寒山落木」（前掲『子規全集』第一巻二八頁）
二九二　前掲「寒山落木」（前掲『子規全集』第一巻三二頁）
二九三　前掲「寒山落木」（前掲『子規全集』第一巻三〇頁）
二九四　前掲「寒山落木」（前掲『子規全集』第一巻三九頁）
二九五　「拾遺　寒山落木　俳句稿　未収録句　自明治十八年至明治三十三年」の明治二四年の項（前掲『子規全集』第三巻五〇四頁）
二九六　「拾遺　寒山落木　俳句稿　未収録句　自明治十八年至明治三十三年」の明治二四年の項（前掲『子規全集』第三巻五〇七頁）
二九七　「寒山落木」の明治二四年の項（前掲『子規全集』第一巻二三～四三頁）に、①「七浦や安房を動かす波の音」（同書二六頁）、②「鐘つきはさびしがらせたあとさびし」（同書四一頁）、「寒山落木　抹消句」の明治二四年の項（前掲『子規全集』第一巻四二一～四二八頁）に、③「馬の鈴近く聞えてつゝら折」（同書四二三頁）、④「しかられる聲は聞えず松の風」、⑤「これはしたり厠の窓に竹の影」（以上同書四二四頁）⑥「世の中を遠目に見るや笠の內」（同書四二七頁）がある。
二九八　「拾遺　寒山落木　俳句稿　未収録句　自明治十八年至明治三十三年」の明治二四年の項（前掲『子規全集』第三巻五〇三～五一〇頁）に、①「世につきぬ眞砂のまちの道樂もの」、②「頭痛する其夜は犬にかまれけり」（以上同書五〇三頁）、③「二日目は發句少し獨りたび」（前掲『子規全集』第二一巻六五七頁によれば、この句は明治二四年三月一六日の作であり、「二日」は新年の季語ではない）、④「筆ならは我ものみたし御つるぎ」（以上同書五〇四頁）、⑤「我影や廣重流の道中畫」（前書に「寫眞に題す」とある）（同書五〇五頁）、⑥「聞きなれぬ鳥やきこりのなまり聲」、⑦「ふる事を思ふてうれし馬の鈴」、⑧「蓑笠や馬琴もしらぬ旅の味」（なお、「菅笠」は夏の季語であるが（前掲『角川季寄せ』一四六頁）では、「蓑笠」は季語として掲載されていない）、⑨「米點の畫に入りさうや簑の人」（「米點」（べいてん）は水墨の点を打ち重ねて描く南宋画の技法である）、⑩「ふらはふれ結句浮世をかくれ簑」、⑪「雨の日や殊にこき山うすき山」、⑫「世をすてし身にたに猶もさわりあり」（以上同書五〇六頁）、⑬「海と山十七字には餘りけり」、⑭「宿帳や生年十九安房めくり」、⑮「二見にも似たる岩あり朝日の出」（以上同書五〇七頁）、⑯「一國や巖の上に安房四郡」、⑰「腹へこ〳〵發句吐き出して路遠し」、⑱「安房四郡鋸山の裾野哉」、⑲「岩も皆鋸山や安房の海」（以上同書五〇八頁）がある。

二九九　和田茂樹「解題」中の「[表B] 子規俳句総句数」（前掲『子規全集』第三巻七三二頁）

三〇〇　前掲「寒山落木」（前掲『子規全集』第一巻四五頁）。なお、柴田宵曲『明治の話題』（筑摩書房（ちくま学芸文庫）、二〇〇六年一二月一〇日）一四八頁には、「人力車、馬車、電車、自動車と、めまぐるしく新たな乗物の出現する明治」との記載がある。柴田宵曲（一八九七年（明治三〇年）～一九六六年（昭和四一年））は、独学で俳句等に励み、ホトトギス社の編集にも従事した。

三〇一　前掲「寒山落木」（前掲『子規全集』第一巻四九頁）

三〇二　前掲「寒山落木」（前掲『子規全集』第一巻五五頁）

三〇三　前掲「寒山落木」（前掲『子規全集』第一巻六一頁）

三〇四　前掲「寒山落木」（前掲『子規全集』第一巻六一頁）

三〇五　前掲「寒山落木」（前掲『子規全集』第一巻六二頁）

三〇六　前掲「寒山落木」（前掲『子規全集』第一巻六二頁）

三〇七　前掲「寒山落木」（前掲『子規全集』第一巻六三頁）
三〇八　前掲「寒山落木」（前掲『子規全集』第一巻七三頁）
三〇九　前掲「寒山落木」（前掲『子規全集』第一巻七六頁）
三一〇　前掲「寒山落木」（前掲『子規全集』第一巻一〇五頁）
三一一　前掲「寒山落木」（前掲『子規全集』第一巻一五七頁）
三一二　前掲「寒山落木」（前掲『子規全集』第一巻七九頁及び八三頁）
三一三　前掲「寒山落木」（前掲『子規全集』第一巻八九頁）
三一四　前掲「寒山落木」（前掲『子規全集』第一巻一〇八頁）
三一五　前掲「寒山落木」（前掲『子規全集』第一巻一二八頁）
三一六　前掲「寒山落木」（前掲『子規全集』第一巻一五三頁）
三一七　前掲「寒山落木」（前掲『子規全集』第一巻一六六頁）
三一八　前掲柴田『明治の話題』二九三頁において、柴田宵曲は、「東京の一般住宅に電燈がつくやうになつたのは意外に遅かつた」、「正岡子規が生涯常用したのは、五分心の置ラムプであつた」と回想している。
三一九　前掲「寒山落木」（前掲『子規全集』第一巻八五頁）
三二〇　前掲「寒山落木」（前掲『子規全集』第一巻一一三頁）
三二一　前掲「寒山落木」（前掲『子規全集』第一巻一五九頁）
三二二　前掲「寒山落木」（前掲『子規全集』第一巻八八頁）
三二三　前掲「寒山落木」（前掲『子規全集』第一巻九六頁）。「窓かけ」はカーテンのこと。
三二四　前掲「寒山落木」（前掲『子規全集』第一巻九六頁）

三二五　前掲「寒山落木」（前掲『子規全集』第一巻一〇四頁）
三二六　前掲「寒山落木」（前掲『子規全集』第一巻一〇五頁）
三二七　前掲「寒山落木」（前掲『子規全集』第一巻一〇五頁）。なお、前掲柴田『明治の話題』五六頁において、柴田宵曲は、電話について、「明治時代はこの利器を縦横に使用するほど普及してゐなかつた」と回想している。
三二八　前掲「寒山落木」（前掲『子規全集』第一巻一二二頁）
三二九　前掲「寒山落木」（前掲『子規全集』第一巻一二二頁）。なお、前掲柴田『明治の話題』二三四頁において、柴田宵曲はビールが「明治の新流行物」だったと回想している。
三三〇　前掲「寒山落木」（前掲『子規全集』第一巻一二四頁）
三三一　前掲「寒山落木」（前掲『子規全集』第一巻一二四頁）
三三二　前掲「寒山落木」（前掲『子規全集』第一巻一三五頁）
三三三　前掲「寒山落木」（前掲『子規全集』第一巻一三五頁）
三三四　前掲「寒山落木」（前掲『子規全集』第一巻一四六頁）
三三五　前掲「寒山落木」（前掲『子規全集』第一巻一五四頁）
三三六　前掲「寒山落木」（前掲『子規全集』第一巻一五六頁）
三三七　前掲「寒山落木」（前掲『子規全集』第一巻一五七頁）
三三八　前掲「寒山落木」（前掲『子規全集』第一巻一六一頁）
三三九　前掲「寒山落木」（前掲『子規全集』第一巻一六一頁）
三四〇　前掲「寒山落木」（前掲『子規全集』第一巻一六四頁）
三四一　前掲「寒山落木」（前掲『子規全集』第一巻一六七頁）

三四二　前掲「寒山落木」（前掲『子規全集』第一巻一六九頁）
三四三　正岡子規「寒山落木　抹消句」（前掲『子規全集』第一巻四二九頁）
三四四　前掲「寒山落木　抹消句」（前掲『子規全集』第一巻四三〇頁）
三四五　前掲「寒山落木　抹消句」（前掲『子規全集』第一巻四三〇頁）
三四六　前掲「寒山落木　抹消句」（前掲『子規全集』第一巻四三〇頁）
三四七　前掲「寒山落木　抹消句」（前掲『子規全集』第一巻四五七頁）
三四八　前掲「寒山落木　抹消句」（前掲『子規全集』第一巻四三一頁）
三四九　前掲「寒山落木　抹消句」（前掲『子規全集』第一巻四三二頁）
三五〇　前掲「寒山落木　抹消句」（前掲『子規全集』第一巻四三三頁）
三五一　前掲「寒山落木　抹消句」（前掲『子規全集』第一巻四三八頁）
三五二　前掲「寒山落木　抹消句」（前掲『子規全集』第一巻四三四頁）
三五三　前掲「寒山落木　抹消句」（前掲『子規全集』第一巻四三六頁）
三五四　前掲「寒山落木　抹消句」（前掲『子規全集』第一巻四三六頁）。なお、同頁下段に「小蒸氣やあとにゆさぶる花の波」があるが、ほぼ同じなので数に数えない。
三五五　前掲「寒山落木　抹消句」（前掲『子規全集』第一巻四三七頁）
三五六　前掲「寒山落木　抹消句」（前掲『子規全集』第一巻四三九頁）。角川書店編『図説　俳句大歳時記　夏』（昭和四八年七月三〇日）の「海水浴」の項（二六一頁）には、「日本人が男も女も、からだの線をむきだしにした水着を着て、海水浴を楽しむようになったのは明治以後」との俳人石川桂郎の解説がある。
三五七　前掲「寒山落木　抹消句」（前掲『子規全集』第一巻四四〇頁）

三五八　前掲「寒山落木　抹消句」（前掲『子規全集』第一巻四四一頁）

三五九　前掲「寒山落木　抹消句」（前掲『子規全集』第一巻四四一頁）

三六〇　前掲「寒山落木　抹消句」（前掲『子規全集』第一巻四四四頁）

三六一　前掲「寒山落木　抹消句」（前掲『子規全集』第一巻四四四頁）

三六二　前掲「寒山落木　抹消句」（前掲『子規全集』第一巻四四八頁）

三六三　前掲「寒山落木　抹消句」（前掲『子規全集』第一巻四五二頁）

三六四　前掲「寒山落木　抹消句」（前掲『子規全集』第一巻四五四頁）

三六五　前掲「寒山落木　抹消句」（前掲『子規全集』第一巻四五四頁）

三六六　前掲「寒山落木　抹消句」（前掲『子規全集』第一巻四五四頁）

三六七　前掲「寒山落木　抹消句」（前掲『子規全集』第一巻四五五頁）

三六八　前掲「寒山落木　抹消句」（前掲『子規全集』第一巻四五五頁）

三六九　前掲「寒山落木　抹消句」（前掲『子規全集』第一巻四五五頁）

三七〇　前掲「寒山落木　抹消句」（前掲『子規全集』第一巻四五六頁）。「兩院」は貴族院と衆議院と解した。

三七一　前掲「寒山落木　抹消句」（前掲『子規全集』第一巻四二九頁）には、「田舎出のけつとう赤しみよの春」及び「田舎出のけつとう赤く君が春」が掲載されている。この「けつとう」が「ケットー」のことであれば、新事象を詠み込んだ俳句となる。しかし、「ケットー」かどうか確定し難いので、この二句は数に入れずにおく。また、同書四五七頁には「吹き流すしようるの風や川千鳥」が掲載されている。この「しようる」が「ショール（肩掛け）」のことであれば、新事象を詠み込んだ俳句となる。しかし、「ショール」かどうか確定し難いので、この句は数に入れずにおく。

三七二　「拾遺　寒山落木　俳句稿　未収録句　自明治十八年至明治三十三年」の明治二五年の項（前掲『子規全集』第三巻五一一頁）

三七三　「拾遺　寒山落木　俳句稿　未収録句　自明治十八年至明治三十三年」の明治二五年の項（前掲『子規全集』第三巻五二五頁）

三七四　「拾遺　寒山落木　俳句稿　未収録句　自明治十八年至明治三十三年」の明治二五年の項（前掲『子規全集』第三巻五二六頁）

三七五　「拾遺　寒山落木　俳句稿　未収録句　自明治十八年至明治三十三年」の明治二五年の項（前掲『子規全集』第三巻五二七頁）

三七六　「拾遺　寒山落木　俳句稿　未収録句　自明治十八年至明治三十三年」の明治二五年の項（前掲『子規全集』第三巻五二九頁）

三七七　「拾遺　寒山落木　俳句稿　未収録句　自明治十八年至明治三十三年」の明治二五年の項（前掲『子規全集』第三巻五二七頁）

三七八　「拾遺　寒山落木　俳句稿　未収録句　自明治十八年至明治三十三年」の明治二五年の項（前掲『子規全集』第三巻五二八頁）。なお、前掲柴田『明治の話題』二四五頁において、柴田宵曲は、「牛鍋は人力車と共に明治初年の流行物」と記載している。

三七九　「拾遺　寒山落木　俳句稿　未収録句　自明治十八年至明治三十三年」の明治二五年の項（前掲『子規全集』第三巻五二九頁）

三八〇　「拾遺　寒山落木　俳句稿　未収録句　自明治十八年至明治三十三年」の明治二五年の項（前掲『子規全集』第三巻五三〇頁）

三八一　「拾遺　寒山落木　俳句稿　未收錄句　自明治十八年至明治三十三年」の明治二五年の項（前掲『子規全集』第三巻五三〇頁）

三八二　「拾遺　寒山落木　俳句稿　未收錄句　自明治十八年至明治三十三年」の明治二五年の項（前掲『子規全集』第三巻五三〇頁）

三八三　「拾遺　寒山落木　俳句稿　未收錄句　自明治十八年至明治三十三年」の明治二五年の項（前掲『子規全集』第三巻五三〇頁）

三八四　「拾遺　寒山落木　俳句稿　未收錄句　自明治十八年至明治三十三年」の明治二五年の項（前掲『子規全集』第三巻五三一頁）

三八五　「雲のすきばかり見つむるこよひ哉」（前掲「寒山落木　抹消句」、前掲『子規全集』第一巻四四七頁）。なお、同句は前後に「名月」を季語とする俳句が並ぶ中に置かれていることから、「月」を対象に詠んだものと考えられるが、この俳句を単独で見た場合に、「月」という詞は用いられておらず、また、必ずしも「月」を対象に詠んだものと読み取れるとは限らないことから無季俳句とした。ちなみに、「寒山落木　一」の明治二五年の「春　動物」の項には、「のら猫も女の聲はやさしとや」（前掲『子規全集』第一巻五二頁）、「飼猫や思ひのたけを鳴あかし」（同書同頁）、「竹椽を踏みわる猫の思ひ哉」（同書五四頁）、「鐵門に爪の思ひや廓の猫」（同書五六頁）、「五器の飯ほとびる猫の思ひかや」（同書同頁）と、「恋猫」など季語であることを明示する詞は用いられていないことから、これらも無季俳句と分類することも可能である。しかし、その内容は「猫の思い」など「恋猫」を暗示する言葉が用いられており、「恋猫」を詠んだ俳句であることが容易に理解できる。したがって、本書においては、これらを無季俳句とは分類しないこととする。

三八六　「拾遺　寒山落木　俳句稿　未收錄句　自明治十八年至明治三十三年」の明治二五年の項（前掲『子規全集』第三巻五一一～五三二頁）に、①「よぢつめて見れば山なし笠の雲」（同書五一四頁）、②「富士の山雲より下の廣さかな」（同書五二五頁）、③「天と地の文へ柱やふしの山」（同書同頁）、④「灘のくれ日本は富士斗り也」（同書同頁）、⑤「間違はし初めて不二を見てさへも」（同書同頁）、⑥「富士の根を眼當に昇る旭かな」（同書同頁）、⑦「並松や一足つゝにふしの形り」（同書同頁）、⑧「あし高は家に隠れてふしの山」（同書同頁）、⑨「雲いくへふじと裾野の遠きかな」（同書五三〇頁）がある。なお、同書五二八頁上段の「榛名春赤城夏妙義を秋の姿哉」は、春夏秋の三つの季節を一般的に述べているのみであって季節を特定できないから無季俳句に分類することも可能である。しかし、榛名山の春景色と赤城山の夏景色と妙義山の秋景色を並列に並べたものではなく、春景色の榛名山と夏景色の赤城山とも素晴らしいが、今この眼前の妙義山の秋景色こそ素晴らしいと感歎している俳句と読めば、秋の俳句として理解することが十分できる。また、この俳句の前後には「紅葉」や「夜長」など秋の季語を用いた俳句が並んでいる。したがって、この句は秋を詠んだものであるとみて、本書においては無季俳句には分類しないこととする。

三八七　和田茂樹「解題」中の「[表B] 子規俳句総句数」（前掲『子規全集』第三巻七三二頁）。なお、作句年の特定が困難で推定年次が二年以上にわたる五二句については、本書は総数に算入しない。したがって、[表B] においては明治二五年の作句総数が同五二句を入れた三一二一句と記載されているが、本書においては、同作句総数から同五二句を差し引いた三〇六九句を明治二五年の作句総数とした。

三八八　前掲「寒山落木」（前掲『子規全集』第一巻一七五頁）

三八九　前掲「寒山落木」（前掲『子規全集』第一巻一七九頁）
三九〇　前掲「寒山落木」（前掲『子規全集』第一巻二三八頁）
三九一　前掲「寒山落木」（前掲『子規全集』第一巻三〇一頁）
三九二　前掲「寒山落木」（前掲『子規全集』第一巻一七九頁）
三九三　前掲「寒山落木」（前掲『子規全集』第一巻一八七頁）
三九四　前掲「寒山落木」（前掲『子規全集』第一巻二〇一頁）
三九五　前掲「寒山落木」（前掲『子規全集』第一巻二一二頁）
三九六　前掲「寒山落木」（前掲『子規全集』第一巻二〇七頁）
三九七　前掲「寒山落木」（前掲『子規全集』第一巻二六九頁）
三九八　前掲「寒山落木」（前掲『子規全集』第一巻二九三頁）
三九九　前掲「寒山落木」（前掲『子規全集』第一巻三〇〇頁）
四〇〇　前掲「寒山落木」（前掲『子規全集』第一巻三六六頁）
四〇一　前掲「寒山落木」（前掲『子規全集』第一巻二〇八頁）
四〇二　前掲「寒山落木」（前掲『子規全集』第一巻二二四頁）
四〇三　前掲「寒山落木」（前掲『子規全集』第一巻二三一頁）
四〇四　前掲「寒山落木」（前記『子規全集』第一巻三一一頁）
四〇五　前掲「寒山落木」（前掲『子規全集』第一巻四一三頁）
四〇六　前掲「寒山落木」（前掲『子規全集』第一巻二四三頁）
四〇七　前掲「寒山落木」（前掲『子規全集』第一巻二四五頁）
四〇八　前掲「寒山落木」（前掲『子規全集』第一巻二五四頁）

四〇九　前掲「寒山落木」（前掲『子規全集』第一巻二五〇頁）
四一〇　前掲「寒山落木」（前掲『子規全集』第一巻二五二頁）
四一一　前掲「寒山落木」（前掲『子規全集』第一巻二五一頁）
四一二　前掲「寒山落木」（前掲『子規全集』第一巻二五二頁）
四一三　前掲「寒山落木」（前掲『子規全集』第一巻二五二頁）
四一四　前掲「寒山落木」（前掲『子規全集』第一巻二五二頁）
四一五　前掲「寒山落木」（前掲『子規全集』第一巻二五四頁）
四一六　前掲「寒山落木」（前掲『子規全集』第一巻二七四頁）
四一七　前掲「寒山落木」（前掲『子規全集』第一巻二七四頁）
四一八　前掲「寒山落木」（前掲『子規全集』第一巻二九八頁）
四一九　前掲「寒山落木」（前掲『子規全集』第一巻二九九頁）
四二〇　前掲「寒山落木」（前掲『子規全集』第一巻三〇七頁）
四二一　前掲「寒山落木」（前掲『子規全集』第一巻三一五頁）
四二二　前掲「寒山落木」（前掲『子規全集』第一巻三〇八頁）
四二三　前掲「寒山落木」（前掲『子規全集』第一巻三七七頁）
四二四　前掲「寒山落木」（前掲『子規全集』第一巻三〇九頁）
四二五　前掲「寒山落木」（前掲『子規全集』第一巻三〇九頁）
四二六　前掲「寒山落木」（前掲『子規全集』第一巻三一二頁）
四二七　前掲「寒山落木」（前掲『子規全集』第一巻三一三頁）
四二八　前掲「寒山落木」（前掲『子規全集』第一巻三二八頁）

四二九　前掲「寒山落木」（前掲『子規全集』第一巻三三〇頁）
四三〇　前掲「寒山落木」（前掲『子規全集』第一巻三五六頁）
四三一　前掲「寒山落木」（前掲『子規全集』第一巻三六九頁）
四三二　前掲「寒山落木」（前掲『子規全集』第一巻三七一頁）
四三三　前掲「寒山落木」（前掲『子規全集』第一巻三八二頁）
四三四　前掲「寒山落木」（前掲『子規全集』第一巻四一二頁）
四三五　前掲「寒山落木　抹消句」（前掲『子規全集』第一巻四五八頁）
四三六　いずれも前掲「寒山落木　抹消句」（前掲『子規全集』第一巻四五八頁）
四三七　前掲「寒山落木　抹消句」（前掲『子規全集』第一巻四六六頁）
四三八　前掲「寒山落木　抹消句」（前掲『子規全集』第一巻五〇七頁）
四三九　前掲「寒山落木　抹消句」（前掲『子規全集』第一巻五〇九頁）
四四〇　前掲「寒山落木　抹消句」（前掲『子規全集』第一巻四六四頁）
四四一　前掲「寒山落木　抹消句」（前掲『子規全集』第一巻四六六頁）
四四二　いずれも前掲「寒山落木　抹消句」（前掲『子規全集』第一巻四七六頁）
四四三　前掲「寒山落木　抹消句」（前掲『子規全集』第一巻四九九頁）
四四四　前掲「寒山落木　抹消句」（前掲『子規全集』第一巻四八〇頁）
四四五　前掲「寒山落木　抹消句」（前掲『子規全集』第一巻四八二頁）
四四六　前掲「寒山落木　抹消句」（前掲『子規全集』第一巻五〇二頁）
四四七　前掲「寒山落木　抹消句」（前掲『子規全集』第一巻五〇六頁）
四四八　前掲「寒山落木　抹消句」（前掲『子規全集』第一巻五一四頁）

四四九　前掲「寒山落木　抹消句」（前掲『子規全集』第一巻四八一頁）
四五〇　前掲「寒山落木　抹消句」（前掲『子規全集』第一巻四八九頁）
四五一　前掲「寒山落木　抹消句」（前掲『子規全集』第一巻四八一頁）
四五二　前掲「寒山落木　抹消句」（前掲『子規全集』第一巻四八二頁）
四五三　前掲「寒山落木　抹消句」（前掲『子規全集』第一巻四八三頁）
四五四　前掲「寒山落木　抹消句」（前掲『子規全集』第一巻四八三頁）
四五五　前掲「寒山落木　抹消句」（前掲『子規全集』第一巻四九五頁）
四五六　前掲「寒山落木　抹消句」（前掲『子規全集』第一巻五〇六頁）
四五七　前掲「寒山落木　抹消句」（前掲『子規全集』第一巻五〇八頁）
四五八　前掲「寒山落木　抹消句」（前掲『子規全集』第一巻五一五頁、五一六頁）
四五九　「拾遺　寒山落木　俳句稿　未収録句　自明治十八年至明治三十三年」の明治二六年の項（前掲『子規全集』第三巻五三二頁）
四六〇　「拾遺　寒山落木　俳句稿　未収録句　自明治十八年至明治三十三年」の明治二六年の項（前掲『子規全集』第三巻五三四頁）
四六一　「拾遺　寒山落木　俳句稿　未収録句　自明治十八年至明治三十三年」の明治二六年の項（前掲『子規全集』第三巻五三五頁）
四六二　前掲「寒山落木」の明治二六年の章（前掲『子規全集』第一巻一七五～四一三頁）に、①「なまじひに降りも出ださぬ今宵哉」（同書三五四頁）、②「灯の渡る橋の長さや闇こよひ」（同書三五四頁）、③「又三百六十五度の夕日哉」（同書三八三頁）、④「あす〳〵と言ひつゝ人の寐入けり」（同書三八三頁）、⑤「老のくれ〳〵もいやと申しゝに」（同書三八四頁）がある。また、

「寒山落木　抹消句」の明治二六年の章（同書四五七〜五一六頁）に、⑥「我戀は闇を尋ぬるこよひ哉」（同書五〇〇頁）、⑦「見下すや黄雲十里村いくつ」（同書五〇七頁）、⑧「姥等とよ小町がはてをこれ見よや」（同書五一〇頁）がある。

四六三　「拾遺　寒山落木　俳句稿　未收錄句　自明治十八年至明治三十三年」の明治二六年の項（前掲『子規全集』第三巻五三二〜五三八頁）

四六四　和田茂樹「解題」中の「〔表B〕子規俳句総句数」（前掲『子規全集』第三巻七三二頁）

四六五　前掲「寒山落木」（前掲『子規全集』第二巻七〜一五八頁）

四六六　前掲「寒山落木」（前掲『子規全集』第二巻一二頁）

四六七　前掲「寒山落木」（前掲『子規全集』第二巻一三頁）

四六八　前掲「寒山落木」（前掲『子規全集』第二巻一四頁）

四六九　前掲「寒山落木」（前掲『子規全集』第二巻二二頁）

四七〇　前掲「寒山落木」（前掲『子規全集』第二巻九八頁）

四七一　前掲「寒山落木」（前掲『子規全集』第二巻五六頁）

四七二　前掲「寒山落木」（前掲『子規全集』第二巻六九頁）

四七三　前掲「寒山落木」（前掲『子規全集』第二巻八九頁）

四七四　前掲「寒山落木」（前掲『子規全集』第二巻二八頁）

四七五　前掲「寒山落木」（前掲『子規全集』第二巻六八頁）

四七六　前掲「寒山落木」（前掲『子規全集』第二巻七六頁）

四七七　前掲「寒山落木」（前掲『子規全集』第二巻一〇六頁）

四七八　前掲「寒山落木」（前掲『子規全集』第二巻三〇頁）

四七九　前掲「寒山落木」（前掲『子規全集』第二巻七五頁）
四八〇　前掲「寒山落木」（前掲『子規全集』第二巻七六頁）
四八一　前掲「寒山落木」（前掲『子規全集』第二巻一〇一頁）
四八二　前掲「寒山落木」（前掲『子規全集』第二巻一一五頁）
四八三　前掲「寒山落木」（前掲『子規全集』第二巻一四二頁）
四八四　前掲「寒山落木」（前掲『子規全集』第二巻一四七頁）
四八五　前掲「寒山落木」（前掲『子規全集』第二巻一四八頁）
四八六　前掲「寒山落木」（前掲『子規全集』第二巻三一頁）
四八七　前掲「寒山落木」（前掲『子規全集』第二巻三三頁）
四八八　前掲「寒山落木」（前掲『子規全集』第二巻九〇頁）
四八九　前掲「寒山落木」（前掲『子規全集』第二巻九一頁）
四九〇　前掲「寒山落木」（前掲『子規全集』第二巻九三頁）
四九一　前掲「寒山落木」（前掲『子規全集』第二巻一二〇頁）
四九二　前掲「寒山落木」（前掲『子規全集』第二巻一五六頁）
四九三　前掲「寒山落木」（前掲『子規全集』第二巻三六頁）
四九四　前掲「寒山落木」（前掲『子規全集』第二巻四四頁）
四九五　前掲「寒山落木」（前掲『子規全集』第二巻一二〇頁）
四九六　前掲「寒山落木」（前掲『子規全集』第二巻五六頁）
四九七　前掲「寒山落木」（前掲『子規全集』第二巻五七頁）
四九八　前掲「寒山落木」（前掲『子規全集』第二巻六〇頁）

四九九　前掲「寒山落木」（前掲『子規全集』第二巻六三頁）
五〇〇　前掲「寒山落木」（前掲『子規全集』第二巻六三頁）
五〇一　前掲「寒山落木」（前掲『子規全集』第二巻六六頁）
五〇二　前掲「寒山落木」（前掲『子規全集』第二巻八四頁）
五〇三　前掲「寒山落木」（前掲『子規全集』第二巻一〇七頁）
五〇四　前掲「寒山落木」（前掲『子規全集』第二巻六八頁）
五〇五　前掲「寒山落木」（前掲『子規全集』第二巻一二五頁）
五〇六　前掲「寒山落木」（前掲『子規全集』第二巻六九頁）
五〇七　前掲「寒山落木」（前掲『子規全集』第二巻六九頁）
五〇八　前掲「寒山落木」（前掲『子規全集』第二巻六九頁）
五〇九　前掲「寒山落木」（前掲『子規全集』第二巻七八頁）
五一〇　前掲「寒山落木」（前掲『子規全集』第二巻七八頁）
五一一　前掲「寒山落木」（前掲『子規全集』第二巻八五頁）
五一二　前掲「寒山落木」（前掲『子規全集』第二巻八七頁）
五一三　前掲「寒山落木」（前掲『子規全集』第二巻九四頁）
五一四　前掲「寒山落木」（前掲『子規全集』第二巻一〇一頁）
五一五　前掲「寒山落木」（前掲『子規全集』第二巻一〇〇頁）
五一六　前掲「寒山落木」（前掲『子規全集』第二巻一二三頁）
五一七　前掲「寒山落木」（前掲『子規全集』第二巻一二五頁）
五一八　前掲「寒山落木」（前掲『子規全集』第二巻一二九頁）

五一九　前掲「寒山落木」（前掲『子規全集』第二巻一三一頁）
五二〇　前掲「寒山落木」（前掲『子規全集』第二巻一三二頁）
五二一　前掲「寒山落木」（前掲『子規全集』第二巻一四一頁）
五二二　前掲「寒山落木」（前掲『子規全集』第二巻一四三頁）
五二三　前掲「寒山落木」（前掲『子規全集』第二巻一四八頁）
五二四　前掲「寒山落木」（前掲『子規全集』第二巻一五二頁）
五二五　前掲「寒山落木　抹消句」（前掲『子規全集』第二巻六二七頁）
五二六　前掲「寒山落木　抹消句」（前掲『子規全集』第二巻六二八頁）
五二七　前掲「寒山落木　抹消句」（前掲『子規全集』第二巻六二九頁）
五二八　前掲「寒山落木　抹消句」（前掲『子規全集』第二巻六三一頁）
五二九　前掲「寒山落木　抹消句」（前掲『子規全集』第二巻六三一頁）
五三〇　前掲「寒山落木　抹消句」（前掲『子規全集』第二巻六四一頁）
五三一　前掲「寒山落木　抹消句」（前掲『子規全集』第二巻六四二頁）
五三二　前掲「寒山落木　抹消句」（前掲『子規全集』第二巻六三一頁）
五三三　前掲「寒山落木　抹消句」（前掲『子規全集』第二巻六三二頁）
五三四　前掲「寒山落木　抹消句」（前掲『子規全集』第二巻六三二頁）
五三五　前掲「寒山落木　抹消句」（前掲『子規全集』第二巻六三三頁）
五三六　前掲「寒山落木　抹消句」（前掲『子規全集』第二巻六四一頁）
五三七　前掲「寒山落木　抹消句」（前掲『子規全集』第二巻六三六頁）
五三八　前掲「寒山落木　抹消句」（前掲『子規全集』第二巻六三六頁）

五三九　前掲「寒山落木　抹消句」（前掲『子規全集』第二巻六三七頁）
五四〇　前掲「寒山落木　抹消句」（前掲『子規全集』第二巻六三七頁）
五四一　前掲「寒山落木　抹消句」（前掲『子規全集』第二巻六四〇頁）
五四二　前掲「寒山落木　抹消句」（前掲『子規全集』第二巻六四〇頁）
五四三　前掲「寒山落木　抹消句」（前掲『子規全集』第二巻六三八頁）
五四四　前掲「寒山落木　抹消句」（前掲『子規全集』第二巻六三八頁）
五四五　前掲「寒山落木　抹消句」（前掲『子規全集』第二巻六三九頁）
五四六　前掲「寒山落木　抹消句」（前掲『子規全集』第二巻六三九頁）
五四七　前掲「寒山落木　抹消句」（前掲『子規全集』第二巻六四一頁）
五四八　前掲「寒山落木　抹消句」（前掲『子規全集』第二巻六四一頁）
五四九　前掲「寒山落木　抹消句」（前掲『子規全集』第二巻六四一頁）
五五〇　前掲「寒山落木　抹消句」（前掲『子規全集』第二巻六四一頁）
五五一　前記「寒山落木　抹消句」（前掲『子規全集』第二巻六四二頁）
五五二　「拾遺　寒山落木　俳句稿　未収録句　自明治十八年至明治三十三年」（前掲『子規全集』第三巻五三九頁）
五五三　「拾遺　寒山落木　俳句稿　未収録句　自明治十八年至明治三十三年」（前掲『子規全集』第三巻五三九頁）
五五四　「拾遺　寒山落木　俳句稿　未収録句　自明治十八年至明治三十三年」（前掲『子規全集』第三巻五三九頁）
五五五　「拾遺　寒山落木　俳句稿　未収録句　自明治十八年至明治三十三年」（前掲『子規全集』第三

巻五四三頁）

五五六「拾遺　寒山落木　俳句稿　未収録句　自明治十八年至明治三十三年」（前掲『子規全集』第三巻五四四頁）

五五七「拾遺　寒山落木　俳句稿　未収録句　自明治十八年至明治三十三年」（前掲『子規全集』第三巻五四一頁）

五五八「拾遺　寒山落木　俳句稿　未収録句　自明治十八年至明治三十三年」（前掲『子規全集』第三巻五四一頁）

五五九「拾遺　寒山落木　俳句稿　未収録句　自明治十八年至明治三十三年」（前掲『子規全集』第三巻五四一頁）

五六〇「拾遺　寒山落木　俳句稿　未収録句　自明治十八年至明治三十三年」（前掲『子規全集』第三巻五四二頁）

五六一「拾遺　寒山落木　俳句稿　未収録句　自明治十八年至明治三十三年」（前掲『子規全集』第三巻五四三頁）

五六二「拾遺　寒山落木　俳句稿　未収録句　自明治十八年至明治三十三年」（前掲『子規全集』第三巻五四三頁）

五六三「拾遺　寒山落木　俳句稿　未収録句　自明治十八年至明治三十三年」（前掲『子規全集』第三巻五四三頁）

五六四「拾遺　寒山落木　俳句稿　未収録句　自明治十八年至明治三十三年」（前掲『子規全集』第三巻五四三頁）

五六五「拾遺　寒山落木　俳句稿　未収録句　自明治十八年至明治三十三年」（前掲『子規全集』第三

巻五四九頁）
五六六　「拾遺　寒山落木　俳句稿　未収録句　自明治十八年至明治三十三年」（前掲『子規全集』第三巻五四三頁）
五六七　「拾遺　寒山落木　俳句稿　未収録句　自明治十八年至明治三十三年」（前掲『子規全集』第三巻五四四頁）
五六八　「拾遺　寒山落木　俳句稿　未収録句　自明治十八年至明治三十三年」（前掲『子規全集』第三巻五四四頁）
五六九　「拾遺　寒山落木　俳句稿　未収録句　自明治十八年至明治三十三年」（前掲『子規全集』第三巻五四四頁）
五七〇　「拾遺　寒山落木　俳句稿　未収録句　自明治十八年至明治三十三年」（前掲『子規全集』第三巻五四五頁）
五七一　「拾遺　寒山落木　俳句稿　未収録句　自明治十八年至明治三十三年」（前掲『子規全集』第三巻五四八頁）
五七二　「拾遺　寒山落木　俳句稿　未収録句　自明治十八年至明治三十三年」（前掲『子規全集』第三巻五四九頁）
五七三　「拾遺　寒山落木　俳句稿　未収録句　自明治十八年至明治三十三年」（前掲『子規全集』第三巻五五〇頁）
五七四　「拾遺　寒山落木　俳句稿　未収録句　自明治十八年至明治三十三年」（前掲『子規全集』第三巻五五〇頁）
五七五　「雲一つこよひの空の大事なり」（前掲「寒山落木」、前掲『子規全集』第二巻九五頁）。なお、同句の前後は「名月」や「月見」を季語として詠んだ俳句が並んでいる。したがって、掲句も意味としては「名月」や「月見」を詠んだ俳句で、「月」の季節感があると考えることもできる。しかし、明確に季語が用いられてはいないので無季俳句と解釈した。

五七六　「拾遺　寒山落木　俳句稿　未收録句　自明治十八年至明治三十三年」の明治二七年の項（前掲『子規全集』第三巻五三九～五五一頁）に、「足揃へ一人落ちたる笑ひかな」（同書五四五頁）がある。

五七七　和田茂樹「解題」中の「[表B]子規俳句総句数」（前掲『子規全集』第三巻七三二頁）

五七八　前掲「寒山落木」（前掲『子規全集』第二巻一六一～三八七頁）

五七九　前掲「寒山落木」（前掲『子規全集』第二巻一六二頁）

五八〇　前掲「寒山落木」（前掲『子規全集』第二巻二〇〇頁）

五八一　前掲「寒山落木」（前掲『子規全集』第二巻二〇〇頁）

五八二　前掲「寒山落木」（前掲『子規全集』第二巻二四四頁）

五八三　前掲「寒山落木」（前掲『子規全集』第二巻三二七頁）

五八四　前掲「寒山落木」（前掲『子規全集』第二巻一七〇頁）

五八五　前掲「寒山落木」（前掲『子規全集』第二巻一七三頁）

五八六　前掲「寒山落木」（前掲『子規全集』第二巻二四九頁）

五八七　前掲「寒山落木」（前掲『子規全集』第二巻二七三頁）

五八八　前掲「寒山落木」（前掲『子規全集』第二巻二七七頁）

五八九　前掲「寒山落木」（前掲『子規全集』第二巻三二〇頁）

五九〇　前掲「寒山落木」（前掲『子規全集』第二巻三二九頁）

五九一　前掲「寒山落木」（前掲『子規全集』第二巻三三三頁）
五九二　前掲「寒山落木」（前掲『子規全集』第二巻三三九頁）
五九三　前掲「寒山落木」（前掲『子規全集』第二巻三四一頁）
五九四　前掲「寒山落木」（前掲『子規全集』第二巻三六五頁）
五九五　前掲「寒山落木」（前掲『子規全集』第二巻三六六頁）
五九六　前掲「寒山落木」（前掲『子規全集』第二巻三七五頁）
五九七　前掲「寒山落木」（前掲『子規全集』第二巻三七五頁）
五九八　前掲「寒山落木」（前掲『子規全集』第二巻三八〇頁）
五九九　前掲「寒山落木」（前掲『子規全集』第二巻一八二頁）
六〇〇　前掲「寒山落木」（前掲『子規全集』第二巻二七八頁）
六〇一　前掲「寒山落木」（前掲『子規全集』第二巻二七八頁）
六〇二　前掲「寒山落木」（前掲『子規全集』第二巻一八三頁）
六〇三　前掲「寒山落木」（前掲『子規全集』第二巻二〇四頁）
六〇四　前掲「寒山落木」（前掲『子規全集』第二巻三三七頁）
六〇五　前掲「寒山落木」（前掲『子規全集』第二巻三四二頁）
六〇六　前掲「寒山落木」（前掲『子規全集』第二巻二一四頁）
六〇七　前掲「寒山落木」（前掲『子規全集』第二巻二二一頁）
六〇八　前掲「寒山落木」（前掲『子規全集』第二巻二三一頁）
六〇九　前掲「寒山落木」（前掲『子規全集』第二巻三〇四頁）
六一〇　前掲「寒山落木」（前掲『子規全集』第二巻二三七頁）

六一一　前掲「寒山落木」（前掲『子規全集』第二巻二四〇頁）
六一二　前掲「寒山落木」（前掲『子規全集』第二巻三四一頁）
六一三　前掲「寒山落木」（前掲『子規全集』第二巻二四六頁）
六一四　前掲「寒山落木」（前掲『子規全集』第二巻二五五頁）
六一五　前掲「寒山落木」（前掲『子規全集』第二巻二六〇頁）
六一六　前掲「寒山落木」（前掲『子規全集』第二巻二八四頁）
六一七　前掲「寒山落木」（前掲『子規全集』第二巻三〇五頁）
六一八　前掲「寒山落木」（前掲『子規全集』第二巻三四八頁）
六一九　前掲「寒山落木」（前掲『子規全集』第二巻三〇七頁）
六二〇　前掲「寒山落木」（前掲『子規全集』第二巻三三一頁）
六二一　前掲「寒山落木」（前掲『子規全集』第二巻三三三頁）
六二二　前掲「寒山落木」（前掲『子規全集』第二巻三三六頁）
六二三　前掲「寒山落木」（前掲『子規全集』第二巻三四八頁）
六二四　前掲「寒山落木」（前掲『子規全集』第二巻三五一頁）
六二五　前掲「寒山落木」（前掲『子規全集』第二巻三六九頁）
六二六　前掲「寒山落木」（前掲『子規全集』第二巻三七三頁）。なお、「キャベツ」は明治末期に一般に普及し、『明治新題句集』（明治四三年）に春として所出したとされている（前掲『図説　俳句大歳時記　夏』六〇二頁）。
六二七　前掲「寒山落木」（前掲『子規全集』第二巻三八二頁）
六二八　なお、「鐵砲の谺や山の笑ひ聲」（前掲『子規全集』第二巻四二三頁）、「鶩や銃さげて森を出づる人」（同書四二五頁）及び「鐵砲の音に消えたる火串哉」（同書四六六頁）の三句は、「鐵砲」又は「銃」が詠み込まれている。しかし、いずれも狩猟に係る物で、軍隊に係る物ではないことから、新事象を詠み込んだ俳句とはみないこととした。

六二九　前掲「寒山落木　抹消句」（前掲『子規全集』第二巻六四三頁）

六三〇　「拾遺　寒山落木　俳句稿　未收錄句　自明治十八年至明治三十三年」（前掲『子規全集』第三巻五五一頁）

六三一　「拾遺　寒山落木　俳句稿　未收錄句　自明治十八年至明治三十三年」（前掲『子規全集』第三巻五五二頁）

六三二　「見苦しい佛の顏の並びけり」（前掲「寒山落木」、前掲『子規全集』第二巻一七八頁）。なお、同句は「涅槃會」の題の下に整理されている。

六三三　「拾遺　寒山落木　俳句稿　未收錄句　自明治十八年至明治三十三年」の明治二八年の項（前掲『子規全集』第三巻五五一〜五五三頁）

六三四　和田茂樹「解題」中の「［表B］子規俳句総句数」（前掲『子規全集』第三巻七三二頁）

六三五　前掲「寒山落木」（前掲『子規全集』第二巻三九三〜六二五頁）

六三六　前掲「寒山落木」（前掲『子規全集』第二巻三九三頁）

六三七　前掲「寒山落木」（前掲『子規全集』第二巻四一四頁）

六三八　前掲「寒山落木」（前掲『子規全集』第二巻四九三頁）

六三九　前掲「寒山落木」（前掲『子規全集』第二巻五二五頁）

六四〇　前掲「寒山落木」（前掲『子規全集』第二巻五九九頁）

六四一　前掲「寒山落木」（前掲『子規全集』第二巻四一五頁）

六四二　前掲「寒山落木」（前掲『子規全集』第二巻四一九頁）
六四三　前掲「寒山落木」（前掲『子規全集』第二巻四二五頁）
六四四　前掲「寒山落木」（前掲『子規全集』第二巻四二七頁）
六四五　前掲「寒山落木」（前掲『子規全集』第二巻四五一頁）
六四六　前掲「寒山落木」（前掲『子規全集』第二巻四五八頁）
六四七　前掲「寒山落木」（前掲『子規全集』第二巻四七一頁）
六四八　前掲「寒山落木」（前掲『子規全集』第二巻四七三頁）
六四九　前掲「寒山落木」（前掲『子規全集』第二巻四九四頁）
六五〇　前掲「寒山落木」（前掲『子規全集』第二巻四九八頁）
六五一　前掲「寒山落木」（前掲『子規全集』第二巻五二五頁）
六五二　前掲「寒山落木」（前掲『子規全集』第二巻五五九頁）
六五三　前掲「寒山落木」（前掲『子規全集』第二巻五九四頁）
六五四　前掲「寒山落木」（前掲『子規全集』第二巻六一一頁）
六五五　前掲「寒山落木」（前掲『子規全集』第二巻四三二頁）
六五六　前掲「寒山落木」（前掲『子規全集』第二巻五六四頁）
六五七　前掲「寒山落木」（前掲『子規全集』第二巻四三七頁）
六五八　前掲「寒山落木」（前掲『子規全集』第二巻四三七頁）
六五九　前掲「寒山落木」（前掲『子規全集』第二巻四四四頁）
六六〇　前掲「寒山落木」（前掲『子規全集』第二巻四五四頁）
六六一　前掲「寒山落木」（前掲『子規全集』第二巻四五四頁）

六六二　前掲「寒山落木」（前掲『子規全集』第二巻四五七頁）。なお、河東碧梧桐は、この俳句の句評の中で、「（前略）新題目を捕へる事に競争して居た頃の句である。夏葱夏蕨などは古人の未だ言はなかつた處であると大得意であつた」と記している（前掲『子規全集』第三巻七一一頁）。
六六三　前掲「寒山落木」（前掲『子規全集』第二巻四六九頁）
六六四　前掲「寒山落木」（前掲『子規全集』第二巻四七二頁）
六六五　前掲「寒山落木」（前掲『子規全集』第二巻四七二頁）
六六六　前掲「寒山落木」（前掲『子規全集』第二巻四八四頁）
六六七　前掲「寒山落木」（前掲『子規全集』第二巻四八四頁）
六六八　前掲「寒山落木」（前掲『子規全集』第二巻四九七頁）
六六九　前掲「寒山落木」（前掲『子規全集』第二巻五一一頁）
六七〇　前掲「寒山落木」（前掲『子規全集』第二巻五〇〇頁）
六七一　前掲「寒山落木」（前掲『子規全集』第二巻五一一頁）
六七二　前掲「寒山落木」（前掲『子規全集』第二巻五九四頁）
六七三　前掲「寒山落木」（前掲『子規全集』第二巻五一二頁）
六七四　前掲「寒山落木」（前掲『子規全集』第二巻五一二頁）
六七五　前掲「寒山落木」（前掲『子規全集』第二巻五七一頁）
六七六　前掲「寒山落木」（前掲『子規全集』第二巻五一三頁）
六七七　前掲「寒山落木」（前掲『子規全集』第二巻五一五頁）。なお、河東碧梧桐は、「夏葱夏蕨などは古人の未だ言はなかつた處であると大得意であつた」と記している（前掲『子規全集』第三巻七一一頁）。

六七八　前掲「寒山落木」（前掲『子規全集』第二巻五二三頁）
六七九　前掲「寒山落木」（前掲『子規全集』第二巻五二八頁）
六八〇　前掲「寒山落木」（前掲『子規全集』第二巻五三五頁）
六八一　前掲「寒山落木」（前掲『子規全集』第二巻五五四頁）
六八二　前掲「寒山落木」（前掲『子規全集』第二巻五五九頁）
六八三　前掲「寒山落木」（前掲『子規全集』第二巻五七一頁）
六八四　前掲「寒山落木」（前掲『子規全集』第二巻五七八頁）
六八五　前掲「寒山落木」（前掲『子規全集』第二巻五八四頁）
六八六　前掲「寒山落木」（前掲『子規全集』第二巻五二六頁）
六八七　前掲「寒山落木」（前掲『子規全集』第二巻五二八頁）
六八八　前掲「寒山落木」（前掲『子規全集』第二巻五四九頁）
六八九　前掲「寒山落木」（前掲『子規全集』第二巻五五四頁）
六九〇　前掲「寒山落木」（前掲『子規全集』第二巻五五九頁）
六九一　前掲「寒山落木」（前掲『子規全集』第二巻五六五頁）
六九二　前掲「寒山落木」（前掲『子規全集』第二巻五六七頁）
六九三　前掲「寒山落木」（前掲『子規全集』第二巻五七四頁）
六九四　前掲「寒山落木」（前掲『子規全集』第二巻五九三頁）
六九五　前掲「寒山落木」（前掲『子規全集』第二巻五九七頁）
六九六　前掲「寒山落木」（前掲『子規全集』第二巻五九九頁）
六九七　前掲「寒山落木　抹消句」（前掲『子規全集』第二巻六四三頁）

六九八　「拾遺　寒山落木　俳句稿　未収録句　自明治十八年至明治三十三年」（前掲『子規全集』第三巻五五四頁）
六九九　「拾遺　寒山落木　俳句稿　未収録句　自明治十八年至明治三十三年」（前掲『子規全集』第三巻五五七頁）
七〇〇　「拾遺　寒山落木　俳句稿　未収録句　自明治十八年至明治三十三年」（前掲『子規全集』第三巻五五八頁）
七〇一　「拾遺　寒山落木　俳句稿　未収録句　自明治十八年至明治三十三年」（前掲『子規全集』第三巻五五九頁）
七〇二　「拾遺　寒山落木　俳句稿　未収録句　自明治十八年至明治三十三年」（前掲『子規全集』第三巻五五九頁）
七〇三　「拾遺　寒山落木　俳句稿　未収録句　自明治十八年至明治三十三年」（前掲『子規全集』第三巻五六〇頁「軍配上る時羽織飛び帽子ふる」）
七〇四　「拾遺　寒山落木　俳句稿　未収録句　自明治十八年至明治三十三年」（前掲『子規全集』第三巻五六一頁）
七〇五　「拾遺　寒山落木　俳句稿　未収録句　自明治十八年至明治三十三年」（前掲『子規全集』第三巻五六五頁）
七〇六　「寒山落木」の明治二九年の項（前掲『子規全集』第二巻三九三～六二五頁）に、①「内のチヨマが隣のタマを待つ夜かな」（同書四二四頁。ただし、「猫戀」の項にある）、②「更くる夜をかしや星のさゝめ言」（同書五三〇頁。ただし、「七夕」の項にある。同句は「浦山しこよひはあはんたなばたのささめごとせんつもることのは」（「為忠集」二三九番歌（『新編　国歌大観第七巻』一二九頁、角川書店、平成元年四月一〇日）。なお、「ささめごと」は、男女の恋のささやきの意）を踏まえたものと思われる）、③「善き聲にこなた小錦とよばゝつたり」（前掲『子規全集』第二巻五三五頁。ただし、「相撲」の項にある）がある。いずれも、季語が暗示されているとも解される。しかし、季語は明示されてはいない。示された題がなければ、何を詠んだ俳句か直ちに了解可能とは言い難い。したがって、本書では無季俳句としておく。

七〇七　「拾遺　寒山落木　俳句稿　未收錄句　自明治十八年至明治三十三年」の明治二九年の項（前掲『子規全集』第三巻五五四〜五六五頁）に、①「軍配上る時羽織飛び帽子ふる」（同書五六〇頁。ただし、前後に並ぶ俳句は「角力」が詠まれている）、②「不二がねや雲絶えず起る八合目」（同書五六五頁）がある。

七〇八　和田茂樹「解題」中の「[表B] 子規俳句総句数」（前掲『子規全集』第三巻七三二頁）

七〇九　正岡子規「俳句稿」（前掲『子規全集』第三巻八頁）

七一〇　前掲「俳句稿」（前掲『子規全集』第三巻二四頁）

七一一　前掲「俳句稿」（前掲『子規全集』第三巻一四頁）

七一二　前掲「俳句稿」（前掲『子規全集』第三巻一九頁）

七一三　前掲「俳句稿」（前掲『子規全集』第三巻一九頁）

七一四　前掲「俳句稿」（前掲『子規全集』第三巻六七頁）

七一五　前掲「俳句稿」（前掲『子規全集』第三巻一九頁）

七一六　前掲「俳句稿」（前掲『子規全集』第三巻二一頁）

七一七　前掲「俳句稿」（前掲『子規全集』第三巻四〇頁）

七一八　前掲「俳句稿」（前掲『子規全集』第三巻二三頁）

七一九　前掲「俳句稿」（前掲『子規全集』第三巻二三頁）
七二〇　前掲「俳句稿」（前掲『子規全集』第三巻二七頁）
七二一　前掲「俳句稿」（前掲『子規全集』第三巻五二頁）
七二二　前掲「俳句稿」（前掲『子規全集』第三巻六五頁
七二三　前掲「俳句稿」（前掲『子規全集』第三巻二九頁）
七二四　前掲「俳句稿」（前掲『子規全集』第三巻一二四頁）
七二五　前掲「俳句稿」（前掲『子規全集』第三巻三〇頁）
七二六　前掲「俳句稿」（前掲『子規全集』第三巻六六頁）
七二七　前掲「俳句稿」（前掲『子規全集』第三巻三一頁）
七二八　前掲「俳句稿」（前掲『子規全集』第三巻三二頁）
七二九　前掲「俳句稿」（前掲『子規全集』第三巻三三頁）
七三〇　前掲「俳句稿」（前掲『子規全集』第三巻五三頁）
七三一　前掲「俳句稿」（前掲『子規全集』第三巻五六頁）
七三二　前掲「俳句稿」（前掲『子規全集』第三巻九六頁）
七三三　前掲「俳句稿」（前掲『子規全集』第三巻九八頁）
七三四　前掲「俳句稿」（前掲『子規全集』第三巻一〇三頁）
七三五　前掲「俳句稿」（前掲『子規全集』第三巻三三頁）
七三六　前掲「俳句稿」（前掲『子規全集』第三巻四二頁）
七三七　前掲「俳句稿」（前掲『子規全集』第三巻四三頁）
七三八　前掲「俳句稿」（前掲『子規全集』第三巻九〇頁）

七三九　前掲「俳句稿」（前掲『子規全集』第三巻四五五頁）
七四〇　前掲「俳句稿」（前掲『子規全集』第三巻四七七頁）
七四一　前掲「俳句稿」（前掲『子規全集』第三巻四七七頁）
七四二　前掲「俳句稿」（前掲『子規全集』第三巻四七七頁）
七四三　前掲「俳句稿」（前掲『子規全集』第三巻四八八頁）
七四四　前掲「俳句稿」（前掲『子規全集』第三巻四九九頁）
七四五　前掲「俳句稿」（前掲『子規全集』第三巻四九九頁）。なお、前掲『図説　俳句大歳時記　夏』一三一頁記載の「暑中休暇」の項における大野林火の考証において、季語「夏休」の所出は、『新俳句類選』（明治三九年）掲載の「漁夫の子の吾になれたり夏休み　里城」と紹介されている。
七四六　前掲「俳句稿」（前掲『子規全集』第三巻五二二頁）
七四七　前掲「俳句稿」（前掲『子規全集』第三巻五五四頁）
七四八　前掲「俳句稿」（前掲『子規全集』第三巻九二二頁）
七四九　前掲「俳句稿」（前掲『子規全集』第三巻五五六頁）
七五〇　前掲「俳句稿」（前掲『子規全集』第三巻六六五頁）
七五一　前掲「俳句稿」（前掲『子規全集』第三巻七一一頁）
七五二　前掲「俳句稿」（前掲『子規全集』第三巻七二二頁）
七五三　前掲「俳句稿」（前掲『子規全集』第三巻七二二頁）
七五四　前掲「俳句稿」（前掲『子規全集』第三巻九七七頁）
七五五　前掲「俳句稿」（前掲『子規全集』第三巻七八八頁）
七五六　前掲「俳句稿」（前掲『子規全集』第三巻九七七頁）

七五七　前掲「俳句稿」（前掲『子規全集』第三巻八〇頁）
七五八　前掲「俳句稿」（前掲『子規全集』第三巻八三頁）
七五九　前掲「俳句稿」（前掲『子規全集』第三巻一〇一頁）
七六〇　前掲「俳句稿」（前掲『子規全集』第三巻一〇三頁）
七六一　前掲「俳句稿」（前掲『子規全集』第三巻一〇四頁）
七六二　前掲「俳句稿」（前掲『子規全集』第三巻一〇四頁）
七六三　前掲「俳句稿」（前掲『子規全集』第三巻一〇六頁）
七六四　前掲「俳句稿」（前掲『子規全集』第三巻一〇七頁）
七六五　前掲「俳句稿」（前掲『子規全集』第三巻一〇六頁）
七六六　前掲「俳句稿」（前掲『子規全集』第三巻一〇六頁）
七六七　前掲「俳句稿」（前掲『子規全集』第三巻一〇七頁）
七六八　前掲「俳句稿」（前掲『子規全集』第三巻一一一頁）
七六九　前掲「俳句稿」（前掲『子規全集』第三巻一〇七頁）
七七〇　前掲「俳句稿」（前掲『子規全集』第三巻一〇七頁）
七七一　前掲「俳句稿」（前掲『子規全集』第三巻一〇七頁）
七七二　前掲「俳句稿」（前掲『子規全集』第三巻一〇七頁）
七七三　前掲「俳句稿」（前掲『子規全集』第三巻一〇八頁）
七七四　前掲「俳句稿」（前掲『子規全集』第三巻一〇八頁）
七七五　前掲「俳句稿」（前掲『子規全集』第三巻一〇九頁）
七七六　前掲「俳句稿」（前掲『子規全集』第三巻一一五頁）

七七七　前掲「俳句稿」（前掲『子規全集』第三巻一一三頁）
七七八　正岡子規「抹消句」（前掲『子規全集』第三巻四七五頁）
七七九　正岡子規「抹消句」（前掲『子規全集』第三巻四七五頁）
七八〇　正岡子規「抹消句」（前掲『子規全集』第三巻四七五頁）
七八一　正岡子規「抹消句」（前掲『子規全集』第三巻四七五頁）
七八二　正岡子規「抹消句」（前掲『子規全集』第三巻四七五頁）
七八三　正岡子規「抹消句」（前掲『子規全集』第三巻四七六頁）
七八四　「拾遺　寒山落木　俳句稿　未収録句　自明治十八年至明治三十三年」（前掲『子規全集』第三巻五六六頁）
七八五　「拾遺　寒山落木　俳句稿　未収録句　自明治十八年至明治三十三年」（前掲『子規全集』第三巻五六八頁）
七八六　前掲「俳句稿」の明治三〇年の項（前掲『子規全集』第三巻七～一一四頁）に、①「君下戸か彌助か菓子か小便か」（同書四九頁）、②「さゝやきや折ゝ星の笑ひ聲」（同書七一頁）、③「入營を親父見送る朝まだき」（同書一〇八頁）がある。なお、②の俳句は、星がささやき合う中に笑い声も聞こえてくるという七夕神話の幻想的な景を彷彿とさせるロマンあふれる俳句である。その内容に見られる季節感に照らし、季語「星合」を詠んだものと考えられる。「星」という詞を「星合」と見なすか、句全体を「星合」を詠んだと見なせば有季俳句と解することもできよう。現に、前掲『分類俳句全集第七巻　秋の部（中）』三六八～四一一頁掲載の「七夕」や「星合」等に係る古句には、「星」のみで七夕や星合等の意味を持たせているものが少なくない。しかし、やはり季語が明示されてはいない。本書では季語がなくとも、季語についての季節感が醸し出されていれば有季俳句とみるという説には立たない。「星」のみでは季語にならないと思われる。したがって、②の俳句は無季俳句に分類する。

七八七　「拾遺　寒山落木　俳句稿　未収録句　自明治十八年至明治三十三年」の明治三〇年の項（前掲『子規全集』第三巻五六六〜五六八頁）

七八八　和田茂樹「解題」中の「[表B]子規俳句総句数」（前掲『子規全集』第三巻七三二頁）

七八九　前掲「俳句稿」（前掲『子規全集』第三巻一二八頁）

七九〇　前掲「俳句稿」（前掲『子規全集』第三巻一九七頁）

七九一　前掲「俳句稿」（前掲『子規全集』第三巻二〇〇頁）

七九二　前掲「俳句稿」（前掲『子規全集』第三巻一二八頁）

七九三　前掲「俳句稿」（前掲『子規全集』第三巻一三〇頁）

七九四　前掲「俳句稿」（前掲『子規全集』第三巻二一一頁）

七九五　前掲「俳句稿」（前掲『子規全集』第三巻一二八頁）

七九六　前掲「俳句稿」（前掲『子規全集』第三巻二一六頁）

七九七　前掲「俳句稿」（前掲『子規全集』第三巻二三五頁）

七九八　前掲「俳句稿」（前掲『子規全集』第三巻一三一頁）

七九九　前掲「俳句稿」（前掲『子規全集』第三巻一三二頁）

八〇〇　前掲「俳句稿」（前掲『子規全集』第三巻一三三頁）

八〇一　前掲「俳句稿」（前掲『子規全集』第三巻一三七頁）

八〇二　前掲「俳句稿」（前掲『子規全集』第三巻一三七頁）

八〇三　前掲「俳句稿」（前掲『子規全集』第三巻一五三頁）

八〇四　前掲「俳句稿」（前掲『子規全集』第三巻一三八頁）
八〇五　前掲「俳句稿」（前掲『子規全集』第三巻一四〇頁）
八〇六　前掲「俳句稿」（前掲『子規全集』第三巻二一六頁）
八〇七　前掲「俳句稿」（前掲『子規全集』第三巻一六九頁）
八〇八　前掲「俳句稿」（前掲『子規全集』第三巻一四〇頁）
八〇九　前掲「俳句稿」（前掲『子規全集』第三巻一四三頁）
八一〇　前掲「俳句稿」（前掲『子規全集』第三巻一四九頁）
八一一　前掲「俳句稿」（前掲『子規全集』第三巻一四三頁）
八一二　前掲「俳句稿」（前掲『子規全集』第三巻一四四頁）
八一三　前掲「俳句稿」（前掲『子規全集』第三巻一五三頁）
八一四　前掲「俳句稿」（前掲『子規全集』第三巻一五五頁）
八一五　前掲「俳句稿」（前掲『子規全集』第三巻一八四頁）
八一六　前掲「俳句稿」（前掲『子規全集』第三巻一八四頁）
八一七　前掲「俳句稿」（前掲『子規全集』第三巻一八五頁）
八一八　前掲「俳句稿」（前掲『子規全集』第三巻一九五頁）
八一九　前掲「俳句稿」（前掲『子規全集』第三巻一九五頁）
八二〇　前掲「俳句稿」（前掲『子規全集』第三巻一九五頁）
八二一　前掲「俳句稿」（前掲『子規全集』第三巻二〇五頁）
八二二　前掲「俳句稿」（前掲『子規全集』第三巻二〇八頁）
八二三　前掲「俳句稿」（前掲『子規全集』第三巻二一三頁）

八二四　前掲「俳句稿」（前掲『子規全集』第三巻二一三頁）
八二五　前掲「俳句稿」（前掲『子規全集』第三巻二一三頁）
八二六　前掲「俳句稿」（前掲『子規全集』第三巻二二一頁）
八二七　前掲「俳句稿」（前掲『子規全集』第三巻一四五頁）
八二八　前掲「俳句稿」（前掲『子規全集』第三巻一四六頁）
八二九　前掲「俳句稿」（前掲『子規全集』第三巻一七七頁）
八三〇　前掲「俳句稿」（前掲『子規全集』第三巻一四七頁）
八三一　前掲「俳句稿」（前掲『子規全集』第三巻一四七頁）
八三二　前掲「俳句稿」（前掲『子規全集』第三巻一四七頁）
八三三　前掲「俳句稿」（前掲『子規全集』第三巻一四八頁）
八三四　前掲「俳句稿」（前掲『子規全集』第三巻一四八頁）
八三五　前掲「俳句稿」（前掲『子規全集』第三巻一四九頁）。なお、明治三一年に民法により婚姻制度が創設された（法務省ホームページ「我が国における氏の制度の変遷」）。
八三六　前掲「俳句稿」（前掲『子規全集』第三巻一四九頁）
八三七　前掲「俳句稿」（前掲『子規全集』第三巻一五四頁）
八三八　前掲「俳句稿」（前掲『子規全集』第三巻一五七頁）
八三九　前掲「俳句稿」（前掲『子規全集』第三巻一五七頁）
八四〇　前掲「俳句稿」（前掲『子規全集』第三巻一五八頁）
八四一　前掲「俳句稿」（前掲『子規全集』第三巻一六八頁）
八四二　前掲「俳句稿」（前掲『子規全集』第三巻二〇七頁）

八四三　前掲「俳句稿」（前掲『子規全集』第三巻一五九頁）
八四四　前掲「俳句稿」（前掲『子規全集』第三巻一五九頁）
八四五　前掲「俳句稿」（前掲『子規全集』第三巻一五九頁）
八四六　前掲「俳句稿」（前掲『子規全集』第三巻一五九頁）
八四七　前掲「俳句稿」（前掲『子規全集』第三巻一六五頁）
八四八　前掲「俳句稿」（前掲『子規全集』第三巻一六九頁）
八四九　前掲「俳句稿」（前掲『子規全集』第三巻一六九頁）
八五〇　前掲「俳句稿」（前掲『子規全集』第三巻一七〇頁）
八五一　前掲「俳句稿」（前掲『子規全集』第三巻一七一頁）
八五二　前掲「俳句稿」（前掲『子規全集』第三巻一七二頁）
八五三　前掲「俳句稿」（前掲『子規全集』第三巻一七二頁）
八五四　前掲「俳句稿」（前掲『子規全集』第三巻一七二頁）
八五五　前掲「俳句稿」（前掲『子規全集』第三巻一七三頁）
八五六　前掲「俳句稿」（前掲『子規全集』第三巻二一八頁）
八五七　前掲「俳句稿」（前掲『子規全集』第三巻一七三頁）
八五八　前掲「俳句稿」（前掲『子規全集』第三巻一七三頁）
八五九　前掲「俳句稿」（前掲『子規全集』第三巻一七五頁）
八六〇　前掲「俳句稿」（前掲『子規全集』第三巻一七七頁）
八六一　前掲「俳句稿」（前掲『子規全集』第三巻一八〇頁）
八六二　前掲「俳句稿」（前掲『子規全集』第三巻一八二頁）

八六三　前掲「俳句稿」（前掲『子規全集』第三巻一八四頁）
八六四　前掲「俳句稿」（前掲『子規全集』第三巻一九〇頁）
八六五　前掲「俳句稿」（前掲『子規全集』第三巻二一九頁）
八六六　前掲「俳句稿」（前掲『子規全集』第三巻一九六頁）
八六七　前掲「俳句稿」（前掲『子規全集』第三巻一九九頁）
八六八　前掲「俳句稿」（前掲『子規全集』第三巻一九九頁）
八六九　前掲「俳句稿」（前掲『子規全集』第三巻一九九頁）
八七〇　前掲「俳句稿」（前掲『子規全集』第三巻二〇九頁）
八七一　前掲「俳句稿」（前掲『子規全集』第三巻二〇七頁）
八七二　前掲「俳句稿」（前掲『子規全集』第三巻二〇七頁）
八七三　前掲「俳句稿」（前掲『子規全集』第三巻二〇九頁）
八七四　前掲「俳句稿」（前掲『子規全集』第三巻二一三頁）
八七五　前掲「俳句稿」（前掲『子規全集』第三巻二一五頁）
八七六　前掲「俳句稿」（前掲『子規全集』第三巻二一五頁）
八七七　前掲「俳句稿」（前掲『子規全集』第三巻二一五頁）
八七八　前掲「俳句稿」（前掲『子規全集』第三巻二一六頁）
八七九　前掲「俳句稿」（前掲『子規全集』第三巻二一五頁）
八八〇　前掲「俳句稿」（前掲『子規全集』第三巻二一五頁）
八八一　前掲「俳句稿」（前掲『子規全集』第三巻二一九頁）
八八二　前掲「俳句稿」（前掲『子規全集』第三巻二二二頁）

八八三　前掲「俳句稿」(前掲『子規全集』第三巻二二五頁)
八八四　前掲「俳句稿」(前掲『子規全集』第三巻二二五頁)
八八五　前掲「俳句稿」(前掲『子規全集』第三巻二三〇頁)
八八六　前掲「俳句稿」(前掲『子規全集』第三巻二三〇頁)。なお、前掲柴田『明治の話題』二八九頁において、柴田宵曲は、瓦斯燈について、「必ずしも瓦斯の燈火といふ意味ではない。戸外にある門燈、軒燈、街燈の類を一般に『ガストウ』と称してゐた」、「夕方になると脚立を担いだ男が火を入れに来る」、「蝙蝠の飛ぶ夕方など、忙しげに火を入れて歩く姿を思ひ出す」などと回想している。ちなみに、横浜の馬車道の関内ホール前には、明治五年に日本で最初のガス灯が設置、点灯されたことを記念し、当時のガス灯が復元されてある。
八八七　前掲「俳句稿」(前掲『子規全集』第三巻二三六頁)
八八八　前掲「抹消句」(前掲『子規全集』第三巻四七七頁)
八八九　前掲「抹消句」(前掲『子規全集』第三巻四七六頁)
八九〇　前掲「抹消句」(前掲『子規全集』第三巻四七六頁)
八九一　「拾遺　寒山落木　俳句稿　未収録句　自明治十八年至明治三十三年」(前掲『子規全集』第三巻五六九頁)
八九二　「拾遺　寒山落木　俳句稿　未収録句　自明治十八年至明治三十三年」の明治三一年の項(前掲『子規全集』第三巻五六九～五七〇頁)に、「浅橋に別れを惜む夫婦かな」(同書五七〇頁)がある。
八九三　和田茂樹「解題」中の「[表B]子規俳句総句数」(前掲『子規全集』第三巻七三二頁)
八九四　前掲「俳句稿」(前掲『子規全集』第三巻二四一頁)

八九五　前掲「俳句稿」（前掲『子規全集』第三巻二四一頁）
八九六　前掲「俳句稿」（前掲『子規全集』第三巻二四六頁）
八九七　前掲「俳句稿」（前掲『子規全集』第三巻二五〇頁）
八九八　前掲「俳句稿」（前掲『子規全集』第三巻二五三頁）
八九九　前掲「俳句稿」（前掲『子規全集』第三巻二六八頁）
九〇〇　前掲「俳句稿」（前掲『子規全集』第三巻二九六頁）
九〇一　前掲「俳句稿」（前掲『子規全集』第三巻二五三頁）
九〇二　前掲「俳句稿」（前掲『子規全集』第三巻二八四頁）
九〇三　前掲「俳句稿」（前掲『子規全集』第三巻二五八頁）
九〇四　前掲「俳句稿」（前掲『子規全集』第三巻二六一頁）
九〇五　前掲「俳句稿」（前掲『子規全集』第三巻二八八頁）
九〇六　前掲「俳句稿」（前掲『子規全集』第三巻二六二頁）
九〇七　前掲「俳句稿」（前掲『子規全集』第三巻二六三頁）
九〇八　前掲「俳句稿」（前掲『子規全集』第三巻三〇六頁）
九〇九　前掲「俳句稿」（前掲『子規全集』第三巻二六八頁）
九一〇　前掲「俳句稿」（前掲『子規全集』第三巻三〇四頁）
九一一　前掲「俳句稿」（前掲『子規全集』第三巻二七〇頁）
九一二　前掲「俳句稿」（前掲『子規全集』第三巻二七〇頁）
九一三　前掲「俳句稿」（前掲『子規全集』第三巻二七四頁）
九一四　前掲「俳句稿」（前掲『子規全集』第三巻二九六頁）

九一五　前掲「俳句稿」（前掲『子規全集』第三巻二七五頁）
九一六　前掲「俳句稿」（前掲『子規全集』第三巻二七五頁）
九一七　前掲「俳句稿」（前掲『子規全集』第三巻三〇二頁）
九一八　前掲「俳句稿」（前掲『子規全集』第三巻二七六頁）
九一九　前掲「俳句稿」（前掲『子規全集』第三巻二七八頁）
九二〇　前掲「俳句稿」（前掲『子規全集』第三巻二七九頁）
九二一　前掲「俳句稿」（前掲『子規全集』第三巻二七九頁）
九二二　前掲「俳句稿」（前掲『子規全集』第三巻二八〇頁）
九二三　前掲「俳句稿」（前掲『子規全集』第三巻二八二頁）
九二四　前掲「俳句稿」（前掲『子規全集』第三巻二八二頁）
九二五　前掲「俳句稿」（前掲『子規全集』第三巻二九〇頁）
九二六　前掲「俳句稿」（前掲『子規全集』第三巻二九七頁）
九二七　前掲「俳句稿」（前掲『子規全集』第三巻二八四頁）
九二八　前掲「俳句稿」（前掲『子規全集』第三巻二八六頁）
九二九　前掲「俳句稿」（前掲『子規全集』第三巻二八六頁）
九三〇　前掲「俳句稿」（前掲『子規全集』第三巻二八八頁）
九三一　前掲「俳句稿」（前掲『子規全集』第三巻二八九頁）
九三二　前掲「俳句稿」（前掲『子規全集』第三巻二九四頁）
九三三　前掲「俳句稿」（前掲『子規全集』第三巻二九六頁）
九三四　前掲「俳句稿」（前掲『子規全集』第三巻二九七頁）

九三五　前掲「俳句稿」（前掲『子規全集』第三巻三〇一頁）
九三六　前掲「俳句稿」（前掲『子規全集』第三巻三〇一頁）
九三七　前掲「俳句稿」（前掲『子規全集』第三巻三〇一頁）
九三八　前掲「俳句稿」「ガラス窓に鳥籠見ゆる冬こもり」（前掲『子規全集』第三巻三〇五頁）
九三九　前掲「俳句稿」「ガラス窓に上野も見えて冬籠」（前掲『子規全集』第三巻三〇五頁）
九四〇　前掲「俳句稿」（前掲『子規全集』第三巻三〇二頁）
九四一　前掲「俳句稿」（前掲『子規全集』第三巻三〇三頁）
九四二　前掲「俳句稿」（前掲『子規全集』第三巻三〇四頁）
九四三　前掲「俳句稿」（前掲『子規全集』第三巻三〇六頁）
九四四　前掲「俳句稿」（前掲『子規全集』第三巻三〇八頁）
九四五　前掲「俳句稿」（前掲『子規全集』第三巻三〇八頁）
九四六　前掲「抹消句」（前掲『子規全集』第三巻四七八頁）
九四七　前掲「抹消句」（前掲『子規全集』第三巻四七八頁）
九四八　前掲「抹消句」（前掲『子規全集』第三巻四七八頁）
九四九　前掲「抹消句」（前掲『子規全集』第三巻四七八頁）
九五〇　「拾遺　寒山落木　俳句稿　未收録句　自明治十八年至明治三十三年」（前掲『子規全集』第三巻五七一頁）
九五一　「拾遺　寒山落木　俳句稿　未收録句　自明治十八年至明治三十三年」（前掲『子規全集』第三巻五七一頁）
九五二　「拾遺　寒山落木　俳句稿　未收録句　自明治十八年至明治三十三年」（前掲『子規全集』第三

巻五七一頁）
九五三　「拾遺　寒山落木　俳句稿　未収録句　自明治十八年至明治三十三年」（前掲『子規全集』第三巻五七一頁）
九五四　「拾遺　寒山落木　俳句稿　未収録句　自明治十八年至明治三十三年」の明治三二年の項（前掲『子規全集』第三巻五七〇～五七二頁）
九五五　和田茂樹「解題」中の「［表B］子規俳句総句数」（前掲『子規全集』第三巻七三二頁）
九五六　前掲「俳句稿」（前掲『子規全集』第三巻三一六頁）
九五七　前掲「俳句稿」（前掲『子規全集』第三巻三六六頁）
九五八　前掲「俳句稿」（前掲『子規全集』第三巻三六六頁）
九五九　前掲「俳句稿」（前掲『子規全集』第三巻三七〇頁）
九六〇　前掲「俳句稿」（前掲『子規全集』第三巻三一六頁）
九六一　前掲「俳句稿」（前掲『子規全集』第三巻三二九頁）
九六二　前掲「俳句稿」（前掲『子規全集』第三巻三三四頁）
九六三　前掲「俳句稿」（前掲『子規全集』第三巻三一七頁）
九六四　前掲「俳句稿」（前掲『子規全集』第三巻三二〇頁）
九六五　前掲「俳句稿」（前掲『子規全集』第三巻三七〇頁）
九六六　前掲「俳句稿」（前掲『子規全集』第三巻三二二頁）
九六七　前掲「俳句稿」（前掲『子規全集』第三巻三六六頁）
九六八　前掲「俳句稿」（前掲『子規全集』第三巻三七〇頁）
九六九　前掲「俳句稿」（前掲『子規全集』第三巻三二二頁）

九七〇　前掲「俳句稿」（前掲『子規全集』第三巻三一三頁）
九七一　前掲「俳句稿」（前掲『子規全集』第三巻三一六頁）
九七二　前掲「俳句稿」（前掲『子規全集』第三巻三三四頁）
九七三　前掲「俳句稿」（前掲『子規全集』第三巻三三四頁）。視学は地方教育行政官。
九七四　前掲「俳句稿」（前掲『子規全集』第三巻三三六頁）
九七五　前掲「俳句稿」（前掲『子規全集』第三巻三三八頁）
九七六　前掲「俳句稿」（前掲『子規全集』第三巻三四一頁）
九七七　前掲「俳句稿」（前掲『子規全集』第三巻三四九頁）
九七八　前掲「俳句稿」（前掲『子規全集』第三巻三四二頁）
九七九　前掲「俳句稿」（前掲『子規全集』第三巻三五六頁）
九八〇　前掲「俳句稿」（前掲『子規全集』第三巻三四七頁）
九八一　前掲「俳句稿」（前掲『子規全集』第三巻三四八頁）
九八二　前掲「俳句稿」（前掲『子規全集』第三巻三五〇頁）
九八三　前掲「俳句稿」（前掲『子規全集』第三巻三五〇頁）
九八四　前掲「俳句稿」（前掲『子規全集』第三巻三五二頁）
九八五　前掲「俳句稿」（前掲『子規全集』第三巻三五三頁）
九八六　前掲「俳句稿」（前掲『子規全集』第三巻三五七頁）
九八七　前掲「俳句稿」（前掲『子規全集』第三巻三五八頁）
九八八　前掲「俳句稿」（前掲『子規全集』第三巻三五九頁）
九八九　前掲「俳句稿」（前掲『子規全集』第三巻三六八頁）

九九〇　前掲「俳句稿」（前掲『子規全集』第三巻三六三頁）
九九一　前掲「俳句稿」（前掲『子規全集』第三巻三六三頁）
九九二　前掲「俳句稿」（前掲『子規全集』第三巻三六三頁）
九九三　前掲「俳句稿」（前掲『子規全集』第三巻三六六頁）
九九四　前掲「俳句稿」（前掲『子規全集』第三巻三六六頁）
九九五　前掲「俳句稿」（前掲『子規全集』第三巻三六六頁）
九九六　前掲「俳句稿」（前掲『子規全集』第三巻三六六頁）
九九七　前掲「俳句稿」（前掲『子規全集』第三巻三六六頁）
九九八　前掲「俳句稿」（前掲『子規全集』第三巻三六七頁）
九九九　前掲「俳句稿」（前掲『子規全集』第三巻三七〇頁）
一〇〇〇　前掲「抹消句」（前掲『子規全集』第三巻四七八～四七九頁）
一〇〇一　「拾遺　寒山落木　俳句稿　未収録句　自明治十八年至明治三十三年」（前掲『子規全集』第三巻五七三頁）
一〇〇二　「拾遺　寒山落木　俳句稿　未収録句　自明治十八年至明治三十三年」（前掲『子規全集』第三巻五七四頁）
一〇〇三　「拾遺　寒山落木　俳句稿　未収録句　自明治十八年至明治三十三年」の明治三三年の項（前掲『子規全集』第三巻五七二～五七四頁）
一〇〇四　新聞「日本」（明治三四年四月一六日）（前掲『子規全集』第三巻三七七頁）
一〇〇五　「（俳句稿以後）明治三十四年　明治三十五年」（前掲『子規全集』第三巻三七八頁）
一〇〇六　「（俳句稿以後）明治三十四年　明治三十五年」（前掲『子規全集』第三巻三八〇頁）

一〇〇七　新聞「日本」（明治三四年二月二三日）（前掲『子規全集』第三巻四二四頁）
一〇〇八　新聞「日本」（明治三四年四月六日）（前掲『子規全集』第三巻三八二頁）
一〇〇九　新聞「日本」（明治三四年五月四日）（前掲『子規全集』第三巻三八二頁）
一〇一〇　新聞「日本」（明治三四年五月四日）（前掲『子規全集』第三巻三八三頁）
一〇一一　新聞「日本」（明治三四年五月七日）（前掲『子規全集』第三巻三八五頁）
一〇一二　新聞「日本」（明治三四年三月二七日）（前掲『子規全集』第三巻三八五頁）
一〇一三　新聞「日本」（明治三四年四月一七日）（前掲『子規全集』第三巻三八六頁）
一〇一四　新聞「日本」（明治三四年四月一七日）（前掲『子規全集』第三巻三八六頁）
一〇一五　新聞「日本」（明治三四年四月一一日）（前掲『子規全集』第三巻三八九頁）
一〇一六　新聞「日本」（明治三四年二月二四日）（前掲『子規全集』第三巻四二八頁）
一〇一七　新聞「日本」（明治三四年四月一六日）（前掲『子規全集』第三巻三九〇頁）
一〇一八　新聞「日本」（明治三四年四月二一日）（前掲『子規全集』第三巻三九二頁）
一〇一九　新聞「日本」（明治三四年七月九日）（前掲『子規全集』第三巻三九九頁）
一〇二〇　新聞「日本」（明治三四年六月八日）（前掲『子規全集』第三巻三九九頁）
一〇二一　正岡子規「仰臥漫録」（前掲『子規全集』第三巻四一六頁）
一〇二二　新聞「日本」（明治三四年一月一二日）（前掲『子規全集』第三巻四二〇頁）
一〇二三　新聞「日本」（明治三四年二月一三日）（前掲『子規全集』第三巻四二三頁）
一〇二四　新聞「日本」（明治三四年二月一七日）（前掲『子規全集』第三巻四二四頁）
一〇二五　新聞「日本」（明治三四年二月二三日）（前掲『子規全集』第三巻四二四頁）
一〇二六　新聞「日本」（明治三四年二月二三日）（前掲『子規全集』第三巻四二四頁）

一〇二七　前掲「抹消句」（前掲『子規全集』第三巻四七九頁）
一〇二八　和田茂樹「解題」中の「[表B] 子規俳句総句数」（前掲『子規全集』第三巻七三二頁）
一〇二九　新聞「日本」（明治三五年二月二日）（前掲『子規全集』第三巻四三二頁）
一〇三〇　河東秉五郎宛書簡（明治三五年一～二月頃）（前掲『子規全集』第三巻四三三頁）
一〇三一　新聞「日本」（明治三五年二月二六日）（前掲『子規全集』第三巻四三四頁）
一〇三二　新聞「日本」（明治三五年三月二六日）（前掲『子規全集』第三巻四四六頁）
一〇三三　新聞「日本」（明治三五年三月一一日）（前掲『子規全集』第三巻四三九頁）
一〇三四　「ホトトギス」（明治三五年五月二〇日）（前掲『子規全集』第三巻四四八頁）
一〇三五　新聞「日本」（明治三五年三月二一日）（前掲『子規全集』第三巻四三九頁）
一〇三六　〔俳句稿以後〕（前掲『子規全集』第三巻四四六頁）
一〇三七　新聞「日本」（明治三五年四月二日）（前掲『子規全集』第三巻四四七頁）
一〇三八　新聞「日本」（明治三五年三月二七日）（前掲『子規全集』第三巻四四九頁）
一〇三九　新聞「日本」（明治三五年三月二八日）（前掲『子規全集』第三巻四五〇頁）
一〇四〇　新聞「日本」（明治三五年四月二八日）（前掲『子規全集』第三巻四五〇頁）
一〇四一　新聞「日本」（明治三五年七月一九日）（前掲『子規全集』第三巻四五三頁）。なお、前書に「風板」は「風を起す機械」であって、「夏の季にもやなるべき」とある。
一〇四二　新聞「日本」附録（明治三五年七月二一日）（前掲『子規全集』第三巻四五三頁）
一〇四三　新聞「日本」（明治三五年八月一五日）（前掲『子規全集』第三巻四五六頁）
一〇四四　新聞「日本」（明治三五年七月二四日）（前掲『子規全集』第三巻四六一頁）
一〇四五　前掲『子規全集』第三巻四六三頁

一〇四六　新聞「日本」（明治三五年八月二五日）（前掲『子規全集』第三巻四七一頁）
一〇四七　新聞「日本」（明治三五年八月四日）（前掲『子規全集』第三巻四六五頁）
一〇四八　正岡子規「仰臥漫録二」（前掲『子規全集』第三巻四八〇頁）
一〇四九　前掲「仰臥漫録二」（前掲『子規全集』第三巻四八〇頁）
一〇五〇　和田茂樹「解題」中の「［表B］子規俳句総句数」（前掲『子規全集』第三巻七三二頁）
一〇五一　和田茂樹「解題」（前掲『子規全集』第三巻七三二頁）。なお、作句された年の特定が困難で推定年次が二年以上にわたる五二句について、同「解題」中の「［表B］子規俳句総句数」では便宜上明治二五年に算入している。しかし、本書は右五二句が明治二五年の作とは確認できないことから、これらを同年作の俳句として算入せず、［表B］における明治二五年の作句総数から右五二句を差し引いた三〇六九句を明治二五年の作句総数とした。しかし、右五二句（前掲『子規全集』第三巻五〇二～五〇三頁及び五一〇頁）を見ると、無季俳句と目されるもの（同書五〇三頁掲載の「白帆より先づ夜の明る海邊哉」）が一句あるものの、いずれの俳句にも新事象は詠み込まれていない。新事象が詠み込まれたものが無いのであれば、右五二句は新事象の詠まれ方には影響しない。したがって、正岡子規が明治一八年から明治三五年までに作った俳句の総合計数に右五二句を算入することとし、正岡子規の作句総合計数については右「［表B］子規俳句総句数」と同数とする。
一〇五二　正岡子規「明治二十九年の俳句界」（前掲『子規全集』第四巻五二九頁）
一〇五三　前掲「寒山落木」（前掲『子規全集』第一巻一八七頁）
一〇五四　前掲「寒山落木」（前掲『子規全集』第三巻五四一頁）
一〇五五　本節第二項で検討したとおり、明治一八年から明治二八年までの間に正岡子規が作句した俳句

（抹消句、拾遺句いずれも含む）において詠み込まれた新題（新季語）は、「ラムネ」「紀元節」「麦藁帽子」「天長節」「ビール」「クリスマス」「ストーブ」「焼芋」「海水浴」「キャベツ」である。

一〇五六　前掲「寒山落木」（前掲『子規全集』第二巻四七二頁）

一〇五七　前掲同書同頁

一〇五八　前掲『図説　俳句大歳時記　夏』一四九頁の「夏帽子」の項には、夏帽、かんかん帽、パナマ帽、海水帽、登山帽等と並んで、傍題として掲載されている。

一〇五九　正岡子規『獺祭書屋俳句帖抄　上巻』（俳書堂、明治三五年四月一五日）（前掲『子規全集』第三巻六四六～六四七頁。同書七三二頁、和田茂樹「解題」）

一〇六〇　前掲『図説　俳句大歳時記　夏』一三一頁の「帰省」の項には、「学生・会社員などが暑中休暇を利用して故郷に帰ること」と解説されている。同歳時記の凡例には「明治以後初めて使われたと思われる季題についてはその作品と典拠を示した」との記載があるところ、「帰省」の考証欄には大正八年の中田みづほの俳句が所出と説明されている上、掲載されている例句中に江戸時代以前の俳人のものはない。

一〇六一　曲亭馬琴編・藍亭青藍補・堀切実校注『増補　俳諧歳時記栞草（上）』（岩波書店（岩波文庫）、二〇〇〇年八月一七日）は、江戸時代の俳諧の歳時記であるが、「帰省」という季題は載っていない。

一〇六二　河東碧梧桐『子規の回想』（沖積舎、平成四年一一月三〇日）三一二頁

一〇六三　前掲『子規全集』第三巻七一一頁。同書六六九頁以下には、「参考資料」として、河東碧梧桐が記した『獺祭書屋俳句帖抄　上巻』に関する書評や句評（「ホトトギス」誌に掲載されたもの）が掲載されている。

一〇六四　前掲「参考資料」（河東碧梧桐）（前掲『子規全集』第三巻六八五頁）
一〇六五　前掲「参考資料」（河東碧梧桐）（前掲『子規全集』第三巻七〇九〜七一〇頁）
一〇六六　前掲「寒山落木」（前掲『子規全集』第二巻五九九頁）
一〇六七　前掲「寒山落木」（前掲『子規全集』第二巻四五七頁）
一〇六八　前掲「寒山落木」（前掲『子規全集』第二巻五一五頁）
一〇六九　前掲「参考資料」（河東碧梧桐）（前掲『子規全集』第三巻七一一頁）
一〇七〇　前掲「俳句稿」（前掲『子規全集』第三巻四九頁）
一〇七一　前掲「俳句稿」（前掲『子規全集』第三巻七一頁）
一〇七二　前掲「俳句稿」（前掲『子規全集』第三巻一〇六頁）
一〇七三　前掲「俳句稿」（前掲『子規全集』第三巻一〇七頁）
一〇七四　前掲同書同頁。以下⑮の句まで同じ。
一〇七五　前掲「俳句稿」（前掲『子規全集』第三巻一〇八頁）
一〇七六　前掲「俳句稿」（前掲『子規全集』第三巻一〇八頁）
一〇七七　前掲「俳句稿」（前掲『子規全集』第三巻一〇八頁）
一〇七八　前掲「俳句稿」（前掲『子規全集』第三巻一〇九頁）
一〇七九　前掲「俳句稿」（前掲『子規全集』第三巻一一一頁）
一〇八〇　前掲「抹消句」（前掲『子規全集』第三巻四七五頁）
一〇八一　前掲「抹消句」（前掲『子規全集』第三巻四七五頁）
一〇八二　いずれも前掲「抹消句」（前掲『子規全集』第三巻四七六頁）
一〇八三　前掲「抹消句」（前掲『子規全集』第三巻四七五頁）

一〇八四　前掲「俳句稿」（前掲『子規全集』第三巻一五九頁）
一〇八五　前掲「俳句稿」（前掲『子規全集』第三巻一五九頁）
一〇八六　前掲「俳句稿」（前掲『子規全集』第三巻二二二頁）
一〇八七　前掲「俳句稿」（前掲『子規全集』第三巻二七〇頁）
一〇八八　前掲「俳句稿」（前掲『子規全集』第三巻二八二頁）
一〇八九　前掲「俳句稿」（前掲『子規全集』第三巻三〇三頁）
一〇九〇　前掲「俳句稿」（前掲『子規全集』第三巻三〇六頁）
一〇九一　前掲「拾遺　寒山落木　俳句稿　未収録句　自明治十八年至明治三十三年」（前掲『子規全集』第三巻五七一頁）
一〇九二　前掲「俳句稿」（前掲『子規全集』第三巻二七〇頁）
一〇九三　前掲「俳句稿」（前掲『子規全集』第三巻二八二頁）
一〇九四　前掲「俳句稿」（前掲『子規全集』第三巻二九〇頁）
一〇九五　前掲「俳句稿」（前掲『子規全集』第三巻二九七頁）
一〇九六　「拾遺　寒山落木　俳句稿　未収録句　自明治十八年至明治三十三年」（前掲『子規全集』第三巻五七一頁）
一〇九七　前掲「俳句稿」（前掲『子規全集』第三巻三三八頁）
一〇九八　前掲「俳句稿」（前掲『子規全集』第三巻三六三頁）
一〇九九　前掲「俳句稿」（前掲『子規全集』第三巻三六三頁）
一一〇〇　前掲「俳句稿」（前掲『子規全集』第三巻三六六頁）
一一〇一　前掲「俳句稿」（前掲『子規全集』第三巻三六六頁）

一一〇二　前掲「俳句稿」（前掲『子規全集』第三巻三六六頁）
一一〇三　前掲「俳句稿」（前掲『子規全集』第三巻三一六頁）
一一〇四　前掲「俳句稿」（前掲『子規全集』第三巻三二二頁）
一一〇五　前掲「俳句稿」（前掲『子規全集』第三巻三四二頁）
一一〇六　前掲「俳句稿」（前掲『子規全集』第三巻三四七頁）
一一〇七　前掲「俳句稿」（前掲『子規全集』第三巻三五六頁）
一一〇八　前掲「俳句稿」（前掲『子規全集』第三巻三六六頁）
一一〇九　前掲「俳句稿」（前掲『子規全集』第三巻三六六頁）
一一一〇　前掲「俳句稿」（前掲『子規全集』第三巻三六六頁）
一一一一　前掲「俳句稿」（前掲『子規全集』第三巻三六七頁）
一一一二　前掲「俳句稿」（前掲『子規全集』第三巻三七〇頁）
一一一三　新聞「日本」（明治三四年四月一六日）（前掲『子規全集』第三巻三八〇頁）
一一一四　新聞「日本」（明治三四年二月二三日）（前掲『子規全集』第三巻四二四頁）
一一一五　新聞「日本」（明治三四年二月二三日）（前掲『子規全集』第三巻四二四頁）
一一一六　新聞「日本」（明治三四年七月九日）（前掲『子規全集』第三巻三九九頁）
一一一七　新聞「日本」（明治三四年二月二三日）（前掲『子規全集』第三巻四二四頁）
一一一八　新聞「日本」（明治三五年七月一九日）（前掲『子規全集』第三巻四五三頁）
一一一九　新聞「日本」（明治三五年八月一五日）（前掲『子規全集』第三巻四五六頁）
一一二〇　新聞「日本」（明治三五年八月四日）（前掲『子規全集』第三巻四六五頁）
一一二一　新聞「日本」（明治三五年二月二日）（前掲『子規全集』第三巻四三二頁）

一一二二　河東秉五郎宛書簡（明治三五年一〜二月頃）（前掲『子規全集』第三巻四三三頁）
一一二三　新聞「日本」（明治三五年二月二六日）（前掲『子規全集』第三巻四三四頁）
一一二四　新聞「日本」（明治三五年三月二六日）（前掲『子規全集』第三巻四四六頁）
一一二五　新聞「日本」（明治三五年四月二日）（前掲『子規全集』第三巻四四七頁）
一一二六　明治三五年七月二一日「日本」附録（前掲『子規全集』第三巻四五三頁）
一一二七　仰臥漫録二（抹消句）（前掲『子規全集』第三巻四八〇頁）
一一二八　仰臥漫録二（抹消句）（前掲『子規全集』第三巻四八〇頁）
一一二九　正岡子規編『俳句　二葉集　春の部』（小日本叢書、明治二七年五月三〇日「小日本」第八十六號　付録）（前掲『子規全集』第一六巻扉頁〜二〇頁）
一一三〇　池上浩山人「解題」（前掲『子規全集』第一六巻六一七〜六二二頁）
一一三一　前掲『子規全集』第一六巻六頁「編注」
一一三二　前掲『俳句　二葉集　春の部』（前掲『子規全集』第一六巻一四頁）
一一三三　前掲『俳句　二葉集　春の部』（前掲『子規全集』第一六巻一六頁）
一一三四　前掲同書同頁
一一三五　前掲同書同頁
一一三六　前掲『俳句　二葉集　春の部』（前掲『子規全集』第一六巻一七頁）
一一三七　前掲同書同頁
一一三八　正岡子規選抜句草稿『承露盤』（巧藝社、昭和一二年九月）（前掲『子規全集』第一六巻二二一〜二三四頁）
一一三九　池上浩山人「解題」（前掲『子規全集』第一六巻六二二〜六二六頁、二二一頁「編注」）

一一四〇　前掲『承露盤』（前掲『子規全集』第一六巻三〇頁）
一一四一　前掲同書同頁
一一四二　前掲『承露盤』（前掲『子規全集』第一六巻四〇頁）
一一四三　前掲『承露盤』（前掲『子規全集』第一六巻五二頁）
一一四四　前掲同書同頁
一一四五　前掲『承露盤』（前掲『子規全集』第一六巻五五頁）
一一四六　前掲『承露盤』（前掲『子規全集』第一六巻五六頁）
一一四七　前掲同書同頁
一一四八　前掲『承露盤』（前掲『子規全集』第一六巻五八頁）
一一四九　前掲『承露盤』（前掲『子規全集』第一六巻六〇頁）
一一五〇　前掲同書同頁
一一五一　前掲同書同頁
一一五二　前掲『承露盤』（前掲『子規全集』第一六巻六三頁）
一一五三　前掲同書同頁
一一五四　前掲同書同頁
一一五五　前掲『承露盤』（前掲『子規全集』第一六巻六九頁）
一一五六　前掲『承露盤』（前掲『子規全集』第一六巻七二頁）
一一五七　前掲『承露盤』（前掲『子規全集』第一六巻七六頁）
一一五八　前掲『承露盤』（前掲『子規全集』第一六巻七九頁）
一一五九　前掲『承露盤』（前掲『子規全集』第一六巻八五頁）

一一六〇　前掲『承露盤』（前掲『子規全集』第一六巻八七頁）
一一六一　前掲同書同頁
一一六二　前掲同書同頁
一一六三　前掲同書同頁
一一六四　前掲『承露盤』（前掲『子規全集』第一六巻九〇頁）
一一六五　前掲『承露盤』（前掲『子規全集』第一六巻九一頁）
一一六六　前掲『承露盤』（前掲『子規全集』第一六巻九二頁）
一一六七　前掲『承露盤』（前掲『子規全集』第一六巻九四頁）
一一六八　前掲『承露盤』（前掲『子規全集』第一六巻九六頁）
一一六九　前掲同書同頁
一一七〇　前掲同書同頁
一一七一　前掲同書同頁
一一七二　前掲『承露盤』（前掲『子規全集』第一六巻九九頁）
一一七三　前掲『承露盤』（前掲『子規全集』第一六巻一〇〇頁）
一一七四　前掲『承露盤』（前掲『子規全集』第一六巻一〇一頁）
一一七五　前掲同書同頁
一一七六　前掲『承露盤』（前掲『子規全集』第一六巻一〇二頁）
一一七七　前掲『承露盤』（前掲『子規全集』第一六巻一〇三頁）
一一七八　前掲同書同頁
一一七九　前掲同書同頁

一一八〇　前掲同書同頁
一一八一　前掲同書同頁
一一八二　前掲『承露盤』（前掲『子規全集』第一六巻一〇八頁）
一一八三　前掲『承露盤』（前掲『子規全集』第一六巻一一〇頁）
一一八四　前掲同書同頁
一一八五　前掲『承露盤』（前掲『子規全集』第一六巻一一一頁）
一一八六　前掲『承露盤』（前掲『子規全集』第一六巻一一三頁）
一一八七　前掲『承露盤』（前掲『子規全集』第一六巻一一四頁）
一一八八　前掲『承露盤』（前掲『子規全集』第一六巻一一七頁）
一一八九　前掲『承露盤』（前掲『子規全集』第一六巻一二一頁）
一一九〇　前掲『承露盤』（前掲『子規全集』第一六巻一二二頁）
一一九一　前掲『承露盤』（前掲『子規全集』第一六巻一二三頁）
一一九二　前掲『承露盤』（前掲『子規全集』第一六巻一二五頁）
一一九三　前掲『承露盤』（前掲『子規全集』第一六巻一二六頁）
一一九四　前掲『承露盤』（前掲『子規全集』第一六巻一二七頁）
一一九五　前掲『承露盤』（前掲『子規全集』第一六巻一三一頁）
一一九六　前掲同書同頁
一一九七　前掲『承露盤』（前掲『子規全集』第一六巻一三二頁）
一一九八　前掲『承露盤』（前掲『子規全集』第一六巻一三四頁）
一一九九　前掲同書同頁

二〇〇　前掲『承露盤』（前掲『子規全集』第一六巻一三六頁）
二〇一　前掲『承露盤』（前掲『子規全集』第一六巻一四三頁）
二〇二　前掲『承露盤』（前掲『子規全集』第一六巻一四四頁）
二〇三　前掲『承露盤』（前掲『子規全集』第一六巻一四五頁）
二〇四　前掲同書同頁
二〇五　前掲『承露盤』（前掲『子規全集』第一六巻一四七頁）
二〇六　前掲『承露盤』（前掲『子規全集』第一六巻一五五頁）
二〇七　前掲『承露盤』（前掲『子規全集』第一六巻一六〇頁）
二〇八　前掲『承露盤』（前掲『子規全集』第一六巻八五頁）
二〇九　前掲『承露盤』（前掲『子規全集』第一六巻一六二頁）
二一〇　前掲『承露盤』（前掲『子規全集』第一六巻一六七頁）
二一一　前掲『承露盤』（前掲『子規全集』第一六巻一七一頁）
二一二　前掲『承露盤』（前掲『子規全集』第一六巻一七二頁）
二一三　前掲同書同頁
二一四　前掲『承露盤』（前掲『子規全集』第一六巻一七四頁）
二一五　前掲同書同頁
二一六　前掲同書同頁
二一七　前掲同書同頁
二一八　前掲『承露盤』（前掲『子規全集』第一六巻一七五頁）
二一九　前掲同書同頁

一二二〇　前掲同書同頁
一二二一　前掲『承露盤』（前掲『子規全集』第一六巻一七九頁）
一二二二　前掲『承露盤』（前掲『子規全集』第一六巻一八一頁）
一二二三　前掲同書同頁
一二二四　前掲『承露盤』（前掲『子規全集』第一六巻一八三頁）
一二二五　前掲同書同頁
一二二六　前掲同書同頁
一二二七　前掲『承露盤』（前掲『子規全集』第一六巻一八四頁）
一二二八　前掲同書同頁
一二二九　前掲同書同頁
一二三〇　前掲同書同頁
一二三一　前掲『承露盤』（前掲『子規全集』第一六巻一八八頁）
一二三二　前掲『承露盤』（前掲『子規全集』第一六巻一八九頁）
一二三三　前掲『承露盤』（前掲『子規全集』第一六巻一九二頁）
一二三四　前掲同書同頁
一二三五　前掲『承露盤』（前掲『子規全集』第一六巻一九三頁）
一二三六　前掲『承露盤』（前掲『子規全集』第一六巻一九四頁）
一二三七　前掲『承露盤』（前掲『子規全集』第一六巻一九五頁）
一二三八　前掲『承露盤』（前掲『子規全集』第一六巻一九六頁）
一二三九　前掲『承露盤』（前掲『子規全集』第一六巻一九七頁）

一二四〇　前掲『承露盤』（前掲『子規全集』第一六巻一九八頁）
一二四一　前掲『承露盤』（前掲『子規全集』第一六巻一九九頁）
一二四二　前掲『承露盤』（前掲『子規全集』第一六巻二〇〇頁）
一二四三　前掲同書同頁
一二四四　前掲同書同頁
一二四五　前掲同書同頁
一二四六　前掲同書同頁
一二四七　前掲同書同頁
一二四八　前掲同書同頁
一二四九　前掲『承露盤』（前掲『子規全集』第一六巻二〇一頁）
一二五〇　前掲同書同頁
一二五一　前掲『承露盤』（前掲『子規全集』第一六巻二〇五頁）
一二五二　前掲『承露盤』（前掲『子規全集』第一六巻二〇六頁）
一二五三　前掲同書同頁
一二五四　前掲同書同頁
一二五五　前掲『承露盤』（前掲『子規全集』第一六巻二〇七頁）
一二五六　前掲『承露盤』（前掲『子規全集』第一六巻二〇九頁）
一二五七　前掲『承露盤』（前掲『子規全集』第一六巻二一一頁）
一二五八　前掲同書同頁
一二五九　前掲同書同頁

一二六〇　前掲同書同頁
一二六一　前掲同書同頁
一二六二　前掲『承露盤』（前掲『子規全集』第一六巻二一二頁）
一二六三　前掲『承露盤』（前掲『子規全集』第一六巻二一三頁）
一二六四　前掲『承露盤』（前掲『子規全集』第一六巻二一四頁）
一二六五　前掲同書同頁
一二六六　前掲『承露盤』（前掲『子規全集』第一六巻二一五頁）
一二六七　前掲同書同頁
一二六八　前掲同書同頁
一二六九　前掲『承露盤』（前掲『子規全集』第一六巻二一六頁）
一二七〇　前掲同書同頁
一二七一　前掲同書同頁
一二七二　前掲同書同頁
一二七三　前掲同書同頁
一二七四　前掲同書同頁
一二七五　前掲『承露盤』（前掲『子規全集』第一六巻二一七頁）
一二七六　前掲同書同頁
一二七七　前掲同書同頁
一二七八　前掲同書同頁
一二七九　前掲同書同頁

一二八〇　前掲同書同頁
一二八一　前掲同書同頁
一二八二　前掲同書同頁
一二八三　前掲同書同頁
一二八四　前掲同書同頁
一二八五　前掲同書同頁
一二八六　前掲『承露盤』（前掲『子規全集』第一六巻二一八頁）
一二八七　前掲同書同頁
一二八八　前掲同書同頁
一二八九　前掲『承露盤』（前掲『子規全集』第一六巻二一九頁）
一二九〇　前掲『承露盤』（前掲『子規全集』第一六巻二二一頁）
一二九一　前掲『承露盤』（前掲『子規全集』第一六巻二二二頁）
一二九二　前掲同書同頁
一二九三　前掲同書同頁
一二九四　前掲『承露盤』（前掲『子規全集』第一六巻二二三頁）
一二九五　前掲同書同頁
一二九六　前掲同書同頁
一二九七　前掲同書同頁
一二九八　前掲同書同頁
一二九九　前掲同書同頁

一三〇〇　前掲同書同頁
一三〇一　前掲『承露盤』（前掲『子規全集』第一六巻二二六頁）
一三〇二　前掲同書同頁
一三〇三　前掲『承露盤』（前掲『子規全集』第一六巻二二七頁）
一三〇四　前掲『承露盤』（前掲『子規全集』第一六巻二二八頁）
一三〇五　前掲同書同頁
一三〇六　前掲同書同頁
一三〇七　前掲同書同頁
一三〇八　前掲同書同頁。なお、この句は「歸省」という季語との配合の句とも思われるところであるが、「帰省」が季語となった時期は後のことと思われる。前掲『図説　俳句大歳時記　夏』一三一頁の「帰省」の項には、「学生・会社員などが暑中休暇を利用して故郷に帰ること」と解説されている。同歳時記の凡例には「明治以後初めて使われたと思われる季題についてはその作品と典拠を示した」との記載があるところ、「帰省」の考証欄には大正八年の中田みづほの俳句が所出と説明されている上、掲載されている例句中に江戸時代以前の俳人のものはない。
一三〇九　前掲同書同頁
一三一〇　前掲『承露盤』（前掲『子規全集』第一六巻二三〇頁）
一三一一　前掲同書同頁
一三一二　前掲『承露盤』（前掲『子規全集』第一六巻二三一頁）
一三一三　前掲『承露盤』（前掲『子規全集』第一六巻二三二頁）
一三一四　前掲『承露盤』（前掲『子規全集』第一六巻二三三頁）

一三一五　池上浩山人「解題」（前掲『子規全集』第一六巻六二六～六二九頁。同書二三五～二三六頁「編注」等）
一三一六　獺祭書屋主人「『新俳句』のはじめに題す」（前掲『子規全集』第一六巻二三七～二三九頁）
一三一七　前掲『新俳句』目次（前掲『子規全集』第一六巻二四六頁）
一三一八　前掲『新俳句』目次（前掲『子規全集』第一六巻二四九頁）
一三一九　前掲『新俳句』（前掲『子規全集』第一六巻三〇九頁）
一三二〇　前掲『新俳句』（前掲『子規全集』第一六巻三八〇頁）
一三二一　前掲『新俳句』（前掲『子規全集』第一六巻三八〇～三八一頁）
一三二二　前掲『新俳句』（前掲『子規全集』第一六巻三八一頁）
一三二三　前掲『新俳句』（前掲『子規全集』第一六巻三八二頁）
一三二四　前掲『新俳句』（前掲『子規全集』第一六巻三八一頁）
一三二五　池山浩山人「解題」（前掲『子規全集』第一六巻六三〇～六三四頁、三八七～三八八頁「編注」等、三九一頁「凡例」）
一三二六　前掲同書同頁
一三二七　前掲同書同頁
一三二八　『春夏秋冬』（前掲『子規全集』第一六巻三八九～三九〇頁）
一三二九　前掲『春夏秋冬』（前掲『子規全集』第一六巻三九三～四〇〇頁）
一三三〇　前掲『春夏秋冬』（前掲『子規全集』第一六巻四四〇頁）
一三三一　前掲『春夏秋冬』（前掲『子規全集』第一六巻四八〇頁）
一三三二　前掲『春夏秋冬』（前掲『子規全集』第一六巻四八二頁）

一三三三　前掲『春夏秋冬』（前掲『子規全集』第一六巻四八四頁）
一三三四　前掲『春夏秋冬』（前掲『子規全集』第一六巻四八五頁）
一三三五　正岡子規「随問随答」（前掲『子規全集』第五巻二七三頁）

【第五章】

一三三六　奥田勲・表章・堀切実・復本一郎校注・訳『新編　日本古典文学全集88　連歌論集　能楽論集　俳論集』（小学館、二〇〇一年九月二〇日）四九六頁。潁原退蔵校訂『去来抄・三冊子・旅寝論』（岩波書店（岩波文庫）、一九三九年二月一五日）五一頁。
一三三七　前掲『新編　日本古典文学全集88　連歌論集　能楽論集　俳論集』四九六頁下段の現代語訳
一三三八　前掲『新編　日本古典文学全集88　連歌論集　能楽論集　俳論集』五四六頁の解説によれば、『三冊子』は、芭蕉と同郷伊賀上野の服部土芳（一六五七年～一七三〇年）が元禄一五、六年頃に執筆した俳論書であり、『去来抄』とともに松尾芭蕉の俳諧観を窺うことのできる資料として双璧をなす。
一三三九　前掲『新編　日本古典文学全集88　連歌論集　能楽論集　俳論集』六〇五頁
一三四〇　前掲『新編　日本古典文学全集88　連歌論集　能楽論集　俳論集』六〇六頁上段の頭注番号一四及び10によれば、この句について、支考は、『笈日記』に芭蕉の言葉「季の言葉なし。雑の句といはんもあしからじ」を記している。句意は「歩いて登ったならば、必ず杖を突いたであろう杖突坂であるが、馬に乗ったために落馬してしまった」である。
一三四一　前掲『新編　日本古典文学全集88　連歌論集　能楽論集　俳論集』六〇五頁下段の現代語訳
一三四二　暉峻康隆「芭蕉無季発句説の行方」（季刊『文学』第六巻第三号一〇九～一一八頁、岩波書店、

一九九五年七月一〇日）

一三四三　東聖子『蕉風俳諧における〈季語・季題〉の研究』（明治書院、平成一五年二月一〇日）一三九頁

一三四四　前掲暉峻康隆「芭蕉無季発句説の行方」

一三四五　山本健吉「芭蕉の季題観」（前掲『最新俳句歳時記　新年』二〇一〜二一二頁）。山本健吉「季題論序説―芭蕉の季題観について―」（文入宗義編『俳句講座5　俳論・俳文』一八五〜一九六頁、明治書院、昭和三四年九月二〇日）も同旨。

一三四六　前掲「俳諧一口話　四季」（前掲『子規全集』第四巻七二〜七三頁）

一三四七　前掲「俳諧大要」（前掲『子規全集』第四巻三四六頁）

一三四八　前掲「俳諧大要」（前掲『子規全集』第四巻三五〇頁）

一三四九　前掲「俳諧大要」（前掲『子規全集』第四巻三四八頁）

一三五〇　正岡子規「随問随答」（前掲『子規全集』第五巻二七二頁）

一三五一　正岡子規編著『分類俳句全集』第十一巻　冬の部（下）、雑の部、（アルス、昭和四年七月二五日）一一一〜一二二頁

一三五二　前掲『俳文学大辞典　普及版』によれば、「俳諧古今抄」は、支考編・著の俳諧作法書『俳諧古今抄』（京都野田治兵衛刊、享保一五年（一七三〇年））を指す。

一三五三　前掲『俳文学大辞典　普及版』によれば、「三山雅集」は、東水撰述の地誌『三山雅集』（宝永七年（一七一〇年））を指す。出羽三山等の地誌的解説に加え、関係する俳諧・詩・和歌などを集め、その縁起などが記録されているという。

一三五四　前掲『俳文学大辞典　普及版』によれば、「七車」は、轍士編の俳諧撰集『七車集』（元禄七年

（一六九四年）刊といわれる）を指す。

一三五五　前掲『俳文学大辞典　普及版』によれば、「手ならひ」は、鷲水編の俳句撰集『手ならひ』（京都井筒屋庄兵衛刊、元禄九年（一六九六年））を指す。

一三五六　正岡子規「随問随答」（前掲『子規全集』第五巻二八五頁）。なお、本文に記載したとおり、正岡子規は「虱」が季語でないことを前提に回答している。この点、高浜虚子自身も、自ら著した『新歳時記　増訂版』（三省堂、一九五一年一〇月三〇日）に「虱」を掲載していない。しかし、前掲『図説　俳句大歳時記　夏』にも、茨木和生・宇多喜代子・片山由美子・高野ムツオ・長谷川櫂・堀切実編『新版　角川俳句大歳時記　夏』（ＫＡＤＯＫＡＷＡ、二〇二二年五月三一日）にも、「虱」は季語として紹介されている。特に後者の「考証」欄には、曲亭馬琴編『俳諧歳時記』（享和三年）に季語の「虱」についての説明が掲載されている旨記されている。この点、「虱」を季語と認めるかどうかに争いがあった可能性も否定できない。正岡子規が否定説を採っていたとすれば高浜虚子の俳句を無季俳句と明確に知った上で認めていたことになる。もっとも、正岡子規が、「虱」が季語であることを単に知らなかったにすぎないのかもしれない。しかし、そうだったとしても、正岡子規自身は「虱」は季語でないとの認識の下に回答をしていたことは間違いない。したがって、いずれにしても、正岡子規が高浜虚子の「虱」の句を無季俳句として肯定していたことは動かないと考えられる。

一三五七　前掲「俳諧大要」（前掲『子規全集』第四巻三九〇頁）

一三五八　前掲同書同頁

一三五九　前掲『俳文学大辞典　普及版』。なお、「季感」は、同辞典によれば、「句にたたえられている季節の情感」をいい、「季語があっても季感の乏しい句、季語がなくても季感のある句もある」

と説明されている。本書では、論旨の曖昧さを避けたいので、季感の有無の問題は基本的に触れず、季語の有無を基準として有季俳句と無季俳句とを区別して論じたい。

一三六〇　前掲『俳文学大辞典　普及版』

一三六一　大野林火『近代俳句の鑑賞と批評　増補改訂』（明治書院、昭和四八年八月八日）四頁以下

一三六二　原子公平「無季」（文入宗義編『俳句講座9　研究』一八六頁、明治書院、昭和三四年五月三〇日）

一三六三　前掲「無季」（『俳句講座9　研究』一八七頁）

一三六四　超季とは、前掲『俳文学大辞典　普及版』によれば、「季語・季感の有無によって形式的に有季俳句と無季俳句に分類する考え方を否定して、季語・季感の有無を問わず詩感を優先させ、俳句を超季語・超季感の十七音詩として認識すること」をいう。超季派の俳人として、篠原鳳作、富澤赤黄男、渡辺白泉、西東三鬼らが挙げられている。

一三六五　宇多喜代子「ただ今の無季俳句」（佐佐木幸綱・夏石番矢・復本一郎編『無季俳句の遠心力―無季俳句１００選』九九頁、雄山閣出版、平成九年一月二五日）

【第六章】

一三六六　八田木枯「無季の句」（『俳句』編集部編『高浜虚子の世界』二〇八頁、角川学芸出版、平成二一年四月二〇日）

一三六七　磯田一雄「植民地期台湾における日本語俳句の受容と課題」（『跨境　日本語文学研究』第三号一四七～一六七頁、高麗大学校ＧＬＯＢＡＬ日本研究院、二〇一六年六月三〇日）

一三六八　高浜虚子『俳句への道』（岩波書店（岩波文庫）、一九九七年一月一六日）三一頁以下

一三六九　高浜虚子『俳句とはどんなものか』（角川学芸出版（ソフィア文庫）、平成二一年一一月二五日）目次前冒頭、二五頁

一三七〇　前掲『俳句とはどんなものか』二八頁以下

一三七一　高浜虚子『俳句の作りよう』（角川学芸出版（ソフィア文庫）、平成二一年七月二五日）編集部奥書

一三七二　前掲『俳句の作りよう』二一頁

一三七三　前掲『俳句の作りよう』九八頁

一三七四　前掲『俳句の作りよう』九八～一〇〇頁

一三七五　高濱虚子『俳句讀本』（角川書店（角川文庫）、昭和二九年一二月一〇日）

一三七六　前掲『俳句讀本』七頁以下

一三七七　前掲『俳句への道』一七頁。なお、高浜虚子は、この論稿において、俳諧に倣った「ハイカイ」をパリで紹介されたエピソードを記す中で、フランスのハイカイ詩人達が「季ということを問題にしようともしない」点について、「肝腎の季ということを忘れていたのは残念な事」とし、俳句が日本にしてはじめて興る文芸であるとして誇らしい心持がする旨記している。

一三七八　前掲『俳句への道』二二頁

一三七九　前掲『俳句への道』四〇頁

一三八〇　昭和一六年、高浜虚子は、日本俳句作家協会の結成に当たり、無季俳句を認めるとした（「二千六百一年句話」『ホトトギス』）が、これは当時の政治的圧力によるものであった（松井利彦『近代俳論史』四九九頁、桜楓社、昭和四八年六月一五日）。当時のことについて、高浜虚子自身は、「私は以前から季題というものと十七字という形という事は俳句の二つの大きな約束である、

これを一つでも破ったもの、即ち十七字でない句を作ったもの、又季題というものを無視したもの、それ等は俳句ではないという立場に立って居るのであります。（中略）ところが、官辺あたりの意向は、とにかく大きく一纏めにする必要があるのであるからして、それ等もやっぱり俳句の中に込めてくれなければ困るというような意向のように伺いました」と述べている（高浜虚子「日本俳句作家協會の結成」（『俳句の五十年』二五〇～二五二頁、中央公論新社（中公文庫）、二〇一八年八月二五日）。

一三八一　水原秋櫻子『俳句の本質』（創拓社、一九九〇年七月一日）一七三頁
一三八二　前掲『俳句の本質』一五頁
一三八三　前掲『俳句の本質』一八頁
一三八四　前掲『俳句の本質』二〇頁
一三八五　前掲『俳句の本質』二一頁
一三八六　水原秋櫻子『俳句のつくり方』（実業之日本社、昭和三五年一二月二〇日）
一三八七　前掲『俳句のつくり方』一〇七頁
一三八八　前掲『俳句のつくり方』一〇八頁
一三八九　中村草田男『増補　俳句入門』（みすず書房、一九七七年四月二五日）
一三九〇　前掲『増補　俳句入門』三〇頁
一三九一　前掲『増補　俳句入門』三三頁
一三九二　前掲『増補　俳句入門』三四頁
一三九三　前掲『増補　俳句入門』三八頁
一三九四　前掲『増補　俳句入門』三九頁以下

一三九五　鷲谷七菜子『現代俳句入門』（文化出版局、昭和五四年八月一五日）
一三九六　前掲『現代俳句入門』一七頁
一三九七　前掲『現代俳句入門』一九頁以下
一三九八　後藤比奈夫『改訂版俳句初学作法』（ふらんす堂、二〇一六年一一月一〇日）。同書あとがきには、昭和五四年九月に同書初版が角川書店から刊行された旨記されている。
一三九九　前掲『改訂版俳句初学作法』一三頁
一四〇〇　前掲『改訂版俳句初学作法』一八頁
一四〇一　藤田湘子『新実作俳句入門―作句のポイント』（立風書房、二〇〇〇年七月一〇日）
一四〇二　前掲『新実作俳句入門―作句のポイント』四六頁
一四〇三　藤田湘子『俳句作法入門』（角川学芸出版（角川選書）、平成五年二月二八日）
一四〇四　前掲『俳句作法入門』三九頁
一四〇五　鷹羽狩行『俳句の秘法』（角川学芸出版（角川選書）、平成二一年九月一〇日）
一四〇六　前掲『俳句の秘法』一六五頁
一四〇七　前掲『俳句の秘法』一七〇頁
一四〇八　山崎ひさを『やさしい俳句―実作を中心に』（善本社、平成二年五月二〇日）
一四〇九　前掲『やさしい俳句』二一頁
一四一〇　前掲『やさしい俳句』一六一頁
一四一一　石寒太『俳句　はじめの一歩』（二見書房（二見レインボー文庫）、二〇一五年一〇月三一日）
一四一二　前掲『俳句　はじめの一歩』八一頁以下
一四一三　岸本尚毅『岸本尚毅の俳句一問一答』（日本放送出版協会、二〇〇五年一一月二五日）

一四一四　前掲『岸本尚毅の俳句一問一答』九頁以下
一四一五　井上弘美『俳句上達9つのコツ―じぶんらしい句を詠むために』（NHK出版、二〇一三年九月二〇日）
一四一六　前掲『俳句上達9つのコツ』一八頁
一四一七　前掲『俳句上達9つのコツ』二四頁
一四一八　星野高士『俳句真髄―鬼の高士の俳句指南』（学芸みらい社、二〇一八年二月一日）
一四一九　前掲『俳句真髄』三六頁
一四二〇　前掲『俳句真髄』三七頁
一四二一　金子兜太『金子兜太の俳句入門』（角川学芸出版（ソフィア文庫）、平成二四年五月二五日）
一四二二　前掲『金子兜太の俳句入門』一〇頁以下
一四二三　夏井いつき『夏井いつきの超カンタン！　俳句塾』（世界文化社、二〇一六年七月一〇日）
一四二四　前掲『夏井いつきの超カンタン！　俳句塾』二三頁
一四二五　例えば、『HI　2021　№150』（国際俳句交流協会、令和三年二月二八日）一三頁には、ノルウェーの俳句として「朝の雨が　風雲に続いて　きらめく地球」（アーサー・エマ・アレクサンダー。原文は英語）が、『HI　2021　№151』（国際俳句交流協会、令和三年五月三一日）九頁には、日本の俳句として「会話のない食事　酒の音だけ　トック　トック　トク」（シマネ・マリエ・アネッテ。原文は英語）が掲載されている。他にも、同協会が創立二十五周年を記念して行った「2014年欧州と日本の俳句」というシンポジウムで紹介された俳句の中に、スウェーデンの俳句として「ボタン掛け違いの人生　美の象徴が体に残る　それは刺青」（トーマス・トランストロンメル（二〇一一年ノーベル文学賞受賞者）。原文はスウェーデン語）、クロアチアの俳句として「銃弾に　木は傷ついた　森の端の木が一本」（ドラゴ・シュタンブク（元駐日クロアチア大使）。原文はクロアチア語）、オランダの俳句として「銀色の稚魚が光る流れる川に　星を盗んだよう」（アウグスト・フェルメイレン。原文はオランダ語）、フランスの俳句として「わが行く手に　キスする二人　橋の真ん中で」（ピエール・タンギー。原文はフランス語。フランス俳句の傑作として紹介されている）等がある（25周年記念事業実行委員会『創立25周年記念シンポジウム　２０１４欧州と日本の俳句』（国際俳句交流協会、二〇一四年一二月一日）。

一四二六　佐藤和夫「アメリカの小学校読本に現われた俳句」（『俳句文学館紀要　第二号』、俳人協会、昭和五七年九月一日）

一四二七　佐藤和夫「アメリカ人の季節感覚」（角川文化振興財団編『世界大歳時記　ふるさと大歳時記別冊』三七八頁、角川書店、平成七年四月七日）

一四二八　星野恒彦「英語ハイク論考」（『俳句文学館紀要　第一一号』五頁以下、俳人協会、平成一二年一〇月一五日）。星野恒彦『俳句とハイクの世界』（早稲田大学出版部、二〇〇二年八月一〇日）三頁以下に再録されている。

一四二九　星野恒彦「イギリスの風土と季語」（前掲『世界大歳時記』三二四頁。前掲星野『俳句とハイクの世界』二二二頁以下も同旨）。

一四三〇　加藤慶二「ドイツ語圏における俳句受容―おもに西ドイツを中心として―」（『俳句文学館紀要第三号』一八九頁以下、俳人協会、昭和五九年六月一日）

一四三一　渡辺勝『比較俳句論―日本とドイツ―』（角川書店、一九九七年九月三〇日）

一四三二　前掲『比較俳句論―日本とドイツ―』五三頁

一四三三　前掲『比較俳句論―日本とドイツ―』七五頁
一四三四　前掲『比較俳句論―日本とドイツ―』七六～八一頁
一四三五　前掲『比較俳句論―日本とドイツ―』七五頁
一四三六　前掲『比較俳句論―日本とドイツ―』三四頁
一四三七　前掲『比較俳句論―日本とドイツ―』一二九頁
一四三八　前掲『比較俳句論―日本とドイツ―』三四頁
一四三九　前掲『比較俳句論―日本とドイツ―』三〇～三四頁、四三頁、一二二頁、一二四頁、一二七頁
一四四〇　前掲『比較俳句論―日本とドイツ―』一七頁
一四四一　前掲『比較俳句論―日本とドイツ―』九六頁、一二三頁
一四四二　前掲『比較俳句論―日本とドイツ―』一二三頁
一四四三　前掲『比較俳句論―日本とドイツ―』一二九頁
一四四四　前掲『比較俳句論―日本とドイツ―』一三〇頁
一四四五　増田秀一「ブラジルのハイカイ」（『俳句文学館紀要　第四号』九九頁以下、俳人協会、昭和六一年七月一〇日）
一四四六　増田秀一「ブラジルにおけるハイカイの近況」（『俳句文学館紀要　第八号』海外編一三頁以下、俳人協会、平成六年八月一日）
一四四七　増田秀一「ブラジルにおけるハイカイの季語」（『俳句文学館紀要　第九号』海外編一頁以下、俳人協会、平成八年一〇月二〇日）
一四四八　内田園生「海外詠と季語の問題」（前掲『無季俳句の遠心力』一五八頁）

【第七章】

一四四九　前掲「俳諧大要」（前掲『子規全集』第四巻三四二～三四三頁）

一四五〇　正岡子規「古池の句の辯」（前掲『子規全集』第五巻九四～一二〇頁）。一二〇頁によれば、同論稿は明治三一年一一月一〇日「ホトトギス」第二巻第二號に掲載された。

引用参考文献

※本文に引用した順に記載。なお、各章間に重複する文献あり。

【序　章】

国際俳句交流協会『HI　HAIKU　INTERNATIONAL　2020　№146』（令和二年二月二九日）

国際俳句交流協会『HI　HAIKU　INTERNATIONAL　2022　№154』（令和四年二月二八日）

『俳句文学館』（俳人協会、二〇二一年（令和三年）八月五日付け会報）

正岡子規「芭蕉雑談」（正岡子規著・正岡忠三郎編集代表『子規全集』第四巻　俳論俳話一、講談社、昭和五〇年一一月一八日）

坪内稔典「近代俳句小史」（齋藤愼爾・坪内稔典・夏石番矢・復本一郎編『現代俳句ハンドブック』、雄山閣出版、平成七年八月二〇日）

加藤楸邨・大谷篤蔵・井本農一監修『俳文学大辞典　普及版』（角川学芸出版、平成二〇年一月二五日）

筑紫磐井「『季題』『季語』の発生について」（村田脩編『俳句文学館紀要　第七号』、俳人協会、平成四年九月一日）

正岡子規「俳諧大要」（前掲『子規全集』第四巻）

稲畑汀子・大岡信・鷹羽狩行監修『現代俳句大事典　普及版』（三省堂、二〇〇八年九月一〇日）

高濱虚子『新歳時記　増訂版』（三省堂、一九五一年一〇月三〇日）

大野林火監修、俳句文学館編『ハンディ版　入門歳時記』（角川学芸出版、一九八四年四月二〇日）
稲畑汀子編『ホトトギス新歳時記　第三版』（三省堂、二〇一〇年六月一日）
山本健吉編『最新俳句歳時記　春』（文藝春秋、昭和四六年三月一〇日）
角川書店編『図説　俳句大歳時記　春』（角川書店、昭和四八年四月三〇日）
水原秋櫻子・加藤楸邨・山本健吉監修『講談社版　カラー図説　日本大歳時記　春』（講談社、一九八二年二月一〇日）
角川学芸出版編『角川俳句大歳時記　春』（角川学芸出版、二〇〇六年一二月三一日）
松田ひろむ編『ザ・俳句十万人歳時記　春』（第三書館、二〇〇八年四月二五日）
飯田龍太・稲畑汀子・金子兜太・沢木欣一監修『カラー版　新日本大歳時記　愛蔵版』（講談社、二〇〇八年一〇月二四日）
角川書店編『合本俳句歳時記　第五版』（角川書店、二〇一九年三月二八日）
茨木和生・宇多喜代子・片山由美子・高野ムツオ・長谷川櫂・堀切実編『新版　角川俳句大歳時記　春』（KADOKAWA、二〇二二年二月二八日）
茨木和生・宇多喜代子・片山由美子・高野ムツオ・長谷川櫂・堀切実編『新版　角川俳句大歳時記　夏』（KADOKAWA、二〇二二年五月三一日）
現代俳句協会編『現代俳句歳時記　春』（学習研究社、二〇〇四年五月二六日）

【第一章】

潁原退蔵「俳諧の季についての史的考察」（『俳諧史の研究』、星野書店、昭和八年五月二〇日）
「万葉集（西本願寺本）」（『新編　国歌大観　第二巻　私撰集編　歌集』、角川書店、昭和五九年三月一五

日）
小島憲之・木下正俊・東野治之校注・訳『新編　日本古典文学全集6　萬葉集①』（小学館（全四冊）、一九九四年五月二〇日）
鈴木日出男『古代和歌の世界』（筑摩書房（ちくま新書）、一九九九年三月二〇日）
青木生子・井手至・伊藤博・清水克彦・橋本四郎校注『新潮日本古典集成　萬葉集二』（新潮社、平成二七年四月二五日）
伊藤博『萬葉集釋注二』（集英社（集英社文庫ヘリテージシリーズ）、二〇〇五年九月二一日）
折口信夫・池田弥三郎『国文学』（慶應義塾大学出版会、一九七七年三月三一日）
「古今和歌集（伊達家旧蔵本）」（『新編　国歌大観　第一巻　勅撰集編　歌集』、角川書店、昭和五八年二月八日）
佐伯梅友校注『古今和歌集』（岩波書店（岩波文庫）、一九八一年一月一六日）
片桐洋一『古今和歌集全評釈（上）』（講談社（講談社学術文庫）、二〇一九年二月七日）
「新古今和歌集（谷山茂氏蔵本）」（前掲『新編　国歌大観　第一巻　勅撰集編　歌集』）
久保田淳訳注『新古今和歌集　上』（KADOKAWA、平成一九年三月二五日）
久保田淳編『日本文学史』（おうふう、一九九七年五月二五日）
林達也編著『国文学入門―日本文学の流れ』（放送大学教育振興会、二〇〇八年三月二〇日）
宗祇「吾妻問答」（木藤才藏・井本農一校注『日本古典文學大系66　連歌論集　俳論集』、岩波書店、一九六一年二月六日）
二条良基「筑波問答」（前掲『日本古典文學大系66　連歌論集　俳論集』）
犬養廉・井上宗雄・大久保正・小野寛・田中裕・橋本不美男・藤平春男編『和歌大辞典』（明治書院、昭

和六一年三月二〇日）
小川剛生『二条良基』（吉川弘文館（人物叢書）、令和二年二月一〇日）
伊地知鐵男『連歌の世界』（吉川弘文館、昭和四二年八月一日）
復本一郎『俳句実践講義』（岩波書店、二〇〇三年四月一八日）
奥田勲・表章・堀切実・復本一郎校注・訳『新編　日本古典文学全集88　連歌論集　能楽論集　俳論集』（小学館、二〇〇一年九月二〇日）
二条良基「連理秘抄」（木藤才藏・井本農一校注『日本古典文學大系66　連歌論集　俳論集』、岩波書店、昭和三六年二月六日）
宗祇「宗祇初心抄」（伊地知鉄男編『連歌論集　下』、岩波書店（岩波文庫）、一九五六年四月二六日）
宗牧著、伊地知鐵男校注・訳「当風連歌秘事」（伊地知鐵男・表章・栗山理一校注・訳『日本古典文学全集51　連歌論集　能楽論集　俳論集』、小学館、昭和四八年七月三一日）
紹巴「至寶抄」（前掲『連歌論集　下』）
紹巴「至宝抄」（奥田勲校注・訳『日本の文学　古典編37　歌論　連歌論　連歌』、ほるぷ出版、昭和六二年七月一日）
紹巴「連歌教訓」（前掲『連歌論集　下』）
宮坂静生「季語の歴史―どう考えられてきたか」（『季語の誕生』、岩波書店（岩波新書）、二〇〇九年一〇月二〇日）
筑紫磐井「伝統的季題論の探求―昭和十年代季題研究の体系化と吟味―」（村田脩編『俳句文学館紀要第八号』、俳人協会、平成六年八月一日）

【第二章】
加藤楸邨・大谷篤蔵・井本農一監修『俳文学大辞典　普及版』（角川学芸出版、平成二〇年一月二五日）
松江維舟重頼著・新村出校閲・竹内若校訂『毛吹草』（岩波書店（岩波文庫）、昭和一八年一二月一〇日）
宮本三郎・今栄蔵校注『古典俳文学大系7　蕉門俳諧集　二』（集英社、昭和四六年一月一〇日）
南信一『総釈許六の俳論』（風間書房、昭和五四年八月一五日）
復本一郎『俳句実践講義』（岩波書店、二〇〇三年四月一八日）
東聖子『蕉風俳諧における〈季語・季題〉の研究』（明治書院、平成一五年二月一〇日）
山本健吉「季の詞―この秩序の世界」（山本健吉編『最新俳句歳時記　新年』、文藝春秋、昭和四七年一月五日）
大西克禮『風雅論―「さび」の研究―』（岩波書店、昭和一五年五月四日）

【第三章】
去来「去来抄」（奥田勲・表章・堀切実・復本一郎校注・訳『新編　日本古典文学全集88　連歌論集　能楽論集　俳論集』、小学館、二〇〇一年九月二〇日）
小澤武二校訂『笈日記』（春陽堂、大正一五年一二月三日）
平井照敏「季語とは何か」（飴山実・清崎敏郎・原裕・平井照敏・福田甲子雄・山下一海・鷲谷七菜子『季題入門』、有斐閣（有斐閣新書）、一九七八年八月一〇日）
福田甲子雄「万緑」解説（角川文化振興財団編・別巻編集委員代表金子兜太、山本健吉監修『角川版　ふるさと大歳時記　別巻　世界大歳時記』、角川書店、平成七年四月七日）
山本健吉『定本　現代俳句』（角川学芸出版（角川選書）、平成一〇年四月三〇日）

山本健吉『基本季語五〇〇選』（講談社（講談社学術文庫）、一九八九年三月一〇日）
伊藤敬子「万緑」解説（飯田龍太・稲畑汀子・金子兜太・沢木欣一監修『カラー版　新日本大歳時記（愛蔵版）』、講談社、二〇〇八年一〇月二四日）

【第四章】

正岡子規「俳句分類」（前掲『子規全集』第四巻）
加藤国安『漢詩人子規―俳句開眼の土壌』（研文出版、二〇〇六年一〇月一〇日）
柴田奈美『正岡子規と俳句分類』（思文閣出版、二〇〇一年一二月二〇日）
正岡子規編著『分類俳句全集』第一巻（アルス、昭和三年三月二五日）
野間光辰「『三籟集』について」（『連歌俳諧研究』一九五三巻六号二四～三三頁、一九五三年）
河東碧梧桐「月並論」『子規の回想　新装覆刻』（沖積舎、平成四年一一月三〇日）
池永厚『俳諧麓廼栞　全』（同楽堂、明治二五年七月一六日）
内藤鳴雪「吾々の俳句會の變遷」（前掲『子規全集』第一五巻（俳句會稿））
尾形仂「月並俳諧の実態」（『俳句と俳諧』、角川書店、昭和五六年一二月二〇日）
松井利彦『近代俳論史』（桜楓社、昭和四八年六月一五日）
市川一男『近代俳句のあけぼの　第二部』（三元社、中央公論事業出版製作、昭和五〇年四月二〇日）
青木亮人「三森幹雄と正岡子規の『眼』―明治俳諧における『写生』の位相―」（日本近代文学会『日本近代文学』第78集三六～五一頁、二〇〇八年）
正岡子規「第一　俳句の標準」・「第二　俳句と他の文學」（前掲「俳諧大要」、『子規全集』第四巻　俳論俳話一）

正岡子規「俳句の初歩」（前掲『子規全集』第五巻　俳論俳話一、講談社、昭和五一年五月一八日）
関根林吉『三森幹雄評伝―三十余年幹雄研究の結晶』（遠沢繁、平成一四年七月二七日）
正岡子規「俳句問答」（前掲『子規全集』第四巻）
加藤楸邨「明治俳句史　上　明治初年から子規の革新まで―主として発想構造を中心に―」（『俳句講座7　現代俳句史』、明治書院、昭和三四年二月二五日）
正岡子規「俳諧一口話　四季」（前掲『子規全集』第四巻）
水原秋櫻子『近代の秀句　新修三代俳句鑑賞』（朝日新聞出版（朝日選書）、一九八六年一一月二〇日）
三森幹雄編『俳學大成　第二巻』（古池唫社、明治三〇年一月六日）
青木亮人「明治俳諧の『余情』と『只言』―三森幹雄と正岡子規の応酬から―」（日本近代文学会『日本近代文学』第75集一六〜三二頁、二〇〇六年）
三森幹雄『俳學大成　第一巻』（古池唫社、明治二九年一一月四日）
村山古郷『明治俳壇史』（角川書店、昭和五七年五月三〇日）
横山利平著・三森幹雄校訂『新編　俳諧題鑑　全』（出版人三森幹雄・伊藤有終、明治九年二月一四日版権免許）
勝峯晋風『子規以前の明治俳諧』（橙文堂、昭和一〇年九月五日）
正岡子規「新題目」（前掲「獺祭書屋俳話」、『子規全集』第四巻）
正岡子規「俳句と四季」（前掲「俳諧大要」、『子規全集』第四巻）
正岡子規「修學第三期」（前掲「俳諧大要」、『子規全集』第四巻）
正岡子規「寒山落木」（前掲『子規全集』第一巻　俳句一、講談社、昭和五〇年一二月一八日・同第二巻　俳句二、講談社、昭和五〇年六月一八日）

正岡子規「俳句稿」等（前掲『子規全集』第三巻　俳句三、講談社、昭和五二年一一月一八日）
正岡子規「ノート」（前掲『子規全集』第二一巻　草稿ノート、講談社、昭和五一年一一月一八日）
和田茂樹「解題」（前掲『子規全集』第一巻）
正岡子規「ノート　1」（前掲『子規全集』第二一巻）
正岡子規「ノート　11」（前掲『子規全集』第二一巻）
正岡子規「寒山落木　抹消句」（前掲『子規全集』第一巻）
正岡子規「寒山落木　抹消句」（前掲『子規全集』第二巻）
正岡子規「俳句稿」（前掲『子規全集』第三巻）
正岡子規「抹消句」（前掲『子規全集』第三巻）
正岡子規「〔俳句稿以後〕」（前掲『子規全集』第三巻）
角川学芸出版『角川季寄せ』（平成三〇年三月一五日）
「為忠集（神宮文庫蔵本）」（『新編　国歌大観　第七巻　私家集編Ⅲ　歌集』、角川書店、平成元年四月一〇日）
前掲『図説　俳句大歳時記　夏』（角川書店、昭和四八年七月三〇日）
前掲『分類俳句全集』第七巻　秋の部（中）（アルス、昭和三年一二月一四日）
正岡子規「獺祭書屋俳句帖抄　上巻」（俳書堂、明治三五年四月一五日）（前掲『子規全集』第三巻）
曲亭馬琴編・藍亭青藍補・堀切実校注『増補　俳諧歳時記栞草（上）』（岩波書店（岩波文庫）、二〇〇〇年八月一七日）
河東碧梧桐「新俳句」（前掲『子規の回想　新装覆刻』）
前掲『合本俳句歳時記　第五版』

正岡子規編「俳句　二葉集　春の部」（小日本叢書、明治二七年五月三〇日「小日本」第八十六號　付録）（前掲『子規全集』第一六巻　俳句選集、講談社、昭和五〇年八月一八日）
池上浩山人「解題」（前掲『子規全集』第一六巻）
正岡子規選抜句草稿『承露盤』（巧藝社、昭和一二年九月）（前掲『子規全集』第一六巻）
獺祭書屋主人「『新俳句』のはじめに題す」（前掲『子規全集』第一六巻）
正岡子規閲、上原三川・直野碧玲瓏共編『新俳句』（民友社、明治三一年三月一四日）（前掲『子規全集』第一六巻）
正岡子規編、河東碧梧桐・高濱虚子共編「春夏秋冬」（「春之部」、ほとゝぎす発行所、明治三四年五月二五日／「夏之部」、俳書堂・文淵堂、明治三五年五月一五日／「秋之部」、俳書堂、明治三五年九月七日／「冬之部」、俳書堂、明治三六年一月一二日）（前掲『子規全集』第一六巻）
正岡子規「随問随答」（前掲『子規全集』第五巻）

【第五章】

奥田勲・表章・堀切実・復本一郎校注・訳『新編　日本古典文学全集88　連歌論集　能楽論集　俳論集』（小学館、二〇〇一年九月二〇日）
潁原退蔵校訂『去来抄・三冊子・旅寝論』（岩波書店（岩波文庫）、一九三九年二月一五日）
暉峻康隆「芭蕉無季発句説の行方」（季刊『文学』第六巻第三号、岩波書店、一九九五年七月一〇日）
東聖子『蕉風俳諧における〈季語・季題〉の研究』（明治書院、平成一五年二月一〇日）
山本健吉「芭蕉の季題観」（『最新俳句歳時記　新年』、文藝春秋、昭和四七年一月五日）
山本健吉「季題論序説―芭蕉の季題観について―」（文入宗義編『俳句講座5　俳論・俳文』、明治書院、

昭和三四年九月二〇日）
大野林火『近代俳句の鑑賞と批評　増補改訂』（明治書院、昭和四八年八月八日）
原子公平「無季」（文入宗義編『俳句講座9　研究』、明治書院、昭和三四年五月三〇日）
宇多喜代子「ただ今の無季俳句」（佐佐木幸綱・夏石番矢・復本一郎編『無季俳句の遠心力―無季俳句100選』、雄山閣出版、平成九年一月二五日）

【第六章】

八田木枯「無季の句」（『俳句』編集部編『高浜虚子の世界』、角川学芸出版、平成二一年四月二〇日）
磯田一雄「植民地期台湾における日本語俳句の受容と課題」（『跨境　日本語文学研究』第三号、高麗大学校GLOBAL日本研究院、二〇一六年六月三〇日）
高浜虚子『俳句への道』（岩波書店（岩波文庫）、一九九七年一月一六日）
高浜虚子『俳句とはどんなものか』（角川学芸出版（ソフィア文庫）、平成二一年一一月二五日）
高浜虚子『俳句の作りよう』（角川学芸出版（ソフィア文庫）、平成二一年七月二五日）
高濱虚子『俳句讀本』（角川書店（角川文庫）、昭和二九年一二月一〇日）
松井利彦『近代俳論史』（桜楓社、昭和四八年六月一五日）
高浜虚子「日本俳句作家協會の結成」（『俳句の五十年』、中央公論新社（中公文庫）、二〇一八年八月二五日）
水原秋櫻子『俳句の本質』（創拓社、一九九〇年七月一日）
水原秋櫻子『俳句のつくり方』（実業之日本社、昭和三五年一二月二〇日）
中村草田男『増補　俳句入門』（みすず書房、一九七七年四月二五日）

鷲谷七菜子『現代俳句入門』（文化出版局、昭和五四年八月一五日）
後藤比奈夫『改訂版　俳句初学作法』（ふらんす堂、二〇一六年一一月一〇日）
藤田湘子『新実作俳句入門―作句のポイント』（立風書房、二〇〇〇年七月一〇日）
鷹羽狩行『俳句の秘法』（角川学芸出版（角川選書）、平成二一年九月一〇日）
山崎ひさを『やさしい俳句―実作を中心に』（善本社、平成二年五月二〇日）
藤田湘子『俳句作法入門』（角川学芸出版（角川選書）、平成五年二月二八日）
石寒太『俳句　はじめの一歩』（二見書房（二見レインボー文庫）、二〇一五年一〇月三一日）
岸本尚毅『岸本尚毅の俳句一問一答』（日本放送出版協会、二〇〇五年一一月二五日）
井上弘美『俳句上達9つのコツ―じぶんらしい句を詠むために』（NHK出版、二〇一三年九月二〇日）
星野高士『俳句真髄―鬼の高士の俳句指南』（学芸みらい社、二〇一八年二月一日）
金子兜太『金子兜太の俳句入門』（角川学芸出版（ソフィア文庫）、平成二四年五月二五日）
夏井いつき『夏井いつきの超カンタン！ 俳句塾』（世界文化社、二〇一六年七月一〇日）
『HI　2021　No.150』（国際俳句交流協会、令和三年二月二八日）
『HI　2021　No.151』（国際俳句交流協会、令和三年五月三一日）
25周年記念事業実行委員会『創立25周年記念シンポジウム　2014欧州と日本の俳句』（国際俳句交流協会、二〇一四年一二月一日）
佐藤和夫「アメリカの小学校読本に現われた俳句」（『俳句文学館紀要　第二号』、俳人協会、昭和五七年九月一日）
佐藤和夫「アメリカ人の季節感覚」（角川文化振興財団編『世界大歳時記　ふるさと大歳時記　別冊』、角川書店、平成七年四月七日）

星野恒彦「英語ハイク論考」（『俳句文学館紀要　第一一号』、俳人協会、平成一二年一〇月一五日）
星野恒彦「イギリスの風土と季語」（前掲『世界大歳時記　ふるさと大歳時記　別冊』）
星野恒彦『俳句とハイクの世界』（早稲田大学出版部、二〇〇二年八月一〇日）
加藤慶二「ドイツ語圏における俳句受容―おもに西ドイツを中心として―」（『俳句文学館紀要　第三号』、俳人協会、昭和五九年六月一日）
渡辺勝『比較俳句論―日本とドイツ―』（角川書店、一九九七年九月三〇日）
増田秀一「ブラジルのハイカイ」（『俳句文学館紀要　第四号』、俳人協会、昭和六一年七月一〇日）
増田秀一「ブラジルにおけるハイカイの近況」（『俳句文学館紀要　第八号』、俳人協会、平成六年八月一日）
増田秀一「ブラジルにおけるハイカイの季語」（『俳句文学館紀要　第九号』、俳人協会、平成八年一〇月二〇日）
内田園生「海外詠と季語の問題」（前掲『無季俳句の遠心力』）
『HI　2020　No.149』（国際俳句交流協会、令和二年一一月三〇日）
『HI　2021　No.153』（国際俳句交流協会、令和三年一一月三〇日）
『HI　2022　No.154』（国際俳句交流協会、令和四年二月二八日）
『HI　2022　No.155』（国際俳句交流協会、令和四年五月三一日）

【第七章】

正岡子規「俳諧大要」（前掲『子規全集』第四巻）
正岡子規「古池の句の辯」（前掲『子規全集』第五巻）

あとがき

本書は令和三年度慶應義塾大学文学部学士論文（卒業論文）に加筆修正を施したものである。卒論指導教授の合山林太郎先生には数年来、構想・資料収集・文章構成など粘り強くご指導ご教示をいただいた。伏して感謝申し上げたい。

テーマ選択に苦慮していたとき、合山先生から一冊の本をご提示いただいた。『パリ1900年・日本人留学生の交遊――「パンテオン会雑誌」資料と研究』（『パンテオン会雑誌』研究会編、二〇〇四年九月三〇日、ブリュッケ）である。同研究会代表の高階秀爾氏が監修、今橋映子氏、ロバート・キャンベル氏、馬渕明子氏、山梨絵美子氏の責任編集で、同研究会メンバーの合山先生も同書に論文を掲載されている。論文名は「明治期在欧日本人留学生・外交官たちの俳句会をめぐって――白人会・巴会・倫敦俳句会」である。二〇世紀初頭の欧州で夏目漱石や中村不折らをはじめ、日本の留学生や外交官等が、正岡子規一派その他の俳句革新の動きを反映させ、ベルリン、パリ、ロンドンの三都に俳句会を設け相互交流を深め俳句熱に燃えていた。これら句会の沿革、性格やつながりを明らかにした論文である。日本人の海外詠俳句についての論文であるが、［付記］に、「季題や切れなどの持つ俳句の抒情性」「海外詠によって照らし出される俳句の本質」とのフレーズがあった。これを読み、私の脳裡に海外の親類のことが浮かんだ。

私は俳句が好きで、十数年来、俳人協会の会員などとして作句にいそしんでいる。海外に暮らす孫やひ孫にも俳句の楽しみを味わわせたいと思い、何度となく俳句を勧めた。親類の一人でコスタリカ大学の詩学を専門とする教授にも誘いを向けた。残念ながら期待した反応に乏しかった。短詩には大いに興味を抱いたようだが、必ず季節の言葉を入れるという点に隘路があり、もっと自由に詠みたいということのようであった。私は、季語の豊かで深い抒情性に心を奪われていたので、隘路が季語にあるとは想像もしていなかったし、季語の素晴らしさを体験しないとは勿体ないとも思い、なぜ俳句に親しもうとしないのかと不思議な気持を抱いた。今考えれば、季語は古代以来何百年と培われてきた日本人の情緒の結晶で、いわば日本の文化遺産であるのだから、海外の人々に日本人の情緒と日本の文化遺産を必ず用いて詩を作ろうと働き掛けても無理だと分かる。しかし、本書の基となった学士論文を手掛けるまでそれは分からなかった。こうして、合山先生からご示唆いただいた論文を読み、私はその疑問の理由を確かめたくなった。これが学士論文のテーマを決める大きな切っ掛けであった。

二〇〇六年に慶應義塾大学法学部を卒業して以来の卒業論文作成なので、当初は法学部時代の経験を生かせばいいと高を括っていたが、実際に論文作成を始めると、文学的思考は法学的思考と全く異質だと思い知った。途中何度も疲労困憊し、深夜にテーブルの椅子から床へ寝落ちして額を怪我したこともあった。いろいろ教えを受けたりおしゃべりしたりと、俳句の先輩や同輩との楽しいひとときが心の支えであった。何とか学士論文を提出し、口頭試問に合格し、令和四年三月に晴れて卒業したとき、長かった研究期間が終わり心底ほっとして解放感に浸った。しかし、その後、先の見えないコロナ禍の中、この長い人生を自分が生きた証を遺したいという気持が彷彿として湧いてきた。それには、苦労に苦労を重ねやっと書き上げた論文こそ相応しいと感じた。こうして同論文を見直し、さらに加筆して本書を完成させた。

本書は、俳句の国際化に向けて、つまり外国人に俳句を広めるに当たり、俳句の抒情性の中心となる季語について外国人との間にどのような共通認識を持てばよいのかという問題意識を踏まえ、季語の誕生と展開を振り返りつつ、俳句の創始者である正岡子規の俳句観・季語観に立ち返って俳句の国際化を考察しようと試みたものである。

本書完成には、角川文化振興財団書籍編集部の皆様に、何から何まで幅広く、かつ深く、微に入り細をうがち、懇切丁寧にお世話になった。心より感謝申し上げたい。本当にどうもありがとうございました。

二〇二二年（令和四年）一〇月

桜　かれん

子規俳句における新事象と新題一覧（明治一八〜三五年）

【凡例】

一、本表は、明治一八年から三五年の間に、正岡子規が新事象と新題（新季語）を詠み込んだ俳句を一覧にした表である。

一、各俳句は年次ごとにまとめた。但し、明治一八年から二四年までは句数が少ないことからひとまとめとした。

一、各俳句は、本文記載の『子規全集』第一～三巻から収録した。

一、縦軸の各項目の内容は左記の通りである。

「No.」 各俳句を特定するため年次ごとに整理番号を付した。

「作年　明治」 当該俳句が明治何年に作られたかを示す。

「作品」 当該俳句の掲載誌名、又は遺稿名等を示す。

「俳句」 当該俳句を示す。字句の表記は、前掲『子規全集』記載のとおりとした。

「拾遺　抹消」 当該俳句が本文記載の拾遺句又は抹消句に該当する場合その別を示す。

「新事象／＊＝新題［　］＝前書」 当該俳句に詠み込まれた新事象を示す。それが新題の場合、右下に＊を付した。前書に新事象がある場合、これを［　］で括って示した。

「配合季語」 上段記載の新事象に配合された季語を示す。空欄の場合、上段の新事象

（新事象が複数の場合は、右下に＊を付す）を新題（新季語）とした俳句、又は無季俳句（上段の新事象に＊がない場合）であることを示す。

「全集　巻・頁」　当該俳句掲載の前掲『子規全集』に係る巻数（丸数字）と頁数（漢数字）を示す。

明治一八年〜二四年

No.	作年 明治	作品	俳句	拾遺 抹消	新事象／*＝新題 ［ ］＝前書	配合季語	全集 巻・頁
1	一八		黒雲を起してゆくや蒸氣船	拾遺	蒸気船		③四八三
2	一九		※新事象不見当				
3	二〇		※新事象不見当				
4	二一		※新事象不見当				
5	二二		アメリカの波打ちよする岩ほ哉	拾遺	アメリカ		③四九〇
6	二二		アメリカも共にしぐれん海の音	拾遺	アメリカ	時雨	③四九一
7	二二		君か代のことたま探る岡見哉	拾遺	君が代	岡見	③四九二
8	二三		寫眞をば眼鏡の箱に入れ見れば	拾遺	写真		③四九五
9	二三		安珍の軍艦一ツわたし船	拾遺	軍艦		③五〇〇
10	二四	寒山落木（一）	君が代の苗代見せう都人		君が代	苗代	①二八
11	二四	寒山落木（一）	ラムネの栓天井をついて時鳥		ラムネ*	時鳥	①三〇
12	二四	寒山落木（一）	君が代や調子のそろふ落水		君が代	落水	①三二
13	二四	寒山落木（一）	氣車路や百里餘りを稲の花		汽車	稲の花	①三九
14	二四		電信をはなれた道や飛ふこてふ	拾遺	電信	胡蝶	③五〇四
15	二四		アメリカもろしやも一つや春霞	拾遺	アメリカ／ロシア	霞	③五〇七

明治二五年

No.	作年明治	作品	俳句	拾遺抹消	新事象／*＝新題「」＝前書	配合季語	全集巻・頁
1	二五	寒山落木（一）	遣羽子をつき〳〵よける車哉		車	遣羽子	①四五
2	二五	寒山落木（一）	涅槃像寫眞なき世こそたふとけれ		写真	涅槃像	①四九
3	二五	寒山落木（一）	燕の何聞くふりぞ電信機		電信機	燕	①五五
4	二五	寒山落木（一）	瓦斯燈にかたよつて吹く柳哉		瓦斯灯	柳	①六一
5	二五	寒山落木（一）	洋本の間にはさむ櫻かな		洋本	桜	①六一
6	二五	寒山落木（一）	石炭の車ならぶや散る櫻		石炭／車	桜	①六二
7	二五	寒山落木（一）	花の雲博覽會にかゝりけり		博覧会	花の雲	①六二
8	二五	寒山落木（一）	梅正に綻びそむる紀元節		紀元節*	梅	①六三
9	二五	寒山落木（一）	油繪の遠目にくもる五月かな		油絵	五月	①七三
10	二五	寒山落木（一）	君か代や親が所望の夏氷		君が代	夏氷	①七六
11	二五	寒山落木（一）	時鳥上野をもとる瀛車の音		汽車	時鳥	①七九
12	二五	寒山落木（一）	時鳥上野を戻る瀛車の音		汽車	時鳥	①八三
13	二五	寒山落木（一）	あはれさやらんぷを辷る灯取虫		ランプ	灯取虫	①八五
14	二五	寒山落木（一）	麥わらの帽子に杉の落は哉		麦藁帽子*	落葉	①八八
15	二五	寒山落木（一）	瀛車道にそふて咲けりけしの花		汽車	けしの花	①八九
16	二五	寒山落木（一）	窓かけや朧に匂ふ花いばら		窓かけ	花いばら	①九六
17	二五	寒山落木（一）	凌霄や煉瓦造りの共うつり		煉瓦	凌霄花	①九六

No.	作年明治	作品	俳句	拾遺抹消	新事象／*＝新題 「」＝前書	配合季語	全集巻・頁
18	二五	寒山落木（一）	宿の菊天長節をしらせばや		天長節*	菊	①一〇四
19	二五	寒山落木（一）	袖なくてうき洋服の踊り哉		洋服	踊り	①一〇五
20	二五	寒山落木（一）	君が代は案山子に殘る弓矢哉		君が代	案山子	①一〇五
21	二五	寒山落木（一）	傾城に電話をかけん秋のくれ		電話	秋の暮	①一〇五
22	二五	寒山落木（一）	滊車道に堀り殘されて花野哉		汽車	花野	①一〇八
23	二五	寒山落木（一）	秋風やらんぷの笠も破れたり		ランプ	秋風	①一一三
24	二五	寒山落木（一）	稲妻のはなれて遠し電氣燈		電気灯	稲妻	①一二二
25	二五	寒山落木（一）	ビール苦く葡萄酒澁し薔薇の花		ビール*	薔薇	①一二二
26	二五	寒山落木（一）	鐵橋や横すぢかひに天の川		鉄橋	天の川	①一二四
27	二五	寒山落木（一）	天の川凌雲閣にもたれけり		凌雲閣	天の川	①一二四
28	二五	寒山落木（一）	御殿場に鹿の驚く夜滊車哉		汽車	鹿	①一二八
29	二五	寒山落木（一）	秋の蝶動物園をたどりけり		動物園	秋の蝶	①一三五
30	二五	寒山落木（一）	軍艦の帆檣高し渡り鳥		軍艦	渡り鳥	①一三五
31	二五	寒山落木（一）	松茸や京は牛煮る相手にも		牛煮る	松茸	①一四六
32	二五	寒山落木（一）	凩や虚空をはしる氣車の音		汽車	凩	①一五三
33	二五	寒山落木（一）	新聞で見るや故郷の初しくれ		新聞	初時雨	①一五四
34	二五	寒山落木（一）	いそがしく時計の動く師走哉		時計	師走	①一五六
35	二五	寒山落木（一）	行年を鐵道馬車に追付ぬ		鉄道／馬車	行く年	①一五七

36	二五	寒山落木（一）	君が代は大つごもりの月夜哉		君が代	大つごもり	①一五七
37	二五	寒山落木（一）	古はくらしらんぷの煤拂		ランプ	煤払	①一五九
38	二五	寒山落木（一）	臘八のあとにかしましくりすます		クリスマス*	臘八	①一六一
39	二五	寒山落木（一）	すとうぶや上からつゝく煤拂		ストーブ*	煤払	①一六一
40	二五	寒山落木（一）	赤煉瓦雪にならびし日比谷哉		煉瓦	雪	①一六四
41	二五	寒山落木（一）	滊車道の一すぢ長し冬木立		汽車	冬木立	①一六六
42	二五	寒山落木（一）	燒芋をくひ〳〵千鳥きく夜哉		焼芋*	千鳥	①一六七
43	二五	寒山落木（一）	冬枯の野に學校のふらふ哉		学校	冬枯	①一六九
44	二五	寒山落木（一）	兵隊は國の花なりけふの春	抹消	兵隊	今日の春	①四二九
45	二五	寒山落木（一）	東京と江戸も變りて君か春	抹消	東京	春	①四三〇
46	二五	寒山落木（一）	活版の名刺ほりこむ御慶哉	抹消	名刺	御慶	①四三〇
47	二五	寒山落木（一）	日永さや鐵道馬車のゆれ心地	抹消	鉄道／馬車	日永	①四三〇
48	二五	寒山落木（一）	陽炎やセントヘレナのしま一つ	抹消	セントヘレナ	陽炎	①四三一
49	二五	寒山落木（一）	氣車戻る三津街道や朧月	抹消	汽車	朧月	①四三二
50	二五	寒山落木（一）	鶯の遠のいてなく滊車の音	抹消	汽車	鶯	①四三三
51	二五	寒山落木（一）	猫の戀がらす障子に無分別	抹消	ガラス障子	猫の恋	①四三四
52	二五	寒山落木（一）	伏兵の鐵炮倒すつくし哉	抹消	鉄砲	土筆	①四三六
53	二五	寒山落木（一）	小蒸氣のあとにゆさぶる花の波	抹消	蒸気（船）	花	①四三六

No.	作年 明治	作品	俳句	拾遺 抹消	新事象／＊＝新題 ［ ］＝前書	配合季語	全集 巻・頁
54	二五	寒山落木（一）	劍賣て扇さしたるすゞみかな	抹消	［兵営］／剣	扇／涼み	①四三七
55	二五	寒山落木（一）	早乙女を汽車より見そめ給ひけり	抹消	汽車	早乙女	①四三八
56	二五	寒山落木（一）	夏やせや海水浴の姫御前	抹消	海水浴*	夏痩	①四三九
57	二五	寒山落木（一）	赤門に角帽見えす雲の峰	抹消	赤門／角帽	雲の峰	①四四〇
58	二五	寒山落木（一）	ほとゝきす其聲入れん蓄音器	抹消	蓄音機	時鳥	①四四一
59	二五	寒山落木（一）	洋服の背中に蚤のいたき哉	抹消	洋服	蚤	①四四一
60	二五	寒山落木（一）	洋人の手を引て行く茂り哉	抹消	洋人	茂	①四四四
61	二五	寒山落木（一）	はつとする博物館や木下闇	抹消	博物館	木下闇	①四四四
62	二五	寒山落木（一）	こんぱすのつかひつらいや後の月	抹消	コンパス	後の月	①四四八
63	二五	寒山落木（一）	すてつきに押し分けて行薄哉	抹消	ステッキ	薄	①四五二
64	二五	寒山落木（一）	新暦で何をさゝげん芭蕉祭	抹消	新暦	芭蕉祭	①四五四
65	二五	寒山落木（一）	君か代やめでたくすねて大三十日	抹消	君が代	大晦日	①四五四
66	二五	寒山落木（一）	歳のくれ龍頭の時計くるひけり	抹消	時計	年の暮	①四五四
67	二五	寒山落木（一）	掛乞の帽子忘れし寒さ哉	抹消	帽子	掛乞／寒さ	①四五五
68	二五	寒山落木（一）	かちあたる馬車も銀坐の師走哉	抹消	馬車／銀座	師走	①四五五
69	二五	寒山落木（一）	新聞の反故の山や冬こもり	抹消	新聞	冬籠	①四五五
70	二五	寒山落木（一）	兩院へ車分れる吹雪哉	抹消	両院議院／車	吹雪	①四五六
71	二五	寒山落木（一）	鐵道の一筋長し冬木立	抹消	鉄道	冬木立	①四五七

72	二五		その邊にうぐひす居らず汽車の音	拾遺	汽車	鶯	③五一一
73	二五		東京に人のへつたり秋のくれ	拾遺	東京	秋の暮	③五二五
74	二五		乗合の馬車酒くさき殘暑かな	拾遺	乗合／馬車	殘暑	③五二六
75	二五		秋の風帽子の角を吹きへらす	拾遺	帽子	秋風	③五二七
76	二五		いつからを時雨といはん太陽暦	拾遺	太陽暦	時雨	③五二七
77	二五		牛鍋につゝき崩せし根深哉	拾遺	牛鍋	根深	③五二八
78	二五		凩や帽ひるがへる京の町	拾遺	帽子	凩	③五二九
79	二五		廓行きの車夫にぬかれる寒さ哉	拾遺	車夫	寒さ	③五二九
80	二五		洋服の足よりひゆる寒さ哉	拾遺	洋服	寒さ	③五三〇
81	二五		草か木かセントヘレナの春の風	拾遺	セントヘレナ	春風	③五三〇
82	二五		郭公馬車や車の廣小路	拾遺	馬車／車	郭公	③五三〇
83	二五		馬車かへるあと静かなり御所の雪	拾遺	馬車	雪	③五三〇
84	二五		木枯に火影おそろしがらす窓	拾遺	ガラス窓	木枯	③五三一

明治二六年

No.	作年 明治	作品	俳句	拾遺 抹消	新事象／*＝新題 「」＝前書	配合季語	全集 巻・頁
1	二六	寒山落木（二）	十万の常備軍あり國の春		常備軍	春	①一七五
2	二六	寒山落木（二）	君か代や二十六度の初暦		君が代	初暦	①一七九
3	二六	寒山落木（二）	象も來つ雀も下りつ鍬始		象	鍬始	①一七九
4	二六	寒山落木（二）	人の世になりても久し紀元節		紀元節*		①一八七
5	二六	寒山落木（二）	陽炎や大砲けふる那須野原		大砲	陽炎	①二〇一
6	二六	寒山落木（二）	鶯や又この山も滊車の音		汽車	鶯	①二〇七
7	二六	寒山落木（二）	鶯や新聞賣りの鈴の音		新聞	鶯	①二〇八
8	二六	寒山落木（二）	大砲の煙を下に舞雲雀		大砲	雲雀	①二一二
9	二六	寒山落木（二）	人道と車道を分る柳哉		車道	柳	①二二四
10	二六	寒山落木（二）	うつくしき櫻の雨や電氣燈		電気灯	桜	①二三一
11	二六	寒山落木（二）	君か代や苗代時の物しづか		君が代	苗代	①二三八
12	二六	寒山落木（二）	鐵橋のさつはりしたる卯月哉		鉄橋	卯月	①二四三
13	二六	寒山落木（二）	ほの暗きとんねる行けば夏もなし		トンネル	夏	①二四五
14	二六	寒山落木（二）	馬車店先ふさぐあつさ哉		馬車	暑さ	①二五〇
15	二六	寒山落木（二）	着物干す營所の庭の暑さ哉		営所	暑さ	①二五一
16	二六	寒山落木（二）	油画の彩色多きあつさ哉		油画	暑さ	①二五二

17	二六	寒山落木（二）	小蒸滊の機械をのぞく暑哉	蒸気（船）	暑さ	①二五二
18	二六	寒山落木（二）	眞白に石灰やきのあつさ哉	石炭	暑さ	①二五二
19	二六	寒山落木（二）	とんねるや笠にしたゝる山清水	トンネル	清水	①二五四
20	二六	寒山落木（二）	日さかりに兵卒出たり仲の町	兵卒	日盛り	①二五四
21	二六	寒山落木（二）	滊車行くやひんと立たる田草取	汽車	田草取	①二六九
22	二六	寒山落木（二）	公園に旅人ひとり涼みけり	公園	涼み	①二七四
23	二六	寒山落木（二）	平藏にあめりか語るすゞみかな	アメリカ	涼み	①二七四
24	二六	寒山落木（二）	滊車見る〱山を上るや青嵐	汽車	青嵐	①二九三
25	二六	寒山落木（二）	時鳥寒暖計の下りぎは	寒暖計	時鳥	①二九八
26	二六	寒山落木（二）	軒らんぷ店は閉ぢたりほとゝきす	ランプ	時鳥	①二九九
27	二六	寒山落木（二）	我庵は滊車の夜嵐時鳥	汽車	時鳥	①三〇〇
28	二六	寒山落木（二）	君か代の不足をいへば時鳥	君が代	時鳥	①三〇一
29	二六	寒山落木（二）	蚊の聲にらんぷの暗き宿屋哉	ランプ	蚊	①三〇七
30	二六	寒山落木（二）	電信の柱にあつし蟬の聲	電信	蟬	①三〇八
31	二六	寒山落木（二）	蠅の舞ふ中に酒のむ車力哉	車力	蠅	①三〇九
32	二六	寒山落木（二）	孑孑の蚊になる頃や何學士	学士	孑孑	①三〇九
33	二六	寒山落木（二）	若葉道曲り〱の電氣燈	電気灯	若葉	①三一一
34	二六	寒山落木（二）	立つくす寫生の繪師や夏木立	写生	夏木立	①三一二
35	二六	寒山落木（二）	兵隊の行列白し木下闇	兵隊	木下闇	①三一三

No.	作年明治	作品	俳句	拾遺抹消	新事象／＊＝新題［ ］＝前書	配合季語	全集巻・頁
36	二六	寒山落木（二）	青梅や黄梅やうつる軒らんぷ		ランプ	梅	①三一五
37	二六	寒山落木（二）	東京に世渡りやすき胡瓜哉		東京	胡瓜	①三二八
38	二六	寒山落木（二）	學校の此頃やすむ殘暑哉		学校	残暑	①三三〇
39	二六	寒山落木（二）	名月や都大路の馬車		馬車	名月	①三五二
40	二六	寒山落木（二）	夕月や車のりこむ大曲り		車	夕月	①三五六
41	二六	寒山落木（二）	滊車の窻折〻うつる紅葉哉		汽車	紅葉	①三六六
42	二六	寒山落木（二）	蕣や君いかめしき文學士		文学士	蕣（朝顔）	①三六九
43	二六	寒山落木（二）	草花や人力はしる秋田道		人力	秋の田	①三七一
44	二六	寒山落木（二）	電信に眠る燕や稲の花		電信	稲の花	①三七七
45	二六	寒山落木（二）	三年の洋服ぬぎし寒さ哉		洋服	寒さ	①三八二
46	二六	寒山落木（二）	冬枯や巡査に吠ゆる里の犬		巡査	冬枯	①四一二
47	二六	寒山落木（二）	冬枯の木間に青し電氣燈		電気灯	冬枯	①四一三
48	二六	寒山落木（二）	萬國の地圖を開くや國の春	抹消	万国地図	春	①四五八
49	二六	寒山落木（二）	君が代を踊りそめけり花の春	抹消	君が代	春	①四五八
50	二六	寒山落木（二）	君か代や千嶋よりくる國の春	抹消	君が代	春	①四五八
51	二六	寒山落木（二）	焼芋のさかり過たる二月哉	抹消	焼芋＊	二月	①四六四
52	二六	寒山落木（二）	君か代や千嶋の奥も雛祭	抹消	君が代	雛祭	①四六六
53	二六	寒山落木（二）	桑つみのふらんす語るやすみ哉	抹消	フランス	桑摘	①四六六

54	二六	寒山落木（二）	夜櫻や雨ふる中の電氣燈	抹消	電気灯	夜桜	①四七六
55	二六	寒山落木（二）	電燈の雨うつくしき櫻哉	抹消	電気灯	桜	①四七六
56	二六	寒山落木（二）	菜の花や奥州通ふ滊車の笛	抹消	汽車	菜の花	①四八〇
57	二六	寒山落木（二）	車屋が語るまことのあつさ哉	抹消	車屋	暑さ	①四八一
58	二六	寒山落木（二）	洋犬の耳を垂れたるあつさ哉	抹消	洋犬	暑さ	①四八一
59	二六	寒山落木（二）	新聞にほつくの熱さを見る日哉	抹消	新聞	暑さ（熱さ）	①四八二
60	二六	寒山落木（二）	あつき夜や滊車の響きの遠曇り	抹消	汽車	暑さ（熱さ）	①四八二
61	二六	寒山落木（二）	牛肉の鍋にはりつく熱さ哉	抹消	牛鍋	暑さ	①四八三
62	二六	寒山落木（二）	鳴りしきる電話の鈴の暑哉	抹消	電話	暑さ	①四八三
63	二六	寒山落木（二）	車屋のさきにのみたる清水哉	抹消	車屋	清水	①四八九
64	二六	寒山落木（二）	眞桑瓜革包の重き行脚哉	抹消	鞄	真桑瓜	①四九五
65	二六	寒山落木（二）	名月の闇や都の電氣燈	抹消	電気灯	名月	①四九九
66	二六	寒山落木（二）	陸奥通ふ雨の夜氣車や雁の聲	抹消	汽車	雁	①五〇二
67	二六	寒山落木（二）	穂薄の顔かく滊車の小窓哉	抹消	汽車	薄	①五〇六
68	二六	寒山落木（二）	菊植ゑて天氣豫報を見る日哉	抹消	天気予報	菊	①五〇六
69	二六	寒山落木（二）	君が代や四海静かに稲の波	抹消	君が代	稲の波	①五〇七
70	二六	寒山落木（二）	朝つくる大砲寒き門邊哉	抹消	大砲	寒さ	①五〇八
71	二六	寒山落木（二）	君が代を靜かに牛の年暮れぬ	抹消	君が代	年の暮	①五〇九
72	二六	寒山落木（二）	凩に滊車かけり行く別れ哉	抹消	汽車	凩	①五一四

No.	作年明治	作品	俳句	拾遺抹消	新事象／＊＝新題「　」＝前書	配合季語	全集巻・頁
73	二六	寒山落木（二）	冬枯や王子に多き赤煉瓦	抹消	煉瓦	冬枯	①五一五
74	二六	寒山落木（二）	冬枯のうしろに遠し赤煉瓦	抹消	煉瓦	冬枯	①五一六
75	二六		朝々の新聞も見ず冬籠	拾遺	新聞	冬籠	③五三二
76	二六		やき芋の行燈あつし夏氷	拾遺	焼芋＊	夏氷	③五三四
77	二六		行年や異國通ひの蒸氣船	拾遺	蒸気船	行く年	③五三五

明治二七年

No.	作年明治	作品	俳句	拾遺抹消	新事象／＊＝新題［ ］＝前書	配合季語	全集巻・頁
1	二七	寒山落木（三）	君が代や鳥驚かぬ弓はじめ		君が代	弓始	②一二
2	二七	寒山落木（三）	遺羽子や皆君が代の女ぶり		君が代	遺羽子	②一三
3	二七	寒山落木（三）	君か代の薺をはやす拍子哉		君が代	薺	②一四
4	二七	寒山落木（三）	大砲を海へうちこむ二月哉		大砲	二月	②二二
5	二七	寒山落木（三）	電信や糸のたよりのかゝり凧		電信	凧	②二八
6	二七	寒山落木（三）	瀛車道の左右に畑打つ夫婦哉		汽車	畑打	②三〇
7	二七	寒山落木（三）	春風や郵便車肥車		郵便車	春風	②三一
8	二七	寒山落木（三）	日の旗や四階五階の春の風		日の旗	春風	②三三
9	二七	寒山落木（三）	兵船の笛吹きやみぬ朧月		兵船	朧月	②三六
10	二七	寒山落木（三）	袴ぬいで梅の日曜土曜かな		日曜土曜	梅	②四四
11	二七	寒山落木（三）	下萌に引く大砲の車かな		大砲	下萌	②五六
12	二七	寒山落木（三）	砲臺に海苔麁朶つゞく淺瀬哉		砲台	海苔粗朶	②五六
13	二七	寒山落木（三）	陸軍省建築用地の菫かな		陸軍省	菫	②五七
14	二七	寒山落木（三）	湯釜ぬく瀛船の音の明け易し		汽船	明易	②六〇
15	二七	寒山落木（三）	乗合の大勢になる袷哉		乗合	袷	②六三
16	二七	寒山落木（三）	議事堂や出口〱の青簾		議事堂	青簾	②六三
17	二七	寒山落木（三）	夏やせとしもなき象の姿かな		［動物園］／象	夏痩	②六六

No.	作年 明治	作品	俳句	拾遺 抹消	新事象／＊＝新題 ［ ］＝前書	配合季語	全集 巻・頁
18	二七	寒山落木（三）	電信のはりがね多し雲の峰		電信	雲の峰	② 六八
19	二七	寒山落木（三）	雲の峰凌雲閣に並びけり		凌雲閣	雲の峰	② 六八
20	二七	寒山落木（三）	大砲の車小さき夏野かな		大砲	夏野	② 六九
21	二七	寒山落木（三）	十二時の大砲ひゞく夏野哉		大砲	夏野	② 六九
22	二七	寒山落木（三）	鐵砲の調練見ゆる夏野哉		鉄砲	夏野	② 六九
23	二七	寒山落木（三）	限りなく鐵道長き夏野哉		鉄道	夏野	② 六九
24	二七	寒山落木（三）	酒賣の夏山越ゆる車哉		車	夏山	② 六九
25	二七	寒山落木（三）	山に沿ひて滊車走り行く若葉哉		汽車	若葉	② 七五
26	二七	寒山落木（三）	滊車過ぎて山靜かなり夏木立		汽車	夏木立	② 七六
27	二七	寒山落木（三）	木下闇電信の柱あたらしき		電信	木下闇	② 七六
28	二七	寒山落木（三）	車道廣く埃捲くなり夏柳		車道	夏柳	② 七八
29	二七	寒山落木（三）	青梅ややもり火に透く門らんぷ		ランプ	青梅	② 七八
30	二七	寒山落木（三）	牙は折れ毛は兀げて象の肌寒し		象	肌寒	② 八四
31	二七	寒山落木（三）	朝寒や警報かけし村役場		警報／村役場	朝寒	② 八五
32	二七	寒山落木（三）	號外を賣り行く秋の夕哉		号外	秋	② 八七
33	二七	寒山落木（三）	大砲の山行く秋の朝日かな		大砲	秋	② 八九
34	二七	寒山落木（三）	帆柱や秋高く日の旗翻る		日の旗	秋高し	② 九〇

35	二七	寒山落木（三）	日の旗や銀座は秋の山かつら	[天長節*]／銀座／日の旗	秋	②九一
36	二七	寒山落木（三）	日の旗の杉葉に並ぶ新酒哉	[天長節*]／日の旗	新酒	②九三
37	二七	寒山落木（三）	ところ〳〵野營張るなり天の川	野営	天の川	②九四
38	二七	寒山落木（三）	砲やんで月朧し山の上	砲	月	②九八
39	二七	寒山落木（三）	電燈や夜の野分の砂ほこり	電灯	野分	②一〇〇
40	二七	寒山落木（三）	霧深き足柄山の荷滊車哉	汽車	霧	②一〇一
41	二七	寒山落木（三）	白露や野營の枕木ぎれ也	野営	露	②一〇一
42	二七	寒山落木（三）	燕の歸りて淋し電信機	電信	燕	②一〇六
43	二七	寒山落木（三）	秋もはや象なぶるべき蠅もなし	象	秋の蠅	②一〇七
44	二七	寒山落木（三）	此邊を通ふ滊車あり女郎花	汽車	女郎花	②一一五
45	二七	寒山落木（三）	日曜やけふ菊による人の蟻	日曜	菊	②一二〇
46	二七	寒山落木（三）	日の旗や淋しき村の菊の垣	[天長節*]／日の旗	菊	②一二〇
47	二七	寒山落木（三）	末枯や人力つゞく屋敷跡	人力車	末枯	②一二三
48	二七	寒山落木（三）	稲の穂や南に凌雲閣低し	凌雲閣	稲の穂	②一二五
49	二七	寒山落木（三）	稲の穂やあちらこちらの赤錬瓦	赤煉瓦	稲の穂	②一二五
50	二七	寒山落木（三）	十月の櫻咲くなり幼稚園	幼稚園	桜	②一二九
51	二七	寒山落木（三）	古辻に郵便箱の寒さかな	郵便箱	寒さ	②一三一
52	二七	寒山落木（三）	黒船の雪にもならで寒げなり	黒船	寒さ	②一三二
53	二七	寒山落木（三）	凩ののぞくがらすや室の花	ガラス	凩	②一四一

No.	作年明治	作品	俳句	拾遺抹消	新事象／＊＝新題［　］＝前書	配合季語	全集巻・頁
54	二七	寒山落木（三）	すわ夜瀛車凩山へ吹き返し		汽車	凩	②一四二
55	二七	寒山落木（三）	兵營や霜に荒れたる鴻の臺		兵営	霜	②一四三
56	二七	寒山落木（三）	瀛車道の此頃出來し枯野かな		汽車	枯野	②一四七
57	二七	寒山落木（三）	學校の旗竿高き冬野かな		学校	冬野	②一四八
58	二七	寒山落木（三）	冬山やごほ〳〵と瀛車の麓行く		汽車	冬山	②一四八
59	二七	寒山落木（三）	銃提げし士官に逢ひぬ冬木立		士官	冬木立	②一五二
60	二七	寒山落木（三）	冬枯の根岸淋しや日の御旗		［新嘗祭］／日の旗	冬枯	②一五六
61	二七	寒山落木（三）	のどかさは新聞もなしけさの春	抹消	新聞	春	②六二七
62	二七	寒山落木（三）	初東風や日の丸の皺吹きのばし	抹消	日の丸	初東風	②六二八
63	二七	寒山落木（三）	初暦日曜の日をしらべける	抹消	日曜	初暦	②六二九
64	二七	寒山落木（三）	春風や黒船雲をいづる見ゆ	抹消	黒船	春風	②六三一
65	二七	寒山落木（三）	軍艦の沖にかゝるや春の風	抹消	軍艦	春風	②六三一
66	二七	寒山落木（三）	霞み行く奥街道の車哉	抹消	車	霞	②六三一
67	二七	寒山落木（三）	陽炎のもゆる因果の車哉	抹消	車	陽炎	②六三二
68	二七	寒山落木（三）	春雨や油したゝる牛の肉	抹消	牛の肉	春雨	②六三二
69	二七	寒山落木（三）	梅咲て焼芋の煙細りけり	抹消	焼芋＊	梅	②六三三
70	二七	寒山落木（三）	窓掛のがらすに赤し五月雨	抹消	ガラス	五月雨	②六三六
71	二七	寒山落木（三）	夕立や近衛の騎兵一大隊	抹消	騎兵／一大隊	夕立	②六三六

72	二七	寒山落木（三）	學校の晝靜かなり百日紅	抹消	学校	百日紅	②六三七
73	二七	寒山落木（三）	滊車道の此頃出來ぬ芥子の花	抹消	汽車	芥子の花	②六三七
74	二七	寒山落木（三）	凄しや彈丸波に沈む音	抹消	弾丸	すさまじ	②六三八
75	二七	寒山落木（三）	稲妻や敵艦遠く迯げて行く	抹消	敵艦	稲妻	②六三八
76	二七	寒山落木（三）	初汐やどつくにはいる軍船	抹消	ドック／軍船	初潮	②六三九
77	二七	寒山落木（三）	蜩や動物園の垣ひろし	抹消	動物園	蜩	②六三九
78	二七	寒山落木（三）	二度よりは通らぬ汽車や花芒	抹消	汽車	花芒	②六四〇
79	二七	寒山落木（三）	鷄頭のうしろを通る荷滊車哉	抹消	汽車	鶏頭	②六四〇
80	二七	寒山落木（三）	號外を受け取る菊の垣根哉	抹消	号外	菊	②六四一
81	二七	寒山落木（三）	霜月の軍艦ひそむ入江かな	抹消	軍艦	霜月	②六四一
82	二七	寒山落木（三）	電燈の木の間に光る寒さかな	抹消	電灯	寒さ	②六四一
83	二七	寒山落木（三）	君が代や柊もさゝす二十年	抹消	君が代	柊	②六四一
84	二七	寒山落木（三）	わびしさや焼いもの皮熊の皮	抹消	焼芋*	熊	②六四一
85	二七	寒山落木（三）	朝霜や雫流るゝぶりき屋根	抹消	ぶりき屋根	霜	②六四一
86	二七	寒山落木（三）	初雪や異人ばかりの靴の跡	抹消	靴	初雪	②六四二
87	二七	寒山落木（三）	軍艦の沈みしあとを群千鳥	抹消	軍艦	千鳥	②六四二
88	二七		君か代や四千萬人けさの春	拾遺	君が代	今朝の春	③五三九
89	二七		時鳥表は馬車のひゞき哉	拾遺	馬車	時鳥	③五三九
90	二七		早稲の香や小山にそふて滊車走る	拾遺	汽車	早稲	③五三九

No.	作年 明治	作品 俳句	拾遺 抹消	新事象／＊＝新題 「 」＝前書	配合季語	全集 巻・頁
91	二七	海晴れて天長節の日和かな	拾遺	天長節＊		③五四一
92	二七	時鳥横町〳〵の巡査哉	拾遺	巡査	時鳥	③五四一
93	二七	葉櫻に馬馳せ違ふ議員哉	拾遺	議員	葉桜	③五四一
94	二七	名乗れ〳〵議案の數を時鳥	拾遺	議案	時鳥	③五四二
95	二七	雨晴れて滊車道濡る、若葉かな	拾遺	汽車	若葉	③五四三
96	二七	滊車と云ものが出來るぞ閑子鳥	拾遺	汽車	閑古鳥	③五四三
97	二七	木曾路にも鐵道かけたか時鳥	拾遺	鉄道	時鳥	③五四三
98	二七	夏木立鐵軌十文字に走りけり	拾遺	鉄軌（レール）	夏木立	③五四三
99	二七	滊車道の丹後へ鳴くや時鳥	拾遺	汽車道	時鳥	③五四三
100	二七	鐵道の左右になかし夏木立	拾遺	鉄道	夏木立	③五四三
101	二七	鐵道のうねりくねりや夏木立	拾遺	鉄道	夏木立	③五四三
102	二七	學校のあとに淋しき青田かな	拾遺	学校	青田	③五四四
103	二七	其の下を滊車が通るぞ羽抜鳥	拾遺	汽車	羽抜鳥	③五四四
104	二七	憲兵の赤羅紗さめる暑さかな	拾遺	憲兵	暑さ	③五四四
105	二七	砲臺の工事を急ぐ卯月かな	拾遺	砲台	卯月	③五四四
106	二七	官の爲めに鳴く雨蛙枝蛙	拾遺	官	蛙	③五四五
107	二七	行く春を雨に暮れ行く車かな	拾遺	車	行く春	③五四八
108	二七	鐵の生温かになる夜かな	拾遺	鉄	温か	③五四九

109	二七		鐵道に何を群れたる五月蠅ぞや	拾遺	鉄道	五月蠅	③五四九
110	二七		夏草や議院門前人もなし	拾遺	議院	夏草	③五五〇
111	二七		官邸の芍薬ある夜散りにけり	拾遺	官邸	芍薬	③五五〇

明治二八年

No.	作年明治	作品	俳句	拾遺抹消	新事象／＊＝新題 ［　］＝前書	配合季語	全集巻・頁
1	二八	寒山落木（四）	元朝や車ときめく二重橋		車	元朝	②一六二
2	二八	寒山落木（四）	春の夜や傾城町の電氣燈		電気灯	春の夜	②一七〇
3	二八	寒山落木（四）	滊車道にならんでありく日永哉		汽車	日永	②一七三
4	二八	寒山落木（四）	蒸氣ャ出て行く殘る煙が霞哉		蒸気（船）	霞	②一八二
5	二八	寒山落木（四）	砲臺の舳に霞む港かな		砲台	霞	②一八三
6	二八	寒山落木（四）	梅持て女乗りたる車かな		車	梅	②二〇〇
7	二八	寒山落木（四）	梅の花北野によらぬ車あり		車	梅	②二〇〇
8	二八	寒山落木（四）	君が代は足も腕も接木かな		君が代	接木	②二〇四
9	二八	寒山落木（四）	外側に蒲公英咲ける臺場哉		台場	蒲公英	②二一四
10	二八	寒山落木（四）	村醫者の洋服着たる暑哉		洋服	暑さ	②二二一
11	二八	寒山落木（四）	分捕の軍艦見ゆる涼みかな		軍艦	涼み	②二三一
12	二八	寒山落木（四）	鐵橋に頭出しけり雲の峰		鉄橋	雲の峰	②二三七
13	二八	寒山落木（四）	夏山の病院高し松の中		病院	夏山	②二四〇
14	二八	寒山落木（四）	時鳥椎は車を外れけり		車	時鳥	②二四四
15	二八	寒山落木（四）	蟬鳴くや寒暖計は九十九度		寒暖計	蟬	②二四六
16	二八	寒山落木（四）	滊車過ぎて烟うづまく若葉哉		汽車	若葉	②二四九

17	二八	寒山落木（四）	芍薬や兵士宿とる大伽藍	兵士	芍薬	②二五五
18	二八	寒山落木（四）	晝顔にたまるほこりや馬車	馬車	昼顔	②二六〇
19	二八	寒山落木（四）	淋しさや氣車猶急ぐ秋の暮	汽車	秋の暮	②二七三
20	二八	寒山落木（四）	行く秋を雨に氣車待つ野茶屋哉	汽車	行く秋	②二七七
21	二八	寒山落木（四）	秋晴れぬ空の限りの蒸氣船	蒸気船	秋晴	②二七八
22	二八	寒山落木（四）	滊船過ぎて波よる秋の小島かな	蒸気船	秋	②二七八
23	二八	寒山落木（四）	聖靈の寫眞に憑るや二三日	写真	魂祭	②二八四
24	二八	寒山落木（四）	初嵐軍艦悠然として來る	軍艦	初嵐	②三〇四
25	二八	寒山落木（四）	電信の柱を倒す野分かな	電信	野分	②三〇五
26	二八	寒山落木（四）	霧間よりあらおびたゞしの兵船や	兵船	霧	②三〇七
27	二八	寒山落木（四）	はら〳〵と滊車に驚く螽かな	汽車	螽	②三一〇
28	二八	寒山落木（四）	蕣に一夜とめたる車かな	車	朝顔	②三一七
29	二八	寒山落木（四）	穗芒や野末は暮れて氣車の音	汽車	薄	②三一九
30	二八	寒山落木（四）	草の花練兵場は荒れにけり	練兵場	草の花	②三三一
31	二八	寒山落木（四）	野菊やらん滊車の窓より見ゆる也	汽車	野菊	②三三三
32	二八	寒山落木（四）	鐵砲のかすかにひゞく野菊哉	鉄砲	野菊	②三三三
33	二八	寒山落木（四）	菊の花天長節は過ぎにけり	天長節*	菊	②三三六
34	二八	寒山落木（四）	君が代は菊の花こそ大きけれ	君が代	菊	②三三七
35	二八	寒山落木（四）	滊車道をありけば近し稲の花	汽車	稲の花	②三三九

No.	作年明治	作品	俳句	拾遺抹消	新事象／＊＝新題「　」＝前書	配合季語	全集巻・頁
36	二八	寒山落木（四）	はせ違ふ滊車の行方や稲莚		汽車	稲莚	②三四一
37	二八	寒山落木（四）	稲の香に人居らずなりぬ避病院		病院	稲	②三四一
38	二八	寒山落木（四）	君が代は道に拾はぬ落穂かな		君が代	落穂	②三四二
39	二八	寒山落木（四）	電信に雀の並ぶ小春かな		電信	小春	②三四八
40	二八	寒山落木（四）	黒船に傳馬のたかる小春かな		黒船	小春	②三四八
41	二八	寒山落木（四）	艦隊の港につどふ師走かな		艦隊	師走	②三五一
42	二八	寒山落木（四）	滊車此夜不二足柄としぐれけり		汽車	時雨	②三六五
43	二八	寒山落木（四）	大和路は時雨ふるらし氣車の覆		汽車	時雨	②三六六
44	二八	寒山落木（四）	寒月や造船場の裸船		造船場	寒月	②三六九
45	二八	寒山落木（四）	きやべつ菜に横濱近し畑の霜		キャベツ＊	霜	②三七三
46	二八	寒山落木（四）	氣車あらはに枯野を走る烟哉		汽車	枯野	②三七五
47	二八	寒山落木（四）	氣車道の目標高き冬田かな		汽車	冬田	②三七五
48	二八	寒山落木（四）	氣車道の一段高き冬田かな		汽車	冬田	②三七五
49	二八	寒山落木（四）	滊車道に冬木の影の並びけり		汽車	冬木	②三八〇
50	二八	寒山落木（四）	まつち賣るともし火暗し枯柳		マッチ	枯柳	②三八二
51	二八		うつくしき霙ふる也電氣燈	拾遺	電気灯	霙	③五五一
52	二八		滊車の月後にて聞けば十三夜	拾遺	汽車	十三夜	③五五二

明治二九年

No.	作年明治	作品	俳句	拾遺抹消	新事象／*＝新題 「」＝前書	配合季語	全集巻・頁
1	二九	寒山落木（五）	元日の馬車見に行くや丸の内		馬車	元日	②三九三
2	二九	寒山落木（五）	らんぷ屋の荷にちろ〳〵と春の風		ランプ	春風	②四一四
3	二九	寒山落木（五）	赤紙や南京町の春の風		赤紙	春風	②四一五
4	二九	寒山落木（五）	粉になつて春雨飛ぶや電氣燈		電気灯	春雨	②四一九
5	二九	寒山落木（五）	滊車の音鶯逃げてしまひけり		汽車	鶯	②四二五
6	二九	寒山落木（五）	すれ違ふ滊車の小窓の燕哉		汽車	燕	②四二七
7	二九	寒山落木（五）	大砲や城跡荒れて梅の花		大砲	梅	②四三二
8	二九	寒山落木（五）	二大隊花見の中を通りけり		大隊	花見	②四三七
9	二九	寒山落木（五）	交番やこゝにも一人花の酔		交番	花	②四三七
10	二九	寒山落木（五）	象肥えて戰ひ習ふ柳かな		象	柳	②四四四
11	二九	寒山落木（五）	短夜や一番滊車に乘りおくれ		汽車	短夜	②四五一
12	二九	寒山落木（五）	涼しさの野を行けば帽飛ばんとす		帽子	涼し	②四五四
13	二九	寒山落木（五）	涼しげや病なくて何と病院に		病院	涼し	②四五四
14	二九	寒山落木（五）	鳥鳴いて谷靜かなり夏蕨		夏蕨*		②四五七
15	二九	寒山落木（五）	田舍人の衣更へたる滊車場哉		汽車	更衣	②四五八
16	二九	寒山落木（五）	ふらんすに夏痩なんどなかるべし		フランス	夏痩	②四六九
17	二九	寒山落木（五）	團扇持つて滊車に乘りたる道者哉		汽車	団扇	②四七一

No.	作年 明治	作品	俳句	拾遺 抹消	新事象／＊＝新題 [ ]＝前書	配合季語	全集 巻・頁
18	二九	寒山落木（五）	夏帽をかぶつて來たり探訪者		夏帽*		②四七二
19	二九	寒山落木（五）	夏帽や吹き飛ばされて濠に落つ		夏帽*		②四七二
20	二九	寒山落木（五）	夏帽の人見送るや蜑が子等		夏帽*		②四七二
21	二九	寒山落木（五）	夏帽の白きをかぶり八字髯		夏帽*		②四七二
22	二九	寒山落木（五）	夏帽の對なるをかぶり二三人		夏帽*		②四七二
23	二九	寒山落木（五）	夏帽の古きを以て漢法醫		夏帽*		②四七二
24	二九	寒山落木（五）	夏帽も取りあへぬ辭誼の車上哉		夏帽*／車		②四七二
25	二九	寒山落木（五）	夏帽子人歸省すべきでたち哉		夏帽*		②四七二
26	二九	寒山落木（五）	麁末にして新しきをぞ夏帽子		夏帽*		②四七二
27	二九	寒山落木（五）	潮あびる裸の上の藁帽子		藁帽*	裸	②四七二
28	二九	寒山落木（五）	山北や鮎の鮓買ふ瀛車の中		汽車	鮎／鮓	②四七三
29	二九	寒山落木（五）	電信の棒隱れたる夏野かな		電信	夏野	②四八四
30	二九	寒山落木（五）	國道の普請出來たる夏野哉		国道	夏野	②四八四
31	二九	寒山落木（五）	庭の木にらんぷとゞいて夜の蟬		ランプ	蟬	②四九三
32	二九	寒山落木（五）	蟬の聲しばらく瀛車に押されけり		汽車	蟬	②四九四
33	二九	寒山落木（五）	三千の兵たてこもる若葉哉		兵	若葉	②四九七
34	二九	寒山落木（五）	心安し若葉の風に瀛車が行く		汽車	若葉	②四九八
35	二九	寒山落木（五）	夏木立官林の鳥は官に鳴く		官林	夏木立	②五〇〇

36	二九	寒山落木（五）	筒組んで兵隊休む棕櫚の花	兵	棕櫚の花	②五一一
37	二九	寒山落木（五）	君が代や鬼のすみかも苔の花	君が代	苔の花	②五一一
38	二九	寒山落木（五）	苔の花門に車の跡もなし	車	苔の花	②五一二
39	二九	寒山落木（五）	夕顔に車寄せたる垣根かな	車	夕顔	②五一二
40	二九	寒山落木（五）	草茂みベースボールの道白し	ベースボール	草茂	②五一三
41	二九	寒山落木（五）	夏葱に雞裂くや山の宿	夏葱*		②五一五
42	二九	寒山落木（五）	村會のともし火暗き夜寒かな	村会	夜寒	②五二三
43	二九	寒山落木（五）	秋の夜の書齋を照すらんぷ哉	ランプ	秋の夜	②五二五
44	二九	寒山落木（五）	滊車過ぐるあとを根岸の夜ぞ長き	汽車	夜長	②五二五
45	二九	寒山落木（五）	物に倦みて時計見る夜の長さ哉	時計	夜長	②五二六
46	二九	寒山落木（五）	秋高き天文臺のともしかな	天文台	秋高し	②五二八
47	二九	寒山落木（五）	村會に秋の祭の日のべかな	村会	秋祭	②五二八
48	二九	寒山落木（五）	村會や背戸の案山子もまかり出よ	村会	案山子	②五三五
49	二九	寒山落木（五）	秋の空凌雲閣に人見ゆる	凌雲閣	秋の空	②五四九
50	二九	寒山落木（五）	村會に月のさしこむ役場哉	村会／役場	月	②五五四
51	二九	寒山落木（五）	吾に爵位なし月中の桂手折るべく	爵位	月	②五五四
52	二九	寒山落木（五）	滊車道に低く雁飛ぶ月夜哉	汽車	雁／月夜	②五五九
53	二九	寒山落木（五）	演習の野中の杉や鵙の聲	演習	鵙	②五五九
54	二九	寒山落木（五）	百舌鳴いて村會散す三時過	村会	百舌	②五五九
55	二九	寒山落木（五）	夕露や大砲冷えてきり〳〵す	大砲	きりぎりす	②五六四

No.	作年 明治	作品	俳句	拾遺 抹消	新事象／*＝新題 「」＝前書	配合季語	全集 巻・頁
56	二九	寒山落木（五）	村會の議員住みける芙蓉哉		村会議員	芙蓉	②五六五
57	二九	寒山落木（五）	小刀や鉛筆を削り梨を剝く		鉛筆	梨	②五六七
58	二九	寒山落木（五）	古跡見んと車してよぎる柹の村		車	柹	②五七一
59	二九	寒山落木（五）	痢病ありて會議催す柹の村		村会	柹	②五七一
60	二九	寒山落木（五）	學校の此頃出來し薄かな		学校	薄	②五七四
61	二九	寒山落木（五）	村會のあと靜かなり鷄頭花		村会	鶏頭花	②五七八
62	二九	寒山落木（五）	村會や水損の稻いまだ刈らず		村会	稲	②五八四
63	二九	寒山落木（五）	靴凍てゝ墨塗るべくもあらぬ哉		靴	凍る	②五九三
64	二九	寒山落木（五）	君か代は冬の筍親五十		君が代	冬の筍	②五九四
65	二九	寒山落木（五）	椽側へ出て瀛車見るや冬籠		汽車	冬籠	②五九四
66	二九	寒山落木（五）	寄宿舍の窓にきたなき蒲團哉		寄宿舎	蒲団	②五九七
67	二九	寒山落木（五）	はした女や霜やけかこつ豆らんぷ		ランプ	霜	②五九九
68	二九	寒山落木（五）	八人の子供むつましクリスマス		クリスマス*		②五九九
69	二九	寒山落木（五）	瀛車道に鳩の下り居る枯野哉		汽車	枯野	②六一一
70	二九		醉ざめの車に乘れば足寒し	拾遺	車	寒し	③五五四
71	二九		行く春を電話の絲の亂れ哉	拾遺	電話	行く春	③五五七
72	二九		東京へ夕立遣らん唾して	拾遺	東京	夕立	③五五八
73	二九		君が代や黄金腐りて苔の花	拾遺	君が代	苔の花	③五五九

74	二九		英人も露人もましる踊哉	拾遺	英人／露人	踊	③五五九
75	二九		軍配上る時羽織飛び帽子ふる	拾遺	帽子		③五六〇
76	二九		葬や新聞を讀みながら行く	拾遺	新聞	朝顔	③五六一
77	二九		新聞報ず瀧の川の紅葉散ると	拾遺	新聞	紅葉散る	③五六五

明治三〇年

No.	作年明治	作品	俳句	拾遺抹消	新事象／*＝新題［　］＝前書	配合季語	全集巻・頁
1	三〇	俳句稿	年玉の鴨提げて書生戸を叩く		書生	年玉	③八
2	三〇	俳句稿	パノラマを見て玉乗を見て日の永き		パノラマ／玉乗	日永	③一四
3	三〇	俳句稿	春風や象引いて行く町の中		象	春風	③一九
4	三〇	俳句稿	春風の女凌雲閣に上る		凌雲閣	春風	③一九
5	三〇	俳句稿	御車は涙にかすみ見えざりき		車	霞	③一九
6	三〇	俳句稿	春雨や車を下りる白拍子		車	春雨	③二一
7	三〇	俳句稿	運動會の旗あちこちす春の山		運動会*	春の山	③二三
8	三〇	俳句稿	寫生廿日堂成りて今や蝶を着く		写生	蝶	③二三
9	三〇	俳句稿	野の道や書生美しき蝶を網す		書生	蝶	③二四
10	三〇	俳句稿	巡査梅提げし男を叱る		巡査	梅	③二七
11	三〇	俳句稿	寫眞取る櫻がもとの小女郎哉		写真	桜	③二九
12	三〇	俳句稿	大砲のどろ〳〵と鳴る木の芽哉		大砲	木の芽	③三〇
13	三〇	俳句稿	競漕の雨にやむ日や花盛		競漕*	花盛	③三一
14	三〇	俳句稿	公園の入口見えて櫻かな		公園	桜	③三二
15	三〇	俳句稿	滊車の窓に見上る岡の櫻哉		汽車	桜	③三三
16	三〇	俳句稿	夜嵐や落花吹付る電氣燈		電気灯	落花	③三三

17	三〇	俳句稿	我は下り上りの車熱さうな	車	熱（暑）さ	③四〇
18	三〇	俳句稿	内閣を辭して薩摩に晝寐哉	内閣	昼寝	③四二
19	三〇	俳句稿	夏瘦や牛乳に飽て粥薄し	牛乳	夏痩	③四三
20	三〇	俳句稿	血に染みし従軍の合羽土用干	従軍	土用干	③四五
21	三〇	俳句稿	心太の店にラムネを問へば無し	ラムネ*	心太	③四七
22	三〇	俳句稿	裏町や水打さして馬車を見る	馬車	水打つ	③四七
23	三〇	俳句稿	葉柳に水撒車片よせぬ	水撒車	葉柳	③四七
24	三〇	俳句稿	汗拭香水の香をなつかしむ	香水*	汗拭	③四八
25	三〇	俳句稿	日曜や浴衣袖廣く委蛇〱たり	日曜	浴衣	③四九
26	三〇	俳句稿	夏休みの書生になじむ船の飯	夏休み*／書生		③四九
27	三〇	俳句稿	夏野盡きて道山に入る人力車	人力車	夏野	③五二
28	三〇	俳句稿	巡査見えて裸子逃げる青田哉	巡査	裸／青田	③五二
29	三〇	俳句稿	滊車道を横ぎつて行く夏野哉	汽車	夏野	③五三
30	三〇	俳句稿	百円の鶯早く老いにけり	円（註：金銭単位）	鶯	③五四
31	三〇	俳句稿	しまひ滊車に乗りおくれたか時鳥	汽車	時鳥	③五六
32	三〇	俳句稿	看護婦やうたゝ寐さめて蠅を打つ	看護婦	蠅	③五六
33	三〇	俳句稿	角海老の時計數へる夜長哉	時計	夜長	③六五
34	三〇	俳句稿	横町で巡査に出逢ふ夜寒哉	巡査	夜寒	③六五
35	三〇	俳句稿	思ひよらず大砲ひゞく秋の暮	大砲	秋の暮	③六六

No.	作年明治	作品	俳句	拾遺抹消	新事象／＊＝新題 ［ ］＝前書	配合季語	全集巻・頁
36	三〇	俳句稿	秋晴れて凌雲閣の人小し		凌雲閣	秋晴	③六七
37	三〇	俳句稿	唱歌聞ゆ天長節の朝日哉		天長節＊		③七一
38	三〇	俳句稿	畑打の天長節を知らぬかな		天長節＊	畑打	③七二
39	三〇	俳句稿	草の戸や天長節の小豆飯		天長節＊	小豆飯	③七二
40	三〇	俳句稿	ひつこめて國旗立てたる秋の雨		国旗	秋の雨	③七八
41	三〇	俳句稿	馬追にランプの低き葛家哉		ランプ	馬追	③八〇
42	三〇	俳句稿	やかましきものニコライの鐘秋の蟬		ニコライの鐘	秋の蟬	③八三
43	三〇	俳句稿	朝皃の戸に掛けて去る牛の乳		牛乳	朝顔	③九〇
44	三〇	俳句稿	萩咲て家賃五円の家に住む		円	萩	③九二
45	三〇	俳句稿	滊車道のあらはに蕎麥の莖赤し		汽車	蕎麦	③九六
46	三〇	俳句稿	菊年〻天長節の日和順		天長節＊	菊	③九七
47	三〇	俳句稿	稲莚國旗立てたる村見ゆる		国旗	稲莚	③九七
48	三〇	俳句稿	家土産の松蕈匂ふ夜滊車哉		汽車	松茸	③九八
49	三〇	俳句稿	平民の御悔み申す寒さ哉		平民	寒さ	③一〇一
50	三〇	俳句稿	フランスの一輪ざしや冬の薔薇		フランス	冬薔薇	③一〇三
51	三〇	俳句稿	借り家や冴ゆる夜近き滊車の音		汽車	冴ゆる	③一〇三
52	三〇	俳句稿	法律の議論はじまる火鉢哉		法律	火鉢	③一〇四
53	三〇	俳句稿	穴多きケツトー疵多き火鉢哉		ケットー（毛布）＊	火鉢	③一〇四

54	三〇	俳句稿	ケットーの赤きを被り本願寺	ケットー（毛布）*		③一〇六
55	三〇	俳句稿	縮緬の衿巻臙虎の帽子かな	帽子	衿巻	③一〇六
56	三〇	俳句稿	ひゞの顔にリスリンを多くなすりたる	リスリン	胼（ひび）	③一〇六
57	三〇	俳句稿	毛布被りたるがまじりし寄席の歸り哉	毛布*		③一〇七
58	三〇	俳句稿	四角なる冬帽に今や歸省かな	冬帽*		③一〇七
59	三〇	俳句稿	冬帽の我土耳其といふを愛す	冬帽*		③一〇七
60	三〇	俳句稿	冬帽の十年にして猶屬吏なり	冬帽*		③一〇七
61	三〇	俳句稿	消燈の鐘鳴り渡る煖爐かな	暖炉*		③一〇七
62	三〇	俳句稿	つき〴〵しからぬもの日本の家に暖爐	暖炉*		③一〇七
63	三〇	俳句稿	ストーヴに濡れたる靴の裏をあぶる	ストーブ*		③一〇七
64	三〇	俳句稿	外套の剝げて遼東より歸る	外套*		③一〇七
65	三〇	俳句稿	外套を着かねつ客のかゝへ去る	外套*		③一〇七
66	三〇	俳句稿	喰ひ盡して更に焼いもの皮をかぢる	焼芋*		③一〇七
67	三〇	俳句稿	焼いもと知るく風呂敷に烟立つ	焼芋*		③一〇七
68	三〇	俳句稿	焼いもの水氣多きを場末かな	焼芋*		③一〇七
69	三〇	俳句稿	子供がちにクリスマスの人集ひけり	クリスマス*		③一〇八
70	三〇	俳句稿	クリスマスに小き會堂のあはれなる	クリスマス*		③一〇八
71	三〇	俳句稿	入營を親父見送る朝まだき	入営		③一〇八
72	三〇	俳句稿	振返る二重まはしや人違ひ	二重まはし*		③一〇九
73	三〇	俳句稿	地震て冬帽動く柱かな	冬帽*		③一一一

No.	作年 明治	作品	俳句	拾遺 抹消	新事象／＊＝新題 「」＝前書	配合季語	全集 巻・頁
74	三〇	俳句稿	辨當提げて役所を出れば夕時雨		役所	夕時雨	③一一五
75	三〇	俳句稿	冬枯や郵便箱のなき小村		郵便箱	冬枯	③一二三
76	三〇	俳句稿	水仙の日向に坐して寫眞哉		写真	水仙	③一二四
77	三〇	俳句稿	鐵砲の露にぬれたる夜襲哉	抹消	鉄砲	露	③四七五
78	三〇	俳句稿	書生冨めり毛布美に盆など飾る	抹消	書生／毛布＊		③四七五
79	三〇	俳句稿	外套の新しきズボンの穴を掩ひたる	抹消	外套＊／ズボン		③四七五
80	三〇	俳句稿	滊車の切符買はんとして手袋脱げざる	抹消	汽車	手袋	③四七五
81	三〇	俳句稿	徽章なき帽は出營の人ならし	抹消	帽子／出営		③四七五
82	三〇	俳句稿	二重まはしを買ひ得ずして其俗を笑ふ	抹消	二重まはし＊		③四七六
83	三〇	俳句稿	紳士らしき掏摸らしき二重まはし哉	抹消	二重まはし＊		③四七六
84	三〇		新聞は停止せられぬ冬籠	拾遺	新聞	冬籠	③五六六
85	三〇		君か代や死て生返る日はのどか	拾遺	君が代	のどか	③五六八

明治三一年

No.	作年 明治	作品	俳句	拾遺 抹消	新事象／*＝新題 ［ ］＝前書	配合季語	全集 巻・頁
1	三一	俳句稿	福引の坐敷を照すランプ哉		ランプ	福引	③一二八
2	三一	俳句稿	蓬莱にテーブル狭き硯哉		テーブル	蓬莱	③一二八
3	三一	俳句稿	新聞を門で受け取る初日哉		新聞	初日	③一二八
4	三一	俳句稿	里昂製のテーブル掛や福壽草		テーブル掛	福寿草	③一三〇
5	三一	俳句稿	遅き日の四時打ちきりし時計哉		時計	遅日	③一三一
6	三一	俳句稿	のどかさや象引いて行く原の中		象	長閑	③一三二
7	三一	俳句稿	永き日や雑報書きの耳に筆		雑報書き	日永	③一三三
8	三一	俳句稿	大兵の野山に滿つる霞かな		兵	霞	③一三七
9	三一	俳句稿	春雨や配達叱る十時過		配達	春雨	③一三七
10	三一	俳句稿	燕の過ぎ行くあとや傳令使		伝令使	燕	③一三八
11	三一	俳句稿	葡萄酒の蜂の廣告や一頁		[新聞]／広告	蜂	③一四〇
12	三一	俳句稿	東門の外に舎營す柳哉		舎営	柳	③一四〇
13	三一	俳句稿	女生徒の遊びところや絲櫻		女生徒	糸桜	③一四三
14	三一	俳句稿	花暮れし上野に虎の吼ゆる哉		虎	花	③一四三
15	三一	俳句稿	川崎を滊車て通るや梨の花		汽車	梨の花	③一四四
16	三一	俳句稿	兵燹に杉は殘りて山櫻		兵燹（へいせん）	山桜	③一四五
17	三一	俳句稿	馬車の上に垂るゝホテルの櫻哉		馬車／ホテル	桜	③一四六

No.	作年明治	作品	俳句	拾遺抹消	新事象／＊＝新題［ ］＝前書	配合季語	全集巻・頁
18	三一	俳句稿	花の村にハネムーンの名殘かな		ハネムーン	花	③一四七
19	三一	俳句稿	遡る花の小川のボート哉		ボート	花	③一四七
20	三一	俳句稿	雜報子報ず公園の櫻咲く		雑報子	桜	③一四七
21	三一	俳句稿	蒲公英やローンテニスの線の外		ローンテニス	蒲公英	③一四八
22	三一	俳句稿	蒲公英に砲臺古りし岬かな		砲台	蒲公英	③一四八
23	三一	俳句稿	女生徒の遊ぶ處や花菫		女生徒	菫	③一四九
24	三一	俳句稿	結婚を菫に契る男女かな		結婚	菫	③一四九
25	三一	俳句稿	フランスの菫を封す書信かな		フランス	菫	③一四九
26	三一	俳句稿	配達の別れ行く辻明易き		配達	明易	③一五三
27	三一	俳句稿	短夜や滊車走り行く枕元		汽車	短夜	③一五三
28	三一	俳句稿	老車夫の汗を憐む酒手哉		車夫	汗	③一五四
29	三一	俳句稿	新茶積む馬も來て居る滊車場哉		汽車	新茶	③一五五
30	三一	俳句稿	號外や晝寐の夢を驚かす		号外	昼寝	③一五七
31	三一	俳句稿	酒臭き車夫の晝寐や蠅の中		車夫	昼寝／蠅	③一五七
32	三一	俳句稿	學校の試驗過ぎたる晝寐哉		学校／試験	昼寝	③一五八
33	三一	俳句稿	夏服は若殿ぶりの馬上哉		夏服*		③一五九
34	三一	俳句稿	虫干や洋書の間の枯櫻		洋書	虫干	③一五九
35	三一	俳句稿	夏休み來るべく君を待まうけ		夏休み*		③一五九

36	三一	俳句稿	夕涼石炭くさき風が吹く	石炭	夕涼	③一五九
37	三一	俳句稿	蝙蝠を捕へて來たる博士哉	博士	蝙蝠	③一六五
38	三一	俳句稿	夜一夜蚊にくはれけり試驗前	試験	蚊	③一六八
39	三一	俳句稿	人力の森に這入るや蟬時雨	人力	蟬時雨	③一六九
40	三一	俳句稿	蚤とり粉の廣告を讀む牀の中	広告	蚤	③一六九
41	三一	俳句稿	蚊にくはれ政黨論を艸しけり	政党	蚊	③一六九
42	三一	俳句稿	青梅や行軍を見る里の雨	行軍	青梅	③一七〇
43	三一	俳句稿	人寄せる馬車の喇叭や花樗	馬車	花樗	③一七一
44	三一	俳句稿	旅人を載せたる馬車や夏木立	馬車	夏木立	③一七二
45	三一	俳句稿	時計屋も夏桃店も埃哉	時計屋	夏桃	③一七二
46	三一	俳句稿	葉柳に埃をかぶる車上哉	車	葉柳	③一七二
47	三一	俳句稿	夏草や事なき村の裁判所	裁判所	夏草	③一七三
48	三一	俳句稿	兄弟が瓜と茄子の訴訟哉	訴訟	瓜／茄子	③一七三
49	三一	俳句稿	公事に勝ちて里に歸れば豆の花	公事	豆の花	③一七三
50	三一	俳句稿	麥畑に砲車引込む轍哉	砲車	麦畑	③一七五
51	三一	俳句稿	二階建の學校見えつ麥の風	学校	麦の風	③一七七
52	三一	俳句稿	田舍路の馬車馬瘦せぬ草いきれ	馬車	草いきれ	③一七七
53	三一	俳句稿	夏草やベースボールの人遠し	ベースボール	夏草	③一八〇
54	三一	俳句稿	調練の大鼓聞ゆる稍寒み	調練	寒	③一八二

No.	作年 明治	作品	俳句	拾遺 抹消	新事象／＊＝新題 ［ ］＝前書	配合季語	全集 巻・頁
55	三一	俳句稿	滊車の窓に首出す人や瀬田の秋		汽車	秋	③一八四
56	三一	俳句稿	滊車に寐て須磨の風ひく夜寒哉		汽車	夜寒	③一八四
57	三一	俳句稿	鵞ペン立てしインキの壺や秋の薔薇		インキ	秋の薔薇	③一八四
58	三一	俳句稿	滊車の音の近く聞ゆる夜寒哉		汽車	夜寒	③一八五
59	三一	俳句稿	警察の舟も繋ぐや花火舟		警察	花火	③一九〇
60	三一	俳句稿	秋雨や二人滊車待つ停車場		汽車	秋雨	③一九五
61	三一	俳句稿	滊車に馴れて濱名の月を眠りけり		汽車	月	③一九五
62	三一	俳句稿	滊車の窓にさしこむ須磨の月夜哉		汽車	月夜	③一九五
63	三一	俳句稿	初汐や埠頭の内なる蒸氣船		蒸気船	初汐	③一九六
64	三一	俳句稿	馬追の長き髭ふるランプ哉		ランプ	馬追	③一九七
65	三一	俳句稿	醉兵士蜻蜓釣る子を叱りけり		兵士	蜻蛉	③一九九
66	三一	俳句稿	番兵にとまらんとする蜻蜓哉		番兵	蜻蛉	③一九九
67	三一	俳句稿	演習に人群るゝ岡や赤蜻蛉		演習	蜻蛉	③一九九
68	三一	俳句稿	庭上にランプを置くや蟲の聲		ランプ	虫	③二〇〇
69	三一	俳句稿	枝柿を提げて滊車待つ田夫哉		汽車	柿	③二〇五
70	三一	俳句稿	試驗所に西洋種の西瓜哉		試験	西瓜	③二〇七
71	三一	俳句稿	君か代や五尺の稻の花盛		君が代	稲	③二〇七
72	三一	俳句稿	電信の街道筋や稻の花		電信	稲の花	③二〇七

73	三二一	俳句稿	瀛車を下りる茸狩衆や稲荷山	汽車	茸狩	③二〇八
74	三二一	俳句稿	雞頭に大砲ひゞく日午也	大砲	鶏頭	③二〇九
75	三二一	俳句稿	演習のあるべき村や稲の花	演習	稲の花	③二〇九
76	三二一	俳句稿	テーブルを庭に据ゑたり草の花	テーブル	草の花	③二一一
77	三二一	俳句稿	稲の香や瀛車から見ゆる法隆寺	汽車	稲の香	③二一三
78	三二一	俳句稿	瀛車を下りて遠き宿場や稲の花	汽車	稲の花	③二一三
79	三二一	俳句稿	瀛車を下りて淋しき驛や花芒	汽車	花芒	③二一三
80	三二一	俳句稿	カンテラや蕾少き市の菊	カンテラ	菊	③二一三
81	三二一	俳句稿	庭の菊天長節の蕾哉	天長節*	菊	③二一五
82	三二一	俳句稿	菊賣に天長節の朝日哉	天長節*	菊	③二一五
83	三二一	俳句稿	銀燭の燦爛として菊合	銀燭	菊	③二一五
84	三二一	俳句稿	記者會す天長節の菊の酒	記者／天長節*	菊	③二一五
85	三二一	俳句稿	内閣を絲瓜にたとへ論ずべく	内閣	糸瓜	③二一五
86	三二一	俳句稿	廣告や菊人形の園開き	広告	菊	③二一六
87	三二一	俳句稿	朝顔や新聞くばる鈴の音	新聞	朝顔	③二一六
88	三二一	俳句稿	菊安し天長節の後の市	天長節*	菊	③二一六
89	三二一	俳句稿	裁判の宣告のびて歳暮るゝ	裁判	年の暮	③二一八
90	三二一	俳句稿	行く年の警察種や三頁	警察／［新聞］	行く年	③二一九
91	三二一	俳句稿	御幸待つ冬の小村の國旗哉	国旗	冬	③二一九
92	三二一	俳句稿	炭積んで白河下る荷瀛車哉	汽車	炭	③二二一

No.	作年 明治	作品	俳句	拾遺 抹消	新事象／＊＝新題 ［ ］＝前書	配合季語	全集 巻・頁
93	三二	俳句稿	會堂に國旗立てたりクリスマス		国旗／クリスマス＊		③二二二
94	三二	俳句稿	野が見ゆるガラス障子や冬籠		ガラス障子	冬籠	③二二五
95	三二	俳句稿	早稻田派の忘年會や神樂阪		早稲田派	忘年会	③二二五
96	三二	俳句稿	遼東の雪に馴れたる軍馬哉		軍馬	雪	③二三〇
97	三二	俳句稿	瓦斯燈や柳につもる夜の雪		瓦斯灯	雪	③二三〇
98	三二	俳句稿	山茶花に新聞遲き場末哉		新聞	山茶花	③二三五
99	三二	俳句稿	門前の大根引くなり村役場		村役場	大根引く	③二三六
100	三二	俳句稿	水仙の日向に坐して寫眞	抹消	写真	水仙	③四七七
101	三二		刺桐花に蕃女が車行き過ぎぬ	拾遺	車	刺桐（デイゴ）	③五六九

明治三二年

No.	作年明治	作品	俳句	拾遺抹消	新事象／＊＝新題 ［ ］＝前書	配合季語	全集巻・頁
1	三二	俳句稿	銀座出る新聞賣や初鴉		銀座／新聞	初鴉	③二四一
2	三二	俳句稿	飾りかけし馬車集ひけり日本橋		馬車	飾り	③二四一
3	三二	俳句稿	油畫の極彩色や春の宿		油絵	春	③二四六
4	三二	俳句稿	滊車に乗りて汐干の濱を通りけり		汽車	汐干	③二五〇
5	三二	俳句稿	宴はてゝ車呼ぶ也春の月		車	春の月	③二五三
6	三二	俳句稿	初雷の滊車の響に紛れけり		汽車	初雷	③二五三
7	三二	俳句稿	鳥歸る蝦夷の廣野や集治監		集治監	鳥帰る	③二五八
8	三二	俳句稿	工夫して花にラムプを吊しけり		ランプ	花	③二六一
9	三二	俳句稿	遠足の十人ばかり花の雨		遠足＊	花	③二六二
10	三二	俳句稿	花の歌添へし吉野の寫眞哉		写真	花	③二六三
11	三二	俳句稿	米人の避暑に伴ふ書生哉		書生	避暑	③二六八
12	三二	俳句稿	携へし避暑案内や汽車の中		汽車	避暑	③二六八
13	三二	俳句稿	此頃の會社つとめや夏羽織		会社	夏羽織	③二七〇
14	三二	俳句稿	アンペラの夏帽古き醫師哉		夏帽＊		③二七〇
15	三二	俳句稿	夏帽に桔梗さしたる生徒哉		夏帽＊	桔梗	③二七〇
16	三二	俳句稿	人力に乗せて牡丹のゆるぎ哉		人力	牡丹	③二七四
17	三二	俳句稿	此村は帝國黨や瓜茄子		帝国党	瓜茄子	③二七五

No.	作年 明治	作品	俳句	拾遺 抹消	新事象／*＝新題 ［ ］＝前書	配合季語	全集 巻・頁
18	三二	俳句稿	學校の敷地になりぬ瓜畑		学校	瓜畑	③二七五
19	三二	俳句稿	夏草や自轉車の輪立犬の糞		自転車	夏草	③二七六
20	三二	俳句稿	軍艦を見に行く舟や秋日和		軍艦	秋日和	③二七八
21	三二	俳句稿	電氣燈明るき山の夜寒哉		電気灯	夜寒	③二七九
22	三二	俳句稿	交番の交代時の夜寒哉		交番	夜寒	③二七九
23	三二	俳句稿	車引のお歸りと呼ぶ夜寒哉		車引	夜寒	③二八〇
24	三二	俳句稿	粥にする天長節の小豆飯		天長節*	小豆飯	③二八二
25	三二	俳句稿	人も來ぬ天長節の病哉		天長節*		③二八二
26	三二	俳句稿	月の雨天氣豫報のあたりけり		天気予報	月	③二八四
27	三二	俳句稿	寺に待つ觀月會の車哉		車	観月会	③二八四
28	三二	俳句稿	カンテラに鰯かゝやく夜店哉		カンテラ	鰯	③二八六
29	三二	俳句稿	警報を傳ふる村や鰯引		警報	鰯引	③二八六
30	三二	俳句稿	句を閲すランプの下や柿二つ		ランプ	柿	③二八八
31	三二	俳句稿	柿店に馬繋ぎたる騎兵哉		騎兵	柿	③二八八
32	三二	俳句稿	停車場に柿賣る柿の名所かな		停車場	柿	③二八九
33	三二	俳句稿	菊園に天長節の國旗哉		天長節*／国旗	菊園	③二九〇
34	三二	俳句稿	蕾多き秋海棠の寫生哉		写生	秋海棠	③二九四
35	三二	俳句稿	花蕎麥に大砲の鳴る曇哉		大砲	花蕎麦	③二九六

36	三一	俳句稿	汽車をみる崖の茶店や花芒		汽車	花芒	③二九六
37	三一	俳句稿	人力をよけたるくろの野菊哉		人力	野菊	③二九六
38	三一	俳句稿	雨になる天長節や菊細工		天長節*	菊細工	③二九七
39	三一	俳句稿	足なへの伯爵菊をつくりけり		伯爵	菊	③二九七
40	三一	俳句稿	初冬の黒き皮剝くバナ、かな		バナナ	初冬	③三〇一
41	三一	俳句稿	寒さうな外の草木やガラス窓		ガラス窓	寒さ	③三〇一
42	三一	俳句稿	鳶見えて冬あた、かやガラス窓		ガラス窓	冬暖か	③三〇一
43	三一	俳句稿	年送る銀座の裏や鉢の梅		銀座	梅	③三〇二
44	三一	俳句稿	青山の學校に在り冬籠		学校	冬籠	③三〇二
45	三一	俳句稿	買ふて來た冬帽の氣に入らぬ也		冬帽*		③三〇三
46	三一	俳句稿	牛喰へと勸むる人や冬籠		牛喰ひ	冬籠	③三〇四
47	三一	俳句稿	女つれし書生も出たり酉の市		書生	酉の市	③三〇四
48	三一	俳句稿	ガラス窓に鳥籠見ゆる冬こもり		ガラス窓	冬籠	③三〇五
49	三一	俳句稿	ガラス窓に上野も見えて冬籠		ガラス窓	冬籠	③三〇五
50	三一	俳句稿	蕪村忌の寫眞寫すや椎の陰		写真	蕪村忌	③三〇六
51	三一	俳句稿	贈り物の數を盡してクリスマス		クリスマス*		③三〇六
52	三一	俳句稿	門待の車夫の鼾や冬の月		車夫	冬の月	③三〇八
53	三一	俳句稿	ガラス越に冬の日あたる病間哉		ガラス	冬の日	③三〇八
54	三一	俳句稿	女生徒の手を繫き行く花見哉	抹消	女生徒	花見	③四七八
55	三一	俳句稿	大砲のどろ〳〵と鳴る木芽哉	抹消	大砲	木の芽	③四七八

No.	作年明治	作品	俳句	拾遺抹消	新事象／＊＝新題［ ］＝前書	配合季語	全集巻・頁
56	三二	俳句稿	瓦斯燈や稲妻薄き屋根の上	抹消	瓦斯灯	稲妻	③四七八
57	三二	俳句稿	尾花常山崖の茶店や汽車を見る	抹消	汽車	尾花	③四七八
58	三二		一匕のアイスクリムや蘇る	拾遺	アイスクリーム＊		③五七一
59	三二		持ち来るアイスクリムや簟	拾遺	アイスクリーム＊	簟	③五七一
60	三二		子規ひとり柿の眼利や手にナイフ	拾遺	ナイフ	柿	③五七一
61	三二		掛取を責むる議案も歳の暮	拾遺	議案	年の暮	③五七一

明治三三年

No.	作年明治	作品	俳句	拾遺抹消	新事象／＊＝新題［　］＝前書	配合季語	全集巻・頁
1	三三	俳句稿	病室の煖爐の側や福壽草		暖炉＊	福寿草	③三一六
2	三三	俳句稿	ガラス越に日のあたりけり福壽草		ガラス	福寿草	③三一六
3	三三	俳句稿	窓掛の房さがりけり福壽草		窓掛（カーテン）	福寿草	③三一七
4	三三	俳句稿	春寒き寒暖計や水仙花		寒暖計	春寒／水仙花	③三二〇
5	三三	俳句稿	野に出で、寫生する春となりにけり		写生	春	③三二二
6	三三	俳句稿	梅に遊ぶ奏任官や紀元節		紀元節＊	梅	③三二二
7	三三	俳句稿	軍艦の海苔麁朶に遠く掛りけり		軍艦	海苔粗朶	③三二三
8	三三	俳句稿	鐵橋を五つ掛けたり春の水		鉄橋	春の水	③三二六
9	三三	俳句稿	ガラス戸の外を飛び行く胡蝶哉		ガラス	胡蝶	③三二九
10	三三	俳句稿	菜の花や小學校の晝餉時		小学校	菜の花	③三三四
11	三三	俳句稿	菜の花や視學迎へる村の口		視学	菜の花	③三三四
12	三三	俳句稿	山吹と見ゆるガラスの曇哉		ガラス	山吹	③三三四
13	三三	俳句稿	日の旗に立てかふる夜の明け易き		日の旗	明易し	③三三六
14	三三	俳句稿	夏服に白きチョッキの好みあり		夏服＊		③三三八
15	三三	俳句稿	がた馬車をやり過したる夏野哉		馬車	夏野	③三四一
16	三三	俳句稿	蚊を叩く音も更けたる夜學哉		夜学＊	蚊	③三四二
17	三三	俳句稿	ハンケチの赤く染みたるいちご哉		ハンケチ＊	苺	③三四七

No.	作年 明治	作品	俳句	拾遺 抹消	新事象／＊＝新題 ［ ］＝前書	配合季語	全集 巻・頁
18	三三	俳句稿	薔薇胸にピアノに向ふひとり哉		ピアノ	薔薇	③三四八
19	三三	俳句稿	傘さして馬車を下りけり薔薇の花		馬車	薔薇	③三四九
20	三三	俳句稿	公園のきたなき水に花藻哉		公園	花藻	③三五〇
21	三三	俳句稿	公園となりたる濠の花藻哉		公園	花藻	③三五〇
22	三三	俳句稿	犬の聲靴の音長き夜なりけり		靴	夜長	③三五二
23	三三	俳句稿	冬を待ついくさの後の舎營哉		舎営	冬	③三五三
24	三三	俳句稿	こほろぎや夜學の灯消して後		夜学＊	蟋蟀	③三五六
25	三三	俳句稿	汽車待つや梨くふ人の淋し皃		汽車	梨	③三五七
26	三三	俳句稿	豚汁の後口渇く蜜柑かな		豚汁	蜜柑	③三五八
27	三三	俳句稿	雞頭に車引き入る、ごみ屋敷		車	鶏頭	③三五九
28	三三	俳句稿	髯のある雜兵ともや冬の陣		雑兵	冬	③三六三
29	三三	俳句稿	やき芋の皮をふるひし毛布哉		焼芋＊／毛布＊		③三六三
30	三三	俳句稿	毛布著て机の下の鼾哉		毛布＊		③三六三
31	三三	俳句稿	ガラス戸や暖爐や庵の冬搆		ガラス戸／暖炉＊	冬構え	③三六六
32	三三	俳句稿	煖爐据ゑて冬暖き日なりけり		暖炉＊	冬暖か	③三六六
33	三三	俳句稿	我庵の煖爐開きや納豆汁		暖炉＊	納豆汁	③三六六
34	三三	俳句稿	眞中に碁盤すゑたる毛布かな		毛布＊		③三六六
35	三三	俳句稿	あらたまる明治の御代や春星忌		明治	春星忌	③三六六

36	三三	俳句稿	十年の苦學毛の無き毛布哉		毛布＊		③三六六
37	三三	俳句稿	毛布著た四五人連や象を見る		毛布＊／象		③三六六
38	三三	俳句稿	麥蒔の村を過ぎ行く寫生哉		写生	麦蒔き	③三六六
39	三三	俳句稿	凩や燈爐にいもを燒く夜半		焼芋＊	凩	③三六七
40	三三	俳句稿	素歸りの車をねぎる冬野哉		車	冬野	③三六八
41	三三	俳句稿	火を焚かぬ煖爐の側や冬牡丹		暖炉＊	冬牡丹	③三七〇
42	三三	俳句稿	病牀に寫生の料や冬牡丹		写生	冬牡丹	③三七〇
43	三三	俳句稿	朝下る寒暖計や冬牡丹		寒暖計	冬牡丹	③三七〇
44	三三	俳句稿	葱汁や京の下宿の老書生		書生	根深汁	③三七〇
45	三三		ホト、ギス月ガラス戶の隅ニアリ	拾遺	ガラス	時鳥／月	③五七三
46	三三		菜の花や勅使の車通りけり	拾遺	車	菜の花	③五七四

明治三四年

No.	作年明治	作品	俳句	拾遺抹消	新事象／*＝新題［　］＝前書	配合季語	全集巻・頁
1	三四	墨汁一滴	パン賣の太鼓も鳴らず日の永き		パン売	日永	③三七七
2	三四	自畫賛 4・25	寫生して病間なり春一日		写生	春	③三七八
3	三四	墨汁一滴	暖爐取りて六疊の間の廣さかな		暖炉*		③三八〇
4	三四	日本 4・6	門に出て行軍を見る雪解かな		行軍	雪解	③三八二
5	三四	日本 5・4	酒薄き車力の嘆や春の雪		車力	春の雪	③三八三
6	三四	日本 5・4	顔包む騎馬の士官や春の雪		騎馬の士官	春の雪	③三八三
7	三四	日本 5・7	氷解けて江を遡る蒸汽かな		蒸汽船	解氷	③三八五
8	三四	日本 3・27	ランプ消して行燈ともすや遠蛙		ランプ	行灯／遠蛙	③三八五
9	三四	日本 4・17	自轉車と路を爭ふ燕かな		自転車	燕	③三八六
10	三四	日本 4・17	村閑に郵便も來ぬ燕かな		郵便	燕	③三八六
11	三四	日本 4・11	滊車過ぎて煙のかゝる木の芽かな		汽車	木の芽	③三八九
12	三四	日本 4・16	公園の林の中に椿かな		公園	椿	③三九〇
13	三四	日本 4・21	山吹の雨やガラスの窓の外		ガラス窓	山吹	③三九二
14	三四	日本 7・9	蝙蝠や貧乏町の夜學校		夜学*	蝙蝠	③三九九
15	三四	日本 6・8	門を入りて車走らす若葉かな		車	若葉	③三九九
16	三四	仰臥漫録	學校ニ行カズ枝豆賣ル子カナ		学校	枝豆	③四一六

17	三四	日本 1・12	蘭學の書生なりけり薬喰		書生	薬喰	③四二〇
18	三四	日本 2・13	納豆賣新聞賣と話しけり		新聞	納豆	③四二三
19	三四	日本 2・17	餅搗にあはす鐵道唱歌かな		鉄道唱歌	餅搗	③四二四
20	三四	日本 2・23	病床の位置を變へたる暖爐かな		暖炉*		③四二四
21	三四	日本 2・23	ストーヴにほとりして置く福壽草		ストーブ*	福寿草	③四二四
22	三四	日本 2・23	暖爐焚くや玻璃窓外の風の松		暖炉*／ガラス窓		③四二四
23	三四	日本 2・24	飼ひなれしをしや滊車にも驚かず		汽車	鴛鴦（おし）	③四二八
24	三四	日本及び日本人 作句日不詳	ガラス越しに灯うつりたる牡丹かな	抹消	ガラス	牡丹	③四七九

明治三五年

No.	作年 明治	作品	俳句	拾遺 抹消	新事象／*＝新題 「」＝前書	配合季語	全集 巻・頁
1	三五	日本 2・2	毛布著て毛布買ひ居る小春かな		毛布*	小春	③四三二
2	三五	碧梧桐宛書簡	煖爐タクヤ雪粉々トシテガラス窓		暖炉*／ガラス窓	雪	③四三三
3	三五	日本 2・26	煖爐たく部屋暖にふく壽草		暖炉*	福寿草	③四三四
4	三五	日本 3・21	春ノ日ヤ時計屋ニ立ツ田舍人		時計	春の日	③四三九
5	三五	日本 3・21	春ノ日ヤ賞牌胸ニ美少年		賞牌	春の日	③四三九
6	三五	日本 3・26	火を焚かぬ煖爐の下や梅の鉢		暖炉*	梅	③四四六
7	三五	句會稿 2月上旬	徳川の櫻明治の櫻かな		明治	桜	③四四六
8	三五	日本 4・2	花の中に運動會の圍ひかな		運動会*	花	③四四七
9	三五	ホトトギス 5月	たらちねの花見の留守や時計見る		時計	花見	③四四八
10	三五	日本 3・27	蒲公英ヤボールコロゲテ通リケリ		ボール	蒲公英	③四四九
11	三五	日本 3・28	芹薺汽車道越えて三河島		汽車	芹薺	③四五〇
12	三五	日本 4・28	學校へ行かぬ子達か蓬摘		学校	蓬摘	③四五〇
13	三五	日本 7・19	風板引け鉢植の花散る程に		風板*		③四五三
14	三五	日本付録 7・21	夜店ナル安夏帽ヤ買ヒガテヌ		夏帽*	夜店	③四五三
15	三五	日本 8・15	ラムネ屋も此頃出來て別莊地		ラムネ*		③四五六
16	三五	日本 7・24	市中ノ山ノ茂リヤ煉瓦塔		煉瓦	茂	③四六一

17	三五	日本 8・4	南瓜より茄子むつかしき寫生哉		写生	南瓜／茄子	③四六三
18	三五	日本 8・4	相別れてバナナ、熟する事三度		バナナ*		③四六五
19	三五	日本 8・25	朝皃や我に寫生の心あり		写生	朝顔	③四七一
20	三五	仰臥漫録（二）	夏休ミ夜店ニ土產ト、ノヘテ	抹消	夏休み*	夜店	③四八〇
21	三五	仰臥漫録（二）	夏帽ヲ欺カレケリ夜店物	抹消	夏帽*	夜店	③四八〇

著者略歴

桜　かれん

本名　佐藤久子（さとう ひさこ）

1936（昭和11）年1月、東京都生まれ。

1999（平成11）年、俳句を始める。

2006（平成18）年、慶應義塾大学法学部卒業。学士（法学）。卒業論文題目「犯罪被害者等による意見陳述制度の機能と展望」。

2022（令和4）年、慶應義塾大学文学部（国文学専攻）卒業。学士（文学）。卒業論文題目「近代俳句における季語をめぐる議論――俳句の国際化との関わりを視座に――」。

俳人協会会員、国際俳句交流協会会員。

生田流箏曲免許皆伝・生田流大幹部・師範、生田流三絃免許皆伝・生田流大幹部・師範。

新宿さくら慶應三田会会長、東京三田倶楽部（帝国ホテル内）会員、慶應連合三田会会員。

俳句《はいく》の国際化《こくさいか》と季語《きご》

——正岡子規《まさおかしき》の俳句観《はいくかん》を基点《きてん》に——

初版発行　2023年3月14日

著　者　桜かれん
発行者　石川一郎
発　行　公益財団法人　角川文化振興財団
〒359-0023　埼玉県所沢市東所沢和田3-31-3
ところざわサクラタウン 角川武蔵野ミュージアム
電話 050-1742-0634
https://www.kadokawa-zaidan.or.jp/
発　売　株式会社　KADOKAWA
〒102-8177　東京都千代田区富士見2-13-3
電話 0570-002-301（ナビダイヤル）
https://www.kadokawa.co.jp/
印刷製本　中央精版印刷株式会社

©Karen Sakura 2023 Printed in Japan ISBN978-4-04-884514-4　C0095